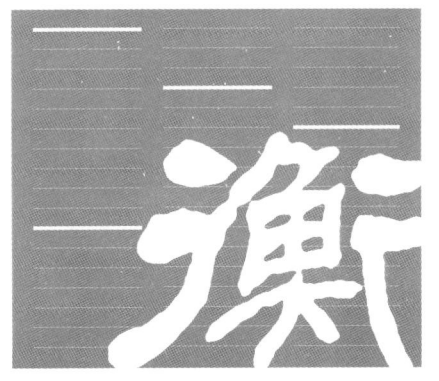

【第四辑】

分册主编 胡士颖 潘静如

主编 乐黛云

北京联合出版公司
Beijing United Publishing Co.,Ltd.

《学衡》辑刊编辑委员会

主编：

　　乐黛云（北京大学）

编委（排名不分先后）：

　　沙志利（北京大学）　　　　　杨　浩（北京大学）
　　高海波（清华大学）　　　　　张克宾（山东大学）
　　谷继明（同济大学）　　　　　王　勇（安徽大学）
　　胡永辉（南京大学）　　　　　李　巍（武汉大学）
　　谢能宗（中国人民大学）　　　邓联合（中山大学）
　　崔晓姣（北京师范大学）　　　刘增光（中国人民大学）
　　吕明烜（中国政法大学）　　　张永奇（北京燕山出版社）
　　赵　猛（中国社会科学院大学）陈丹丹（纽约州立大学）
　　潘静如（中国社会科学院文学研究所）
　　王　正（中国社会科学院哲学研究所）
　　胡士颖（中国社会科学院哲学研究所）

分册主编：

　　胡士颖、潘静如

目 录

学者演讲

002　研究生要成才
　　　——在山东大学文学院研究生开学典礼上的讲话
　　　杜泽逊

学衡专访

018　哲学是追寻意义的思想过程
　　　——陈少明先生答《学衡》
　　　陈少明　龙涌霖

易学研究专题

032　谈象数易学
　　　林忠军

047　刘牧对宋代"易数"解释的影响
　　　孙逸超

071　校《易》札记
　　　谷继明

086　黄宗羲、黄宗炎治《易》背景、渊源、历程与研究进路
　　　胡士颍

数字人文专题

128　以何"半部"《论语》治天下？
　　　——基于文档向量相似性的《论语》篇章结构分析
　　　杨浩　杨明仪　刘千慧　王军

143　现代文学研究的数据库和网络资源
　　　——基于目录学的考察
　　　王贺

诗学专题

159　古代文献研究数字人文课程的实践与思考
　　　李林芳

170　《槐聚诗存》与"'忧世伤生'的锺书"
　　　——读钱锺书自订1946年前所作诗
　　　夏　寅

190　普泛的诗学与行进的文学史
　　　——蒋祖怡先生《诗歌文学纂要》述略
　　　孙羽津

198　乌鸦家族新神话
　　　——特德·休斯《乌鸦》导读
　　　赵　四

人文新论

222　作为思想载体的传注
　　　——论陈澧《东塾读书记》中的实学思想
　　　董铁柱

239　内丹道与宋元文化生活
　　　宋学立

255　反叛乃传承：达摩、慧能、延寿思想一贯论
　　　——兼论禅宗思想嬗变及其意义
　　　田　希

学人述忆

274　"先生移我情矣"
　　　——追忆恩师张祥龙先生
　　　蔡祥元

280　君子乾乾　不息于诚
　　　——怀念胡军教授
　　　韩立坤

286	敬悼恩师胡军先生
	——中国当代生死学发展中重要的支持者
	雷爱民

293	为人、为事与为学
	——忆怀和张师耀南先生之缘
	钱　爽

314	远去聆听那牧歌
	——给父亲的一封信
	张正蒙

322	道家心学之思的生动呈现
	——匡钊先生《先秦道家的心论与心术》读后
	叶树勋

328	重整船山庄学文献　破解船山思想悖论
	——读邓联合《王夫之庄学思想通论——基于〈船山全书〉的研究》
	于沺沺

338	象数学的返本开新
	——《周易象数学史》述评
	马士彪

348	论文摘要
355	CONTENTS
358	编后记

学者演讲

研究生要成才
——在山东大学文学院研究生开学典礼上的讲话

杜泽逊*

首先对 2021 年新入学的研究生同学表示欢迎。程相占院长要讲学习的方法，李剑锋院长、王萌书记刚才谈了一些注意事项，我就不谈了。我给大家介绍一下自己读研究生的情况，可能有借鉴作用。从 1981 年上大学，距今已经 40 余年了，我读研究生的时间也比较长了，现在把当时的情况给大家介绍一下，可能有一些参考价值，也可以借此来看到国家的发展。

1981 年考大学，这是"文化大革命"以后恢复高考的第 5 次招生。第一次招生在 1977 年春节，过了半年，又开始了第二次高考，就是 1978 级。在 1977 年这次高考之前有 10 年的时间没有高考，那没有高考是不是就没有大学生？有，不是通过高考，而是通过推荐。

科举考试始于隋朝，唐朝就非常正规化了，之后一直到现在都是要通过考试才能升学，全世界都是这样。所以，中国的科举考试不管考什么，都是通过考试来升学，这种方式具有世界意义。

在隋朝以前也有一些考察的办法，往往都很复杂。有关中国历代考试制度的

---

* 杜泽逊，山东省滕州市人，现任山东大学讲席教授、山东大学文学院院长、山东大学威海校区文化传播学院院长、山东大学儒学高等研究院教授、古典文献学专业博士生导师、尼山学堂班主任。主要从事古籍目录学、版本学、校勘学、《四库》学和山东文献研究。著有《四库存目标注》《文献学概要》《微湖山堂丛稿》《尚书注疏校议》《书林丛谈》《治学之道与著述之道》《求学与治学》等。

书籍很多,早期的考试制度,如果大家感兴趣,要查原始资料的话,那么有几部书你可以参考。

一个是唐朝的杜佑,他编了一部比较大的书叫《通典》,其性质是政书。比如说国务院设总理一人、副总理几人、国务委员几人,下设几个部,每个部设部长、副部长等等,这些都属于政书应该解决的问题。再比方说兵制,怎么招兵?怎么管理兵?现在有中央军委,有总参谋部、总政治部、总后勤部、总装备部来管,称为四总部,以此来管理我们的部队,这是一种格局。再比方说,按一般规律说,中央的部门有对应的下级部门。中央有教育部,山东省就有教育厅,到了县里就有教育局,它是一个上下级系统。但是,清朝也出现了没有下级部门的中央机构,那就是军机处。清朝的军机处,以前没有,以后也没有,它没有下级部门,直接对皇上负责。像这种部门何时设立、为何设立、履行什么样的职能、内设几个官员、任务详情等,都记录在政书里。此外,还有货币制度,例如怎样来管理钱、印钱等。总而言之,关于国家机构、国家规定、国家管理的事情都在政书里。如果要关心一下中国考试制度的历史,这个书里记载了选举等,很容易找到系统全面集中的材料,并且这些材料全都有出处。我们说这句话出自于《史记》,那句话出自于《周礼》,这属于专门性的资料汇编。《通典》是唐朝人修的,那唐朝以后的情况也需要,于是就出现了续编,《通典》是需要续的。

宋高宗时期,郑樵修了一部《通志》,也具备这个性质。元朝初年,马端临修了一部书叫《文献通考》,和《通典》有点像。但是《通志》和《通典》有点不一样,《通志》里收了很多的人物传记,它有点像《史记》,但是里面又有大量的篇幅记载典章制度。总而言之,这三部书叫做"三通",它们的共同特点是记载的制度比较多。到了清朝乾隆年间,政府专门成立了一个文化学术机构,叫"三通馆",相当于一个科研项目组,是由皇上牵头,找合适的人来做。它的第一个任务就是对"三通"进行一次整理,进行校勘并雕版印刷。"三通"后来都收入了《四库全书》,但在当时最重要的任务就是对这三部书进行续编。对于《通典》,按照杜佑的这种格式来填写唐朝以后的材料,填到乾隆时期。《通志》《文献通考》也是这样续编的。马端临生活在元朝初年,他的父亲马廷鸾是南宋后期的宰相。这样,把这三部书都续编到了乾隆年间,就变成了6部书。《通志》有了《续通志》,《通典》有了《续通典》,《文献通考》有了《续文献通考》,就变成了"六通"。这六通的续编部分又各拐成了两段,进入清朝以后的部分,就不叫《续通典》了,而叫《皇朝通典》,"皇朝"翻译成"当代"。进入清朝以后的部分,叫《皇朝通典》《皇朝通志》《皇朝文献通考》,于是就变成了9部书。杜佑的《通典》到唐朝,唐朝以后到明末,叫《续通典》,清朝开国到乾隆叫《皇朝通典》。到了民国年间,就不称皇朝了,《皇朝通典》改称《清通典》。加上《通志》《续通志》《皇朝通志》《文献通考》《续文献通考》《皇朝文献通考》变成了9部书,称为"九通"。如果你手里有《九通》或者《九通》的电子版,乾隆以前的各个部门各个方面的规定以及它的演变过程,你就可以了如指掌。

那么乾隆以后的资料呢?到了民国初年,刘锦藻修了《皇朝续文献通考》。清朝的《续文献通考》到乾隆为止了,刘锦藻给它续上了乾隆到宣统末年,这就凑够了"十通"。显然还差两通,乾隆以后的《通典》《通志》都需要续,到现在没有人续,因为这项工作需要依靠国家的档案。所以,按理说应当有"十二通"。《十通》是在民国年间商务印书馆集中出版了这十本书,因此得名。里面有很多关键词,比如清朝有所谓的翰林,考上进士以后,再参加一次皇上主考的考试,成绩优秀的话就可以到翰林院去学习,被视为"清贵之选"。如果你仅仅考上进士,没有考到翰林院去,你就只是进士。进士和翰林还不一样,翰林大概是博士后。翰林这种制度在历史上是如何演变的,完全可以借此厘清它的线索。这是政书。也就是说中国的考试制度史,宣统以前可以从《十通》中去挖材料,那么宣统以后的考试制度还没有这种资料,其实目前也可以去编这种资料。

1966年到1976年,这10年间没有高考。即使没有高考,国家也还是招生的。它究竟怎么个招生法?主要依靠推荐。通过政书,我们就会很方便地知道数十年来考试制度的变化。现在缺少相关材料,但是材料本身是没有失传的。1977年恢复高考是邓小平亲自主管的,他当时分管教育科技,还不是国家的一把手。当时的主席是华国锋同志,邓小平是国务院副总理,分管教育、科技,快速恢复了高考,成千上万的青年就进入了考场。紧接着,1978年也恢复了研究生考试。

如果大家关心数据库的话,有个数据库叫《中国基本古籍库》,其中有1万多部古籍,是《四库全书》的三倍。大家可以登录山大图书馆的《中国基本古籍库》。开发《中国基本古籍库》的建议是由两个山东大学的青年提出的：一个是七八级的毕业生，现在中国科学院图书馆工作，他叫罗琳；第二个人也是山东大学81级的毕业生，他叫杜泽逊。1998年，我们去台湾参观了台湾"中央研究院"，他们做了一部书的检索版，这部书是《庄子》，也叫《南华经》，是宋刻本。宋版书现在市场上一册大约值2000万元。这个书非常珍贵，是《庄子》比较早的版本，他们就把它开发成了电子版。他们是怎么开发的呢？比如说原书第一页是彩色的，那么在你的显示屏上，在左方一页全文显示彩色图像，而在它的右半部分是全文检索版。比如我要查"北冥有鱼"，屏幕右方是检索版，在左方是彩色的宋版书影，我们就可以看到宋版书的这一页。如果检索版有错字的话，读者马上就可以对校出来，很方便。

我们当时都认为这是最理想的数据库了，如果中国的古书都能如此开发，那该有多好！不仅是古书，像《鲁迅全集》，我们只能见到人民文学出版社整理过的，但如果想知道《乌合丛书》里面的《彷徨》是什么样的，并不是顺手就能抓过来的。当然我在市场上碰到过，5元钱，我没有买，后悔了数十年。《乌合丛书》是最早的版本了。我有郭沫若的《前茅》，1924年创造社出版的。它是64开，即32开的一半，封面上还有人用铅笔画了个小孩，当时的价格是2毛4分。20世纪80年代，我买了这本书。我父亲是一位中学老师，他当时的工资一个月29块5毛，没有奖金。5元钱是大钱，所以那本《彷徨》是买不起的。5元钱，我是可以掏出来的，但掏出来以后我就不能吃饭了，那么在吃饭和买书之间还得先吃饭，所以我就没有买《彷徨》的《乌合丛书》本。

如果我们现在有电子版，彩色的《乌合丛书》里面的《彷徨》，一检索就出来图像了，无论用到哪一篇，都能出现最原始的版本，我也可以检索到人民文学出版社整理的《鲁迅全集》。这样，早期的和晚期的版本，我都能知道，那该有多好啊。

《中国基本古籍库》经教育部立项，由北京大学刘俊文教授牵头。当时说让我当执行副主编，到北京去继续合作。但我已经与他们合作4年了，我说我不能再干了，再干的话，山东大学要开除我了。于是项目组让我在山东大学继续工作，还是要做副主编，我说这可以。我们建议刘先生开发这个古籍库越大越好，它的基本呈现模式就像台湾的《南华经》，因为他们只开发了这一部书。刘先生负责筹集大量资金，我只负责开一部分书单子。因为要开发1万部书，所以请了各领域的专家，其中文学类由我开书单。我开了3000多部，详细列出了每一部书的书名、卷数、作者、朝代以及版本。数据库纯粹是用金钱造起来的，一般情况下，我们在座的各位都不要做这种开发数据库的梦了。小库没有用，数据库要足够大，足够准确，足够好使。

你们记着，将来你要想着有机会，比如你的老板有这能耐，就像我一样给人家提意见。我自己虽然不能做，但是我需要什么，我是清楚的。开发数据库的人很辛苦，他们自己并不用，是给我等用的。你开发得不好就是不好，正如你编字典，我用字典，你的字典不好，我能看出来的，就是这么简单。

为什么刘俊文先生能够挑头，而我不能呢？因为他可以筹集到资金。我为什么可以推动这个项目呢？之前我在北大待了4年，作为总编辑室主任参编了一部大书，而这部书的主编是季羡林先生，工作委员会的主任就是刘俊文先生。刘先生是北京大学历史系教授，按辈分来说是我的父辈。他是"文化大革命"以前北大毕业的，那时他们北京大学毕业的都去了北大荒，在那里受尽了苦难。现在北大荒变成了肥沃的土地、国家的粮仓，可在那以前全是沼泽呀！那时有个电视剧叫《年轮》，反映的就是北大荒知青的生活。一位从北大荒回来的北大毕业生说："看了光想哭。"1978年恢复考研，因为刘先生是北大历史系毕业，他就考回北大做研究生，成为王永兴教授的学生继续做学问，研究唐朝的法律制度。王永兴的老师则是陈寅恪先生。后来刘先生出了几部关于唐律的高质量著作，也当了教授，那的确是不简单。但是他说，自己大量的时间已经在北大荒耗尽了。1978年从北大荒考回北京大学，他跟我说："小杜，两腿是泥，哪来的学问啊？都忘光了！"我说："那忘光了是怎么考上的？"他说："其他人也忘光了，大家都没学问。这是一代人的悲剧。"他说："不能再像季羡林先生那样干了，就是干到'死'也比不上他们，必须要换一个干法。"

我是搞古籍整理的。新中国成立以来国务院第三次古籍整理出版规划会议大概是1992年6月，在北京香山饭店召开的。当时很多经历了"文化大革命"的老先生还健在，他们在这个规划会上提出了许多极其宝贵的意见，至今仍然具有指导意义。当时开了大概6天的会，每天出一本简报，会议期间发出。那时候也没有电子版，这速度可不得了。一次我有幸看到了，就把这6天的简报复印了一份，装订成册，并全部看了一遍。在这次会议上有两位先生提出，应当出版《四库全书存目丛书》。其中一位叫周绍良。在座的各位如果对《红楼梦》感兴趣，可能会关心《红楼梦》方面的书籍——程甲本、程乙本、甲戌本、庚辰本这些版本，以及《红楼梦》衍生出来的东西，比如很多研究资料性书籍。有一本书为《红楼梦》的相关著作编了一个目录，叫《红楼梦书录》，作者是一粟。很多人都不知道一粟是谁，甚至还有争论。一粟其实是两位先生，一位就是上面提到的周绍良。周绍良是良字辈，他的弟兄都叫周某良。他的叔伯兄弟当中还有一位叫周一良，是《世界通史》的主编、北大历史系的教授。周绍良先生当过中国佛教协会的副会长，也是著名的藏书家。他的藏书很多，其中有一个门类是小说，里面就有一些《红楼梦》的珍贵版本。一粟的另一位先生叫朱南铣。这位朱先生的名气不很大。"文化大革命"的时候，中央各部门的文化界人士例如中国科学院（那时还没有中国社会科学院，文学研究所、历史研究所、哲学研究所都在中国科学院）的科研人员以及中华书局、人民文学出版社的编辑们，包括钱钟书他们，全都到一个地方去劳动锻炼。这个地方就是湖北省咸宁县。你要是上网搜"湖北咸宁"的话，文献多极了。朱南铣先生也在那里劳动，据说他因为喝醉了酒，意外淹死在咸宁。除了《红楼梦书录》，他们两个人还编了一本《古典文学研究资料汇编·红楼梦卷》，也署名一粟。许多读者不知道"一粟"是谁，那就是周绍良和朱南铣。

因为周绍良先生在国务院第三次古籍整理出版规划会分组讨论的时候发表了关于《四库全书》的重要意见，所以刚才不得不提他。清修《四库全书》被馆臣分为三个部分：第一部分是好书，收入《四库全书》；第二部分是有"问题"的书，比如说书中有骂满族、蒙古族或其他少数民族的内容，这些书就被列为禁毁书；还有一部分书是没有什么问题，但水平又处于二流三流，这些书编入"存目"，只保存目录，不全文收录。"存目"就是既非收入《四库全书》的，又非排斥在禁毁书的中间这部分。周先生说，《四库全书存目》记录的书目体量很大，是《四库全书》的两倍，《四库全书》有3400多部书，《四库全书存目》的书将近7000种；而且存目里也有很多好书，像顾炎武的《天下郡国利病书》以及袁宏道、汤显祖、戚继光的文集等。所以周先生就建议把这批书收集起来，出版一部《四库全书存目丛书》，和《四库全书》配成一套。接着，在第二天的分组讨论上，另一位大学者胡道静回应了周绍良先生这个意见。这位胡道静先生曾经被李约瑟高度关注，因为胡先生是研究中国科技史的，注解过沈括的《梦溪笔谈》。这本书记载了一些科技史料，其中有一件事情就是毕昇发明活字印刷术；而胡先生作的这本《〈梦溪笔谈〉校证》可以谈得上是古书注解当中的名著。胡先生在分组讨论会上说周绍良先生这个意见很重要，《四库全书存目》有很多重要的书。他举了一些例子，如李卓吾的《藏书》《续藏书》。这些内容都在那个会议简报里。会议的简报不是公开出版物，我复印以后全部学习了。

后来这两位先生的发言引发了一个国务院重大项目。有次北京大学的刘俊文先生到中华书局找历史编辑室的主任张忱石先生聊天，问他有什么项目可做。张先生是宜兴人，北大毕业，很有学问，他们这一代都是我的父辈了。我前面说了，刘先生是要转变思维的，对于爬格子他认为赶不上老一辈了。张先生就把会议简报拿出来说："你看绍良先生、胡先生都说了，要把《四库全书存目》的书收集起来，印一套大书，并且周绍良先生已经说出来了它的名称，叫《四库全书存目丛书》。"什么叫丛书呢？一部书一部书摞起来，取一个总名称，叫丛书，如今叫作套书。在丛书里，每一部书的完整性是不被破坏的。办这件事情需要的资金可以盖一个五星级大酒店，在当年就需要数千万元。刘先生没钱，他怎么能想干这种事情呢？你有多大心，就能办多大事。刘先生胆子非常大，真不得了，真不得了。于是他们就给国务院古籍规划领导小组打了报告，上报的实施单位是北京大学东方文化研究会。北大东方文化研究会的会长是谁呢？季羡林。刘俊文先生是什么角色呢？历史分会会长。他们打着季羡林先生的旗号申请国务院的项目，然后国务院就批准了。当时国务院古籍规划领导小组的秘书长叫傅璇琮，搞唐代文学的人想必是知道的。他是大学者，时任唐代文学研究会会长、中华书局总编辑。傅先生说："你们要印这个《四库全书存目丛书》，那《四库全书存目》中的书有多少呢？"有6793种。从哪里可以知道呢？有部书叫《四库全书总目》，《总目》里每部书都有提要，一共一万多篇提要。也就是说《四库全书》总共是一万多本书，每本都有提要、有介绍，这其中的三分之一收入了《四库全书》，余下的三分之二就只在《存目》里有记录。所以，哪些书属于"存目"是清楚的，可这毕竟是二百多年前乾隆年间纪昀他们编的，这些存目的书现还在不在，在哪里，有什么版本，这些问题都是有待解决的。如果这些问题搞不清楚，上哪里找这些书并印刷出来呢？傅先生就告诉他们，山东大学有一个人对《四库存目》有调查研究的成果，这个人就是杜泽逊。国务院项目，肯定一叫就来啊，一叫我就去了。那大约是在1992年到1993年，我29岁。你们在座的各位多大啊？那时的我比你们大多少？大不了很多，是吧？开玩笑说，我那个时候已经手里握着核武器了。那个时候我已经工作了，我是1981年考上的山东大学中文系，1985年大学毕业。在毕业之前，我入了党，那时入党的人不多，一百个学生中有二十来个人入党的。接着我就考上了山东大学古籍整理研究所第一届研究生班，那个班招了10个人。整个中文系才招十六七个，古籍所一下就招了10个，相对来说比较好考。我本来想考著名语言学家殷焕先生的研究生，他招两个。我们班有位同学叫孟子敏，现在是语言学家，在日本当教授。上学那会儿，老孟整天跟着殷焕先先生，先生步亦步，先生趋亦趋，先生坐地上，他就坐地上，先生用包袱包书，他就用包袱包书。我一看，觉得自己肯定考不过老孟。全国招两个，老孟占一个，还剩一个，全国报，我冒不起这个险，就投奔了古籍所。1983年教育部批准成立古籍所，1985年开始招生，10个招生名额是教育部直接批的。古籍所没有自己的本科毕业生，我一考就考上了，当时我每门课都差不多刚过关，没有哪一门不合格，也没有哪一门是优秀，将将就就地考上了。

考上以后，我在古籍所当了两年研究生，刚毕业就留校了，因为古籍所招生的目的是留住学生，那次是留了三个人，从那以后我就在山东大学工作了。古籍所第一任所长是山东大学校长吴富恒。吴先生是研究美国文学的，他做所长只是意味着领导重视（古籍所是教育部批准成立的正处级单位），实际办事的是中文系主任董治安先生。董先生是高亨先生的徒弟，是当时的副所长之一。此外，殷孟伦先生、王仲荦先生也都是副所长，不过他们是挂名的。当时古籍所出的招生简章上研究生导师那栏写的是"董治安等指导小组"。只不过一下子招了10个人，董先生指导不过来，做硕士论文时就分开指导了。于是我被分给了王绍曾先生。我的毕业论文的指导者王绍曾先生是高亨先生的函授研究生，因为"文化大革命"等时代的原因，他没能毕业。尽管没毕业，但他还是高先生的学生。但他比高先生小不了几岁，高先生都称他为"王先生"。王先生上大学时，他的毕业论文的指导者是钱钟书的父亲钱基博先生。想当年，钱基博是大江南北有名的国学大师，曾任上海光华大学文学院院长、无锡国学专修学校教务长。无锡国专培养了大批的国学专门人才，王先生就是从那里毕业的。王先生用文言文写的毕业论文，共6万字，叫《目录学分类论》。编目录需要分类，古今中外的分类法，包括杜威分类法，这篇论文里边都讨论了。钱先生给了他一百分，当时就予以出版。钱先生还拿到光华大学去给同事看，介绍他是自己在无锡国专的得意门生。王先生那时候也就20岁吧，毕业后他就去了商务印书馆，协助另外一位国学大师张元济先生校刊《百衲本二十四史》。张元济先生是第一届中央研究院院士，前清的翰林，国学大师，可以说是王先生第二位导师。王先生做了张先生的助手，参与校刊《二十四史》。王先生的第三位导师就是高亨先生。王先生原来在山东大学图书馆工作，是高亨先生把他调进来的。1983年古籍所成立，王先生作为古籍整理专家又被调到古籍所，成了"董治安等指导小组"的一员。我的研究生学习和毕业论文的指导，就分给了王先生。那时研究生班读两年，1987年毕业后我就留下来了，一直到今天，都在山东大学工作。

在古籍所工作期间，我主要是跟着王先生干。王先生承担了好几个项目，有国家项目也有山东省的项目。他是宣统二年（1910）出生的，我毕业留校时他已经77岁了，而且还得过癌症，动过手术。古籍所的领导说，一定要把王先生这个本事继承下来。他觉得王先生年纪大了，学问需要传承。但王先生活到97岁，我师母活到107岁，他们家里的人长寿！王先生受过很多的苦，无论从哪个方面说，他都不见得活这么大。看来，寿命的长短还是遗传的因素多一些，也不在于吃得好不好。奉古籍所领导的命令，从1987年留校开始，我就跟王绍曾先生学习目录学、版本学、校勘学，一直学到王先生去世。1985年到1987年间王先生给我们研究生班上了两门课，也就是说我从1985年开始跟王先生学习，到1987年就正儿八经地成了他的助手，法定助手。

从1987年留校工作到2007年王先生去世，这20年的时间我持续不断地跟着王先生学习。王先生生病住院后要找什么东西，都让我到他家里去找，他家人有时找不着，王先生和我的关系亲密到这种程度。后来王先生写信给别人的时候，总要等我到他家里去，让我看完后才会发出去。他为什么要让我看看？一方面是让我了解情况，学习文言文写信；另一方面他写信经常有错字，人年纪大了就没把握了。

我一个星期要去王先生家两趟，大概三天多就去一趟。每次去，他都说："有日子没见了。"其实我来得不算少了。他晚年在家里有点寂寞。我跟王先生一起做的是国家项目，叫"清史稿艺文志拾遗"。《清史稿》是北洋政府修的，是上接《明史》的。历史上的规矩是，有一个朝廷灭亡，就要成立一个史馆给它修史，而给前朝修史的必须是正统朝廷。修史是一个学术活动，同时也是严肃的政治活动。台湾的国民党说他们要修清史，但我们是中国唯一的合法政府，怎么能让他们修清史？所以中华人民共和国一成立，第一个五年计划就有修清史。但修没修呢？没修。为什么不修呢？没钱。

到了2000年，中共中央政治局常委全部都圈定了要修清史。这个时候，新中国初期的中央五人清史小组还剩下一个人，就是人民大学的戴逸教授；所以由戴先生牵头修清史。北洋政府时期修过一部清史，出版的时候叫《清史稿》。为什么叫《清史稿》呢？因为当时的负责人认为这个东西不是很成熟，可又不得不出版。《清史稿》里面有个《艺文志》，其内容是把清朝人的重要著作的目录排列出来；可是它的遗漏非常之多，一出来就被人批评。因此，王绍曾先生主持了国务院的项目，叫"清史稿艺文志拾遗"，把遗漏的拾起来。《清史稿艺文志拾遗》拾了多少呢？55000种。那《清史稿·艺文志》记载了多少呢？9000种。所以这个项目成绩卓越，获得了教育部一等奖。这是一个重大成果。

我留下来以后，最主要的任务就是日复一日地去做"清史稿艺文志拾遗"项目。在做的过程中，我常到北京中华书局去送稿子。稿子送达后，我就到琉璃厂的古物古书集散地去逛逛。在那里，我买到了一部书，价格高达80多元，这部书就是《四库存目》。乾隆年间，有人从《四库全书总目》当中把存目的部分摘录出来，其中没有提要，只有书目，介绍都是什么书、谁写的。这部《存目》一共四册，是线装的雕版印刷物。这部书本来不值钱，我手里有《四库全书总目》，我要它干什么呀？问题是上面有一个民国人的批语，虽然批语很少，但是他的动机非常清楚，写明这本书有什么样的版本传于人世间。这不就是针对编印《四库存目丛书》前，首先要解决的书在哪里问题吗？民国时就有人关注这个问题了，只可惜好几页他才批一处，这是因为作者在民国年间没有条件。我买这部书的原因很简单，我要做这件事情，我要告诉世人乾隆年间修《四库全书》时入了存目的那三分之二的书还在不在人世间、有什么版本、存在哪里。

这涉及7000种书，并且不知道它们在哪里，我就开始调查。我调查的时间不长，国务院第三次古籍整理出版规划会议就开了。我看了会议简报后就想：周绍良先生、胡道静先生已经在大会上提出要做这一研究，如果北京有人要做这个调查研究工作，我不就不用做了吗？我不用做，虽然挺省事，但是并不甘心，毕竟我已经开始做了。国家图书馆的书多，我怕人家迅速搞一个班子，三年就完成了。我就去找董治安先生问："董老师，这个事该怎么办？"他说："我给你几个名字，都是古籍界的领导人；你写一个材料，我给你个地址，你给那些人写信，附上这个材料。"我就起草了一个《四库存目标注叙例》。这个《叙例》谈了什么问题呢？《四库存目》是怎么回事，《四库存目》需要标注书的版本和收藏点，应当怎样标注，《叙例》是一个指导，也是一个缘起以及做法。

我起草了这样一篇东西之后，再写了一封信，附上这个《叙例》，寄给了国内的一些先生，傅璇琮先生是其中一位，还有其他一些先生。很多先生都回信了，尤其是傅璇琮先生，他是国务院古籍整理出版规划领导小组秘书长，他给我来信说这件事非常重要，说他要向匡亚明先生汇报。匡亚明先生曾任南京大学校长兼党委书记，当时是古籍整理出版规划领导小组的组长，副部级。这个时候北京大学的东方文化研究会正在申请承担《四库存目丛书》项目，傅璇琮先生就告诉他们："你们知道书在哪里才可以影印出版，山东大学有个人在做调研。"这个人就是我。但他们不认识我，就找到了山东大学副校长乔幼梅。她是历史系教授，研究宋辽金经济史的专家。他们找到乔校长，通过乔校长找我，但乔校长也不认识我，于是到中文系问："有没有个杜泽逊啊？"中文系说："有，在古籍所。"她就找到古籍所的负责人董治安先生。董先生对我说："乔校长问你的情况，你去汇报一下。"汇报什么？我不知道。我当时年轻，很怕见领导，于是就给乔校长写了一篇近来的工作报告，塞到她的信箱，没有去见她。乔校长看了以后，知道我真的在做《四库存目》，并且知道我是王绍曾先生的学生。乔校长和王绍曾先生很熟，她也没再找我，直接给北京大学回信，说确实有这么一位同志在古籍所，是王绍曾先生的学生，确实在做《四库存目》；北大如果需要他的话，山东大学愿意把他派到北大去合作。北京大学就给我来信了，要我到北京去一趟，我就去了。

从那以后我就加入了"四库全书存目丛书"项目组。到了1994年，我就住到北京大学，开始干了，1995年、1996年到1997年底，前后四年干完了。山东大学这边，我还有课，我一个月回来一趟，集中上课，上完了课又去北京。他们给我的往返车票钱是按卧铺的标准，我不坐卧铺，坐一夜硬座，因为要省这个钱。我买一部书要花80多块钱，但当时一个月工资才60多块钱，这书也太贵了，我一夜不做卧铺，就能省好几十，当然就舍不得坐了。

在北京大学参加"四库存目丛书"，我是总编辑室主任，季羡林先生是总编，另外有个工作委员会。工作委员会的主任是刘俊文教授，我是委员，这个委员会一共有10个人，同时我在编辑委员会是常务编委。我的核心学术成果就是《四库存目标注》，但是这个工作刚到北大时没有做完，只做了很小一部分。我在北京大学工作期间，抓紧时间，提前完成他们所需要的进度。他们不可能一天都印出来，需要一部分一部分来。我的调研工作总是先于他们，这样好把其中的重要线索提供给他们用。

因为这个项目被列为国务院重大项目，我的调查工作就非常顺利了。国务院重大项目有文化部的批件、教育部的批件、国家文物局的批件。为什么这么多批件呢？国家文物局管博物馆，教育部管大学图书馆，文化部管公共图书馆，我拿着这些红头文件，就畅通无阻。

这项工作，我干了四年，才干完。《四库存目》有将近7000种书，第一批先印出来的是4508种，也就是说还有一两千种都没找到。当时把凡是人世间能找到的都印出来了，原样影印，不篡改，这是一个很大的资料抢救工作。《四库存目丛书》卖完了，有了一笔钱，这是《中国基本古籍库》的本钱。

我回到山东大学，在评职称的时候，有关负责人说："杜老师这个书很重要。"我说："是挺重要的。"他又问："哪本书是你写的呀？"我说："我是搞古籍整理的，如果说哪本书是我写的，那天底下人都认为你胡来。这些书的作者都在乾隆以前，怎么会有我写的书呢？"这个问题是很荒唐的，我也没法回答。假如我是一个士兵，我消灭了敌人，保护了自己，我就是最好的士兵；我是一个医生，我能看好疑难病症，我就是名医；我是京剧演员，我唱得好，就是名角；我是古籍整理工作者，难道让我去写古书吗？我可以对古书进行鉴定。你拿着一本线装书说："杜老师，这是宋朝的书吧？"如果真是宋朝的书，价值在千万以上，对吧？我告诉他："你这书是民国的，200块也卖不动。"我能鉴定，这是我的专业；我能够足不出户，知道天下的书在哪里。我调查《四库存目》的时候，寻找6793种书，我不需要跑遍天下，我有我的手段，这是我的专业。但是你问哪本古书是我写的，这就很荒唐了。他不了解我究竟学什么，究竟要解决什么问题，评职称就给我零分，零分我也认了。我并不认为你给我零分，我的工作就没有价值。有没有价值，学术界自有公论。

我上研究生的时候学习了古籍整理专业，得益于我的导师王绍曾先生、董治安先生等，同时也得益于去北京大学参加项目。在座的各位要上研究生，可能是为了拿到一个硕士或博士文凭以便就业，这是无可厚非的，不吃饭怎么干革命呢？但是在此基础上再谋求发展是每个人的意愿，你得不断地提升自己。你将来可能会在学校教书，可能到出版社当编辑，也可能到杂志社、报社当编辑，甚至可以在网站、微信公众号当编辑，在哪里不要紧，你要有真才实学，就可以打遍天下。真才实学从哪里来？学习！不学怎么会？但是人生是有限的，怎么样能够在最短的时间里拿到核心的技术，在经济学上这就是效益最大化了。所以，在座的各位要认清你前面的路，要搞清楚你是什么专业。比如我是古籍整理专业，却也买了黑格尔的《小逻辑》。我在山大南门外新华书店买这本书的时候，狄其骢先生看见了，跟我说："小杜，这个《小逻辑》还是要好好读的。"我读了，但读不懂，我们不具备那个知识结构。所以首先要认清你的方向，这是很重要的。

第二，要树立你的理想，你想成为什么样的人？

第三，就是要搞清楚实现你的理想的道路。比如你要通向钱钟书，先得弄明白完成什么任务才可以到达。如果你不知道的话，就向别人请教，或者看钱钟书的传记，看看人家走过的路。你想当鲁迅也是一样，搞清楚你的道路，然后就努力地去奋斗。一直奋斗，坚持下去，就像火车和高铁都会开到终点站，只是有早有晚，有慢有快。同时你还要搞清楚方法，要知道这个路该怎么走，也要知道该做什么，所有的这一切都需要学。第一需要学，第二需要随时观察，随时分析总结。比方说，大家今天听了我的故事，可以扪心问问自己：我从他那个地方能借鉴到什么？过去有学者说诸子百家的每一句话都可以采纳，都是极其宝贵的，句句都是真理。其实没有这种情况。听报告也是这样，我们会请很多名家来做报告，他的话不是都有用，关键是其中有用的话你记住了，并用来指导你的人生。这一点非常重要。

总之，就是要搞清楚你的理想，弄清楚通向理想的路，再搞清楚需要干什么才能到达理想。然后要学会方法，再加上勤奋，你就可以达到那个目标了。无论多么困难，你都要克服。假如你研究生毕业就工作了，工作以后你依然面临很多要解决的课题。不是说都要学这一种专业，我们国家需要很多的人才，说不定你摇身一变就到铁路局去修铁路了，那也要克服很多困难，要学会因地制宜。老百姓说"到什么山上唱什么歌"，不撞南墙不回头，这是不行的。"穷则变，变则通，通则久"，根据实际情况调整你的方向，才能完美地走完你的一生。你现在上研究生了，不是大学生；研究生是要研究的，要成才！

我就说这些了，谢谢！

学衡专访

哲学是追寻意义的思想过程
——陈少明先生答《学衡》

受访者：陈少明教授 *
采访者：龙涌霖助理研究员 **

> 编者按：陈少明先生是中国哲学研究领域的著名学者，不但在经典解释、哲学史方法论与知识论、作为生活方式的古典哲学等层面成就斐然，还致力于对中国哲学史学科的省思，其哲学研究由此形成了独特的个人风格，获得学界的普遍好评。2021年下半年，陈少明先生在北京大学文研院做访问学者，多次受邀讲学、研讨，引起热烈反响。际兹良缘，《学衡》辑刊编辑部得遂仰慕之忱，特请中国社会科学院哲学研究所龙涌霖助理研究员，围绕学术经历、治学经验、学术视野、教学经验等方面对陈先生进行访谈，以飨读者。

---

* 陈少明，1958年生，广东省汕头市人。1982年获历史学学士学位，1986年获哲学硕士学位，同年留中山大学哲学系任教。1997年为哲学系教授，1998年任博士生导师，2009年获广东省"珠江学者"中国哲学特聘教授，2015年获教育部"长江学者"特聘教授。现任哲学系学术委员会主任，曾任国务院学位委员会第七届学科评议组成员、国家社会科学基金学科规划评审组专家，第八届、第九届中国哲学史学会副会长，中华孔子学会副会长。主要从事中国哲学、人文科学方法论研究，承担《论语》研读、《庄子》研读、哲学史方法论、中国哲学导论、近现代中国哲学等课程。先后在哈佛大学、香港中文大学、台湾大学、北京大学等校担任客座研究员、访问学者。出版专著《儒学的现代转折》《汉宋学术与现代思想》《等待刺猬》《〈齐物论〉及其影响》《经典世界中的人、事、物》《做中国哲学——一些方法论的思考》《仁义之间——陈少明学术论集》《走向后经学时代》《梦觉之间——〈庄子〉思辨录》九种，合著《被解释的传统——近代思想史新论》《反本质主义与知识问题》两种，编有《经典与解释》《现代性与传统学术》《体知与人文学》《思史之间——〈论语〉的观念史释读》《情理之间》等文集多种。

** 龙涌霖，1991年生，广东省潮州市人。2019年毕业于中山大学哲学系中国哲学专业，获哲学博士学位，导师为陈少明教授。2019年至2021年在北京大学哲学系、儒学研究院博士后流动站工作，合作导师为干春松教授。现为中国社会科学院哲学研究所助理研究员。

一、如果有什么内在动力，那就是经常想寻找有趣的问题

龙涌霖：您今年下半年在北京大学文研院做访问学者。半年来，您为北京学界带来了多场精彩的讲座，引起了热烈的反响。您是否可以谈谈您这段时间在文研院的经历，以及您对北京大学乃至北京学界的感受？

陈少明：是的，很荣幸成为北大文研院2021年秋季访问学者。按计划，我参与16位同期来自不同学科学者的报告会。每人讲2次，包括学术论题与治学经验，一共32次。我的题目是《精神世界中的空间向度》和《我为什么讨论〈兰亭序〉》。这一连串非常切实、富于启发的交流，还有精心准备的信息传播，均得益于文研院的安排。文研院院长邓小南老师、渠敬东教授的品味、眼界和能力，都令人钦佩。这是我所向往的高水平组织的人文社科研究机构。当然，在这方面，北大拥有得天独厚的条件。

首先是帮助我加强与北大哲学系朋友们的联系，这既是我的计划，也是文研院对来访学者的期望。访问期间被安排主讲了哲学系主办的两个讲座，一个是"虚云讲座"，报告题目是《物、人格与历史》；另一个是"严复学术讲座"，报告题目是《道器形上学新论》。今年适逢北大首任校长严复逝世100周年，能在这个场合向这位伟大的思想前辈致敬，倍感荣幸。至于在其他高校和社科院的报告，则是计划外的。不过，在问答互动或其他交流的过程中，我向学界同仁甚至学生学到很多东西，同时也感受到北京整体学术力量的绝对优势。

龙涌霖：时间放长来看，您在20世纪80年代已经在学界崭露头角，那时您的成长也与当时的"文化热"有关。这么多年来，您的研究领域和重心一直在更新，从讨论儒学的现代转折开始，到研究《齐物论》的解释史问题，到关注《论语》的经典世界，发掘忧、乐、耻、惑等传统意识的现象学意义，再到对经典问题和观念（如小大之辨、仁义之间）的哲学阐发，以及最近对物与精神世界的逻辑构建，等等。请问在这其中，您是否有一贯的问题意识作为您不断开拓的原动力？

陈少明：我是77级的，读书（包括本科与研究生）主要是在20世纪80年

代上半叶。硕士毕业后就在中山大学哲学系工作，恰好就是所谓"文化热"的时候。对于"文化热"，我的理解是在思想解放运动的政治背景下，以当时所了解到的西学为参照，对中国传统文化的反思热潮。这种反思包括两种互不协调的倾向，一是继续五四以来从启蒙的立场反传统，二是对反传统特别是"文革"式的反传统的批评。后者也与港台新儒家的影响有关，甚至20世纪90年代以后的"国学热"也由此而来。这些不同的声音对我都有影响，这些影响体现在我的硕士论文《康德哲学在近现代中国的传播与影响》，还有《儒学的现代转折》一书上。

在那个年代进入传统学术领域的人，如果是自觉的选择，多半不是为了做某种文史专家，而是基于对文化的某种立场或热情。我的情形也差不多。这部分解释了我没有长期在特定学术园地耕耘的原因。当然，也有偶然的因素。例如，在世纪之交转向《庄子》，就是因为陈鼓应老师的"诱惑"。这一点，我在《〈齐物论〉及其影响》的"再版后记"中有具体的交代。一个人转移课题或领域的动力，既可以来自社会，也可以基于知识的内在驱动。我可能也兼而有之。不同于那些潜沉专注的学者，我不会长时间在一个地方重复劳动。如果有什么内在动力，那就是经常想寻找有趣的问题，或者想把问题做得更有趣。追求创造性可能是创造力的前提，至于是否有真正的创造，那是另外的问题。

龙涌霖：您的博士导师是杜维明先生和冯达文先生。您认为自己哪方面受到他们的影响？您是否也方便谈谈您与硕士导师丁宝兰先生的交往？此外，还有哪些学界前辈对您影响较大？

陈少明：丁宝兰先生是中山大学原校长许崇清先生的学生，学教育学。据说反右时被划成"右派"，1960年哲学系复办后，到哲学系任教。他很有风度，但言行极谨慎。记得有一次课堂讨论，他问我们对以"两个对子"写哲学史的看法，听到大家七嘴八舌的议论后，很严肃地把我们批评了一顿。还有，看完我硕士论文初稿时，他提了几个问题，其中一个我还有印象的，就是要我补充引用"经典作家"对康德哲学的评论。可能是年龄与阅历的差距太大，还有相处时间不长，我对丁先生了解不深。但他对我很好，同意我写《康德哲学在近现代中国的传播与影响》，毕业后让我留在他领导的中国近现代哲学研究室工作。这对我迈出学术生涯的第一步，非常关键。

冯达文老师是我博士论文的导师，他写过一本谈道家哲学的《回归自然》，我选《庄子》做论文，顺理成章，自然而然。也可以说，冯老师成全了我从近现代思想回到古代哲学的变动。冯老师对生活自然遂顺，对他人宽厚仁爱，具有古典的人格风范。中大中国哲学团队的局面，是冯老师开创的。在祝贺冯老师70寿庆文集《情理之间》的序言中，我对此有具体的表述。去年他80岁，在中大学习工作60年之际退休。冯老师退休仪式上得到了中大不同年代的师生的高度赞誉，名至实归。

杜维明先生在任哈佛—燕京学社社长时，让我以访问研究员的名义，到哈佛东亚系完成博士论文的写作，成为我学位论文的合作导师。虽然我的论文选题是道家，但杜先生的影响主要是使我从此重视且认同儒家传统，这是我在进入学问领域后重要的思想变化。他对我的帮助不限于在哈佛访学期间，2000年他从美国专程回来参加我的毕业论文答辩，后来又支持我在中大举办关于比较思想史的系列研讨会。杜先生誉满天下，对我的影响，不是三言两语能说清楚的，以后会专文论述。

对我有影响或给过我帮助的师长当然很多，这里无法一一陈述。例如，庞朴、汤一介、袁伟时、张华夏、陈方正、陈鼓应、黄俊杰等等老师，他们价值偏好、学术论域可能很不一样，但均有恩于我。这还不包括像李泽厚这样没直接交往的前辈。我写过记述庞先生的《智者的归隐》，有机会应该记述其他的老师们。

二、把哲学理解为动词而不是名词，才会有思想训练的效果

龙涌霖：据了解，您的第一篇有"做中国哲学"味的文章应该是《由"鱼之乐"说及"知"的问题》，当时您43岁，在此之前很长一段岁月是在进行较为传统的中国哲学史的工作。想听听您是如何做到这一"突破"的？做哲学需要什么样的积累和条件？尤其您曾经说要"寻找自己思想出路"。

陈少明："做哲学史研究"到"做中国哲学"的变化，经历了漫长的时间。

我从历史系转读哲学系,原本是基于对哲学的兴趣。可能因为读了普列汉诺夫的几本书,如《一元论历史观的发展》《论一个人在历史上的作用问题》,还有《论艺术——没有地址的信》等,也可能是受李泽厚《批判哲学的批判——康德述评》的影响。按理应该读西哲,但我当时觉得中国哲学容易考,先进哲学系再说。所以后来读书便不分中西。这也能解释为什么硕士论文的选题是讨论康德在中国的影响。而读中国哲学时,又觉得除了哲学史,只有新儒家几个人的作品是哲学著述。因此,我一边思考这种现象的成因及改变它的理由,一边试图在"做"方面有所表现。前者比较明确的论述,是《从中国哲学史研究到中国哲学创作》;后者的第一次尝试就是这篇讨论"鱼之乐"的论文。

比较而言,"做"比"说"困难得多。这很可能与我们的哲学教育有关,我们教哲学的目的主要是帮助学生判断一种哲学理论是对还是错,而非尝试自己把它"做"出来。不仅中哲情形这样,在中国学西哲者大部分也这样。另一个问题,也可能与把形上学当成哲学的标准形态有关。它会使大多数人对它望而却步;而少数人试图建立的所谓的哲学系统,又很有"民哲"色彩,即便是出自教授的手笔。分析哲学与现象学在拒斥或悬搁形上学,要求立足经验或面对事实方面,对我很有启发。这也体现在对"鱼之乐"的讨论中。它是做庄子论文的副产品。文本中关于"知"的绕口令般的辩论,让我想起维特根斯坦《论确定性》中对"知道"与"相信"的著名区分,用这个区分对问题进行疏解,关系清楚明了。但是,庄子无法用知识证明的"鱼之乐",为何在我们的文化中影响深远?我借鉴现象学的手法,通过人们面对各种生物受难过程的体验描述,揭示这种世界观的心理基础。论证无效的观点未必没有意义。不过,论文投稿时连连受挫。首先被刘东主编的《中国学术》拒了,理由很客气,大概是与刊物宗旨不符之类。接着投《哲学研究》,又如石沉大海。拖延一年多后,才刊于《中山大学学报》。这可能意味着,大家还没做好接受"做"而不是"述"的中国哲学的准备。但是,这没有影响我继续写《解惑》《明耻》等做哲学的文章。

至于做哲学应该如何准备,则是个不容易回答的问题。我自己就比较笨,问题在想很久后才有点眉目。如果是谈个人经验,我想有几点可说。第一,读经典,这跟中国书画先临摹名作一样。而且要从摹到临,即从形似到神似,由此进入自己风格的拓展。经典提高你的眼界和基本要求，形成法度，创造才有意义。第二，读书范围不能太窄，不能只读哲学，更不能只读哲学的某个领域。因为，哲学不是哲学史，没有固定的研究对象。读书视野小，等于画地为牢。很多人几十年做学问不超过写博士论文的范围，别的行当我不敢说，做哲学肯定不行。即使做中国哲学，这样也不行。第三，读书不局限于阅读研究资料，不要总想这本书对你的研究有什么用。这样想会让你少读很多书，同时即使勉强读下去，你也少了很多乐趣，且常常读不到应该读的东西。第四，不能把哲学当作某种科学理论，读书不是要寻求各种定理或命题，而是把它理解为一种思想探索的过程。把哲学理解为动词而不是名词，这样你才会有思想训练的效果。当然，我要声明，我不反对哲学史的学习，即使做哲学，也不能离开哲学史的资源，只是希望在两者之间有个恰当的平衡。

龙涌霖： 您对西学的涉阅非常广泛，常常自称是西方哲学的"票友"。有几位西方哲人对您的影响很大，经常出现在您的作品中，如维特根斯坦、阿多、海德格尔、福柯。是否可以谈谈他们对您的致思的影响？

陈少明： 我喜欢阅读西方哲学，但相关知识修养远达不到专业研究的水平。与前面所说的一样，我的阅读基于学习的兴趣，而非想做专业研究。即使早期与张志林合写的习作《反本质主义与知识问题》，你也可以从中看出学习"做"哲学的苗头。在西方哲学中，我对现代部分的兴趣更大，这可能也是我与西式形上学保持距离的原因。阅读名单当然远不只这几位，不过没法细说。可以提一下维特根斯坦。第一次知道这个人，印象中是在杜任之主编的《现代西方著名哲学家述评》中。而让我印象加深的，则是舒炜光的《维特根斯坦哲学述评》。他特别提到维氏在 20 世纪一个人创立了两个哲学系统，而后一个系统致力于对前一个系统的批判。我第一次读维特根斯坦的原著，还是一位学现象学的同学到北大图书馆帮我复印的 on certainty（《论确定性》）。我对其后期哲学更有兴趣，他的深刻与明晰，不是靠复杂的术语或高深的理论，而是建立在对经验质朴的描述上。例如，著名的"家族类似"概念就建立在对"游戏"的描述上。这是一种思想的"手筋"，是做哲学应当学的。

龙涌霖：您的写作风格极具标志性，往往以优雅凝练的文章见长。请问您对摆脱教科书式的哲学书写有什么经验吗？

陈少明：我不知道我的写作是否形成某种风格，但我强调论文不是教科书。哲学史教科书往往是对公认观点或者大多数人接受的观点的陈述，它并不注重论证的环节。论文必须提供新观点，所谓问题意识与论证意识是相辅相成的，它需要用合乎逻辑的方式把读者导入作者的思路中。论文中的逻辑有两个层次，一个是句子关系结构上，一个是思路即整篇论文各个段落的布局上。两者都要注意。论证其实是把思考中杂乱的过程整理出可以理解或说服读者的程序。我不喜欢滥用新概念，有些人的新概念只是让人觉得陌生的字眼而已，往往是用来掩饰作者缺少思想能力的表现。你看庄周梦蝶，或者鱼乐之辩，有什么概念吗？没有，但一点也不削弱其思想的力量。我在想，如果你不用哲学概念而能讨论哲学问题，那可能是真有原创性的表现。另外，除教科书文风外，还应该尽量避免写带有"翻译腔"的论文。总之，词语更准确些，句子短些，逻辑更清晰些。

龙涌霖：我们看到，除了《儒学的现代转折》《〈齐物论〉及其影响》二书，您更多是以论文集的形式出书，似乎不太喜欢做专著，请问您是怎么考虑的？

陈少明：写论文多的原因是多方面的。首先，论文比专著要求更严谨，更能有效展示一个观点的逻辑结构。即便是专著，我也喜欢更精简的，至少从阅读的观点看是这样。可以用一篇论文表达的内容，千万不要拉成一本书。给文字注水最后会败坏你的文风。其次，由于我的很多观点包括表达方式都有"试验性"，不容易做成长篇大论。哲学不仅要关注思想内容，更要关注表达方式，很多哲学观点的深浅高低，不是体现在价值取向上，而是取决于表达或论证的能力。庄子的表达方式就非常迷人。第三，学问评估方式的转变，即文科模仿自然科学的评估方式，要求在指定的刊物上发表论文，并将数量作为生产能力的指标。这种方便外行管理的办法，也对知识生产有深远的影响。写论文才能完成工作量，则是无奈之举。第四，工作时间碎片化，不断的考核、填表、评选、申请，导致你没有充分的时间构思结构更复杂的论题，如果你还想保持写作的热情，也只能写短篇论文。上述四点理由或原因，前两点是积极的，后两点是消极的。不过，整体上讲，专著与专题文集，形式上各有所长，尽量发挥其优点即可。

三、哲学是追寻意义的思想过程

龙涌霖：在 12 月 18 日的"做中国哲学：思路、方案与实践"会议上，与会老师们对您的方法论思考提出了一些问题。可能因为会议时间紧迫，您当时并未直接回应，现在是否方便作出初步的回答？归纳一下，这些问题主要集中在两方面。第一，您说您的"做中国哲学"并不以形上学预设为前提，这是否可能？您在当时做引言时提到，您设想的意义世界的结构不是金字塔式的，而是网状的。所谓"网状"结构，本身是否也是一种形而上的预设？未来您是否会对形上学问题作一些说明？

陈少明：非常感谢北大、清华和中大哲学系联合举办的这个工作坊，我本人除受到鼓励外，还从众多师友的评论中学到很多东西。以后我再找机会，用书面的形式回应或重新探讨相关问题。这里先简略提一下我的想法。关于不作为前提的"形上学"，我指的是亚里士多德意义上的以"存在"为研究中心的西式哲学系统及其变种，而非中国道器结构表达的形上学。不以之为前提的意思是，不必每种哲学论述都要先建立这种理论，或者寻找一种作为其他哲学论述的推论前提。哲学的出发点是经验，而非实在论式的概念。但我不反对有人做形上学，也能欣赏其中的出色者。至于做哲学是否都预设形上学问题，还要看"预设"及"形上学"是什么意思。预设有时指以常识或自明的观念为讨论的基础，有时指作者以其所信奉的某种知识立场为前提。我的观点是，前者是无可避免的，后者则越少越有说服力。我讲的不以形上学为前提，指的就是后者。而"形上学"如果依"道器"结构的思路，那是指经验之中或经验背后的意义，形而上的意思就是对象不直接呈现在感官面前。对此，我不但没有任何异议，而且会致力于这种探讨。

龙涌霖：第二个问题集中在"经验"的概念上。您认为古今经验的贯通性是古代思想得以现代转化的基础。但在历史学家、人类学家或者社会学家看来，古今经验的差异性很可能是大于贯通性的。这样看来，至少不是所有古代观念都是当下能理解、有意义的。不知您会怎么回应？

陈少明：经验是个复杂的概念，其最基本的意思，一方面指行为的过程，一方面指相关过程的内在感受。有些个人的经验是偶然的，有些是相通的。后者才有可能成为人类知识。但由于经验过程包含的人、事、物诸因素的区别，经验也需要分类。例如，身体经验、语言经验、道德经验，等等。只有分类，才能让经验呈现秩序。但即使是分类，每一类中也可能有层次的区分，例如相对于汉语或英语而言，语言就是抽象的说法。汉语相对于其内部各种方言来说，也是抽象的表达。其实，抽象与具体是相对的。谈哪个层次的经验，取决于谈论的目的。另外，还有综合经验的问题。历史学家或社会学家一般谈论综合经验。如果你要整体地讨论古代生活经验与现代生活经验，或者欧洲文化经验与亚洲文化经验，自然差别比可通约的因素更明显。而从使用汉语特别是汉文的经验看，如果古今不可通约，中国文化就不会形成。存在可通约的可能，是文化形成与发展的基础。这是我寻找古今经验可融贯性的基本预设。

龙涌霖：在文研院做访问期间，您做过几场与"物"相关的讲座。这些论题是非常吸引人的。这是否也可以视为您在形而上领域方面的努力？它在您的学思之路上是如何形成的？未来有何相关研究计划？

陈少明：关于"物"的研究，肇始于我的《经典世界中的人、事、物》一文。提及物原本是为了拓展做中国哲学的素材范围，后来写《说器》，开始有正面观察这个领域的想法，特别是注意到礼器与精神文化的关联，由此又联系到纪念品与文物的意义上来，并写了《从古雅看怀古》及《怀旧与怀古》两篇探讨精神文化现象的文章。此外，还有一篇论"心外无物"，从阳明心学出发谈心物关系的文章。个案研究应该是关于《兰亭序》的哲学分析，综合论述则是刚刚发表的《作为精神现象之"物"》。在北大文研院访问期间，因做"虚云讲座"和"严复讲座"，沿着这个思路，又做了《物、人格与历史》和《道器形上学新论》两个报告。前者由"特修斯之船"提出的物之"同一性"问题，引出"物"在人类生活中的不同身份或地位，勾画出物的谱系图。后者则归回《易传》中的"形而上学"概念，颠倒重道轻器的传统，探讨并扩展器物对人类生活的意义。虽然最后这一篇还未成文，但前后联系起来，好像有一个物的研究的思想轮廓。我不知道这是无心插柳的结果，还是潜意识中被问题所牵引的产物。不过，我知道这是立足中国传统的观点。如果它算做哲学，就是做中国哲学。有机会的话，我会再编本书。

龙涌霖： 说到您关于《兰亭序》的个案研究，您最近刊在《哲学研究》2021年第9期的《经典世界中的〈兰亭序〉》，在公众号、微信朋友圈推送时便引起很多关注，相当"出圈"。很多人没想到书法作品也可以从哲学角度读出这么一种趣味。很好奇，您当时为什么会尝试这一领域，以及怎么捕捉到这些灵感的？

陈少明：《兰亭序》是我讨论精神文化之物的一个例证。它是史事记载、文学作品、书法艺术以及历史文物等多重身份合一的特殊对象。我的分析主要有几个方面：一是借"经典世界"这个概念讨论它的出没沉浮及机遇；二是通过对临、摹技术的区分描述精神活动在书法实践中的作用及对相关作品的塑造意义；三是借临摹与文物复制的区别，揭示书法传统形成的特殊性，并由此观察精神传统中的某些侧面。我不是书法爱好者，更非书法研究者。不止一个朋友问我为什么谈论《兰亭序》，就因为他们知道我对书法是外行。选择这个问题，其实也有偶然的因素。20世纪70年代末，我大学同宿舍的同学订了一份《文物》，里面有郭沫若认为《兰亭序》是伪作的论文，曾给我一个模糊的印象。后来大概是10来年前，旅行经过兰亭纪念地，看到大量对《兰亭序》的临摹，感到很惊奇。因为临摹者中不乏帝王将相、才子佳人、骚人墨客，甚至高僧大德。起初我惊奇的是它的艺术影响力，其他并未深思。前年疫情中，我在写《精神世界的逻辑》时，想到把它当作说明多重时空变化的例子，就重读相关资料，结果产生一个疑问：这件在世为人所知时间并不长，且真迹早已绝世的作品，为什么会成为千古名帖？思考下去，就有了这篇论文的构思。哲学没有固定的对象，它只是理解事物的思想行为，只要你能有效地揭示对象同人类精神生活的意义，特别是揭示日常接触中人们并不注意的内在或深层联系，就是在做哲学。简言之，哲学是追寻意义的思想过程。不过，以什么为对象，取决于你的修养、关注度，或许还有偶然或外在的因素。

龙涌霖：今年您的大著《梦觉之间：〈庄子〉思辨录》问世，为我们提供了"做中国哲学"的典范案例。但《庄子》一书之于您，不仅是"尝试"的场域，您还提到过对您言说方式的塑造，是否可稍加引申？

陈少明：这是我第二本关于《庄子》的书，第一本《〈齐物论〉及其影响》是我在博士论文的基础上修改而成的。它是"经典与解释"的个案研究。借《齐物论》这个核心文本解释《庄子》一书的思想结构及其形成，再扩展到对其后的哲学传统的影响，是有吸引力的思路。在20年前想摆脱哲学史的套路，解释学在国内刚兴起时，是有开拓意义的尝试。不过，从一开始，我就着迷于庄子玄妙的思想，在从事思想史写作的同时，思考其哲学问题。所以，第一篇做哲学的论文，就是从《庄子》中找题材的。由此出发，断断续续近20年的写作，构成第二本书的内容。《梦觉之间：〈庄子〉思辨录》内容分四编。第一编"文本"与第四编"历史"，大致和《〈齐物论〉及其影响》略有承续关系。但第二编"思维"与第三编"哲学"，则是新的思考。《庄子》的魅力不仅表现在思想内容上，更表现在思维或者论述方式中。庄子同维特根斯坦一样，对我理解什么是哲学有很深的影响。对我来说，对经验作哲学解释，比用经验证明哲学观点更有意义。重构庄子哲学，也可以看作我"做中国哲学"在道家论域中的试验。另一本《仁义之间》则是儒学方面的哲学探讨。对待儒道关系，我没有受道统观念的影响，但也不认为庄子与儒家同源，我只是把两者都当成中国文化传统中并行不悖的思想资源。

四、从揣摩经典入手学习哲学，养成有自己风格的学问

龙涌霖：您在中大常年开设"中国哲学方法论"课程，与您"做中国哲学"的方法论探索相辅相成，很多同学在您这门课程中打开了思路。请问您开设这门课的缘起、目标和侧重点是什么？

陈少明：我常年开设哲学史方法论的课程，这是研究生教学计划中的必修内容。同时，由于我写了一些可称作方法论的文章，大家也愿意把这项任务交给

我。我大概讲几个方面的内容：其一，哲学史与相邻学科如观念史、思想史甚至知识社会学等学问的关系；其二，中国哲学史学科的形成与相应的古典学问的关系，同时总结这个学科的得失；其三，对"经典与解释"作为沟通古典与现代学术的研究方向进行一些理论的分析，主要聚焦以解释为中心的经典思想方式，以及经典文本所负载的古典生活经验的讨论；其四，我对"做中国哲学"的理解与尝试的介绍。不是一开始就讲这么多，课程规模是随着自己研究或写作的进展而慢慢积累形成的。所以虽然是同一门课，但每次总有部分的更替。如果相隔几年听同一门课，说不定会以为听到不同的课程。《做中国哲学》一书也可以看作这一课程的副产品。

学问特别是哲学方法与技术操作不一样，不能把它理解成有既定程序并能得出期待产品的秘诀。很多方法论论述其实是学科层面的划分问题，不是具体的方法指南。或者说，很多规范性的说法，至多起到防止你离题的作用，不能保证你的成果一定出色。因此，讨论方法时我常通过经典作品的分析来呈现。从揣摩经典入手，才是学习的正道。这与学习艺术可能差不多，因为共同点都是追求创新。

龙涌霖：您很早就担任硕士生、博士生导师，对研究生的培养倾注过很多心血，想必学生们也想从您身上学到一些本领，您对此有什么经验之谈和期待吗？

陈少明：在这方面，我没有特别值得介绍的经验。跟其他老师差不多，学生总是少数优秀，极少数较差，而大多数合常规吧。虽然我倡导做中国哲学，但没有让学生的论文选题也跟着我。原因在于，我们的哲学教育都是在教哲学史研究，很少训练哲学创作的。我尝试失败，关系不大，让资质平常的学生去冒险，会得不偿失。多数学生的选题遵循经典解释的传统，或者在观念史领域，类似我写《齐物论》的影响，或者关于《论语》的分析，会相对保险些。我也支持传统哲学史意义上有意思的选题。另外，我也不喜欢给学生出题目。我对学生的了解并不比他们自己多，我觉得有意思或合适的问题，由于知识背景的不同，学生未必能领会，不要弄巧成拙。较好的做法，是学生报两三个选题，你挑相对合适的。不必自己非常熟悉，但不要是自己完全不了解的。如果完全不了解，即意味着你没有指导的条件，会耽误学生。优秀的学生，不是老师教出来的。很差的学生，也不是老师能教好的。碰到两者都是教师的运气。当然，我也发明过训练学生的小伎俩，例如，针对读书只读结论不重视论证，或者写作思路不清晰的问题，我指定一些章法严谨的论文让学生压缩，1万多字的文章，先后压缩成3000字和500字，要求在限定的字数中保留原文的结构要素。作业完成后让学生互相对照，他们就明白谁做得好谁做得差。多做几次，就可能养成正确阅读的能力。我的理解，教师的主要任务是让合格的学生更优秀。不过，在这方面，我还有很长的路要走。我带学生，主要是完成教师工作任务，完全没有培养一个由自己观点主导的学术团队的奢望。每代人都会产生有自己风格的学问。

易学研究专题

谈象数易学 *

林忠军 **

象数观念起源于神学十分盛行的《易》前时代，成书于战国时代的《易传》曾就象与数的概念加以规定，而将"象数"作为一个概念使用恐怕是在汉代及汉代以后。广义的象数，大致等同于"数术"，反映出易学发展的独特性和对于民俗文化的影响；而狭义的"象数"，是易学文本赖以形成的阴阳卦爻符号和与大衍筮法相关的蓍数，它作为一种解《易》的方法，属于经学研究内容。《周易》象数学史与整个易学发展的进程是一致的，按照象数易学发展的进程，可以将之划分为六个时期。象数易学流派大致可分为占验派、注经派、图书派三大派，象数易学在理论形态、思维特点、历史影响等多个方面有其独特性表现。我们今天研究象数易学具有多方面意义，如树立严谨的学风，做扎扎实实的学问；完善注《易》方法，揭示其本义；坚持易学与自然科学相结合，建立新的易学体系；剖析象数易学体系，展示其哲学思维。

一

所谓象，是就卦而言的，它指《周易》卦爻符号及其所象征的世界上各种事物及事物的属性、形态。凡以六画或三画组合的阴阳符号及其象征的事物及事物的属性、形态，称为卦象；卦象分为三画八卦之象和六画之象。凡以一爻所象

---

* 此文取自拙作《周易象数学史·绪言》。
** 林忠军，山东大学易学与中国古代哲学研究中心教授、博士生导师、泰山学者，曲阜师范大学东亚易学研究中心主任。

征的事物及事物的属性、形态，称为爻象。爻象可分为阴阳象、爻位象等。除了《周易》文本固有阴阳符号构成的卦爻象，还包括了由卦爻符号推演出的卦气、卦变、互体、爻辰、纳甲、之正、旁通、反对、五行等象。严格说，易象分为两种：一种是指由阴阳符号构成的象，如前面所言《周易》固有的符号及其推演出的符号是卦象；另一种指《周易》卦爻符号所象征的万物之象，有学者称为"物象"，如《说卦传》所言八卦之象。《周易》文本由卦爻象符号与文辞构成，文辞表达一定的物象，文辞与卦爻象关系，被《易传》认定文辞本之易象符号，即"观象系辞"。故文辞所言的"物象"本于卦爻象。所谓数，原之于筮法，是指用来确定卦爻象和表征卦爻象的数字。它包括蓍数（天地之数、大衍之数、老少阴阳之数、策数等）、五行之数、九宫之数及河洛之数。而图书之学，则是由象与数符号构成的内涵深奥学理的图式。古代易学家也有将《周易》文本中出现的"数"视为象者，即以数为象者，称为数象。

象数观念起源很早，它产生于神学十分盛行的《易》前时代。早期的象数观念，与卜筮之法相联系。考古发现，殷周之前，已大量使用了与数占相关的数字卦，以数为占，数早于象。由占之数后来转化为阴阳符号，可知数是象雏形。而殷商之际龟卜之法是以烧灼龟甲出现的兆判断吉凶，这个兆也称为象。春秋时韩简云：

龟，象也；筮，数也。（《左传》僖公十五年）

即是指龟卜以象言，筮占以数言。学者循此思路研究，认为龟卜之兆象与易象也有某种联系，是易象的重要源头。易象起源于数字卦还是龟卜之兆象，则有待于深入研究。而后来的象数专指易学中的象数，与龟卜无关。成书于战国时代的《易传》曾就象与数的观念加以规定。《系辞传》云：

象也者，像也。
夫象，圣人有以见天下之赜，而拟诸其形容，象其物宜，是故谓之象。

极数知来之谓占。

但《易传》还未将象数作为一个概念表征易象、易数及相关的意义。将象数作为一个概念使用恐怕是在汉代及汉代以后。如《易纬·乾坤凿度》云："八卦变策,象数庶物,老天地限以为则。"晋韩康伯注《系辞传》云："斯盖功用之母,象数所由矣。"而将象数称为一门学问则更晚,大概在宋代。《宋史·隐逸传》云："郭囊氏者,世家南平,始祖在汉为严君平之师,世传易学,盖象数之学也。"宋代所谓的象数之学不仅指汉代的象数易,也包括了宋代的图书之学。《东都事略·儒学传》云："陈抟读《易》,以数学授穆修,以象学授种放。放授许坚,坚授范谔昌。"此数学、象学是指图书之学。北宋沈括作《梦溪笔谈》专列"象数"二章。沈氏所言象数,包括历法步岁之法、医学五运六气之法、六壬之法,候气之法、纳甲之法、揲蓍之法、卦变之法、五行之数等应用之术。而清初黄宗羲作《易学象数论》言河图、洛书、先天图、纳甲、卦变、互体、蓍法、易纬、太玄、元包、潜虚、洞极、洪范、皇极、六壬、太一、遁甲等。沈括与黄宗羲使用的"象数"观念,是广义的象数,大致等同于"数术"。

另一种是狭义的"象数",是易学文本赖以形成的阴阳卦爻符号和与大衍筮法相关的蓍数。它作为一种解《易》的方法,属于经学研究内容,异于数术之学。其实,象数之学与术数之学区分非始于今日,古代早已有之。汉代刘向父子校书,"总群书而奏其七略,故有《辑略》、有《六艺略》、有《诸子略》、有《诗赋略》、有《兵书略》、有《术数略》、有《方技略》"(《汉书·艺文志》),并将孟喜、京房等人的象数易学著作列为《六艺略》,将天文、历谱、五行、蓍龟、杂占、形法六种图书列为《术数略》。清代编撰《四库全书》,将言象数解经之易书列为经部易类,将数学、占候、相宅相墓、占卜、命书相书、阴阳五行、杂技术七类列为子部术数类。可见狭义的象数学与术数学在古人那里泾渭分明,区分比较严格。

当然,广义象数学与术数学等同,不是毫无道理可言,恰恰反映出易学发展的独特性及其对于民俗文化的影响。《周易》本为卜筮之学,象数思想是在卜筮活动中产生、且服务于筮占活动。《系辞传》"参伍以变,错综其数,通其变,遂成天下之文。极其数，遂定天下之象"中的"象""数"皆就筮法而言，故《周易》本属于术数，为官方专门史官所掌管。然经过孔子的整理与阐发，易学话语系统发生了转换，德占取代了筮占，《周易》具有二重性：巫史的卜筮性与儒家的哲理性。汉代，"史官之废久矣，其书既不能具，虽有其书而无其人"（《汉书·艺文志》），术数流入民间。而以探讨大道为主、包括象数易在内的易学则成为官学而与术数分道扬镳。虽然如此，《周易》筮占之学作为民间俗文化，还是不断地从象数易学中吸取营养，完善其理论体系和操作方法，而且后来的堪舆、命理、相术、六壬、遁甲等也凭借着象数易学某些理论得以形成和发展。更为重要的是，一些早期象数易学家，精于筮占，撰写过有关筮占方面著作，其许多象数思想通过建立筮占体系而阐发出来。术数学与象数学这种特殊关系，成为泛化"象数"、与"数术"等同的主要原因。

狭义的"象数"，其重点研究的是《周易》文本中的和与之密切相关的象数。显然不是广义的"象数"，即不包括《周易》文本以外的诸种数术。故拙著以"周易象数学史"命名，旨在在探索易学发展过程中，象数易学理论和易学方法的形成与演变。而对于易学筮占之术（大衍之法例外）应用和其他数术应用一般不涉猎，除非其学说与应用混为一体，则不得不做出介绍。

《周易》象数学史从属于易学史。易学是关于《周易》经传研究的学问。它以《周易》文本为研究对象，通过解读《周文》文本，以恢复和再现《周易》文本本义或阐发蕴含其中的深刻哲理为旨归。易学史是易学形成、发展和演变的历史，这种历史是一种易学学术活动的真实存在，是客观的、确定的、不以人的意志而转移的。而易学史研究则是将研究者自身置于易学历史境遇之中，凭借历史流传下来的和新出土的易学文献，运用历史的、哲学及易学等方法，对于易学发展做出客观的描述与诠释，力求恢复和再现易学发展的原貌，然后对此进行深层次的思考与解释，并就易学学术活动意义和价值作出判断。这种易学史的研究，与研究者所处的历史文化背景及在此背景下形成的理论素养学识、理解力相关，体现了研究者的易学价值趋向，未必与真实的易学发展完全符合。其实，易学史研究是一种对于易学传统的解释活动，回归和展现易学传统是易学史研究的第一步，也是最为关键的一步。但是绝非最终的目标，最终目标则是指向活生生的易学现实。张世英先生在总结对传统的解释时提出三个层次：一是"对简单事实的考证"；二是"对原本内在关系、内在结构的分析和释义以及对原行动者或原作者与参照系的关系的说明"；三是"对于传统意义和价值的评判"。前二者属于传统研究的低层次。而对于传统解释最为重要的不是复制和再现历史，而是"指向现在、射向当前"的价值评判。以此观之，易学研究内容不仅"包括传授的世系，不同时代和学派解经的倾向，经典注疏的概况和成就，典籍的辨伪和文字训诂的考证等"，更应将重点放在当下文化知识语境下对于传统易学作出的重新理解与解释，赋予易学全新的内涵，回应学术界和时代提出的新挑战，使易学由传统指向现实，从现实走向未来。

易学史上由于治《易》理念、方法与思路不同，易学家大致被划分为象数派和义理派。象数方法是探寻和解释易学起源、易学文本形成和文本固有意义的易学方法。汉代易学家崇拜《周易》文本，故从《易传》"观象系辞"观念出发，将象视为文本成书的关键，故在解释文本时更加注重象的作用。象数方法则往往与训诂方法交集在一起。一般说来，易学家先用文字训诂方法解释《周易》文字意义，然后以象数揭示《周易》文辞依据。故文字训诂方法与象数方法就成为汉代易学研究的主流方法。作为象数的新形式——图书之学是宋代易学家探求易学起源和解释文本的重要方法。故宋代以后，图书之学成为易学的重要内容。与象数方法不同的是，义理法是揭示和印证《周易》文辞所内涵的深奥意蕴的重要方法。晋唐、宋明一些易学家，本之《易传》"立象尽意"观点，借助于经文解释，阐发和印证易学所蕴含的圣人之意或万物之道，以建构贯通天人的易学体系。故易学史包括象数易学史和义理易学史。象数易学史研究以《周易》象数符号和图式为研究对象，通过解读传世与出土的象数易学文献，探讨不同时代的易学象数思想内涵、与自然科学关系、解经方法、学派形成及在易学发展史中的价值等问题，考辨历史上留下来的疑难问题；进而阐明象数易学发展的轨迹、在易学发展中的价值及其与义理之学的关系，力求还原不同时代象数易学和同一时代不同易学家象数思想之真实面貌。以此出发，以现代的话语深刻地检讨易学史上不同形态的象数易学，重新诠释象数在新时代语境下的易学研究中的意义，思考和探索其哲学意蕴，运用新的话语系统重构其思想体系，前瞻其未来发展的大趋势。

二

象数易学作为易学的一个分支，其发展与整个易学发展的进程是一致的，从其思想的萌芽、学派形成、思想体系的形成，到思想的发展和演变，经历了一个漫长的过程。按照象数易学发展的进程，我们可以将象数易学史划分为六个时期。

第一是先秦时期：象数思想开始萌芽。数字卦与龟卜是象数易学产生的源头。《周易》文本中的符号系统本之《连山》《归藏》。《左传》《国语》记载了二十多个筮例，反映出春秋时期的零星象数思想和开始使用以象注《易》方法。这些思想在战国时期得到了充分的发展。今本《易传》与帛书《易传》成书，标志着象数思想形成。它以较高的抽象思维，第一次全面地对《周易》象数的概念、性质、作用等加以概括，并尝试把象数作为一个重要方法，注释《周易》卦爻辞，揭示了象辞之间的内在联系。《易传》的象数思想成为两汉象数易学形成的理论基石。清华简《筮法》是战国时与大衍筮法相关的另一筮占系统。从其根源说，清华简筮法不可能是晚于《周易》的大衍筮法。清华简与之前出土的数字卦有相似之处，保留了战国前流行的数字卦的特征，透过清华简可以看到数字卦中的数字过渡到一六，再转化为阴阳符号是一个过程。

第二是西汉时期：象数易学形成时期。西汉易学适应了大一统的政治、文化的需要，得到了空前的发展。其中象数易学产生是易学发展的产物。象数易学凭借着当时易学和包括天文、历法、数学等在内的自然科学所取得的成果而建立起来，通过"师法""家法"师承传授方式，形成了形态各异的理论。以孟喜和京房等为代表的易学家，迎合当时经学和整个学术发展的需求，运用象数观念作为手段，重在阐发易学微言大义，建立起了推天道、明人事的庞大易学体系，从而改变了易学发展的方向，成为汉代易学的主流。《易纬》以通论的形式总结了西汉象数易学的成就，阐发了具有神学色彩的、独特的象数思想，使西汉象数易学得到了丰富和发展。

第三是东汉时期：象数易学鼎盛时期。无论是深度和广度还是其规模，象数易学都达到了登峰造极的地步。东汉易学大师辈出，学派林立。易学家秉承西汉易学传统,以探索文本本义为目的,阐发了象数易学,以郑玄、荀爽、虞翻等为代表的易学大师,沿袭汉易旧说,通过注经形式,阐发了一系列比西汉更为精密、更为深刻的象数思想,成为象数易学集大成者。但是由于东汉象数易学家过分地推崇象数,夸大其作用,从而使易学体系变得机械、繁琐,远离了《周易》之本义,导致了自身的式微。

第四是魏晋隋唐时期:象数易学衰微时期。少年王弼以老庄注《易》,辨名析理,尽扫汉代象数之学,象数之学开始衰微。大部分象数书籍失传,存者或流入术数,或无师传授。至南北朝时,南朝立王弼易为官学,北朝立郑玄易为官学,象数易学唯有郑玄易与王弼易学抗衡。隋唐时,南北统一,随着南学取代北学,郑玄易失去官学地位,逐渐被学界冷落。幸有唐代李鼎祚慧眼洞悉,撰《周易集解》"采群贤之遗言,议三圣之幽赜,集虞翻、荀爽三十余家,刊辅嗣之野文,补康成之逸象"(《周易集解序》),而使汉代象数易学得以传世。在这部书中,还辑了汉以后至唐代如陆绩、干宝、侯果、崔憬等一些易学家的思想。这表明在玄学思潮冲击下,象数易学江河日下,但仍然有部分易学家逆流而动,承袭汉易旧说,以象数治《易》。

第五是宋元时期:图书之学形成与兴盛。北宋刘牧、邵雍等人不囿于易学文字笺注形式,以《易传》的数理为最基本的依据,追溯易学源头,揣摩易学圣贤思绪,探索《周易》成书的历程,由此而形成以解释图式为最基本内容的河图洛书和先天后天之学,开启了此时期易学解释创新之先河。刘牧、邵雍等易学家一方面承袭道家之说,运用易数推衍出由黑白点构成的"河图""洛书"。南宋朱震以"推原《大传》天人之道"为宗旨,融合汉、宋象数之学,为《易》立注,以补义理之学不足,成为宋代偏于象数之大家。朱熹作《周易本义》和《易学启蒙》,以理学家视域诠释河图洛书、先后天图,确立了图书之学在宋代易学中的地位。受朱熹影响,宋以后言《易》者,多言图书之学,图书之学成为易学重要内容。宋元时张理、雷思齐、俞琰、吴澄等对于图书之学皆有阐述,从某个层面发展了朱熹图书之学的思想。

第六是明清时期:汉代象数易学复古时期。明代易学以程朱易学为官学,大多数易学家以阐发和修正程朱易学为己任。但是也有不同于程朱易学者,如在象数方面有来知德以错综观念谈论易学，有黄道周融合易学与天文、历法、数学为一体，方氏父子整合儒道释、心学与理学、象数与义理，各自建立异于程朱的易学体系。同时，也出现了以象注《易》、回归汉易的倾向，易学研究开始转向。清初易学，虽然以程朱为代表的宋易是当时易学研究的显学，却兴起了一股以检讨宋易图书之学为主要内容的辨伪思潮。以毛奇龄、黄宗羲、胡渭等为代表的易学家，他们全面清算了图书之学，认为图书之学不符合《易》之本义，纯属宋人伪造。他们从文本出发，考辨易学源流，辨明是非，对于恢复文本和探求文本本义有重要的价值。其所倡导的考据之方法，朴实而严谨，为清代中期乾嘉易学的形成奠定了基础。乾嘉时，以惠栋、张惠言等为代表，易学家从"汉去古未远、存古"观点出发，运用汉代象数兼训诂的易学方法，对汉代象数易进行了爬梳和解说，旨在复原汉代象数易。焦循、姚配中等易学家不满足汉代象数之学，通过检讨、解构汉代象数之学，重建汉代象数之学。而高邮王氏父子反对汉代象数之学，重视汉代易学训诂学，重建了易学训诂范式。深受焦循与王氏父子之影响的俞樾，用象数与训诂之法，重新诠释汉宋易学，成为晚清象数易学之强音。与之不同的是，杭辛斋于象数贯通古今，融合中西，赋予象数新的意义，标志着象数易学的转型。

从象数易学的发展演变看，不同时代的象数易学具有不同的形态与特征。根据其不同形态，清人将象数易学划分为三宗。四库馆臣指出：

> 《易》之为书，推天道以明人事者也。《左传》所记诸占，盖犹太卜之遗法。汉儒言象数，去古未远也。一变而为京、焦，入于禨祥；再变而为陈、邵，务穷造化。（《四库全书总目·经部·易类》）

这里将象数派分为占卜宗、禨祥宗、造化宗。《四库总目》总纂官纪昀在乾隆五十七年（1792）为其侄纪虞惇批《周易》稿题辞中又作了修正。他说：

> 易之精奥，理数而已，象其阐明理数者也。自汉及宋，言数者歧而三：一为孟喜，正传也；歧而为京、焦，流为谶纬；又歧而为陈、邵，支

离曼衍，不可究诘，于《易》为附庸矣。……中间持其平者，数则汉之康成……康成之学不绝如线，唐史征、李鼎祚，宋王伯厚及近时惠定宇，粗传一二而已。(《四库全书学典》)

纪昀之论与《四库全书总目》相比，有两点值得肯定。其一，他明确地以正传、别传来划分象数易学派别，孟喜是正宗，京、焦、《易纬》及陈抟、邵雍为别传，郑玄及传郑氏学者为中间派，既不是正宗，也不是别传。其二，他将象数易学的派别，由汉宋延伸到清乾嘉时的惠栋，清代象数也在象数易学之列，扩大了其研究的范围。当然，这种划分并非无问题。如汉末易学大家虞翻及后世传虞氏学者，对象数易学作出了不可磨灭的贡献，但他们不属于纪昀所划分的任何一派。虞氏家传孟氏学而其思想多有发明，与孟氏相差甚远。从其思想内容看，也非京焦、陈邵别传之列，更非郑学之属。因此，纪氏关于象数易学派别的划分恐有欠缺。

以现代眼光审视象数易学的发展演变，大致可分为三大派。一是占验派。此派视《易》为卜筮之书，多本古法，参以占候。凡以《周易》为主体，运用象数理论建立占验体系者皆属此派，如春秋时《左传》《国语》记载筮例，汉孟喜、京房、梁丘贺、焦延寿，北周卫元嵩作《元包》，宋张行成作《元包数总义》等。而汉代的扬雄仿《周易》作《太玄》，用于占卜，但此书已脱离了《周易》这个主体，故扬雄不属于象数易学占验派。而术数中的龟卜、象占（星占、云气占、风角占等）、太乙、六壬、遁甲、星命、堪舆、相术等虽也属占验，且借用了《周易》象数某些理论，但它与易学有着本质的区别，故也不属于象数易学研究范围。关于这一点，今人周玉山先生论之甚详，兹不重复。二是注经派，本于《易传》以象数注释易辞。凡以象数注《易》或整理、解说汉代象数易者皆属此派，如汉郑玄、荀爽、虞翻；清惠栋、张惠言、焦循、姚配中等。汉魏伯阳作《周易参同契》，此书引《易》入道，故不属于此派。三是图书派。凡承认图书之说，并以图书说《易》者，皆属此派，如宋代刘牧、邵雍，元代雷思齐、张理及清江永、胡煦等人。这种划分只是相对的，易学史上既以汉代象数注《易》，又以河图、洛书注《易》者不乏其人；如宋代朱震融合汉宋象数解《易》是其证。

三

象数易学与其他思想一样,一方面基于传统,从传统象数易学发展而来,与传统象数之学有着千丝万缕的联系;另一方面又在传统基础上,总是按照时代语境解释和理解传统象数易学,形成一种新的象数学说。伽达默尔指出:

> 每一时代都必须按照它自己的方式来理解历史留传下来的本文,因为这本文是属于整个传统的一部分,而每一时代则是对这整个传统有一种实际的兴趣,并试图在这传统中理解自身。当某个本文对解释者产生兴趣时,该本文的真实意义并不依赖于作者及其最初的读者所表现出的偶然性。至少这种意义不是完全从这里得到的。因为这种意义总是同时由解释者的历史处境所规定的,因而也是由整个客观的历史进程所规定的。

由是观之,不管象数易学所讨论的问题多么古老,使用的方法多么传统,绝不可能脱离当时的历史境遇与学术话语,皆是基于当时社会的政治、经济、文化和学术境遇所作出的抉择,由此形成的象数学说和理论皆与当时历史发展过程息息相关。因而不同时代的象数易学具有着不同的表现形式与理论形态。如西汉孟京易学言卦气说、八宫说、九宫说、五行说等,成为易学主流,迎合了大一统西汉政治之需求和以阐发"微言大义"为旨归的今文经思潮而形成,是对于西汉追求的社会秩序和流行的天人之学的集中反映。东汉郑玄、荀爽、虞翻等人言卦变、礼象、爻辰、旁通、互体、纳甲、之正、爻位等,以象数与训诂为方法,旨在探索易学文本之本义,此种严谨而朴实的学风是在反思和检讨今文经与政治关系、古文经兴起背景下形成的,体现了东汉人学术理性的回归。宋代易学家言"数学""象学"等,通过推衍"河图""洛书",探求易学起源和解释易学文本之义,是宋代易学家在重建儒家道统的新语境下力图改变汉唐笺注之学形式而重新寻找新的解《易》方式所作的努力,既是以清新直观、内涵数理的图式复活了汉代象数易学,也是立足于象数探索易学源头和解释文本意义所做的新的尝试,虽然其主要观点、论据和符号的推演及其论证过程存有种种不合理的因素,但反映了宋人对于易学的一种独到理解和具有创新意义的易学观。象数易学的发展和演变，其原因除了它自身理论需要不断完善，只能从当时历史发展过程中去寻找。

由于象数易学有着自己的发展进程和特殊规律，从而形成了它不同于义理易学的特点和风格。杭辛斋曾就治学方法和学术风格对象数易与义理易加以区别。他指出：

> 自来言《易》者，不出乎汉宋二派，各有专长，亦皆有所蔽。汉学重名物，重训诂，一字一义，辨析异同，不惮参伍考订，以求其本之所自，意之所当，且尊家法，恪守师承，各守范围，不敢移易尺寸。严正精确，良足为说经之模范。然其蔽在墨守故训，取糟粕而遗其精华。且《易》之为书，广大悉备，网罗百家，犹恐未尽，乃株守一先生说，沾沾自喜，隘陋之诮，云胡可免。宋学正心诚意，重知行之合一，严理欲之大防，践履笃实，操行不苟。……但承王弼扫象之遗风，只就经传之原文，以己意为揣测，其不可通者，不惮变更句读，移易经文，断言为错简脱误，此则非汉学家所敢出者也。（《学易笔谈》卷一）

杭氏所谓汉学，主要指象数易学，它包括汉以后治象数《易》者。所谓宋学，主要指义理易学，它不限于宋代，凡宋以后以义理治《易》者，皆属宋学。按照杭氏的理解，以学术风格言之，象数易注重文字训诂，失之于琐碎；义理易注重阐发大义，失之于空疏。以治学方法言之，象数易恪守家法，严正精确，失之于墨守故训；义理易注重应用，勇于创新，失之于主观臆断。杭氏之论甚是。

以笔者管见，以注经言之，象数易以"观象系辞"为据，注重象数作用，专以象数注辞，揭示辞出自象数；义理易以"立象尽意"为据，注重辞意，尤其偏于阐发易辞的社会人生之理。以理论形态言之，象数易多与古代自然科学相结合，即吸收了天文学、历法、数学等自然科学的成果，建立了具有实证意义的偏于天道的易学体系；义理易关注人事，善于从儒道释诸家中汲取营养，建立具有思辨意义的偏于人道的易学体系。以思维言之，象数易注重字句训诂与象数方法注经，或建立占验天人之学，故思维具体而直观；而义理易注重辨名析理，通过诠释易学文本，开显圣人之意或阐发易学之大道，故思维抽象而深刻。以影响言之，象数易援引古代科技入易学，反过来又推动了中国古代科技发展。如象数易学运用到历法中，建立了具有易学特征的中国历法。无论是汉代《乾象历》、北魏《正光历》，还是唐代《开元大衍历》，皆是引象数易学卦气说入历法的结晶。象数易学运用到古代炼丹术中，建立了中国古代的化学。号称"万古丹经王"的《周易参同契》大量使用了《周易》卦象、易数阐发了丹道理论。象数易学运用到中医中，建立了具有易学特征的中国医学。中医学借用《周易》纳甲、卦气、河洛之学等，阐发了一系列极为重要的医学理论。义理易在中国文化大背景下形成、发展，同时，又对中国文化的发展产生了深远的影响，儒道释诸家皆援《易》为说，易学所包含的博大精深的思想，成为中国文化的源头。从中国文化发展看，从先秦诸子学、两汉经学、魏晋玄学，到隋唐佛学、宋明理学，皆与义理易学息息相关，并生动地体现出易学精神。

当然，象数易与义理易的区分是相对的。实际上，经过儒家解释，象数与义理相互依存，不可分割。而在后世易学研究中，象数易与义理易也绝非不可逾越，往往是紧密地结合在一起的：言义理，不脱离象数；言象数，旨在阐发义理。更为重要的是，二者在发展过程中相互吸收、相互影响，共同形成了博大精深的易学文化。

当今易学研究出现了新的特点。在全球经济一体化、中西文化会通语境下，重新反思与解读易学成为易学研究趋势。与此相关的、一些新的易学研究成果相继问世，标志着易学研究进入了新的历史时期。但是，由于历史条件制约和人们认识能力所限，易学研究在经文诠释、实际运用、易学的现代化等方面遇到了难题。如何利用当下哲学、文化与科技成果发展易学，实行范式转移，建立贯通古今、融合中西的新易学文化体系，接受当下科学和哲学的检验和挑战，积极参与国际性的对话，已成为易学界有识之士极为关注的问题。对于这些问题的思考，除了着眼于当今及未来诸多因素，还应当关注易学传统，重视易学史的研究，即通过检讨和分析易学发展的历史，以新的话语重新诠释传统易学，赋予传统易学全新的内容。这是我们每个有责任心的易学研究者所应该具有的历史担当。今天研究象数易学及其发展完全是出自于此。我们之所以研究被多年遗忘的象数易学，不是有意贬低当今学界占主导地位的义理易之研究，不是独出心裁，哗众取宠，更不是盲目崇拜象数易学、恢复其已被历史淘汰的纯以象数注经的方法，而是以科学的态度和理性精神，运用现代知识所提供的思维方法，把握易学发展的进程和规律，揭示其概念、理论所含藏的真实含义，剖析其得失，择其善而从之，择其不善而改之，实现建构现代易学文化体系的期许。今天研究象数易学可以归纳为以下四个方面的意义。

其一，树立严谨的学风，做扎扎实实的学问。《周易》成书于殷周之际，距今已有几千年，其中多用古文字，"其言曲而中，其事肆而隐"（《系辞传》）。而历代注易者纷纭争讼，多执一端，各崇其善，常使研《易》者无所适从。故当今研究易学，从基础入手，参照近几年新出土的资料，梳理辨证旧说，揭证易辞之义，显得尤为重要。然而当今易学界状况是部分人急于成就功名，热衷于大道阐发，而忽略了对《周易》字词的训释，具体地表现为或追求时髦名词，崇尚虚华；或断章取义，为我所用；或随意发挥，简单比附，洋洋洒洒，提笔万言，皆为无根之谈。因此，今天研究象数易学，重提训诂之法，倡导朴实之风，对于纠正时下流弊、推动易学发展有重要意义。当然，我们反对的不是建立在扎实基础上的理论阐发和建构，而是无根之宏论。

其二，完善注《易》方法，揭示其本义。《周易》与其他古典文献不同之处就在于它有一整套由卦爻组成的符号体系，这些符号既可记录筮占的结果，又是"系辞"的根据。因此，由汉代开辟的以象数注《易》的方法不可以全废。今日部分学者由于受疑古之风的影响，以否定传统为能，轻视流传了几千年的象数注《易》法，注经则弃象数而不用，故而未能尽经义。我们认为，正确注经的方法，应该是训诂、象数、史学、义理四者并重，训诂可以明辨文字本义，象数可以揭示卦爻辞之所本，史学可以重现卦爻辞在当时历史环境下的意义，义理可以凸显卦爻辞所蕴含的哲理。只有将这四者结合起来，才能较完整地、准确地把握《周易》之大义。

其三，坚持易学与自然科学相结合，建立新的易学体系。易学与科学的结合，是易学科学化的重要方法，尤其在当代，科技日新月异、飞速发展，并深深地影响着人们的生活方式和思想观念。因此，易学只有与科学结合，才有强大的生命力，才能适应时代的发展。当然，易学与科学又是两个不同的领域，有着不同的概念和理论体系。两者是普遍与个别的关系，不能互相取代。因此，两者结合的关键在于方法，即除了用科学提供的方法来规范易学，还应寻找相同点，观其会通以阐发易学，切忌不讲方法，生搬硬套，将易学流于皮傅之学。象数易学在这一方面有着深刻的教训。以卦气说为例，易卦与历法结合是建立在阴阳消长变化基础上的，其中四正说和十二消息卦说，是易卦符号与历法完美的结合，而"六日七分"说则不同，生硬地将六十卦和三百六十五又四分之日扯到一起，没有什么科学性。今日易学之科学派虽然在某些领域已取得了十分可观的成果，但由于某些从事自然科学研究者不懂《易》，或从事易学研究者不懂自然科学，只注重形式上的相似性而忽略理论上的相通性，亦犯了象数易同样的错误，将易学与一些风马牛不相及的科学问题加以比附，并名之为"科学易"，给易学界和科学界造成了误导和混乱。因此，今日研究象数易学，一方面可以把握历史发展进程，增长易学知识；另一方面可以吸取教训，防止科学易流入形式，重蹈象数易的覆辙。

其四，剖析象数易学体系，展示其哲学思维。从注经角度观之，象数易学着眼小处，注重《周易》的字句考释与揭证，显得机械、繁琐、支离破碎，似毫无思维水平可言。然而，若审视其庞大的象数符号体系，可以洞察蕴藏其中的博大精深的哲学意蕴。如京房飞伏说、荀爽的爻升降说反映的是事物运动变化的形式。飞伏本指阴阳两爻的隐显，显示在外的是飞爻，隐藏在飞爻之下的与之相反的爻是伏爻。飞伏说象征着事物运动表现出的往来、隐显、屈伸、动静两种截然不同的形式。升降，是由阴阳两爻不当位而引起的位置的上下变化。阳在上，若在下，则升上；阴在下，若在上，则降下。同时降极则升，升极则降，从而表现出升降运动的形式的稳定性及不稳定性。虞翻的之正说、旁通说，揭示的是两种性质相反的事物相通和转化。荀爽、虞翻等人的卦变说展示的是事物之间的内在联系及这种联系的普遍性和特殊性。京房的八宫说彰显了事物发展演化的进程，即经历了五个阶段（五世）而灭亡（游魂），最后又复回（归魂），其中阴阳消长既有量变又有质变。以上这些丰富而又深刻的哲学思维，不是通过语言来表达的，而是借助于象数符号系统而彰显出来的。其实，象数符号及由这些符号构成的图式，是一种自然哲学，更是一种古人按照自己理解而建构的生生不息的、具有整体结构的宇宙图式。但是，由于过去我们只注重义理易的内涵而忽略了象数易学研究，从而在研究和探讨中国古代哲学思维时很少涉及它，应该说这是哲学史研究中一个缺憾。尤其在当下学界西方符号学和解释学盛行之时，重新倡导象数易学研究，分析其符号逻辑体系，揭示其诠释学和符号学的意义，对推进中国哲学史和易学史研究、提高整个民族思维水平功不可言。

刘牧对宋代"易数"解释的影响

孙逸超 *

> 不只是一般注意到的《河图》《洛书》等问题,刘牧《易数钩隐图》对"易数"命题的解释在宋代被接受、阐发,在经典诠释方面取代了《周易正义》的地位的历史过程,尤其值得注目。在朱子易学体系确立以前,宋代学者普遍认同用《河图》上下交易、错综为十五来解释"叁伍以变",并且衍生出了以陈高和朱震为代表的"七变法"。以一三五为九、二四为六解释"叁天两地"以及阳九阴六和用九用六,并且用天地、阴阳、生数、变数等理论丰富了"叁天两地"之法的哲学内涵。宋儒站在刘牧易学的立场上批评《周易正义》解释阳九阴六的"阳进阴退说"。刘牧基于《河图》《洛书》的自然之数对上述"易数"的诠释方式取代《周易正义》成为主流,由此可以理解"仁宗时言数者皆宗之"的易学史意义。

刘牧易学在宋代曾产生过重要影响这一事实,已为学界所普遍认可。然而,详细考究其所产生影响的具体内容,迄今为止的研究主要集中在刘牧易学授受及目录书籍的记载,[1] 以及关于《河图》《洛书》的辩论。[2] 如林忠军先生较早对于

---

* 孙逸超(1990—),北京大学博士,现为上海师范大学哲学系讲师,研究方向为宋代易学史、儒学史。

[1] 潘雨廷考察了刘牧易学的传授。参见《易学史论丛》,上海古籍出版社,2007年,第362页—364页。刘瀚平依据宋代目录书籍梳理了主张与反对刘牧易学的各家。参见氏著《宋象数易学研究》,台北五南图书出版公司,1994年,第66页—84页。

[2] 如高怀民《宋元明易学史》,广西师范大学出版社,2007年,第155页—165页、第173页—179页。

程大昌作为刘牧后劲做了较为全面的考察，[1]吴晓欣对程大昌的河图洛书与大衍等数的关系也有探讨，[2]白发红考察了刘牧传统下程大昌如何说明河图洛书的关系及其中的五行顺序。[3]王铁先生则注意到了张浚对于刘牧的大衍、四象说的继承关系，[4]以及林栗推尊《河图》《洛书》的学术主张。[5]通过这些个案研究，虽能窥见刘牧的影响所及，可是站在易学史的整体立场上把握这一历史进程的思考仍显不足。

特别值得考虑的是晁公武"仁宗时言数者皆宗之"[6]这样的评价，实际上特别强调的是刘牧对《周易》经传中"数"的解释所产生的影响，这在既有研究中却很少谈到。刘牧批判了《周易正义》对《易传》的诸多解释，[7]特别是其中的"数"。一方面站在新的"数学"立场上破除了《周易正义》的权威性，宣布了旧时代的终结；另一方面，他对于"自然之数"的强调，以及基于此而产生的对于《周易正义》的批评，迅速引起了同时代学者讨论的热情。而刘牧基于河图洛书的全新解释，此后很长一段时间内的学者们大都放弃旧注疏的传统而纷纷改从刘牧，直到朱子的易学体系的确立和登场才改变这一局面。所谓"仁宗时言数者皆宗之"，正是主要指《易传》中各种"数"的问题。本文尝试以"叁伍以变""叁天两地""阳九阴六"等易数命题为例，以朱子以前及其同时代的学者为对象，对刘牧"易数"的诠释在宋代产生的影响作一整体考察。只有对于这

---

[1] 林忠军：《象数易学发展史（第二卷）》（齐鲁书社，1998年），第七章下专设一节《程大昌对于刘牧之学的解说》较为全面地叙述了程大昌对于刘牧易学的继承和发展。但林先生认为"刘牧的河洛之学，经程大昌的解说和阐扬而流传于世"（参见《象数易学发展史（第二卷）》，第302页）。在本文的考察中将会看到，刘牧"易数"方面的众多观点早已为北宋学界所接受并发展，程大昌仅仅是这一洪流中较为全面进行阐述者，并非至程氏刘牧之学才流传于世。

[2] 吴晓欣：《程大昌〈易原〉思想探微》，《徽学》2018年第2期。

[3] 白发红：《宋易河洛学的传承脉络：从刘牧到程大昌》，《中州学刊》2020年第10期。

[4] 王铁：《宋代易学》，上海古籍出版社，2005年，第170页—171页。

[5] 王铁：《宋代易学》，第181页—183页。

[6] （宋）晁公武：《郡斋读书志校证》卷一，上海古籍出版社，1990年，第33页。

[7] 刘牧批评《周易正义》的具体内容，参考刘瀚平《宋象数易学研究》（第34页—39页）、林忠军《象数易学发展史（第二卷）》第二章、拙稿《刘牧一系易学的登场及其问题》（《国学研究》第47卷，2022年6月，第99页—103页）。

些问题进行考察，才能将刘牧的河图洛书对经学的影响落实在《易传》等经典的解释上。

一、叁伍以变章

《易数钩隐图》给北宋易学界带去的第一个大的变化，即是以《河图》[1]之纵横之数皆为十五解释"叁伍以变"。《周易正义》对"叁伍以变"的解释本来十分简单："三，三也。伍，五也。或三或五，以相参合，以相改变。略举三五，诸数皆然也。"[2]只是举了两个数，以表示相互参合改变的意思。《钩隐图》则确立了以叁伍以变解释《河图》即九宫图的模式，成为当时流行的做法。九宫图中的数字纵横相加都为"十五"，故说"叁伍以变"。

事实上，《易数钩隐图》中对"叁伍"有两种前后不同的解释。[3]《卷上》说："叁，合也。伍为偶，配也。为天五合配天一，下生地六之类是也。……极其数者，为极天地之数也。天地之极数五十有五之谓也。"[4]"叁伍"指的是四象之生数一二三四通过与天五相加，配合而生四象之成数六七八九。可是在《遗论九事》中指的是九宫图纵横皆为十五之数，[5]而非卷上所说的四象生数得天五配合而为四象成数。[6]刘牧之书风靡一时，但因其书本身的矛盾，当时接受了《钩隐图》的意见的学者中，就有一类采取《钩隐图》之说，另一类采用《遗论》中的说法。"世之通于数者，论三五错综则以九宫言之"，[7]这一类是主流。

---

[1] 为与刘牧保持一致，本文的《河图》均指九宫图，《洛书》均指五十五数之图。

[2] （唐）孔颖达：《周易正义》，北京大学出版社，1999年，第284页。

[3] 本质上是因为《钩隐图》与后面的《遗论九事》不成于一人之手。参见郭彧《〈易数钩隐图〉作者等问题辨》，《周易研究》2003年第2期；郭彧《北宋两刘牧再考》，《周易研究》2006年第1期。

[4] （宋）刘牧：《易数钩隐图》卷上，文渊阁《四库全书》第八册，第130页。

[5] （宋）刘牧：《易数钩隐图》附《遗论九事》，第160页、161页。

[6] 详见拙稿：《刘牧一系易学的登场及其问题》，《国学研究》第47卷，2022年6月，第107页。

[7] （宋）苏轼：《东坡易传》卷七，文渊阁《四库全书》第九册，台湾商务印书馆，1983年，第130页。

尽管当时人也都知道九宫图其实出于《乾凿度》，但是因为此图纵横皆为十五实在太巧妙了，所以很多人对其为《河图》自然之数并不怀疑，因而也能在《易传》中找出根据：

> 九宫不经见，惟见于《乾凿度》……二者虽不经见，而其说不可废也。[1]
> 太乙九宫之数，虽出于纬书《乾凿度》……以九一三七为四方，以二八四六为四隅，而五奠位乎中宫，经纬交络，无不得十五者……易之所谓"叁伍以变，错综其数"是也。[2]
> 然而九位者，三列数之，旁正纵横无有不为十五。故刘牧、李泰伯悉谓非人智所能伪为也。刘、李之言近也。而《乾凿度》本出汉世，其数多言《河图》，而曰："太一取之，以行九宫。四正四维，皆十五也。"[3]

苏轼、沈作喆、程大昌都认为，此说虽出于《乾凿度》，但其中所揭示的"自然之数"应该是有所根据的。程大昌甚至还认为《乾凿度》是抄《河图》的。

主张第一类说法的是相对早期的学者，比如胡瑗。他在解释叁伍以变章时说："天之一下交于地之六，生水。地之十上交于天之五，生土。是天地之数，三五通变，上下错杂综统，以成万物之数。"[4]这是明显采用了配合生四象的说法。还有房审权创作、李衡删述的《周易义海撮要》，在叁伍以变章下第一条就引用了《钩隐图》中前一种说法，而没有采用九宫图的解释。[5]成书于南宋前期的《六经图》中也采取了这一解释："叁，合也。配，偶也。天地之数各相参配，错综往来而相生，故生成之数大备而天地之文生焉。《系辞》曰：叁伍以变，错

---

[1]（宋）苏轼：《东坡易传》卷七，第130页。
[2]（宋）沈作喆：《寓简》卷一，《全宋笔记》第四编第五册，大象出版社，2008年，第12页。
[3]（宋）程大昌：《易原》卷一，文渊阁《四库全书》第十二册，第508页。
[4]（宋）胡瑗：《周易口义》，文渊阁《四库全书》第八册，第492页。这里虽然采用了生成方位，但这不必然说明胡瑗接受河图。郑玄已经有了生成方位的结构，但并未指出其是河图。
[5]（宋）李衡：《周易义海撮要》卷七，文渊阁《四库全书》第十三册，第538页。

综其数……此之谓也。"[1]天地之数各相参配就是天一配五生地六等等。

到了南宋，这种说法还有一个变体，以揲蓍过程中三变成爻来解释"叁"，而用一二三四配合天五产生四象解释"伍"。前者用揲蓍，而后者则是用《钩隐图》卷上的说法。如张浚："叁伍以变，错综其数，何也？此论卦爻之数也。卦爻之数本于大衍，故揲蓍布卦，三而成乾，三而成坤。因三而叁之，以尽其变、合其数，而六十四卦成。七八九六，数之成者也。一二三四，数之生者也。因五而伍之，以尽其变、合其数。"[2]就采用了这种方法来理解"伍之以五"。稍晚的程迥也采取这种说法："迥谓十有八变成六爻，每爻盖叁以变，故通其变则阴阳相错，遂成天地之文。天地之数五位相得而各有合，盖伍以变，综其数而极之，遂定天下之象。"[3]以揲蓍三变解"三以变"，而以"天地之数五位相得"解释"伍以变"。王大宝之说也属于这个变体："三相参为叁，五相伍为伍。以乾之画三坤之画，变之为震坎艮，以坤之画三乾之画，变之为巽离兑，所谓三以变也。……一与九相伍，二与八相伍，三与七相伍，四与六相伍，五与五相伍，谓之行伍，合为大衍之数五十，所谓伍以变也。"[4]王氏"伍以变"和张浚、程迥一样，是用天地之数配合产生来解释的。但"三以变"是用了乾坤三索生六子来解释，又与三变成爻之说不同。

第二类，即《遗论九事》中的说法，产生的影响更大，一直到南宋前期都是解释"叁伍以变"章的主流，以至于北宋至南宋前期诸多学者都采取这一解释（表1）。不过他们对"错综"的具体解释略有差异。

---

[1]（宋）杨甲、毛邦翰等：《六经图》卷一，文渊阁《四库全书》第一百八十三册，第167页。《六经图》《周易图》《易数钩深图》都是南宋中前期的作品，它们的作者、年代、内容渊源等问题参见陈睿宏《〈大易象数钩深图〉与〈周易图〉一系图说析论》，政大出版社，2016年，第47页—58页。

[2]（宋）张浚：《紫岩易传》卷十，文渊阁《四库全书》第十册，第251页。

[3]（宋）程迥：《周易章句外编》，文渊阁《四库全书》第十二册，第610页。

[4]（宋）佚名：《周易图》卷下《叁伍以变图》，《正统道藏》第三册，文物出版社，1988年，第157页。

表1 刘牧传统下"叁伍以变"的第二类解释表

苏轼	世之通于数者,论三五错综则以九宫言之。……以九一三七为四方,以二八四六为四隅,而五为中宫,经纬四隅,交络相值,无不得十五者。[1]
朱震	叁伍以变者,纵横十五,天地五十有五之数也。错之为六七八九,综之为三百六十。[2]
王湜	河图数谓戴九履一,左三右七,二与四为肩,六与八为足,五为心腹。纵横数之皆十五,所谓叁伍以变,错综其数也。[3]
张行成	叁伍以变,一说谓叁伍者十五也。错之为六七八九,总之则十五而三十也。[4]
沈作喆	以九一三七为四方,以二八四六为四隅,而五奠位乎中宫,经纬交络无不得十五者……易之所谓"叁伍以变,错综其数"是也。[5]
陆九渊	错之则一二三四,总之则为数十五。……三其十五,则为《洛书》九章四十有五之数。九章奠位,纵横数之皆十五。[6]
唐仲友	纵横四隅之数皆十五,以二卦合五数为参,伍不变而参之者不同。[7]
林至	以叁伍以变,错综其数论之,太极者三五之中也。老阳九、老阴六,十五也;少阴八、少阳七,十五也。此小衍之十五。至于五十有五,错之则奇偶之数各立以成体,综之则奇偶之数相合以致用。[8]

《钩隐图》本来在卷上解释了"通变"和"极数":"以通其变化,交错而成四象八卦之数也。……极其数者,为极天地之数也。天地之极数五十有五之谓也。"也就是认为"通变"是指四象之数——六七八九,"极数"是五十五。学者们沿此思路,对"错"字没有争议,都是指"六七八九"四象,所谓"错"就是用四象之数横向交错变化,生蓍得卦。而之所以用六七八九,是因为九六和七八

---

[1] (宋)苏轼:《东坡易传》卷七,文渊阁《四库全书》第九册,台湾商务印书馆,1983年,第130页。
[2] (宋)朱震:《朱震集》,王婷、王心田点校,岳麓书社,2007年,第427页。
[3] (宋)王湜:《易学》,文渊阁《四库全书》第八〇五册,第673页。
[4] (宋)张行成:《易通变》卷三十八,文渊阁《四库全书》第八〇四册,第688页。
[5] (宋)沈作喆:《寓简》卷一,《全宋笔记》第四编第五册,大象出版社,2008年,第12页。
[6] (宋)陆九渊:《陆九渊集》卷二十一《三五以变错综其数》,中华书局,1980年,第261页。
[7] (宋)唐仲友:《帝王经世图谱》卷一,文渊阁《四库全书》第九二二册,第387页。
[8] (宋)林至:《易裨传》,文渊阁《四库全书》第十五册,第858页。林至反对河图洛书,但他在解释数的地方又往往用了其中的数原理和法则。

相加都是十五，恰符合《河图》九宫纵横之数，而作为变化的要素存在。

至于"综"字的理解就有不同了。龚原以"综"为五十五；[1]朱震以为三百六十，而以"极数"为五十五；张行成以"综"为十五而三十；林栗以为十五与五十；而林至以七八九六为通变，五十有五为极数。所谓"综"，如林栗所说，"错而为四，综而为一"[2]。"错"强调变化要素的差异性，综是指变化要素的统一性。对于统一到何处的不同理解，自然会导致其数的不同。

不过，九宫图在《易传》的根据只有"叁伍错综"一句，而五行生成数图则有"天地之数"章为理据。胡一桂曾说道：

> 所以知十为图九为书者，盖《大传》"天一地二"章正论自一至十之数，极为详备。……至于自一至九之数，则《易》未尝明言。刘牧欲易置图书，始指叁伍以变为论，则恐其未然。何则？不应圣人言五十五数如此其详而论四十五数如此其略，不言三五，以叁伍两字该四十五数，殆类后世隐语者。[3]

这既是后来北宋易学对于"叁伍以变"一章多加发挥的原因，也是后来朱子之所以要把这一章解释为一般的古语的原因。也可以说，这一传统内部一直存在着强烈地要把五十五数置于四十五数之前的理论张力。

二、叁伍以变与七变法

刘牧的"叁伍以变"说还有一个旁枝，主要是以陈高和朱震为代表的"七变法"。就朱震来讲，他主要是用九宫纵横来理解"叁伍以变"的，这里只是其发

---

[1]（宋）龚原：《周易新讲义》卷八，严灵峰编《无求备斋丛书》，成文出版社，1976年，第577页。
[2]（宋）林栗：《周易经传集解》卷三十三，文渊阁《四库全书》第十二册，第457页。
[3]（元）胡一桂：《周易启蒙翼传》下篇《刘牧指叁伍以变为四十五数之疑》，谷继明点校，中华书局，2019年，第522页。

挥旁通。刘牧在"坎生复、离生姤"下有一段解释：

> 复卦生于坎中，动于震，上交于坤，变二震、二兑、二乾而终。自复至乾之六月，斯则阳爻上生之义。姤卦生于离中，消于巽，下交于乾，变二巽、二艮、二坤而终。自姤至于坤之六月，斯则阴爻下生之义。[1]

这段话是说明由坎离生复姤，亦即四正卦生十二消息卦。[2] 所谓"动于震，上交于坤"，是指复卦上坤下震。之后，阳爻自下而上逐爻递升，分别产生五个消息卦，至乾而止。如果分上下二体看这六卦，恰好包含了两个震、两个兑和两个乾。所以说："变二震、二兑、二乾而终。"这就是阳爻上生。阴爻下生的过程类似。阴爻自上而下逐爻递降，六卦之上下二体中包含二巽、二艮、二坤。

刘牧的这套理论主要是用来解释八卦生十二消息卦、进而生六十四卦的。然而到了陈高、朱震那里，他们一方面基于这一理论说明八卦、六十四卦的产生，同时又以此来解释"参伍以变"，并且做了一定的发展。先考察早于朱震的陈高。陈高字可中，著有《易数》一卷[3]、《八卦数图》二卷[4]。陈高是莆田人，元符三年进士，召试，除太学录，迁博士，政和中除太医学司业。[5] 则其著述当在北宋后期，故略早于朱震且朱震极有可能参考过。陈高著作已佚，李衡所编的《周易义海撮要》中保留了他的一部分文字：

> 参伍以变，所谓变者，阴变而为阳，阳变而为阴也。乾一变而为兑，再变而为震，三变而为坤，四变而为坎，五变而为巽，六变而为艮，七变而为离。坎一变而为巽，再变而为艮，三变而为离，四变而为乾，五变而

---

[1]（宋）刘牧：《易数钩隐图》卷中，第146页。
[2] 关于刘牧此处生卦的总体说明参见林忠军《象数易学发展史》第二卷，第170页。
[3]（宋）郑樵：《艺文略第一》，《通志二十略》，王树民点校，中华书局，1995年，第1456页。
[4]（宋）冯椅：《厚斋易学》附录二《先儒著述下》引《中兴馆阁书目》，文渊阁《四库全书》第十六册，第844页。
[5]（宋）黄岩孙：《仙溪志》卷四，《宋元方志丛刊》第8册，中华书局，1990年，第8331页。

为兑,六变而为震,七变而为坤之类,皆参以变。其变也,反复乎三画之中也。

乾一变而为姤,再变而为遯,三变而为否,四变而为观,五变而为剥,六变而为晋,七变而为大有。坎一变而为节,再变而为屯,三变而为既济,四变而为革,五变而为丰,六变而为明夷,七变而为师之类,皆伍以变。其变也,反复乎六画之中也。[1]

陈可中第一段的所谓"叁以变"是三画卦的卦变,第二段的"伍以变"是六画卦的卦变。三画卦,乾卦一阴下降,依次得兑、震、坤。接着,从坤开始,先变中爻得坎,再变上爻得巽。此即朱震所谓"自中爻变而下"。再从巽开始,先变中爻得艮,再变下爻得离。此即朱震所谓"自中爻变而上"。这样,从乾开始一共七变,不重复地得到全部八纯卦。然后以任何一卦为起点,都能得到其余七卦。这实际是一种产生八卦的方式。

六画卦的卦变就比较简单,用的就是京房八宫卦变,从而得到六十四卦,陈高认为这就是"伍以变"。陈高解释的叁伍以变,实际是通过卦变产生八卦和六十四卦的一种比较巧妙的方法,是对刘牧生卦之说的改造和发展。

朱震对一个与陈高类似的方案进行了批判,但吸收了他的基本结构:

或曰:参伍以变者,乾一变姤、二变遯、三变否、四变观、五变剥,此伍以变也。五变极矣,故四变晋,下体复乾为大有。又乾一变巽、二变离、三变震。三变极矣,故四变兑、五变坤、六变坎,复三变,又七变艮,是乎?曰:非也。

朱震这里的"或曰"中叁以变与陈高略有不同,可能是陈高之前的一个卦变版本。但其基本方法和陈高是类似的。前一段是用京房八宫卦解释"伍以变",后一段自"又乾一变巽"以下是"叁以变"。只是乾卦的前三变不是一阴下降,而

[1]（宋）李衡:《周易义海撮要》卷七,第539页—540页。

是一阴上升。后面就是从震卦开始中爻变而下，又从坎卦开始中爻变而上，同样能得出八卦。不过这个方案的前三变有些奇怪，一阴上升应该是巽、离、兑，不知为何最后是震。但朱震认为这个方案不好，接着提出了他的看法：

> 三五不相离也。五者，参天两地而倚数。三极数也，而具五行，小衍也，三在其中。以重卦论之，乾三变坤，姤，巽也；遯，艮也；否，坤也；参以变也。四变观，亦巽也；五变剥，亦艮也；伍以变也。伍以变则复以三变，故艮变离，下体坤复变为乾，亦三变也。
>
> 以小有[1]卦论之，乾一变巽、二变离、三变震，三以变也。次自中二爻变而下，故四变兑、五变坤，次自中爻变而上，故六变坎、七变艮。二即五也，初自下爻三变即前参以变也，次自中爻下而二变，次自中爻上而二变，即前伍以变也。参去伍，伍去参，皆不能变，此三所以为极数，五所以为小衍也。[2]

这段陈述的要点在于"三五不相离"，他认为：叁以变和伍以变不应是打作两截的，叁以变管八卦，伍以变管六十四卦；而是伍以变中包含叁以变，叁以变中包含伍以变。

第一段是就六十四卦伍以变来说，虽然其中要变到剥是"伍以变"，但是可以把整个过程分为叁以变、伍以变和叁以变三个阶段。这里他采用了《钩隐图》中的做法，"姤，巽也；遯，艮也；否，坤也"指的是六画乾卦一阴上升的过程中，下卦依次变为巽、艮、坤。这是一个叁以变。阴继续上升，又能得到巽、艮、坤，就是《钩隐图》所谓"二巽、二艮、二坤"。但京房卦变到剥为止，所以加上前面三变是伍以变，这是第二阶段。接着变为晋和大有，他认为：剥的上体的艮变为离，即晋；晋的下体变为乾，即大有。这是第三阶段的叁以变。

第二段是对于三画卦的"叁以变"，虽然是在三画卦中反复七变得出八卦，

---

[1] 疑"小有"二字为"單"字之误。
[2] （宋）朱震：《周易丛说》，《朱震集》，第707页。

但是朱震仍分前三变为叁以变，次自中爻下而二变，次自中爻上而二变，这两个阶段合前面的三变，都是伍以变。

朱震的这个改造确实更加精密了。三画卦的叁以变中有伍以变，六画卦的伍以变中又有叁以变，所以说"三五不相离"，叁以变中有伍以变，伍以变中有叁以变，这是对陈高的卦变法的发展，也是对"叁伍以变"这一句的解释的新形态。

项安世指出这种"七变法"是当时的术家托于京房的一种占算术，每一变所得之卦都有其数术学的名称：

> 京氏以六画卦变为七卦，并本卦为八。其法以上一爻变者为生气，上中二爻变者为天医，三爻俱变为绝体，上下二爻变、中爻不变者为游魂，下一爻变者为五鬼，下中二爻变者为福德，上下二爻不变、中爻独变者为绝命，三爻俱不变者为复归。如乾三画卦则以兑为生气，震为天医，坤为绝体，坎为游魂，巽为五鬼，艮为福德，离为绝命，乾为复归，余卦仿此推之。今之术家多用此法以占行年。[1]

项安世所见术家的"七变法"与陈高的"叁以变"之法若合符节。先变上爻、次变二爻、三变下爻。接着，再依次变中爻、上爻，再依次变中爻、下爻。以乾卦为例，陈高之法正是"乾一变而为兑，再变而为震，三变而为坤，四变而为坎，五变而为巽，六变而为艮，七变而为离"。一至七变分别为生气、天医、绝体、游魂、五鬼、福德、绝命，从乾卦开始，分别为兑、震、坤、坎、巽、艮、离，最后变回乾卦，即为复归。既然陈高、朱震都将"伍以变"解释为京房八宫卦，这"叁以变"托于京房也是很自然的了吧。

---

[1]（宋）项安世：《项氏家说》卷二，文渊阁《四库全书》第七〇六册，第488页。

三、叁天两地章

《钩隐图》给宋代易学界带来的第二个重要影响是对于"叁天两地"章的解释，即以一、三、五为"叁天"，二、四为"两地"。这一传统肇始于《钩隐图》，而确立于刘敞。

《周易正义》对此章列举了几种不同的解释，最后采取了韩康伯之说。其列举的各种解释中有马融、王肃之说：

> 先儒马融、王肃等解此，皆依《系辞》云："天数五，地数五，五位相得而各有合"，以为五位相合，以阴从阳。天得三合，谓一、三与五也；地得两合，谓二与四也。[1]

天之生数为一、三、五，三个数为三合。地之生数为二、四，两个数为两合。这就是后世以五生数中天数（阳数）一、三、五为"叁天"，地数（阴数）二、四为"两地"的"叁天两地"之法的雏形。

尽管《钩隐图》采用了这个做法，但并不是用来解释"叁天两地"，而是解释"用九用六"的："天一天三天五成九，此阳之数也。故乾元用九。地二地四成六，此阴之数也。故坤元用六。"[2] 正是以天一、天三、天五相加而为九，地二、地四相加而为六。可是我们仍然认为其对此章的解释受到刘牧的巨大影响，而非《周易正义》或者其他，则是因为：第一，《正义》并未采取此说；第二，刘牧实际上是基于《河图》的图式，通过形而上之象与形而下之形的分别，并为采用五生数注入了更多的哲学意涵；第三，将如下文所说，后世以此解释"阳九阴六"等问题时，仍称其为叁天两地之法，二者密不可分；所以《钩隐图》的表述仍具有里程碑的意义。

现在可以看到最早用此解释"叁天两地"的是刘敞。刘敞作为一个庆历以

---

[1]（唐）孔颖达：《周易正义》，第 324 页。
[2]（宋）刘牧：《易数钩隐图》卷上，第 129 页。

后超越注疏,"自出议论"[1]的典型,首先采用这一新颖的解释是很可以理解的。他说:

> 一三五者阳,二四者阴。阳之数九,阴之数六。因其九而三之则得乾,因其六而两之则得坤。此之谓叁天两地,此之谓乾元用九、坤元用六。[2]

刘敞明确把天之生数一三五得九、地之生数二四得六,作为解释叁天两地和用九用六的理论。刘敞以后,以此解释"叁天两地"的传统,确立了起来;并成为此后直至朱子之前"叁天两地"章诠释的主流。

表2 刘牧传统下叁天两地的解释表

李复	易曰:叁天两地而倚数。一三五皆天数也,二四皆地数也。一三五乃九,乾天也,故倚天之数,所谓叁天也。二四乃六,坤地也,故倚地之数,所谓两地也。[3]
苏轼	天数五、地数五,其曰"三两",何也?自一至五,天数三、地数二,明数止于五也。[4]
龚原	叁天为参,两地为两。天一、天三、天五凡三,故三之而成九。地二地四,凡二,故两之而成六。[5]
耿南仲	叁天则天一天三天五,总而为九;两地则地二地四合而为六。[6]
杨时	一三五,天数也,叁之为九;二四,地数也,两之为六。[7]

---

[1] (宋)黎靖德编:《朱子语类》卷八十,中华书局,1984年,第2089页。
[2] (宋)刘敞:《公是集》卷三十八《易本论》,文渊阁《四库全书》第一〇五册,第723页。
[3] (宋)李复:《潏水集》卷四,文渊阁《四库全书》第一一二一册,第90页。
[4] (宋)苏轼:《东坡易传》卷九,第146页。
[5] (宋)龚原:《周易新讲义》卷十,《无求备斋丛书》,严灵峰编,第702页。
[6] 佚名:《周易图》卷下《叁天两地图》,第157页。
[7] (宋)吕祖谦编:《周易系辞精义》,《续修四库全书》第2册,上海古籍出版社,1998年,第9页。

续表

吴沆	系辞云：叁天两地。盖合地二与四以为六，而为老阴；合一三五以为九，而为老阳。[1]
张浚	叁天，一三五而为九也；两地，二四而为六也。[2]
沈作喆	夫叁天则一三五是矣，一与三与五，非九而何？两地则二四是矣，二与四非六而何？[3]
林栗	何谓叁天两地而取之？曰：一三五，叁天也，二四，两地也。一三五合而为九，二四合而为六。[4]
唐仲友	天一、天三、天五，合为九。地二、地四，合为六。[5]
杨万里	今夫一三五，天数也，三积之而为九。二四，地数也，两积之而为六。[6]
林至	天一天三天五，叁天也，总而为九；地二地四，两地也，总而为六。[7]

在今天所能看到的南宋中期以前的学者几乎都是以此解释"叁天两地"的（表2），以至于当时重要的类书《义海撮要》[8]《六经图》[9]在权衡采择后也采取了这个解释。值得注意的是，作为当时科举考试主要参考讲义编纂者的王学学者龚原和耿南仲都采取了这一解释，当时集大成的《义海撮要》也如此，更可以证明不仅是易学学者之中，大概一般的读书人也只要参加科举考试，想必都优先考虑这一解释吧。

不过对于"叁"和"两"的字义的理解稍有不同。刘牧在《钩隐图》中本来不是解释这句话的，所以只是把三个天之生数相加、两个地之生数相加，作

---

[1]（宋）吴沆：《易璇玑》卷上《六九定名篇第五》，文渊阁《四库全书》第十一册，第603页。
[2]（宋）张浚：《紫岩易传》卷十，第247页。
[3]（宋）沈作喆：《寓简》卷一，第10页。
[4]（宋）林栗：《周易经传集解》卷一，第7页。
[5]（宋）唐仲友：《帝王经世图谱》卷一，第387页。
[6]（宋）杨万里：《诚斋易传》卷十九，文渊阁《四库全书》第十四册，第761页。
[7]（宋）林至：《易裨传》，第857页。
[8]（宋）李衡：《周易义海撮要》卷九，文渊阁《四库全书》第十三册，第577页。
[9]（宋）杨甲、毛邦翰等：《六经图》卷一《叁天两地图》，第142页。

为名词而出现的。刘敞似乎也是此意。乾积三、坤积二，就是三个数、两个数相加。[1]此外，比如苏轼就是明显解为名词的，其意为天有三个数，地有两个数。再如沈作喆的叁天是指一三五这三个数，三数相加为九，两地是指二四这两个数。

但之后有的学者把"叁""两"作为动词解释。典型的如龚原的"三之"则是三数相加，"两之"则是两数相加。程大昌更明白地用"本数""用数"区分"叁"与"三"，他说：

> 盖一、三、五，天地元有此数，是之谓本数也。知一、三、五之当用而叁之，知二、四当用而两之，则五初数者，皆入于用，是之谓用数也。一、三、五本不为九，二、四本不为六，今其叁之两之而合其数以为九六。[2]

一、三、五是三个天数，天地本有此数，没有人为的参与就已经自然存在着，称之为"本数"。"叁"是人为的操作，把三个天数相加得到九，这是人为参与作用的结果，称为"用数"。[3]这样就把"叁""两"的理解提升到了自然与人为的高度加以阐发。

四、阳九阴六与用九用六

《钩隐图》中的"叁天两地"模式，即一三五为九、二四为六，又给宋代易学造成了第三个影响，就是用此模式解释阳九阴六、用九用六。对于阳爻何以称九，《周易正义》在乾卦初九爻下注：

---

[1]"因其九而三之则得乾"这句话不太好理解，似乎是说九是由三个数相加而得的。
[2]（宋）程大昌：《易原》卷三，第532页。
[3]详见吴晓欣《程大昌〈易原〉思想探微》，第230页。

> 然阳爻称九,阴爻称六,其说有二:一者,《乾》体有三画,《坤》体有六画,阳得兼阴,故其数九,阴不得兼阳,故其数六。二者,老阳数九,老阴数六,老阴老阳皆变,《周易》以变者为占……故称九、称六。所以老阳数九,老阴数六者,以揲蓍之数,九遇揲则得老阳,六遇揲则得老阴,其少阳称七,少阴称八,义亦准此。[1]

《周易正义》当中对于阳称"九"、坤称"六"保留了两个不同的解释。一个是乾三画而坤六画,阳得兼阴,故乾九画;阴不得兼阳,故仍为六画。另一个是由蓍法得七八九六为老少阴阳,因阴阳之变而称九六,但对用九、用六则并未做过多解释。

《钩隐图》则与此不同:"天一天三天五成九,此阳之数也。故乾元用九。地二地四成六,此阴之数也。故坤元用六。"[2]利用五生数中三个天数之和得阳数九,两个地数之和得阴数六。这五个生数作为四象展开的根本,得到阳九、阴六。刘牧又以"叁天两地"之法解释"用九用六",而"乾元用九"恰恰是《周易正义》所没有解释的,是对其最明显的补正。以五生数分别叠加得到九与六的模式一出,学者蔚然成风,并且被不断完善细化,形成了一个很强的传统,以此解释阳九阴六、用九用六及相关问题,被称为"叁天两地"之法。

首先是胡瑗,距离刘牧弟子们庆历献书不久,即采用了这一方法解释阳九阴六。其注乾卦初九爻即以阳数的迭加为九,阴数的迭加为六,故阳称九,阴称六。此下儒者解乾卦阳爻称九、坤卦阴爻称六,皆用此法,纷至沓来。(表3)

表3 刘牧传统下对"阳九阴六"的解释表

胡瑗	凡易言九六者,皆阴阳之数也。天一、天三、天五,天九,是阳数之奇也。地二、地四、地六,是阴数之耦也。[3]

---

[1](唐)孔颖达:《周易正义》,第2页。
[2](宋)刘牧:《易数钩隐图》卷上,第129页。
[3](宋)胡瑗:《周易口义》卷一,第174页。

续表

李复	问：乾卦其爻何以皆九，坤卦其爻何以皆六？易曰：叁天两地而倚数。一三五皆天数也，二四皆地数也。一三五乃九，乾天也，故倚天之数，所谓叁天也。二四乃六，坤地也，故倚地之数，所谓两地也。[1]
郭忠孝	天之生数凡三，一三五是也，合一三五之数是为九。地之生数凡二，二与四是也。合二与四之数是为六，故曰九六，天地之数也。……九六本于天地之数，得于乾坤之策，故乾所以称九而为老阳，坤所以称六而为老阴。[2]
郭雍	合一三五为九，天数也。天本乾，故乾称九。合二四为六，地数也。地本坤，故称六。[3]
程大昌	取一三五者而三之，以成其为九，九出而乾见矣。取二与四者而两之，以成其为六，六出而坤见矣。[4]
唐仲友	一三五为九，阳爻九，参天也。二四为六，阴爻六，两地也。[5]
杨万里	乾，阳也，其数曰九；坤，阴也，其数曰六，何也？天地之生数也。积天数之一三五，不曰九乎？积地数之二四，不曰六乎？[6]
杨简	乾可以九？坤何以六？一二三四五，叁天数之一三五，是为九。两地数之二四，是为六也。是五行之生数也，天地之本数也。……故所以用九者，此道也，所以用六者，此道也。[7]

由"阳九阴六"自然容易引申为对于"用九用六"之说明。刘牧即以此解释用九用六，至于其后，如刘敞、龚原，南宋前期之《六经图》，以及林栗、杨简等都是用这种方法解释"乾元用九""坤元用六"。（表4）

---

[1]（宋）李复：《潏水集》卷四，第90页。
[2]（宋）方闻一辑：《大易粹言》卷六十七引兼山说，文渊阁《四库全书》第十五册，第662页—663页。
[3]（宋）郭雍：《郭氏传家易说》卷一，文渊阁《四库全书》第十三册，第6页。
[4]（宋）程大昌：《易原》卷一，第516页。
[5]（宋）唐仲友：《帝王经世图谱》卷一，第388页。
[6]（宋）杨万里：《诚斋易传》卷十九，第761页。
[7]（宋）杨简：《杨氏易传》卷一，《杨简全集》第一册，浙江大学出版社，2016年，第7页。

表4　刘牧传统下对"用九用六"的解释表

刘敞	一三五者阳，二四者阴。阳之数九，阴之数六。因其九而三之则得乾，因其六而两之则得坤。此之谓叁天两地，此之谓乾元用九、坤元用六。[1]
龚原	天一天三天五凡三，故参之而成九。地四地二凡二，故两之而成六。天地之数多矣，而参两之法取九六以为用。[2]
《六经图》	乾元用九，叁天也；坤元用六，两地也。故曰叁天两地而倚数。九六者，止用生数也。[3]
郑厚	又一三五为九，天之生数，二四为六，地之生数。生生之谓易，故乾坤用此也。[4]
林栗	用九六而不用七八者，叁天两地而取之也……一三五，叁天也，二四，两地也。一三五合而为九，二四合而为六。九六者乾坤之蕴而刚柔之撰也。[5]
杨简	一二三四五，叁天数之一三五，是为九。两地数之二四，是为六也。……故所以用九者，此道也，所以用六者，此道也。[6]

这些解释中对阳九阴六或用九用六的理论发挥大致可分为三类。一类是直接从奇数阳、偶数阴的角度，认为阳九阴六是阳数一三五相加为九、阴数二四相加为六，如表3中的胡瑗所云，此外还有刘敞所云："老阳何以九，老阴何以为六？曰：乾积三以为九，故老阳九也。坤积二以为六，故老阴六也。"[7]另一类是以一三五为天数，二四为地数，天数相加为乾天，地数相加为坤地。因此乾之阳爻为九，坤之阴爻为六。如表3之李复、郭雍，表4之龚原所云皆是。

第三类，则是以"生数"这一要素作为九六为阴阳的基础，这在南宋尤为流行。如表3中的郭忠孝、杨万里、杨简所云，表4中的《六经图》、郑厚所云。由于生数只有五个，其他一切数乃至阴阳事物都是由这五个数叠加产生。所以他们认为乾之所以为九是因为它是天的全部生数的叠加，蕴含的是天的全部创生能

---

[1]（宋）刘敞：《公是集》卷三十八《易本论》，第723页。
[2]（宋）龚原：《周易新讲义》卷十，第702页。
[3]（宋）杨甲、毛邦翰等：《六经图》卷一，第142页。
[4] 佚名：《周易图》卷下《用九用六图》引郑厚说，第158页。
[5]（宋）林栗：《周易经传集解》卷一，第7页。
[6]（宋）杨简：《杨氏易传》卷一，第7页。
[7]（宋）刘敞：《公是集》卷三十八《易本论》，第725页。

力，所以乾取此数，也以此数为用，象征天因此而作为万物产生和存在前提的根源性存在。六也是由地的全部生数叠加，蕴含大地孕育承载万物的全部能力。因此，九六即是天地作为创生孕育万物的根源的数的表达，所以杨简称之为"天地之本数"。此外还有用"生数"说明"叁天两地"得九六之数者，如沈作喆说："作易者用天地之生数而不用成数，故孔子曰：'叁天两地而倚数。'夫叁天则一三五是矣，一与三与五，非九而何？两地则二四是矣，二与四非六而何？"[1] 林至云："九六者，易之真数也，今五之生数是也。天一天三天五，叁天也，总而为九；地二地四，两地也，总而为六。叁天两地而九六之数立矣。"[2] 二人都明确指出，之所以取一三五得九，二四得六，是因为此五数是"生数"，以生数之阴阳奇偶而得九六为老阴老阳。至于郑厚更赋予其"生生之谓易"之本体内涵，九六蕴含的是天地万物创生的根源。

而张浚在解释阳九阴六时，又由"生数"进一步提出"变"的因素：

> 九六之为老阳老阴，何也？变也。九六何以能变？曰：一三五合之为九，阳之生数也。二四合之为六，阴之生数也。九六为阴阳生数之极，是曰老阴老阳。若七八则阴阳之数不纯，莫之能变矣。……然则老阴老阳云者，取其阴阳生数之纯而通变也。[3]

> 一三五为九，二四为六。九六，阴阳之生数而能变者。……若七八为阴阳之成数，数穷而不能变，圣人以是不用，此天地万物自然之理，非圣人私也。[4]

张浚不仅继承了阳数一三五、阴数二四皆为"生数"的理论，更特别突出其中"变"之核心意涵。用九用六的本质不止是因为它们产生于一切事物之数之和，而且它们能变，所以为老阴老阳。而之所以能变，是因为其得阴阳生数之纯，因

---

[1]（宋）沈作喆：《寓简》卷一，第10页。
[2]（宋）林至：《易裨传》，第857页。
[3]（宋）张浚：《紫岩易传》卷十，第258页。
[4]（宋）张浚：《紫岩易传》卷十，第250页。

为纯阳纯阴，所以能变。而七八乃阴阳相杂而得，则不能变。此处发明纯而能变与不纯则不能变之意涵，殊为有味。

五、"阳进阴退说"的扬弃

对于阳九阴六的解释，宋儒站在刘牧的立场上将《周易正义》著策得九六的做法概括为"阳进阴退"。《周易正义》认为阳极为九，阴极为六，老变而少不变，所以称九六。但是《正义》并没有提到阴阳进退的说法，这是北宋时人对它的总结。"《易卦》阳爻称九，阴爻称六。孔颖达以谓九为老阳，七为少阳，进阳之道也。六为老阴，八为少阴，逆阴之谓也。"[1] 大致以为：阳主进阴主退，因此阳进极而为九，阴在成数中退极而为六，所以阳爻九、阴爻六，老阳为九、老阴为六。采用参天两地这一"数"的方法的学者对于这一阴阳进退的"象"论，有着鲜明的批判意识，而这一批判背后是对于"自然""人为"的区分意识。他们强调"数"的方法自然而"象"则涉乎人为。因此，王得臣在北宋中期就批评孔颖达的进阳退阴之说，并且认为："夫大衍不虚一，则四十九数不可用。惟用四十九揲之，则七八九六之数。故以纯为老，九六得纯数；以杂者为少，七八得杂数。此自然之理也。"[2] 他认为七八九六之数是基于筮法得来的，筮法过程中纯阳纯阴为六九，阴阳相杂者为七八，纯者老而杂者少，这是自然而然的过程和结果。

与之同时的沈括也对《正义》中的阳进阴退说提出批评。关于七八九六何以配老少阴阳，他首先批评了所谓"旧说"：

> 《易》象九为老阳，七为少；八为少阴，六为老。旧说：阳以进为老，阴以退为老。九六者，乾坤之画，阳得兼阴，阴不得兼阳。此皆以意配之，不然也。九七、八六之数，阳顺、阴逆之理，皆有所从来，得之自

---

[1]（宋）王得臣：《麈史》卷中，《全宋笔记》第1编第10册，大象出版社，2003年，第42页。
[2]（宋）王得臣：《麈史》卷中，第42页。

然，非意之所配也。

这里的旧说其实正是《正义》中的两种解释。一是"九六者，乾坤之画，阳得兼阴，阴不得兼阳"。阳画三十六，阴画二十四，所以分别为九六。二是阳以进为老，阴以退为老。这是阴阳进退论，以其极而为老者为九六。沈括强调"得之自然"，而以上做法是"以意配之"，也就是人的主观想法强行配合。这样的配合解释可以得出很多种，但不是自然客观的唯一的答案，仅仅是人的主观臆度。

与沈括同时采用这一方法并对阴阳逆顺进退说提出批判的是二苏兄弟。[1]其文曰：

> 或曰：阳极于九，其次则七也。极者为老，其次为少，则阴当老于十而少于八。曰：阴不可加于阳，故十不用。十不用，犹当老于八而少于六也，则又曰："阳顺而上其成数极于九，阴逆而下其成数极于六。"自下而上，阴阳均也，稚于子午而壮于巳亥，始于复姤而终于乾坤者，阴犹阳也，曷尝有进阳而退阴与逆顺之别乎？且此自然而然者，天地且不能知而圣人岂得与于其间而制其予夺哉？[2]

> 或者以为阳之数极于九，而其次极于七，故七为少而九为老。至于老阴，苟以为以极者而言也，则老阴当十，而少阴当八。今少阴八而老阴反当其下之六，则又为之说曰："阴不可以有加于阳，故抑而处之于下。"使阴果不可以有加于阳也，而曷不曰老阴八而少阴六。且夫阴阳之数，此天地之所为也，而圣人岂得与于其间而制其予夺哉？此其尤不可者也。[3]

---

[1] 沈存中与二苏兄弟提出此观点孰先孰后还很难判断。尽管《东坡易传》成书晚于《梦溪笔谈》，但二书均为累十数年而成，特别是《东坡易传》父子相继。《易论》可能是苏辙或苏轼应制举所作，而《笔谈》则成书于元祐初年。不过《易论》疑点颇多，无法遽下论断。本文倾向于认为这是从北宋中期开始出现的观点，二苏和沈括为其代表。
[2]（宋）苏轼：《东坡易传》卷七，第129页。
[3]（宋）苏辙：《栾城应诏集》卷四《易论》，《苏辙集》第4册，中华书局，1990年，第1270页。

二苏兄弟所提到的"或曰"略有差别，相同的地方在于都是以九为阳之极数，故阳称九。而阴何以称六而不称十，苏轼所说者以阳顺阴逆，亦即阳进阴退。而苏辙所说者，乃以阴不可加阳为由，显然有些牵强，而且也不是典型的阳进阴退说。苏轼所提及者，以阳进至九为阳爻之数，阴退至六为阴爻之数，颇为典型。二苏的批评要点在于"圣人之予夺其间"，也就是对于阴阳何以取九、取六，老少又何以有逆顺之别，在其中做了很多主观的修补，而非自然而然就能推出的结果。这个批评当然是基于当时的"自然而然"的认识。

到了南宋，站在刘牧传统下叁天两地的"数"的立场对此说的批判更为凸显。如南宋初年张浚说：

> 彼谓夫阳道主进故九为老阳，阴道主退故六为老阴。岂知夫圣人所以取九六者，特在夫得阴阳之生数而能变乎？……若七八为阴阳之成数，数穷而不能变，圣人以是不用，此天地万物自然之理，非圣人私也。[1]

这里的"彼谓"就是孔颖达的阴阳进退说，阳进至九为老阳，阴退至六为老阴。张浚强调，九六的来源当是由五生数中的阴阳叠加而来，所以"生数而能变"，具有展开变化的可能和能力。数自一开始逐次生长展开是自然而然的过程，并非圣人刻意进退。

沈作喆也提到先儒之说："易之六爻数用九六，先儒皆以谓九，老阳也，六，老阴也。君子欲抑阴而进阳，故阳用极数而阴取其中焉耳。"也是指阴阳进退而为九六之说，沈作喆对此批评道："阴阳天道也，岂人之所能抑而退之，又岂人之所能强而进之哉？"[2]他认为阴阳进退消长是人为的结果，不如生数的逐次叠加更为自然。

南宋时，在批判阴阳进退说之外，又有学者基于"数"的理论而吸收阳进阴退说。南宋初年的潘殖认为：

---

[1]（宋）张浚：《紫岩易传》卷十，第250页。
[2]（宋）沈作喆：《寓简》，第10页。

> 天总众阳主进而数衍,则九宜为阳之数。……阴总群阴主退而数耗,则六宜为坤之数。九六既有所寓,圣人于是倚数于叁天,而一三五为九,倚数于两地,而二四为六。礼:中立而不倚,倚则各倚于一偏,非其正也。[1]

潘殖一方面认为九六是由叁天两地而产生的,"倚数"是指分别偏倚于生数中的阳数和阴数。偏倚于阳数,则一三五合而为九,偏倚于阴数则二四合而为六。与此同时,潘殖在说明九六的成立或何以变而为七八的时候,又采用了阴阳进退的模式,使得九六因阴阳的进退而有所"寓"。

程大昌也将两种理论相结合,他认为:"叁天云者,并天之一三五而成其为九也。阳主进,九者在天地后五数中,阳进而极者也。故圣人画奇以象乎天而名其爻为九,命其卦为乾也。"[2]叁天固然是一三五合而得九,这是就生数而言。在成数中,则体现阴阳进而为极致成就的一面,所以在后五数中,阳进极而为九。程氏通过生数和成数的区分,将象派与数派这两种学说更融贯地融合在了一起。而象派的解释和数派的解释的合流,也在一个方面透露出南宋新的学术风气与时代需求的登场。

六、小结:"仁宗时言数者皆宗之"

晁公武在《郡斋读书志》中对于刘牧的《易数钩隐图》有一评价:"仁宗时言数者皆宗之",这一评价中惹人注目的恰恰是"数"这个字。尽管《钩隐图》中的《河图》《洛书》在当时产生了巨大的波澜,可是就晁氏的这一评价看,其中"数"的影响不当忽视。而在《周易》经传中出现的这些与数字相关的命题的诠释自然会引起学者们的极大关注,一时间大部分学者都采用刘牧的易数理论解释《周易》经传,并有所阐发和发展,引起了学术思潮的整体转变,所以晁公

---

[1](宋)潘殖:《忘筌集》卷二《六九数》,《诸儒鸣道》卷六十,山东友谊书社,1992年,第1379页。
[2](宋)程大昌:《易原》卷五,第562页。

武才会感叹"仁宗时言数者皆宗之"。其实非只仁宗朝，直至南宋中期都是如此，只是仁宗朝是其风行的开始，而特别引人侧目。

刘牧的《钩隐图》正是在这一层面上影响了对于《周易》经传的具体诠释，从而开创了北宋"易数"的新局面，这一影响是深远的。首先，刘牧对于易学的革命，成为了从《周易正义》转入宋代新的象数学氛围的转折点之一。其次，刘牧基于《河图》《洛书》之数而对《周易》经传的诠释在当时产生了具体的影响，此下宋代易学解释的主流至少在上述《易传》中的"易数"命题上放弃了《周易正义》而改从刘牧，直到朱子易学体系的确立才改变这一局面。第三，宋代易学家基于刘牧《河图》《洛书》学说对于"叁伍以变""叁天两地""阳九阴六"等内涵的不同阐发，正是他们建构哲学的一种方式。易学命题的展开也在相当程度上呈现出"数"的哲学建构的理路，"言数者皆宗之"的意涵即在于此。这也许是基于经学史的哲学史研究的一个可以拓展的视角。

校《易》札记

谷继明*

> 古籍整理出于不同的定位有不同的要求，"存真"之"真"当在理想形态和无限具体的实物之间找到平衡。在古籍的阅读和整理中，版面体例值得重视。比如《周易集解》，可以通过空格来区分"案"字引领的案语到底是李鼎祚自己的话还是前儒的注释。古籍版面体例在重刻的时候会有变化或符号系统代换，代换中有时会发生讹误，造成理解上的歧义。对于易学古籍整理而言，易辞以取象为特色，具有跳跃性，产生了不同的理解和断句，整理者最好根据所整理的那家对卦爻辞的理解进行断句。易学文献常需注意的讹误有数字之讹、阴阳二字之讹、阴阳爻画之讹、图像之讹等。

我从事易学和哲学研究，必须接触到不少易学注释的著作，有些没有点校本，有些点校本的质量不是十分令人满意，所以自己有时也从事一些标点、注释的工作。在工作过程中，经验虽有，教训也不少。边校边总结，今略举数则，与学界同仁分享。

一、真与是

言及校勘或古籍整理的目的，我们往往想到"存真"，但"真"是一个模糊

---

* 谷继明，北京大学哲学博士。现为同济大学副教授，研究领域为易学、宋明理学。著有《王船山周易外传笺疏》《周易正义读》，古籍整理注释有《周易外传校注》《周易内传校注》《易汉学新校注附易例》，点校有《易学启蒙通释　周易本义启蒙翼传》等。

的概念，更需要问：存谁之真？乔秀岩教授曾讨论道：

> 保存原貌是追求客观地保留底本现实的外在形式状态，校改订补是追求版本文字内容的理想状态。然而校改错讹字就意味着失去原貌，外在形式的真貌和文字内容的纯真之间只能任选其一。[1]

这里探讨了两个"真"之间的张力：外在形式的真，与文字内容的真。他又以段玉裁、顾千里校勘之争为例指出：

> （段玉裁）相信经书原来是完美无误的，只是因为后人误解或不理解，文本被篡改，所以要复原那最完美的经书体系。……实际上，他发现的规律包含着较大的主观因素，而且历史形成的古代文献不可能处处符合一般规律性。……可惜年轻人很冷寂、很清醒。王引之、顾千里都不能共有段玉裁的梦想。[2]

段玉裁也相信自己校勘是求真，然而他的"真"乃是圣人最初作经之本意的真，是经书的理想状态，故乔秀岩称其为理想（梦想）家。如果顾千里这样的校勘家是存版本之真的话，那么若非得通过概念将段玉裁与之区别开，可以称其为"求是"者。"是"就意味着任裁断，定是非，以求经书文本之正确形态。

然问题在于，即使在"存真"一派里，"真"的界定依然复杂。以《周易注疏》整理为例，若以广义版本而论，有写本时代的《周易注》《正义》，与刻本时代是两个领域。以狭义的刻本时代而论，单疏本、八行本、十行本、闽本、毛本、殿本、四库本又各个不同。同一版本，还有补版，还有先印、后印。近些年来，有关古籍同一版本不同刷印时代的讨论甚至成为一个新的学术关注点。如果极端地把"真"贯彻到个体性上去，就意味着每部传世的著作，即使同一版的不

---

[1] 乔秀岩、叶纯芳：《文献学读书记》，生活·读书·新知三联书店，2018年，第70页。
[2] 乔秀岩、叶纯芳：《文献学读书记》，第74页。

同印本之间都有自己的个性和生命——这是文博的立场,因为每部古籍的藏品,都有自己的编号,编号意味着对其个体性生命的肯定。

贯彻极端的个体化原则是无法进行古籍整理的。古籍整理并非开博物馆,既谓之整理,则须创建或复原具有形式化的特征。这种形式化就意味着对每个个体作一种概括,一定程度上求其共相。关键在于度的把握。段玉裁直断是非,追三代之真的做法固然太过理想化而抹杀了经书在历史流传中的具体面貌和个性;但留存的具体面貌太多,而古籍整理也必须做一番判断拣择的工作,其呈现的新面貌也不可能把无限个体都收罗其中。

比如,郝敬《周易正解》,有先印本、后印本。后印本补充了一些内容,但先印本保留着刊刻之初的一些信息。它们存放在图书馆的古籍部里,本身具有个性和价值,但做古籍整理,不可能将先印本点校一部,后印本点校一部。只能选择一部作底本,最多通过校记将两者的异文表达出来。再如《周易注疏》(十三经注疏)这样的古籍,它的版本众多,但很多俗本的异文,是非常无聊的,极致地来说也具有个性,"误书思之"也能成一适,但这种无限个性的追求有没有价值?何种意义上的异文错误才具有趣味或者研究的价值?

二、底本选择

以上疑问,就关联到底本选择的问题。存真的要求之一,是整理本尽量与底本一致,但这并不意味着它应当放弃"求是"的追求。要保持两者的统一,在有条件的前提下,自然是选择一个善本作底本,其他重要版本的异文罗列其下,必要时亦可做裁断。如阮元《江西校刊宋本十三经注疏书后》谓:

> 刻书者,最患以臆见改古书。今重刻宋板,凡有明知宋板之误字,亦不使轻改,但加圈于误字之旁,而别撰校勘记,择其说附载于每卷之末。俾后之学者,不疑于古籍之不可据,慎之至也。

阮元的理念无疑是有道理的,但问题在于他在底本选择上出了问题,导致其实践无法实现其理念。以其刊刻的《周易注疏》为例，其所据的十行本不仅是元刻，而且有明代的正德、嘉靖多次递修补版。补版的内容甚至受到后来闽本之错误文字的影响。以如此多错误文字的版本作底本，又坚持"不使轻改"的原则，必然使正文呈现出满目错讹的状态。但若要根据判断加以改字，修改太多，所谓"重刻宋本"就失去了意义，变成了一个不宋不今的本子。[1]当然我们不能怪阮元，但随着我们现在善本流通条件的改善，应当有更大的提升。比如《周易注疏》，直接取足利学校所藏八行本作底本，直接避开闽本、监本、毛本那些成篇累牍的极度无聊的错误，给学者提供一个非常便利、可靠的整理本，自然是非常有必要的。

这倒不是反对学术性的通校。恰恰相反，若无许多前辈学者对明代以来版本的考证，特别是通校异文，我们就无法对版本系统作出如此熟悉的理解，也就不能判断以何为底本。但这是一个先行工作，是后台系统。古籍整理则是呈现出一个用户可以操作、理解的界面。不仅通俗版的经书读物的校记当简明，学术版的经书整理，若非就是为了考证版本源流供该书专门的文献学者使用，校勘记也不宜过多。比如，前期研究可以判定后出的五六种版本皆出自某宋元版，其异文都是一些无聊的错误，就没必要再放到校勘记中喧宾夺主了。以上说的是存在宋元善本的情况，可以越过清代的俗本。

三、古籍的版面体例

古人与现代人，有些想法还是有相通的地方。假设我们是古人，在当时的物质条件下，面对一些古籍，或许也会有类似的诉求，想到类似的方法。

比如《春秋》有三传，人们在阅读的时候如果想对比其他家如何说，如果三本来回比对则较麻烦，于是就有三传综合编排的工作。汇编之后，如何眉目清除

---

[1] 阮刻本《十三经注疏》刊行之后，影响了一代又一代学人。如今各出版社或缩印，或精印，还是有价值的。直接据以整理，也未尝不可。但若以之为底本而拿其他版本直接改阮本，反失去了阮元的初衷，还不如直接取善本来做底本。

呢？无非是这么几种形式：字的大小、字体、颜色、辅助符号、空间位置。《晋书》卷九一《刘兆传》记载：

> （刘兆）为《春秋左氏》解，名曰《全综》，《公羊》《谷梁》解诂皆纳经传中，朱书以别之。（《三国志》卷六五）

这是用颜色来区别不同的家学以及注释。此前的董遇"善《左氏传》，更为朱墨别异"，恐亦是为了区分诸家。

经注最开始的时候经文与注解是分开的。如《毛诗注疏》解题谓：

> 汉初为传训者皆与经别行，三传之文不与经连，故石经书《公羊传》皆无经文。……及马融为《周礼》之注，乃云欲省学者两读，故具载本文。

据学者考证，具载本文之事可能比马融更早。具载本文之后，如何区分经注就是一个问题。当然，在写本时代，经注不分地书写也是一种常见现象，比如敦煌写本《老子想尔注》（S6825）即经注一气写下去。但这种形式对于阅读不是很方便，所以经文大字单行，注文小字双行的书写亦渐渐成为流行的形制。又如《礼记子本疏义》是通过经文前后空一字的形式来区隔，后来又有阅读者为了清楚，在经文上加朱笔划线。

注文如果只有一家还好，如果有多家，如何区别？最初应该就是直接加标题。如郑玄在《毛传》的基础上作笺，即以"笺云"区别。后来有了"集解"一体。如《论语集解》，罗列诸家，就需要标示各家名称。这里存在的问题是：各家之后如果作者还想表达意见，如何区别？可能的方式就是加"案曰""今案""某某（作者名字）曰"，或者空一格来区别。

这种讨论看似琐碎，但对于我们阅读和整理经籍还是稍有意义的。比如《周易集解》"各列名义，共契玄宗，先儒有所未详，然后辄加添削"，其所引诸家都是标"某某曰"。李鼎祚自己的观点，则以"案"来表达。然问题在于：李氏所引的有些注释家也有"案"，如何区分到底是别人的还是李鼎祚自己的？古书的版面形式恰能帮助我们作判断。今举三例。

（1）《周易集解》引蜀才卦变之时，就常有"案"，诸家辑佚多采入案语。林忠军教授以为属于李鼎祚，金生杨教授虽认同诸家辑本，却仍表达了疑惑：

> 以上重重疑惑与矛盾，经过反复分析，虽然得不出这些案语就是蜀才《易注》的内容，但综合所有情况来看……将今辑本中加有"案"字的语句看作是蜀才的注释。[1]

随着宋本《周易集解》的再现，我们明晰了李鼎祚《集解》的最初体例，可以帮助我们解决这个疑惑。今德国柏林国立图书馆所藏南宋嘉定大字本《周易集解》，存卷五至十，即下经咸卦以后的内容。[2]我们逐一考核，凡一段之下引用有两家或有自己的"案"，皆必空两格以区分。遗憾的是，这个体例在明胡震亨刻本中改成了提行，嘉靖朱氏刻本改为圈标，遂为后来俗本所沿用。但在改动中，刻书者往往按自己的臆见乱加圈标，导致了"案"的体例不清晰。对此"案"前有空格的，我们可稍举几处例子：明夷六二引《九家易》之后，家人《象传》引荀爽、王肃之后，睽六五《象传》引王弼之后，蹇上六《象传》引侯果之后。[3]

同样地，如果是明确地为引用者自己加的"案"，则不会有空格，如《说卦》"昔者圣人之作易也"，《集解》谓：

> 孔颖达曰：据今而称上代，谓之"昔者"。聪明睿智，谓之圣人，即伏羲也。案《下系》云："古者庖牺氏之王天下，始作八卦。"今言作《易》，明是伏羲，非谓文王也。[4]

---

[1] 金生杨：《汉唐巴蜀易学研究》，巴蜀书社，2007年，第199页。
[2] 关于此书的情况，可参考高树伟、张鸿鸣《德国柏林国立图书馆藏宋本〈周易集解〉新考》，载《版本目录学研究》第十二辑，国家图书馆出版社，2020年。
[3] （唐）李鼎祚：《周易集解》卷五，南宋嘉定刻本，第30a、34a、44a、50b页。
[4] （唐）李鼎祚：《周易集解》卷十，南宋嘉定刻本，第1a页。

通过对比《周易正义》，我们可以确定这一段都是《正义》的文字，只是此处的"案《下系》云"，《正义》本作"且《下系》已云"，此或李鼎祚所见《正义》抄本有别。但我们由此可知宋本《周易集解》体例严格：李鼎祚自加案语必空两格而后加"案"字；若是引用者文字中的"案"字，则不加空格。而蜀才注后面的"案"字既不加空格，则知其为蜀才自注。

蜀才有些卦变后面的具体解说，亦未必加"案"字，比如他注随卦："此本否卦。刚自上来居初，柔自初而升上，则内动而外说，是'动而说随'也。相随而大亨无咎，得于时也。得时，则天下随之矣。故曰'随之时义大矣哉'。"[1] 由此可见在卦变之后加以说明，符合蜀才注文的特色。"案"字在蜀才卦变注中仅起到提示下文要具体解释的作用。

（2）又如《集解》引伏曼容蛊卦注：

> 蛊，惑乱也。万事从惑而起，故以蛊为事也。案《尚书大传》云："乃命五史，以书五帝之蛊事。"然为训者，正以太古之时无为无事也。今言蛊者，是卦之惑乱也。时既渐浇，物情惑乱，故事业因之而起惑矣。故《左传》云："女惑男，风落山，谓之蛊。"是其义也。[2]

今宋嘉定本《集解》上经已阙，但对于"案"字胡震亨本不另外提行，朱氏刻本无空格，则"案《尚书大传》云"以下亦当是伏曼容的注文。

（3）《周易集解》凡正式援引诸家，罗列名氏，必标"某某曰"。其援引的某家注文之内，有再引他家的情况。主要就是乾卦"天行健"下注文：

> 何妥曰："天体不健，能行之德健也。犹如地体不顺，承弱之势顺也。所以乾卦独变名为健者，宋衷云：'昼夜不懈，以健详其名。余卦各当名，

---

[1]（唐）李鼎祚：《周易集解》，中华书局，2016年，第127页。
[2]（唐）李鼎祚：《周易集解》卷五，明聚乐堂朱氏刻本，第7页。

不假于详矣。'"[1]

胡震亨刻本凡独立引用诸家皆提行,"宋衷云"不提行;同样,朱氏刻本凡有多家,于第二家一下皆加○标,而"宋衷云"前不加。且李鼎祚凡引诸家皆成"某曰",而此处作"云"。由此可见,"宋衷云"属于何妥注文内的文字。而这一条到了毛氏《津逮秘书》本则变为:

> 何妥曰:"天体不健,能行之德健也。犹如地体不顺,承弱之势顺也。所以乾卦独变名为健者。"○宋衷曰:"昼夜不懈,以健详其名。余卦各当名,不假于详矣。"[2]

首先是"宋衷"前加了圈标,毛氏又自作主张地把"云"变为"曰",看似是为了"统一体例",实则画蛇添足。惠氏校勘之《雅雨堂丛书》本《集解》,竟亦因仍不改。

四、易学著作的断句问题

(一)《易》辞句法的特殊性

断句是每种古籍都要面对的问题,但易学著作尤其具有特殊性,这是由卦爻辞句法的特殊性所引起的。

在四部书中,史籍基本是叙事性的文句,子部多说理性的文句。但不管是叙事还是说理,其句法或有时间的连贯性,或有逻辑的连贯性。或者说,一段文字读下来,我们知道它在讲什么。经部之中,《尚书》虽然佶屈聱牙,但不外乎此两种结构。《诗经》不同,但我们知道它有特殊的比兴手法,可以依托其比兴寻

---

[1] (唐)李鼎祚:《周易集解》卷一,明胡震亨《秘册汇函》本,第7-8页。
[2] (唐)李鼎祚:《周易集解》卷一,毛氏《津逮秘书》本,第7页。

找其意旨。

《易》的卦爻辞则不然，它既非叙事性语法，亦非逻辑性的语法。我们或许可以将之与《诗》类比，但《诗》的数句是有关联的，但《易》辞则充满了跳跃、联想、多重并列。

《易》确实有好分析的、类似诗歌的句子：

中孚九二：鸣鹤在阴，其子和之；我有好爵，吾与尔靡之。
复，亨。出入无疾，朋来无咎。反复其道，七日来复，利有攸往。

其与诗歌的关联，李镜池、夏含夷等都做过分析。有些句子看似没道理，不过也可以通过猜测建立联系。比如小畜九三："舆说辐，夫妻反目。"独立来看，"舆说辐""夫妻反目"都是可以理解的句子。但把这两句放在一起，很难让人知晓作者的用意，而这种不明确，就意味着未能达成理解的目标。当然，"舆说辐"与"夫妻反目"可以用"相悖离"的共同意象串联起来。但《易》中亦有相当多琐碎跳脱的句子，比如：

泰九二：包荒，用冯河，不遐遗，朋亡，得尚于中行。
坎六三：来之坎坎，险且枕，入于坎窞，勿用。

先说泰九二："包荒"完全不知所谓，"包含荒秽"的解释似亦过于抽象。"用冯河"倒是好理解，但这些词组合在一起，到底表达了什么事情？还是表达了什么道理？很难讲明白。再看坎六三："来之坎坎"，坎坎是什么？如果解释成来、往都遇到坎，那么坎是名词，可以"坎坎"的这么用吗？所以有注释者读为"来之坎，坎险且枕"。然而"险且枕"的"枕"又是何意？有些注释者把"枕"训为"不安"，于训诂而言亦颇为奇怪。

从《易》之撰作本原来理解这个问题，其作者本来就未必是要构建一种完整的叙事，抑或通过细密论证的方式来表达哲理。与先秦筮辞相较，《周易》自然具有其正典的意义，[1]但它仍具有旧卜辞、筮辞的一些特色。此关键特色即"观象系辞"。"辞"是通过观象而系，但易含万象，就有无限之辞。具体来说，一爻可取数卦之象，一卦可取无限丰富的物象，物象通过名词来表达，也就是一卦象可以写出无限的名词。

以上不是要探讨卦爻辞如何理解的问题。而是指出这样一个现象：因卦爻辞的特殊性，故引起了注释者不同的解读，也就有不同的断句和标点。对于易学典籍来说，除了《周易》自身，更汗牛充栋的是历代的诠释。这时对《周易》卦爻辞的点校，是要基于所整理的那位古代诠释者的理解，而不是《周易》本来如何理解，以及整理者自己的理解。这也是所谓存真的要求。譬如点校王弼《周易注》，要根据王弼的理解；点校《诚斋易传》，要根据杨万里的理解，诸如此类。

（二）断句问题举隅

（1）大畜上九，我们一般标点作："上九：何天之衢亨。"或将"何"理解为发语词无意义，意思就是"天路通畅了"；或者将"何"理解为"负荷"，即承受天之美好畅通。

而王弼注谓："处畜之极，畜极则通。大畜以至于大亨之时。何，辞也，犹云'何畜？乃天之衢亨也'。"显然不是上面举的两种意思。王弼说"何，辞也"，并不是无意义的语气词，而是表示反问的助词。注文的"何畜"提示了这一点。大畜的基本意义是下三阳被畜止，但到了上爻，畜极则反，阻止久了就会开通，故云"何畜"，即"何必继续阻止"之义。何就是表示反问的助词。然问题在于它后面本来应该接一个表达具体内容的动词或名词，在这句话里却没有，是故王弼有增字解经之嫌疑。虽然我们可以质疑王弼，但他的《周易注》自然当根据王弼的理解读为"何？天之衢亨"，虽然看似怪异，确实是王弼的理解。

（2）否卦卦辞，一般点校作："否之匪人，不利君子贞，大往小来。"然《诚

---

[1]《周易》从旧有的各种筮书中脱出成为六经之一，并不是偶然的。因为它显然是被有心撰作的一部经典，而非占筮记录，其最初的主要用途也非为了占筮，而是表达某种经典性的意义。只是它不通过叙事或者讲道理来表达这些。相关讨论可参考谷继明《易象与周礼》，载《哲学与文化》2020年第9期。

斋易传》并非如此理解，宋本的《诚斋易传》还加了"句"字表明自己专门的读法：

否之匪人，不利。（句。）君子贞，大往小来。

明鲁藩本与宋本相同。但尹耕本、四库本脱"句"字，一些点校本若以四库本作底本，根据平时阅读习惯直接点作"不利君子贞"，就违背杨万里的本意了。

（3）蹇卦上六，一般标点作："往蹇来硕，吉，利见大人。"然杨万里注谓："上六以阴柔之资，居蹇难之极，是安能济蹇哉。故往则蹇益甚，退则其吉乃大。硕吉，大吉也。"杨万里"硕吉"连读，就应当标点作"往蹇，来硕吉，利见大人。"今国图藏海源阁旧藏的宋本《诚斋易传》有朱笔句读，此句如寻常读法，也是错了。

五、《易》籍整理中需注意的特殊错误

易学有三种语言：象、数、辞。与其他典籍相比，《易》在象、数方面特别突出，在校勘和整理时需要多加留意。

（一）数字之讹

首先，九六，二三四五易讹。九指称阳爻，六指称阴爻。初二三四五上则是对爻位的指称。《易》籍中这些地方易误。如《诚斋易传》贲上九，宋本作：

且隐丘园者谁哉？初六义不乘六二之车，舍之而徒行者是也。六二不能致初九，而六五之君乃能致之？

三种校勘方法皆知其误。理校：根据卦象，贲卦没有"初六"。本校：下句言及"六二不能致初九"，是之为初九非初六。对校：鲁藩本作"六"，尹耕本、张惟任本等作"九"，知鲁藩本忠实地因仍了底本错误，而尹耕本以下则觉察不妥而

改正。

其他，比如五、三、二数字，在刊刻的时候稍有漫漶便容易讹误，而此类文字在《易》籍中又很多。

（二）阴、阳字易讹

此不烦举例。

（三）阴、阳爻画易讹

不仅阴爻、阳爻爻画易混淆，爻画有时还会误作数字一。如《诚斋易传》于坎卦初六末句曰：

> 初居重坎之最下，故为窨。又偶爻，穴之象。

而尹耕本、武英殿本分别作：

> 初居坎之最下，故为窨。初 -- 爻，穴之象。
> 初居坎之最下，故为窨。初一爻，穴之象。

宋本的"耦爻"就是阴爻的意思，尹耕刻本改作 --，也不算错。但武英殿本直接改作"一"，面目全非，意义不可理解了。

六、论注《易》之难

对于古籍的诠释性整理有两种形式：一是注，一是译。两者在古代也都有渊源。义疏学里有些串讲就类似于翻译，将经书中的古雅之言翻译成当时相对浅近、完整的语言。不过现代的全译更有其难度。如不少学者所说：注书，自己不懂的可以藏拙偷懒不注；白话翻译，没有一处可以放掉。比如，王文锦先生翻译的《礼记》，曾亦、黄铭教授翻译的《公羊》，都是在仔细研读此前注疏的基础上斟酌损益，补足了很多原文隐藏的信息，是非常艰巨的工作。

注书如果凭良心做好，自然也是很难的。校书如扫叶，注书也会因作者局限于当时的学力、水平而有缺憾，或因自己的前见太过强烈而有硬坐己之意见为古人之意见者。

（1）比如我自己做的《易汉学新校注》，自以为对惠栋的理解比较深入了，对汉魏易学体例也较熟悉，当时在复旦大学古籍部发现了《易汉学》之稿本，虽详加校对，并作注释。但现在看来还是有几处错误，其中《易汉学》卷五解释梁元帝卦例推断有错。梁元帝《金楼子自序》载其筮例的原文谓：

> 余初至荆州，卜雨，时孟秋之月，阳亢日久。月旦虽雨，俄而便晴。有人云："谚曰：'雨月额，千里赤。'盖旱之征也。"吾乃端筴拂著，遇复不动。既而言曰："庚子爻为世，水出生于金。七月建申，申子辰又三五合，必在此月。"五日庚子，果值甘雨。余又以十七日，筮何时（当雨）。云卷金翘，日辉合璧，红尘暗陌，丹霞映日，谓亢阳之势，未沾青泽。筮遇坎之比。于是辍著而叹曰："坎者水也，子爻为世，其在今夜三更乎？地上有水，称之为比，其方有甘雨乎？"欣然有自得之志。[1]

萧绎为藩王时分别在普通七年（526）和太清元年（547）两次为荆州刺史。据七月五日为庚子推，此事当在太清元年。今排定六爻如下：

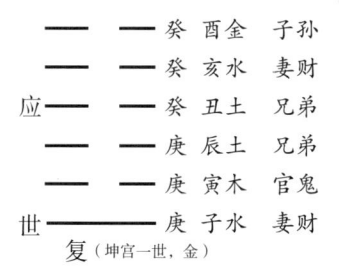

```
     ━━  ━━   癸 酉金   子孙
     ━━  ━━   癸 亥水   妻财
应   ━━  ━━   癸 丑土   兄弟
     ━━━━━━   庚 辰土   兄弟
     ━━  ━━   庚 寅木   官鬼
世   ━━━━━━   庚 子水   妻财
         复（坤宫一世，金）
```

---

[1]（梁）萧绎：《金楼子校笺》卷六，许逸民校笺，中华书局，2011年，第1361页。

复卦为坤宫一世卦，即初爻纳庚子，子为水。又占筮的时间为七月，建申，六三爻直庚辰，申子辰三合成水局。成水局，则有雨。必待庚子日雨者，日辰与世爻合，得日建之力。但是《易汉学新校注》注释此条时，只关注到了萧绎在普通七年的荆州刺史任职，此年七月庚子在三日，遂臆改"五"作"三"，[1]推其义全失，可谓鲁莽之极。

（2）又如张惠言精于汉易，可谓千古之下最知虞氏易者。然其于虞氏求之过深，衡定他家也用虞翻易学的标准，则有主持太过之嫌。《易义别录》中的姚信、蜀才诸家，或有卦变说等与虞氏接近，张惠言即以姚信、蜀才二家传孟氏易。然虞翻是否为纯粹孟易学者尚可商榷，而又每每以虞翻例说姚信、翟玄、蜀才，则无法相应。

（3）朱子《记解经》谓：

> 凡解释文字不可令注脚成文。成文，则注与经各为一事。人唯看注而忘经。不然，即须各作一番理会，添却一项功夫。窃谓须只似汉儒毛孔之流，略释训诂名物及文义理致尤难明者，而其易明处更不须贴句相续，乃为得体。盖如此，则读者看注即知其非经外之文，却须将注再就经上体会，自然思虑归一，功力不分，而其玩索之味亦益深长矣。[2]

此论深得汉人精神。其《四书章句集注》《周易本义》《诗集传》莫不守此法则，故能与汉注颉颃。

七、虚灵不昧

朱子解《大学》"明明德"曰："明德者，人之所得乎天，而虚灵不昧，所以

---

[1]（清）惠栋：《易汉学新校注》，谷继明校注，中国社会科学出版社，2020年，第161页。
[2]（南宋）朱熹：《朱子全书》第24册，上海古籍出版社、安徽教育出版社，2002年，第3581页。

具众理而应万事者也。"其中"虚灵不昧"四字，可作为古籍整理所应秉持的精神。借朱子此四字作引申解释，虚指的就是放弃自己强烈的前见。整理古籍，前见太强会导致改字过勇；注释经书，不虚心会导致驰骋恣肆，泛滥无归。学者做古籍整理和注释，尤其要注意克制自己的表达欲。

然"虚"也不意味着人要如土偶木梗之无心，或只成一台机器。这是虚昧不灵。没有识见，也根本无法开展工作，这时候就需要有"灵"。我们整理时作裁断，不管是版本系统的勾稽，还是顺着诠释者自己的意思去断句，都需要自己的性灵，认识到何种读法才是作者自己的意思。

黄宗羲、黄宗炎治《易》背景、渊源、历程与研究进路

胡士颖 *

> 黄宗羲、黄宗炎兄弟均有易学著作传世，有着深远的历史影响。他们的易学具有相通性、互补性，其原因在于共同的社会背景、时代因素、家学传承、地方学术和易学渊源，这些都是理解黄氏易学产生、同异、影响等不可忽视的因素。以此为基础，方能理解二人在明清易学、浙东学术之影响，才能全面总结二人易学的特点，找到并确立切近黄氏易学本身的研究进路。

黄宗羲、黄宗炎是明末清初浙东学派的代表。从学派构成、学问渊源、著作内容与特点而论，黄氏兄弟易学各有所长、联系紧密、相互补充，诚为浙东易学"双璧"，故而综合研究二者并将之纳入明末清初学术背景和思想变迁脉络中进行专题考察，同时从二人研《易》历程、特点等方面揭示二人易学思想架构与丰富内容，具有非常重要的学术价值。

一、黄氏兄弟易学产生的时代与学术

黄宗羲、黄宗炎生于明季，遭逢乱世，经历了复杂多变的社会变迁与人生磨难。其易学著作和思想体系与其家学、交游、师承等方面有密切关系，而社会环境和历史背景更是作为个体无法脱离的。黄氏兄弟易学之建立，既是易学发展

---

* 胡士颖，哲学博士，现为中国社会科学院哲学研究所副研究馆员，中国社科院大学哲学院副教授、硕士生导师。主要研究方向为中国哲学与思想（易学、儒家思想、俱舍学、早期全真教）、数字人文学研究与平台建设。

缔结之果，也是明清之际天崩地解的时代产物，更是当时特殊的政治、经济、文化、学术思想及个人思想意志等综合作用的结果。

（一）明亡清侮与痛定之思

有明一代，自洪武立国起，也曾像之前历代王朝初始那样励精图治，出现了极为繁盛的历史局面。宋应星《天工开物》曾有比较生动的描写：

> 幸生圣明极盛之世，滇南车马纵贯辽阳，岭徼宦商横游蓟北。为方万里中，何事何物不可见见闻闻！（《天工开物·序》）

明朝此时大有"治隆唐宋""远迈汉唐"之誉。然而，明中期经过短暂的万历中兴之后，皇帝日疏朝政，国政败坏，朝臣党争不断，社会经济的繁荣局面因政治乱局和外界侵扰而逐渐衰败。

黄宗羲出生于万历三十八年（1610），黄宗炎出生于万历四十四年（1616），在此前后，皇帝深居内宫，国事未宁，南北方遭受严重的自然灾害，多地发生饥荒，在山东发生了"母食死儿，夫割死妻"的惨剧；黄河朱家口段决口造成重大灾害，发生了河南、山东两地的饥民起义等事件；东北边境，努尔哈赤在赫图阿拉（今辽宁新宾西老城）即大汗位，建元天命，国号大金，史称后金，自此成为明朝的重要威胁。明王朝可谓乱象已具，正值危急存亡之秋。

1628年崇祯帝朱由检即位，虽有改革朝政之心，但大明王朝沉疴已深，积重难返，回天乏力，加之与关外后金战事频仍、关内义军蜂起，明王朝危急日甚。1630年，袁崇焕被处极刑。1641年，李自成攻陷洛阳，杀福王朱常洵。1642年洪承畴在松山被俘，祖大寿在锦州投降。1643年十月李自成攻破潼关，十一月占领西安。张献忠攻克湖广、四川，建立大西政权。1644年李自成在西安建立大顺政权，年号永昌。1644年三月，起义军攻陷大同、宣府、居庸关等地。十八日，农民军攻克北京外城。次日凌晨，崇祯帝在北京煤山自缢，明朝灭亡。1644年五月，清顺治帝进北京。同月，朱由崧即位，称弘光帝，然而内斗不断，难以抵御清军的强大进攻。扬州城破，史可法就义之后，清军随后在扬州进行十日的大屠杀，史称"扬州十日"，死难者达80万之众。1645年六月，清军下剃发令，引起被占领区汉族士民的反抗。清军又接连进行了"嘉定三屠"和"江阴八十一日"残暴屠杀活动。1645年南京、杭州都被清军攻下，弘光政权覆灭，钱肃乐、张煌言等起兵浙东，郑遵谦、张国维等拥立鲁王朱以海监国于绍兴，以1646年为鲁元年，颁监国鲁王元年大统历；与此同时，郑鸿逵、郑芝龙、黄道周等人拥立唐王朱聿键，称帝于福州，改年号为隆武。六月，鲁王兵败。八月，隆武帝兵败身亡。十月，桂王朱由榔监国于肇庆，十一月称帝，年号永历，史称永历帝。永历政权和张献忠、李自成残部联合，倚仗丁魁楚、瞿式耜、何腾蛟、李定国、孙可望等人，与东南沿海的张煌言、郑成功相呼应，取得了一些军事上的胜利，一度收复湖南、广西、四川等地，但暂时的胜利也根本不能使内部倾轧、势单力薄的南明政权维持很久，随着1661年清军攻入云南，永历政权遂告灭亡。

社稷沦亡，天下陆沉，国破家亡与清军肆行的社会现实激起有识之士的痛彻反省。关于党争，冯梦龙说：

> 当事诸臣，其罪在结党招权，因事纳贿，任国事之日非，如秦之视越，漠不置意。[1]

戴名世说：

> 中朝以门户相争，而操持阃外之事，使任事者辗转彷徨而无所用其力，直至于国亡君死而后已焉。此其罪甚于盗贼万万。[2]

也有学者同时批评东林党人的负面作用，张岱认为：

---

[1]（明）冯梦龙：《甲申纪事》，《冯梦龙全集》(13)，内蒙古文化出版社，2000年，第929页。
[2]（清）戴名世：《孑遗录》，《戴名世集》，中华书局，1986年，第309页。

> 夫东林自顾泾阳讲学以来,以此名目祸我国家八九十年……朋党之祸与国家相为始终。盖东林首事者实多君子,窜入者不无小人,拥戴者皆为小人。[1]

林时对进一步指出,东林党人中也不乏依附之徒,好于门户之争,他们"置国事若蜩螗。驯至断送封疆,祸贻君父,万死不足偿罪"。因此,则可见"大抵所谓小人者,皆真小人,而所谓君子者,则未必皆真君子",[2]在国亡家败上都负有不可推卸的责任。

在大臣与崇祯帝方面,计六奇认为明末政治"贿赂日张,风俗大坏","文臣玩寇而不恤,武臣纵寇以自雄","将帅不协以偾厥事"。(《平寇志·序》)[3]张岱指出崇祯帝也应对社会巨变负有责任,他说:

> 先帝焦于求治,刻于理财,渴于用人,骤于行法,以致十七年之天下三反四覆,夕改朝更。[4]

戴笠亦言:

> 国之致亡,祖功宗德天时人事均有之……主上则好察而不明,好佞而恶直,好小人而疑君子,好速效而无远计,好自大而耻下人,好自用而不能用人。[5]

对此,谈迁剖析得最为犀利,认为:崇祯帝"寄腹心于近幸,忘向者逆案之症

---

[1] (清)张岱:《与李砚翁》,《琅嬛文集》,岳麓书社,1985年,第146页。
[2] (清)林时对:《荷牐丛谈》,江苏广陵古籍刻印社,1990年,第282页。
[3] (清)计六奇:《明季北略》,中华书局,1984年,第687页。
[4] (清)张岱:《石匮书后集》,《续修四库全书》本,史部(320册),上海古籍出版社,1996年,第445页。
[5] (清)戴笠:《流寇长编》,书目文献出版社,1991年,第7页。

创。嗟乎,先帝之患在好名而不根实,名爱民而适痛之,名听言而适拒之,名亟才而适市之。聪于始,愎于终,视举者无一足任"[1]。

对明朝制度反思最为深刻的当数黄宗羲。他在《明夷待访录》中指出:"远者数世,近者及身,其血肉之崩溃在其子孙矣","然则为天下大害者,君而已"[2]。黄宗羲认为明朝之不治自朱元璋已经开始,"有明之无善治,自高皇帝罢丞相始也"[3],明初朱元璋废除丞相,以致"有宰相之实者,今之宫奴也"[4],从而导致政治混乱。在《兵制篇》分析"卫所之弊""招募之弊""大将屯兵",认为有明之所以亡,在斯三者,兵制上的弊端直接导致战场上失败和明朝灭亡。此外,黄宗羲还从科举制、田制等多个方面反思明朝灭亡的原因。

明末知识分子还从学术思想方面进行彻底反思。李颙在论述学风不正与明朝治乱兴亡关系时说:

> 天下之治乱,由人心之邪正,人心之邪正,由学术之明晦;学术之明晦,由当事之好尚。所好在正学,则正学明,正学明,则人心正,人心正则治化淳;所好在词章,则正学晦,正学晦,则人心不正,人心不正,则治化不兴。[5]

吕坤则认为:明朝学者只专心于作文章而不探求实用知识,导致庸才误国,"穷居草泽,止事词章,一入庙廊,方学政事。虽有明敏之才,英达之识,岂能观政数月便得每事尽善……以此用人,虽尧舜不治"[6]。他还进一步看到人民力量的因素,认为:"天下之存亡系两字,曰'天命'。天命之去就系'人心'。"并且指出,君主治理天下的政策一定要慎重,否则"一念忽荒则四海必有废弛之事……

---

[1](明)谈迁:《国榷》,中华书局,1988年,第6058页。
[2](清)黄宗羲:《明夷待访录》,中华书局,1981年,第2页。
[3](清)黄宗羲:《明夷待访录》,第7页。
[4](清)黄宗羲:《明夷待访录》,第9页。
[5](清)李颙:《二曲集》,中华书局,1996年,第105页。
[6](明)吕坤:《吕坤全集》,中华书局,2008年,第843页。

苟不察群情之相背，而惟己欲之是恣，呜呼！可惧矣"[1]。他还进一步指出，人民从根本上决定了王朝兴亡，因此他说："知君身之安危，社稷之存亡，百姓操其权故耳。"[2]这种认识是当时民本思潮的一部分，不乏对政治之深刻洞察，对黄氏兄弟政治思想有重要影响。

明末清初长达半个多世纪的剧烈动荡使当时士人不得不主动或被动地投入这一历史变局之中，"阉党乱政、农民起义、明朝覆亡、满族入主、薙发易服，每一事件都深深震撼着士人群体，引起他们不绝如缕的回应。这些回应反映到思想和学术的领域，同样也是不同凡响，无异于一出激烈、悲壮而又精彩纷呈的合奏曲"[3]。黄宗羲、黄宗炎亦曾积极加入抗击清军、挽救明朝的活动之中，一度身陷危难，黄宗炎幸赖好友拼死相救方以得脱。此后，他们逐渐将活动重心转为撰述，但其图书易学批评、易学史观、易学思想也无不体现着对儒学和社会文化的深刻反思。

（二）宋明易学与理学反动

黄氏兄弟对易学发展历史有整体认知，他们认为汉代易学已入歧途，只是与先秦时代尚近而学问质朴，但对宋明易学则毁多于誉。饶是如此，宋明易学是黄氏易学提出的基础和来源。

唐代初年太宗下令修订五经作为官方推广的标准本，由孔颖达主持修撰了《五经正义》，其中《周易正义》是以王弼《周易注》和韩康伯注为底本加以注疏而成，标志着以王弼为代表的义理易学获得了官方支持，而汉易逐渐衰落，以至于著述也开始失传。《程氏易传》一定程度上继承了王弼易学并有所发展，经由朱熹以理学思想加以解释和扩充，建构出系统的理学易的解释体系和理论内容，逐渐成为易学的主要流派。程朱理学在元代成为官方学说，其易学思想与内容也获得了极大的权威性，产生了更为广泛的影响。与程子同时之张载哲学也形成于

---

[1]（明）吕坤：《吕坤全集》，2008年，第823页。
[2]（明）吕坤：《吕坤全集》，2008年，第8页。
[3] 赖玉芹：《博学鸿儒与清初学术转变》，中国社会科学出版社，2010年，第65页。

北宋，其气化理论也一直被后世学者所继承，在理本论哲学体系外，逐渐发展出气本论的哲学体系与思想流派。这种路向在明代罗钦顺那里得到比较多的补充，构建了具有个人思想特点的易学思想；其后王廷相、方以智、王夫之、黄氏兄弟等也一再加以丰富和完善。黄宗羲认为：

> 盈天地间一气也，气即理也。天得之以为天，地得之以为地，人物得之以为人物，一也。(《子刘子学言》卷二)

同样，在黄宗炎看来，气化论思想对宇宙万物生成变化的解释比较忠实于《周易》经传本旨，符合《易传》提出的阴阳学说与宇宙生成论精神，因此他在解释天地人物生成、宇宙运动发展变化时，也主要依据气本论的思想。

象数易学思想与方法并未因汉易的衰落而消失，实际上也被以义理解易著称的程朱易学所继承和发展，并在元代成为一支重要的易学流派，较为著名的有雷思齐[1]、俞琰[2]、张理[3]和萧汉中[4]等人。其中，雷思齐易学主张先有数而后有象，并以此为基础形成了数学解《易》的象数易学；俞琰、张理和萧汉中认为先有象而后有数，发展了象学解《易》的象数易学，并在他们影响下，后者成为明代象数易学的主要力量。他们一致强调取象说对解《易》的重要作用，认为在

---

[1] 雷思齐（1231—1303），字齐贤，宋元时期临川（今江西临川县）人。幼而业儒，后归道教。宋亡后，独居空山，著书立说，人称"空山先生"。著有《易图筮通变义》《老子本义》《庄子旨义》以及诗文等二十多卷。

[2] 俞琰，字玉吾，号全阳子、林屋山人、石涧道人，吴郡（今江苏苏州）人。宋末元初道教学者。俞琰博览好学，入元不仕，著书立说，尤精于易学。易学著作有《周易集说》《读易举要》《易图纂要》《易古占法》《易外别传》《大易会要》《易经考证》《易传考证》《读易须知》《六十四卦图》《卦爻象占分类》《易图合璧连珠》等。

[3] 张理，字仲纯，元清江（今江西清江）人。历任泰宁教谕、勉斋书院山长，元仁宗延祐间为福建儒学副提举。早年从杜本学《易》于武夷山，"尽得其学，以其所得于《易》者，演为十有五图，以发明天道自然之象"。其著作有《易象图说》《大易象数钩深图》等。（《宋元学案·草庐学案》）

[4] 萧汉中，字景元，元代泰和（今属江西省）人。萧氏说《易》本于邵雍之学，推阐卦序，颇具精理。著《读易考源》。

以象解《易》的同时也要发挥数的功能和作用，也不废弃对易理的阐发。来知德[1]即是明代象学解《易》的代表人物。图书之学在宋代兴起，提出了许多对易学图式、图像进行解析的方法和思想，产生了极大的影响。

明代易学是继宋元易学之后的大发展，《明史·艺文志》所著录易学著述共有一百九十余家，且著述形式、研究内容、思想深度都有很大突破，因此可以说明代易学是中国古代易学发展的兴盛时期。从思想表现来看，明代易学有理学和心学两种倾向；从易学研究的角度，可以分为义理派和象数派，图书之学一般被划入象数一派；从象数易学而言，象学与数学也愈发专门，各有精进。尤可论者，义理派易学在宋明理学、心学的基础上，结合《周易》经传加以发挥，一部分仍然沿着朱子易学的理路进一步注疏和阐发，另一部分是理学中的气本论学派在易学研究方面对朱熹理本论予以反驳，还有一派是以阳明心学思想阐发《周易》经传。这三者既有融合，又有排斥。象数派易学在明代也有明显的发展，并分化为以象学为主和以数学为主的两种研究倾向，前者如来知德《周易集注》、方孔昭、方以智《周易时论合编》等书，后者有贾必选《松荫堂学易》[2]、卓尔康《易学》[3]等著作。值得一提的是明代出现一些以医解《易》(如张介宾"医易同

---

[1] 来知德（1526—1604），字矣鲜，别号瞿塘，明夔州府梁山县（今重庆梁平）人。乡试中举人后，便杜门谢客，穷研经史。著《易经集注》。

[2] 贾必选，字直生，明应天府上元（今江苏江宁）人，万历三十七年（1609）举人，官户部主事，以辩倪嘉庆冤被贬谪于外，旋升南京工部郎中。著有《松荫堂学易》。

[3] 卓尔康（1570—1644），字去病，仁和（今浙江杭州）人。万历四十年（1612）举人。授祥符县教谕，入为国子学录，升南京刑部主事、工部屯田司郎中。后谪任常州府检校，徙大同推官，移两淮运判。善研《易》《诗》《春秋》。著有《易学全书》五十卷，但刊刻行世者仅《图》一卷、《图说》六卷、《说卦传》二卷、《序卦传》二卷、《杂卦传》一卷，《四库全书总目提要》称《易学》残本十二卷。另有《诗学》四十卷、《春秋辨义》四十卷。

源"论[1]）和以佛教思想解《易》(如智旭《周易禅解》[2]）的论著，是明代易学繁兴的又一表现。黄氏易学基本延续了明代易学发展的这些线索，仅从黄宗羲《易学象数论》、黄宗炎《周易象辞》书名及其对于图书学的批评即可见一斑。

明末清初的理学反动思潮是黄氏易学产生的特殊背景。明初延续程朱理学和科举制度，中期阳明之学大为传播，是对程朱之学的一次重要挑战，而后以刘宗周为代表的明末学者力图修正王学之弊。朱姓王朝覆亡，士人惊惧，王学即遭鸣鼓而击，朱子学也同样担负明朝灭亡的罪责，易学图书学则成为批评理学的重要入手处。

反思朱子学和科举制度。明代延续了以理学为官学的做法，程朱思想的正统地位进一步强化，官方也组织编纂《四书大全》《五经大全》《性理大全》等书。不过，此举也遭到质疑，如顾亭林所言：

> 将谓此书既成，可以章一代教学之功，启百世儒林之绪，而仅取已成之书，抄誊一过，上欺朝廷，下诳士子，唐宋之时，有是事乎？（《日知录·四书五经大全》）

顾炎武认为明代官方推行的儒学经本具有较大危害，"经学之废，实自此始"（《日知录·四书五经大全》）。黄宗炎对此也表现得尤为激烈，他直接质疑程朱理学一向奉为宗主的周敦颐，认为《太极图》《太极图说》的思想本质是道教炼丹理论，还否定了朱熹所赞同的陈抟、邵雍易学思想，认为朱熹之学应对明代文化思想的堕落、明朝灭亡负有责任。

图书之学也是众多学者反思、批评较为集中的对象。顾炎武曾说：

---

[1] 张介宾（1563—1640），字会卿，号景岳，别号通一子，浙江会稽（今绍兴）人，明代医学家。所撰《景岳全书》六十四卷，是中国古代重要医学著作。张氏倡言"医易同源"，撰有《医易义》《太极图论》等，阐发医易汇通思想。

[2] 明代著名佛门大师智旭所著《周易禅解》是佛（禅）易会通的代表性著作，提出"以神为本""易在物先""易即佛性真如"等观点。从笔者对黄宗炎遗文的辑佚来看，他也曾与佛门人士多有来往，其对佛教思想的批判，虽非明确针对智旭等人，但亦是对以佛解《易》现象的回应。

若"天一地二""易有太极"二章皆言数之所起，亦赞《易》之所不可遗，而未尝专以象数教人为学也。是故"出入以度"，"无有师保，如临父母"，文王、周公、孔子之《易》也。希夷之图，康节之书，道家之《易》也。自二子之学兴，而空疏之人、迂怪之士举窜迹于其中以为《易》，而其《易》为方术之书，于圣人寡过反身之学去之远矣。(《日知录》卷一《孔子论易》)

顾氏之见代表了明末反思理学、批评图书学的普遍看法，如黄宗羲、李塨等皆有类似观点。黄宗炎激烈抨击图书之学，他一方面指出图书易学离经叛道，另一方面通过批评程朱理学的宋代开创者陈抟、周敦颐等人，认为朱熹易学误入歧途，试图以此全面否定程朱儒学，重新回到孔孟儒学和六经之学的道路。

梁启超先生认为尽管方向不同，但以顾炎武、黄宗羲、王夫之、颜元为代表的清初四大家都同为"王学"之反动。[1] 不过，梁任公所言之四大家中，黄宗羲尽管反思甚剧，但始终并未站到王学的对立面，大多作调和之论；亭林、船山、颜元、恕谷等态度激烈。顾亭林曾愤慨道：

刘、石乱华，本于清谈之流祸，人人知之。孰知今日之清谈，有甚于前代者。昔之清谈谈老庄，今之清谈谈孔孟。未得其精，而已遗其粗；未究其本，而先辞其末。不习六艺之文，不考百王之典，不综当代之务，举夫子论学论政之大端一切不问，而曰"一贯"，曰"无言"，以明心见性之空言，代修己治人之实学。股肱惰而万事荒，爪牙亡而四国乱，神州荡覆，宗社丘墟。昔王衍妙善玄言，自比子贡，及为石勒所杀，将死，顾而言曰："吾曹虽不如古人，向若不祖尚浮虚，戮力以匡天下，犹可不至今日。"今之君子，得不有愧乎其言。(《日知录》卷七《夫子之言性与天道》)

---

[1] 梁启超：《清代学术概论》，上海古籍出版社，1998年，第20页。

亭林既愤慨于当时学风,以为明亡实由于此,推原祸始,自然责备到阳明。他说:

> 以一人而易天下,其流风至于百有余年之久者,古有之矣,王夷甫(衍)之清谈、王介甫(安石)之新说;其在于今,则王伯安(守仁)之良知是也。孟子曰:"天下之生久矣,一治一乱"。拨乱世反诸正,岂不在后贤乎?(顾炎武《日知录》卷十八)

王船山亦以为王学末流之弊本之于阳明,他说:

> 姚江王氏阳儒阴释诬圣之邪说,其究也,刑戮之民、阉贼之党皆争附焉,而以充其"无善无恶圆融事理"之狂妄。(《张子正蒙注·序论》)

李恕谷从学于颜元,对王学空谈之批评尤为剧烈,认为习王学之人凌虚蹈空,云:

> 高者谈性天撰语录,卑者疲精死神于举业,不唯圣道之礼乐兵农不务,即当世之刑名钱谷,亦懵然罔识,而搦管呻吟,自矜有学。(《恕谷后集·书明刘户郎墓表后》)

以此琐屑空虚之学则"与夫子之言,一一乖反",以至于不能扶危定倾,"朝庙无一可倚之臣"而救明季之乱,"卒至天下鱼烂河决,生民涂炭"。(《恕谷后集·与方灵皋书》)因而,对王学的激烈批判几乎成为当时思想界的主要声音。之所以如此,固然由于时之所迫、形势所逼,但正如梁启超所说,"平心而论,阳明学派,在二千年学术史上,确有相当之价值,不能一笔抹杀,上文所引诸家批评,不免都有些过火之处。但末流积弊,既已如此,举国人心对于他既已由厌倦而变成憎恶,那么这种学术,如何能久存?反动之起,当然是新时代一种迫切的要求了"[1]。任公认为清初对王学批评有些过分，之所以如此是由于末流积弊，人心所厌，"旧思潮经全盛之后，如果之极熟而致烂，如血之凝固而成瘀，则反动不得不起。反动者，凡以求建设新思潮也"[2]。

理学反动最主要的原因还是天下形势之所趋，而思想意识不得不适之所变、与之偕极。明王朝号称"以理学开国"，确立程朱理学为官方之学，以至于天下读书之人"此亦一述朱，彼亦一述朱"。明末刘宗周也本王学而欲纠阳明之学与程朱之学之偏失，黄宗羲紧随其师对程朱一路持批评、转化态度。而反对程朱尤为激烈者，当为颜元、毛奇龄等人，颜元倡言"周孔正学"，摈斥汉学、宋学与王学而欲自为一派，他认为：宋学近似佛禅，不是纯正之儒学；宋学只注重读书，空言无当，皆为无用之学；宋学论人性之宗旨也与孔孟之道不同。故颜元疾呼：

> 今何时哉！普地昏梦，不归程朱，则归陆王，而敢别出一派，与之抗衡翻案乎！（《寄桐乡钱生晓城书》）

毛奇龄著《太极图说遗议》《河图洛书原舛篇》等，欲以此论宋儒假道家之术篡改儒家经典，还针对朱熹之《四书集注》著《四书改错》，认为朱熹之说无一不错，"真所谓聚九州四海之铁，铸不成此错矣"。（《四书改错》卷一）

（三）经史思潮与考据之风

尽管时人出于总结明亡教训的目的，对王学、朱学所持之批评各有不同，却对宋明理学的得失有了比较深入的认识。因此大多数学者，如顾亭林、王船山、颜元等人，都要求超越朱、王两家之上，使天下脱离"虚学"而归本"实学"。虽然很多学者指出，这种所谓的"实学"，根本上是趋近于程朱理学，不过，此种程朱理学既不同于之前明王朝的官方学说，也与此后清朝程朱官方理学有比较

---

[1] 梁启超：《中国近三百年学术史》，东方出版社，2004年，第7页。
[2] 梁启超：《清代学术概论》，第2页。

大的差别。[1]这一时期的经史之学展现出别样风貌,对中国古代整个学术传统而言可谓别树一帜。

"实学"一词,指称多样,辨明实非易事。程颐、朱熹皆倡"实学",如程颐说:"九经,实学也。"(《程氏遗书》卷一)朱熹云:"此篇始言一理中散为万事,末复合为一理……皆实学也。"(《中庸章句》)心学方面,陆象山、王阳明也认为自己所本之学为"实学",如象山云:"人为利欲所昏,就昏处指出,使爱敬自在,此是实学。"(《象山全集·语录》卷三十五)王阳明也说:

> 有官司之事,便从官司的事上为学,不可起个怒心,不可生个喜心,不可加意治之,不可屈意从之,不可随意苟且断之,不可随人意思处之,这许多意思皆私,须精细省察克治……故簿书讼狱之间,无非实学。(《传习录》下)

此外,明末吕坤、高攀龙、陈子龙等也曾提倡"实学"。明末清初顾亭林、黄氏兄弟所谓"实学",从渊源上,自当为程朱陆王之学的接续,而相异之处颇多。简言之,程朱、陆王重道、理、心性,而顾、黄等重器、气与行,并强调读史的重要性,此亦为浙东学派所长。黄氏兄弟易学的史学基调与学术史批判即为其显著表现。此外,黄氏易学思想之中,不仅强调儒家提倡的道德、工夫,还很看重学问的现实作用,即经世性、事功性,主张道德与事功合一。

顾亭林、黄梨洲、王船山及颜李学派都针对王学和程朱理学提出了严厉的批评,提倡脱离原来空虚不实之学转为"实学"。但他们理论所指的重点并非一致,颜李学派注重人的社会生活的实践方面,开启了"实学"之风的社会活动导向,

---

[1]此时之"实学"与有些学者所提出的"清初朱子学"也不同,"清初朱子学"是"在清初这个特定的历史时期所兴起的同时也得到朝廷大力提倡的以复兴程朱理学为己任,以谋求思想的大一统、社会的稳定和经世致用为主要学术内容,通过对传统理学基本观念的继承与发展,力图使儒学的有益因素得以延续的一种思想理论"。其理论与顾亭林、黄宗羲等针对明亡教训而提出的"实学",在提出基础、目的、观念上均有巨大的沟壑。参见林国标《清初朱子学研究——对一种经世理学的解读》,湖南人民出版社,2004年,第25页。

顾炎武、黄宗羲等人则提倡经学之经世致用和重视读史修史之开物成务。

顾炎武认为，古代圣人从四个方面教化于人，其行为在于孝、弟、忠、信，其职分在于洒扫、应对、进退，其文章在于《诗》《书》《礼》《易》《春秋》之五经，其用之身在于出处、去就、交际，其施之天下在于政令、教化、刑罚，"虽其和顺积中，而英华发外，亦有体用之分，然并无用心于内之说"（《日知录》卷十八《内典》）。他以此批评时风之不正，指出：

> 今之君子则不然，聚宾客门人之学者数十百人，"譬诸草木，区以别矣"，而一皆与之言心言性，舍多学而识，以求一贯之方，置四海之困穷不言，而终日讲危微精一之说，是必其道之高于夫子，而其门弟子之贤于子贡，祧东鲁而直接二帝之心传者也。我弗敢知也。（《顾亭林诗文集·亭林文集·与友人论学书》）

李塨也认为孔门儒学不言"性与天道"，他说：

> 后儒改圣门不言性天之矩，日以理气为谈柄，而究无了义。曰："理、气不可分而为二。"

又曰：

> "先有是理，后有是气"，则又是二矣。其曰"太极是理，阴阳是气，太极生两仪为理生气"，则道家"道生天地"之说矣。不知圣经言道，皆属虚字，无在阴阳伦常之外，而别有一物曰道曰理者。……"理"字则圣经甚少，《中庸》"文理"与《孟子》"条理"同，言道秩然有条，犹玉有脉理，亦虚字也。《易》曰："穷理尽性，以至于命。"理见于事，性具于心，命出于天，亦条理之义也。今乃以理代道，而置之两仪人物以前，则铸铁成错矣。（《论语传注问》上《学而一》）

陈确有言：

> 凡儒先之言，一以孔、孟之学正之，则是非无遁情；其互有是非者，亦是不掩非，非不掩是，夫而后古学可明也。(《陈确集》卷三《复张考夫书》)

朱之瑜则直接提出：

> 圣人未生，道在天地；圣人既生，道在圣人；圣人已往，道在六经，则先王之道尚矣。(《朱舜水集》卷十《策问》)

圣人之道既然存在于六经之中，那么，只有通经才能明道。可以说，诸多学者试图用"古学"来取代"今学"，用孔孟"儒学"来取代后世"道学"的主张，反映出明末清初实学思潮所蕴含的学术取向上的变化。钱谦益对理学深为不满，他批评说：

> 道学之偷也，流而为俗学，胥天下不知穷经学古，而冥行擿埴，以狂瞽相师。驯至于今，辁材小儒，敢于嗤点六经，訾毁三传，非圣无法，先王所必诛不以听者，而流俗以为固然。生心而害政，作政而害事，学术蛊坏，世道偏颇，而夷狄寇盗之祸，亦相挺而起。(《牧斋初学集》卷二十八《新刻十三经注疏序》)

他还特别强调经与道之间密不可分的关系，提出了"圣人之经即圣人之道"的主张：

> 汉儒谓之讲经，而今世谓之讲道。圣人之经，即圣人之道也。离经而讲道，贤者高自标目，务胜于前人，而不肖者汪洋自恣，莫可穷诘。则亦宋之诸儒扫除章句者，导其先路也。(《牧斋初学集》卷二十八《新刻十三经注疏序》)

在钱谦益看来，既然经与道密不可分，那么，欲求圣人之道，就要回到经学本身。据此，他鲜明地提出了"返经"的主张，认为："诚欲正人心，必自反经始；诚欲反经，必自正经学始"，而经学有其自身发展变化的脉络，所谓"十三经之有传注、笺解、义疏也，肇于汉、晋，粹于唐，而是正于宋"。自程朱理学盛行之后，"汉唐章句之学，或几乎灭熄矣"，宋明学者于此难辞其咎，他说：

> 宋之学者，自谓得不传之学于遗经，扫除章句，而胥归之于身心性命。近代儒者，遂以讲道为能事，其言学愈精，其言知性知天愈眇，而穷究其指归，则或未必如章句之学，有表可循，而有坊可止也。（《牧斋初学集》卷二十八《新刻十三经注疏序》）

在梳理经学渊源流变的基础上，钱谦益认为，要端正经学，恢复经学的本来面貌，就必须消除后世学者特别是理学家的误解曲说，回到"去圣贤之门犹未远"的汉唐章句之学的传统。他明确指出：

> 六经之学，渊源于两汉，大备于唐、宋之初，其固而失通，繁而寡要，诚亦有之，然其训故皆原本先民，而微言大义，去圣贤之门犹未远也。学者之治经也，必以汉人为宗主，如杜预所谓"原始要终，寻其枝叶，究其所穷，优而柔之，餍而饫之，涣然冰释，怡然理顺"，然后抉摘异同，疏通凝滞。汉不足，求之于唐；唐不足，求之于宋；唐宋皆不足，然后求之近代。庶几圣贤之门仞可窥，儒先之钤键可得也。（《牧斋初学集》卷七十九《与卓去病论经学书》）

钱谦益"反经"实际是要治经"必以汉人为宗主"，这一主张不仅发出明末清初学术转换之先声，而且成为其后继起的汉学先导，无疑是有着重要意义的。钱氏名震当时，影响甚大，晚年与黄氏兄弟共志抗清，来往颇密，盖学问、志趣亦有相同之处。

梁任公在《中国近三百年学术史》《清代学术概论》中认为，明末清初的经

学之风是对明学"束书不观,游谈无根"的反动。他言道:

> "清代思潮"果何物耶?简单言之,则对于宋明理学之一大反动,而以"复古"为其职志者也。

从思想的实际发生状况而言,他指出:

> 其时正值晚明王学极盛而敝之后,学者习于"束书不观,游谈无根",理学家不复能系社会之信仰。炎武等乃起而矫之,大倡"舍经学无理学"之说,教学者脱宋明儒羁勒,直接反求之于古经。[1]

余英时先生《清代思想史的一个新解释》一文本其"内在理路"说,认为解决理学内部义理的纷争,在当时必须"取证于经书",是为清初经学与考证之学兴起的最重要原因。[2]如果考虑到当时儒学内部各执所持、格局各异情形来看,实则不约而同地归本到他们一致认同的儒学基本原则和共同源头,即孔子和六经,这两者为儒学各派所共同尊奉。

经学之于儒学的重要性,已经得到清初思想界所公认;经世致用的社会思潮也横扫全国,成为一种文化共识。与倡导经学相呼应的是,此一时期学者对于历史表现出极大的关注,其中尤以黄宗羲为代表的浙东学派为著。至于如何救国,黄宗羲倡导的是穷经博史,读史务实,"夫二十一史所载,凡经世之业,亦无不备矣"(《南雷文定》四集卷一《补历代史表序》),"故受业者必先穷经,经术所以经世,方不为迂儒之学"(《鲒埼亭集》卷十一《梨洲先生神道碑文》),要不为迂儒,还必兼读史,"读史不多,无以证理之变化;多而不求于心,则为俗学"(《清史稿》卷四八○《儒林一·黄宗羲》)。他在甬上创办证人书院,其宗旨就是:

---

[1] 梁启超:《清代学术概论》,第4页。
[2] 余英时:《余英时文集》第二卷,广西师范大学出版社,2004年,第185页—210页。

> 学必原本于经术，而后不为蹈虚，必证明于史籍，而后足以应务，元元本本，可据可依。(《鲒埼亭集·外编》卷十六《甬上证人书院记》)

黄宗羲强调以读史务实来扭转宋明以来的空疏学风，突出了史学的重要地位，其思想的核心是经世致用，也就是章学诚所言的"言性命者，必究于史，此其所以卓也"(《文史通义》卷五《浙东学术》)。黄宗羲在论述谈迁撰写《国榷》的原因时说：

> 国灭而史亦随灭，普天心痛……当是时，人士身经丧乱，多欲追叙缘因，以显来世。(《南雷文定》卷七《谈孺木墓表》)

即希望通过以史书之编写总结明代灭亡的历史教训，强调修史的严肃性与重要性，《明夷待访录》正是这种历史批判的典范。

经史之品格，总与训诂、考据等学术方法相适应。胡适先生认为清代汉学风气已起于明中叶以后。[1]明代考据学，"风气既开，国初顾炎武、阎若璩、朱彝尊等沿波而起，始一扫悬揣之空谈"(《四库全书总目提要·通雅》)。清初考据学从治学方法和理论体系上直接承袭宋明考证而来，顾炎武对经典的研究和小学的研习深受明人的影响：

> 炎武之学，大抵主于敛华就实。凡国家典制、郡邑掌故、天文仪象、河漕兵农之属，莫不穷原究委，考正得失。(《清史稿·顾炎武传》)
>
> 炎武学有本原，博赡而能通贯，每一事必详其始末，参以证佐，而后笔之书，故引据浩繁，而抵牾者少。(《四库全书提要》)

余英时先生在《从宋明儒学的发展论清代思想史》一文中，着重分析了明中后期由理学向考据学的转变过程，其中研习朱学、王学的人物逐步由义理的讲论转变

---

[1] 胡适：《胡适文存》第二集，上海书店，1989年，第70页—71页。

到重视书籍和博学多闻，并最终以对经典的回归作为辨别道学真伪的标准。[1]

如果说黄宗羲易学方法和思想有浓厚的史学色彩，那么黄宗炎易学受考据学、六书学影响最大。他论字取象、以辞释《易》、以象解《易》，形成了以辞、象为基本依据，通过阐明字义来阐述易理、注释经书的方法体系，代表着明清之际考据学、文字学的转向。

明代的文字考证之学和六书学并没有因为程朱理学、阳明心学的盛行而绝迹，反而在一些学者那里得到继承并有较大发展。有学者指出：

> 明代中后期一批古代文献考据学者本着实事求是的精神，肆力古学，不断扩大文献研究范围，进一步开拓文献研究领域，在音韵训诂、古史、名物典制，甚至戏曲、小说的考据上取得了丰硕成果。开此文献考据风气者，是明中期杨慎、王世贞、梅鷟、胡应麟、陈耀文等学者，明代后期则有焦竑、陈第、周婴、方以智等人。考据学复兴，打破了程朱理学一统天下的局面，给学术研究带来了新的生机。明代考据学直接开启了清代考据求实的学风，为清代考据学的鼎盛奠定了重要的基础，对后世的学术产生了深远影响。[2]

林庆彰对明代考据学的发展作了比较详细的梳理和论述，其专著《明代考据学研究》全面分析了明代考据学产生的背景、条件、原因，介绍了明中叶以后在考据学方面有突出成绩的八位学者的学术主张、考据方法、成果及价值影响等。其中，在论述易学问题或对易学及相关内容进行考察时，熟练运用考据之法，较为著名的有杨慎、焦竑、陈第、郝敬等人。以杨慎为例，林庆彰说：

> 用修之易说，有发挥义理者，如：太极、阴阳、小过六爻、魂魄诸条是也。有厘定字音者，如：位正当也、盱豫、束帛戋戋、颐音阳诸条是

---

[1] 参见余英时《论戴震与章学诚》，生活·读书·新知三联书店，2000年，第290页。
[2] 赵良宇：《明代考据学的学术成就与缺失》，《图书与情报》2007年第2期。

也。另有考证字义者数十条,为用修易说之重点,各条之考证,或详或略,皆一反前人之说,其攻击朱子者尤多。[1]

由此可见,将考证运用于易学问题阐述,尤其是用来反驳朱子思想的做法,在宗炎之前即已存在。虽未有明确认为宗炎易学方法受到杨慎考据学影响的说法,但他们之间的默契是明显可见的。

黄宗炎明确提到了明代经学家郝敬,他说:

> 每与执父陆文虎共阅郝仲舆先生《九经解》,其融会贯通,一洗前人训诂之习,然而可指摘之处颇多。(《周易寻门余论》)

郝敬(1558—1639),字仲舆,号楚望,今湖北京山人,人称"京山先生"。黄宗羲曾在《明儒学案》中称赞其学,以为郝敬"疏通证明,一洗训诂之气,明代穷经之士,先生实为巨擘"(《明儒学案》卷五十五)。他"取《周易》《尚书》《毛诗》《春秋》《礼记》《仪礼》《周礼》《论语》《孟子》,钻坚研微,十寒十暑,著为《九经解》,凡一百六十五卷。又著《山草堂集》,凡一百五十二卷"。[2] 郝敬十分重视儒家经典文本的版本,不同意宋儒,尤其是朱熹的做法:

> 在选择经典注释文本时,郝敬没有沿袭"四书""五经"的注经体系,而是重新确定经典文本。他一方面将《大学》《中庸》归还到《礼记》之中,取消了"四书"的说法。另一方面保留五经,并加上《论语》《孟子》《仪礼》《周礼》,总合为九经。[3]

黄宗炎在易学文本选择方面重视古本,其注疏和解释注重考证,并以此为依据批

---

[1] 林庆彰:《明代考据学研究》,学生书局,1983年,第52页。
[2] (明)郝敬:《小山草》卷八,《四库全书存目丛书补编》,齐鲁书社,2001年,第9页。
[3] 董玲:《郝敬经学思想的思想史意义》,《湖北大学学报》(哲学社会科学版)2007年第2期。

评宋明理学,这种做法即是受到明代一些学者(至少是郝敬)的影响。

黄宗炎的注疏以文字考释见长,尤其受到传统六书之学影响。六书之说,由来已久,《周礼》即有"六书"之言,而其内容一般以许慎的说法为主,他说:

> 周礼,八岁入小学,保氏教国子,先以六书。一曰指事,指事者视而可识,察而见意,上、下是也。二曰象形,象形者画成其物,随体诘诎,日、月是也。三曰形声,形声者以事为名,取譬相成,江、河是也。四曰会意,会意者比类合谊,以见指撝,武、信是也。五曰转注,转注者建类一首,同意相受,考、老是也。六曰假借,假借者本无其字,依声托事,令、长是也。(《说文解字序》)

许慎之六书也即一般所认为的象形、指事、会意、形声、转注、假借六种古代造字的方法,是六书学的主要研究对象和内容。

黄宗炎明确指出六书学在文字研究上的重要作用和价值,认为只有在此基础上才有可能对经书字句有精确理解,进而对经典文意有全面深刻的把握。他说:

> 古者文字,不若后世之浩繁,入小学而习六书,以至精御至简,故经传之中,无往而不妙合。如窞之一字,夫子赞曰:"习坎入坎"。汉注"窞",则曰"坎中小坎",岂不若合符节确有授受者哉?迨及晋唐,去圣渐远,其道荡然矣,郑渔仲曰:"六书明,六经如指掌",其言大而非夸,惜乎荆卿未讲于剑术也,吾于渔仲亦云。(《周易象辞》卷九)

黄宗炎认为:古代经学教育以六书之学为基础,通过精确把握文字来理解经传之言,往往能达到"无往而不妙合"的效果,但是这种方法没有被后世很好继承而逐渐废弃不用。他肯定汉代经学重视文字训诂之学,认为魏晋清谈玄学、唐代佛老思想和宋代程朱理学大都脱离文字的本义,背离经书的精神,致使大道驰荡而无所归宿。

黄宗炎对六书之学的认同,建立在对六书之学的认识和研究基础之上。他曾作《六书会通》，惜未能存。全祖望云：

> 先生虽好奇字，然其论小学，谓扬雄但知识奇字，不知识常字，不知常字乃奇字所自出。三致意于《六书会通》，乃叹其奇而不诡于法也。（《鹪鸪先生神道表》）

由此可见，宗炎对汉代六书之学有过研究，在六书与解读《周易》二者之间有自己的见解。他又说：

> 《易》为文字之祖，于六经之中尤宜先讲六书。夫不知字义而读他经，所失犹有二三，以之读《易》，十不得其二三矣。然泥于古篆，更多不可通晓之处，是又自增一重障蔽也。虫书鸟迹，翻改数十人，流传数千季，其义多希微矣。使欲尽据金石而为是正，宁保钟鼎之无真赝，型范之无良枯，镌铸之无剥蚀乎，反不若就小篆之近古而义可通者则取之，其缪误而俚俗者则反古而辩证之，此中之因革损益，有百世可推者在也。羲皇六画与文王卦名确乎一体，或取形象、或取画象、或取上下二体交错之象，其文字与卦画俨然画一，不容移易，学者于此得其会通，六爻无不迎刃矣。（《周易寻门余论》卷上）

从上文中，还可以看到，宗炎寄意于六书，实际上也是他对经学研究方法的关注的结果，从其对郑樵之言的认同即可看出。郑樵（1104—1162），字渔仲，号溪西遗民，世称夹漈先生，福建莆田人。南宋著名的历史学家、语言学家、文献学家。他在小学研究方面的代表著作有《尔雅注》《六书略》《七音略》等，"第一个撇开《说文》系统，专用六书来研究一切文字，这是文字学上一个大进步"[1]。《六书略》包括《六书图》《六书序》、六书列字和总论四个部分，涉及六书理论、子母理论、书画同源理论等文字学理论，提出了独具特色的六书学体系。不惟如

---

[1] 唐兰：《中国文字学》，上海古籍出版社，2001年，第20页。

此，郑樵研究六书，还有更为重要的目的。他说：

> 经术之不明，由小学之不振。小学之不振，由六书之无传。圣人之道，惟借六经。六经之作，惟务文言。文言之本，在于六书。六书不分，何以见义？经之有六书，犹弈之有二棋、博之有五木。弈之变无穷，不离二色；博之应无方，不离五物。（《六书略·序》）

郑樵从古代语言发展的脉络和语言表达意义及其功用的角度出发，特别强调了语言对于研究经学的重要作用，把六书看作通经致用的唯一道路。黄宗炎受郑樵影响，属意于此。他说：

> 郑渔仲曰："六书明，六经如指掌"，其言大而非夸，惜乎荆卿未讲于剑术也，吾于渔仲亦云。（《周易象辞》卷九）

郑樵不仅在文字学上有所建树，其经史之学亦有成绩，并且一再以自己的文献考证和文字学来批评朱熹的《诗集传》，所以在学术气质上，宗炎也与之相似，可谓同声相应，同气相求。

实际上，不独郑樵对黄宗炎产生影响，宗炎尝言：

> 小篆废象形、指事，如此之缪误未易枚举，仲舆留心字学，作读通书，何亦有此失耶？愚故曰："不知六书者不可以解经，实非虚语。"（《周易象辞》卷七）

实则文字学和六书理论在明代也被相当一部分学者继承和运用，并提出了十分有价值和对清代产生巨大影响的理论。

二、黄氏兄弟易学的家学渊源与治《易》历程

黄宗羲、黄宗炎易学既有其特定的社会历史背景，也有自身家学渊源和易学传承，后者对于二人治《易》有直接影响。黄宗羲接触易学和撰写易学论著皆早于黄宗炎，他的易学观点和思想必然在指导其弟学习和交流中有所表露，事实上黄宗炎的易象论、图书学批评皆有黄宗羲思想之印痕。

（一）家学渊源与易学传承

黄氏兄弟出生于书香门第，其曾祖、祖父皆为地方名宿，而其父黄尊素是晚明一代气节名臣，对黄氏子弟人格品行、学问思想皆有极为深刻的塑造作用。

黄宗羲、黄宗炎为浙江余姚竹桥黄氏一脉，《余姚竹桥黄氏宗谱》明载其中。至于家族之"竹桥黄氏"之称有其历史和地理上的原因。竹桥又名黄竹浦，为黄氏家族聚居之地，故又称黄氏家族为"竹桥黄氏"。从黄宗羲《黄氏家录》与《竹桥黄氏宗谱》对黄氏先祖的记载来看，其详略虽有不同，但不难发现黄氏家族自有确考之始祖开始，活动范围在浙江余姚一带，基本上是耕读传家，出现了一些在仕途、学问、艺术和军功上有所成就之人。据宗谱所记，自汉代颍川以后至宋代，黄氏子孙有为江淮制置使者，后来跟随宋高亲南渡，至婺之金华而定居，自黄万河之后，其三子分地避兵，一走定海，一走吴岙，一走慈溪之竹墩，已而徙余姚，其地竹桥。(《黄氏家录·安定公黄万河》)黄宗羲、黄宗炎即为竹桥黄氏第十七代孙。

下面根据史籍、笔记等文献资料对与黄氏兄弟有密切关系之人加以介绍，借此略见其家庭文化渊源、思想性格和学问特点。黄氏长辈中曾祖黄大绶、祖父黄日中的行事风格和读书教授在当地皆有声名，塑造出坚忍直毅、尊师重教的家风，黄尊素、黄宗羲、黄宗炎等无不深受熏染。

黄大绶于万历四十一年（1618）去世，时年黄宗羲四岁，黄宗炎未出生。黄宗羲《黄氏家录·赠太仆公大绶》曰：

> 公讳大绶，别号对川，生五月而孤，乡人易之。"条编之法"未行，

库子最为重役,公年十五耳,身往受役,终役无毫发累,乡人始大惊。乡人有争讼,曲直质之公,自公所曲直者,退无异辞。

所谓"条编之法",即张居正推行的一条鞭法。"库子"是在官衙中看守钱库的差役,职责较大,且常因上官贪污库银而被嫁祸。黄大绶年少时担任库子,反映其品行纯直,而为乡里化争断讼,显示其处事公允、行事机敏和不凡的人格魅力。

黄日中是黄氏一门的擎天柱石,培养出优秀的儿子黄尊素,支持其成家、治学、为官。尊素冤死诏狱后,门户骪骳,不得不忍痛振作,渡厄化劫,扶助孤幼。关于黄日中为人治学,有三个突出方面。其一,好学善《易》。黄宗羲《黄氏家录·封太仆公黄日中》云:

公讳日中,别号鲲溟,以《易》教授吴兴。诸生应试,公先第其高下,无不奇中。然公为文,援据经术,一切剽剥窃攘之词不屑为也。

万斯大《梨洲先生年谱》载:

对川生日中,以《易》为大师,诸生应试,以文先定其次第,无不奇中。《五经》《左氏》《内外传》《国策》《庄》《骚》随举一句,应口诵其全文。

其二,敦于孝道。史料记载:

公逢赠太仆之怒,必伏地请扑,有为公解之者,公麾之曰:"吾以大人释怒为喜,不以免扑为喜也。"(《黄氏家录·封太仆公黄日中》)

第三,正直勇敢。史料记载:

乡邑利害,公必毅然闻之当事,口授手画,未尝假借一词。当事即心不怿,而识公一无所私也。(《黄氏家录·封太仆公黄日中》)

> 一邑利害，他人不敢言者，公独言之。有伍伯倚令势，鱼肉小民，公投以治生帖，伍伯叩头请死，吏亦从此不敢近。（万斯大《梨洲先生年谱》）

黄日中的治学为人，培育出深学厚德的黄氏家风，在黄尊素罹难之后，又以此教授黄宗羲、黄宗炎等后辈，对后代不仅有抚育成长之功，亦有学问养成、人格熏染方面的重要影响。

黄尊素（1584—1626），字真长，号白安。宗羲、宗炎之父。黄尊素"不肯斤斤作俗士面孔"，"少即博览经史，不专为科举之学，初名则灿，数试不利"（黄宗羲《黄氏家录·忠端公黄尊素》）。万历四十四年（1616）举进士。授宁国府推官等职。天启二年（1622）升御史，精敏强执。他是东林党人，因弹劾魏忠贤而被削职归籍，不久又下狱，受酷刑而死，作《正命诗》曰：

> 正气长留海岳愁，浩然一往复何求！十年世路无工拙，一片刚肠总祸尤。麟凤途穷悲此际，燕莺声杂值金秋。钱塘有浪胥门泪，唯取忠魂泣镯镂。[1]

崇祯初，黄宗羲为父鸣冤，朝廷赠尊素太仆卿。福王时，追谥忠端。墓在今余姚市陆埠镇化安山。黄尊素亦善《易》，据《年谱》记载："公以《周易》诲授苕雪间，学者日众。"[2] 著有《文略》《诗略》《说略》《四书绒》《隆万两朝列卿记》等，黄宗羲编订《黄忠端公集》六卷，刊行于世。

由此可见，黄宗羲、黄宗炎出生书香之家，家学深厚，祖孙三代都有研《易》传统。虽然黄尊素较早冤死诏狱，在易学上没能及时给予黄氏兄弟以更多传授，但黄氏兄弟一直在祖父黄日中的抚育下，接受良好的文化教育。黄宗羲、

---

[1]（清）黄尊素：《诗略·正命诗》，《黄忠端公集》卷五，明崇祯间初刻、光绪十三年重刻正气堂本。
[2]（清）黄炳垕：《黄忠端公年谱》卷上，《黄尊素集》，浙江古籍出版社，2016年，第142页。

黄宗炎之学《易》，无疑可回溯至其祖父、父亲的家学传统。

人生际遇与社会变化总是难解难分，人生是社会之缩影，社会是人生之扩展。明末清初社会大背景、学术史演进和黄氏家学，都深深影响到黄宗羲、黄宗炎的论事治学。二人年幼之时，父亲蒙冤遇害，惨遭家变；青年时期，明朝灭亡，无以为国；清军入浙，在江南制造诸多惨案，二人积极参与抗清活动，几经大难；壮年即隐没于市，虽家贫不济，而志未尝屈，倾力学术，著述不辍。黄氏易学，尤其黄宗炎"忧患易学"之名，即为当时社会变革和个人苦痛的集中体现。

（二）黄宗羲编订《易学象数论》及其象数思想

《易学象数论》流传较广的是四库本，四库馆臣曾认为该书分内外篇共六卷，内篇三卷为象论，外篇三卷为数论，这种对黄宗羲"象数"概括以及该书名之来源的说明流传较广。但根据学者的持续探讨，《易学象数论》之编订、刊刻有其形成过程。

一般认为，《易学象数论》首次刊刻出自黄宗羲门人汪瑞岭，他在《序》中介绍了刊刻时的情况。其云：

> 姚江梨洲夫子通天地人以为学，理学文章之外，凡天官、地理以及九流术数之学，无不精究。慨乎象数之正统久为闰位之所淹没也，作论辨之。论其倚附于《易》似是而非者，析其离合，为《内编》三卷；论其显背于《易》而自拟为《易》者，诀其底蕴，为《外编》三卷。（《易学象数论序》）

该段说明了黄宗羲学问广博，但认为真正的象数久为湮没，故作书论之，似乎有先后次序，即先作内篇，后撰外篇，皆为三卷。故而，其初可能是各为象论与数论。

《易学象数论》的刊刻应晚于内容之完成。黄炳垕《黄梨洲先生年谱》以为，黄宗羲五十二岁时，即顺治十八年（1661），撰成该书。但是，《易学象数论》卷四之《乾坤凿度一》与卷六《衡运·推法》中交代，《象数论》作于壬子，即康熙十一年（1672），黄宗羲时年六十三岁。由此可见，关于该书撰成时间已有不小分歧。吴光教授经过考证，指出：

> 今本《象数论》之所以分内外编，除了内容上的区别外，恐怕同各卷篇非作于一时也有关系。这一点，我还可以列举邵廷采所撰《黄文孝先生传》作为佐证。该传在著录宗羲遗著时，未列《易学象数论》书名，而只在列举律历著作之后称："纳甲、纳音等皆有成书。"而《纳甲》《纳音》不过是今本《易学象数论》内编卷一之篇章名称。邵氏在传末论赞中又称："余同里亲炙黄先生……尝示余《乾坤凿度》《象数》等书，望而不敢即。"而《乾坤凿度》却是今本《象数论》卷四之一篇，邵氏将它与《象数》书名相提并论，说明他所见的《易学象数论》，尚非后世流传之六卷本。所以，我认为《易学象数论》从写作到成书是经过了相当长的过程的，其最后成书之年，当不是顺治十八年，而是康熙十一年，甚至更晚一些。[1]

张克宾进一步考察，认为：

> 黄宗羲之《易学象数论自序》主要是对汉宋象数易学的认识与评价，此为该书前三卷的内容，而对其后三卷有关汉宋数术学的内容则只字未提。由此再结合邵廷采将《乾坤凿度》与《象数论》相并列之举，似可以证明《易学象数论》当初只有前三卷，后来才增补了后三卷。又考诸梨洲文集，其中《韦庵鲁先生墓志铭》记述，《易学象数论》成书后，黄宗羲曾请崇祯翰林鲁栗（字季栗，别号韦庵）为之作序，鲁栗以不懂象数婉拒之。而自黄宗羲与鲁栗相识至鲁氏去世，前后不过五年。由鲁氏去世于康熙十四年乙卯推之，二人当相识于康熙十年辛亥，此与《黄梨洲先生年谱》所记是一致的。据此，康熙十一年壬子，黄宗羲著成《易学象数论》可为定谳。综合诸文献所记，《易学象数论》当非黄宗羲一时之作，其初

---

[1] 吴光：《黄宗羲遗著考》（五），《黄宗羲全集》第九册，浙江古籍出版社，2005年，第560页。

稿或完成于顺治十八年,而最终成稿则在康熙十一年,前后阅十二年。[1]

以上对于《易学象数论》成书时段,有了更为准确的判断,虽然黄氏该书的内容的具体完成时间仍然不甚清楚,但是我们能够大致判断黄宗羲起初是分而论之,开始并没有整体地撰作今本《易学象数论》的计划。以上考证,对于深入探讨黄宗羲象数观提出了更高的要求,已经不能过于笼统地认为其象数观是整体成型的,实际还有单独讨论象和数的情况。

全祖望所见,应是汪氏刊刻之书,其云:

> 经术则《易学象数论》六卷,力辨河洛方位图说之非,而遍及诸家,以其依附于《易》似是而非者为《内编》,以其显背于《易》而拟作者为《外编》。[2]

全祖望上述概括不甚准确,后言无疑将黄氏著述归结为针对不同对象做两种划分,即"依附于《易》似是而非者"和"显背于《易》而拟作者",故有学者推测说:

> 一方面,黄宗羲《易学象数论》外编三卷的象数学,已经超出了《周易》经传的系统。另一方面,黄宗羲在《自序》中"摘发传注之讹,复还经文之旧"的考辨,又主要是针对内编三卷的汉易象数学、宋易图书学而言,已经不能涵括今本《易学象数论》的整体框架。职是之故,汪瑞岭初刻《易学象数论》而不用黄宗羲的《自序》,其道理也就不言而喻了。

因此,根据成书过程和后世编订、刊刻情况,今本大致反映了黄氏象数观的复杂向度:

---

[1] 张克宾:《黄宗羲〈易学象数论〉意旨发覆》,《周易研究》2020年第4期。
[2] 全祖望:《全祖望集汇校集注》上,上海古籍出版社,2000年,第221页。

> 内编三卷象论，以象学为主，又兼及数学，以辨象学之讹；外编三卷数论，以数学为主，又兼及象学，以订数学之失。象学与数学合称"象数学"，故称《易学象数论》。[1]

黄宗羲治学规模不限于易学，其象数学亦与作为经学的易学也有差距，因此要从宏观总体治学与微观分科来说自有不同，加上黄氏一生学问广博、经历丰富而各时期为学中心不同，就为很多问题的界定与探讨带来难度。随着研究的深入，对黄氏关于人事、义理与象数的态度和观点，学界产生了不同看法。

（三）黄宗炎忧患以治《易》

孔夫子尝叹曰："古之学者为己，今之学者为人"（《论语·宪问》），亦有如王曾"平生之志，不在温饱"（《东轩笔录》卷十四），读古人之书，不独欣羡其学问广博，更心仪其德行情操。吾辈每读《西铭》及立心、立命、继绝学、开太平之语，辄肃然起敬，精神为之振奋，而倍感先贤治学之诚而为学之崇高。黄宗炎一生目睹了明朝灭亡，山河破碎和外族入侵的野蛮行径，他像很多历史上的知识分子一样，欲力挽狂澜于大厦倾覆之际，拯救家国于危难之时，虽百死一生而志未尝屈，其为人经事而愈纯，其治学历久而弥坚。

黄宗炎年五十而笃志于研《易》，尝自谓曰：

> 予七八岁之时，随先忠端公于京邸授《周易本义》句读，逾季未能省大义。先忠端蒙难，愚方童稺，凡我先忠端理学之渊原、自得之精蕴，实未尝窥其毫末也。迨乎稍长，吾兄太冲先生命读王注、程传，时随行逐队以图进取，不过为博士弟子之学，无所得于心也。间从蕺山夫子与闻绪论，予蒙蔽甚深，虽夫子谆谆训诲，未能有所启发。（《周易寻门余论》卷上）

---

[1] 李训昌：《论黄宗羲对象数学的考辨——以〈易学象数论〉为中心》，《石河子大学学报》（哲社版）2021年第2期。

文中所述当为宗炎三十岁之前，求学之目的多为谋求功名，对易理文字尚无所感，正值少而学，壮而行，"行必假途仕进"（《周易象辞》卷十一）的阶段。

后与陆文虎、万履安等交游，黄宗炎"每与执父陆文虎共阅郝仲舆先生《九经解》，其融会贯通，一洗前人训诂之习。然而可指摘之处颇多，遂有白首穷经之约"（《周易寻门余论》卷上）。然世事无常，民生多艰，经历许多磨难之后，宗炎始有所悟，而感叹云："文虎捐馆，丽泽零落，而予更遭风波震荡，患难剥剥，始觉前日之非。"（同上）开始对社会人生进行彻底的省察，自问"夫立身与物老而衡决，其困而不学之故乎"（同上），以其亲身之磨砺，融入读书思考；以孔夫子五十以学《易》为榜样，学《易》于忧患之间。

学有恒常，方有成功之日。黄宗炎认识到不占不可为巫医，学则可无大过，遂立志研《易》。其注《晋》卦言："人年自少至长，以及衰老，无时非晋"，学问与德业也应随着时间的推移，年龄的增加而俱有所进，经由卑升高，由微至著，由著而显。然，身处乱世之中，宗炎"家贫苦饥，奔驰四方，以糊其口，枵腹殚思，往往头眩僵仆，或有臆中胸怀，亦若天空海阔，顿忘其困苦。又复废书长叹，恨不使文虎见之，一畅吾茹噎也"（《周易寻门余论》卷上）。由此，可见宗炎生活之难，治《易》之艰，"拟以五十之年，息绝世事，屏斥诗文，专功毕力，以补少壮之失"（《周易寻门余论》卷上）。

《易》本为忧患之书，而宗炎学《易》于患难之间，人生之于易理则为体，易理之于人生则为用，而其体其用又仿佛无可分辨，黄宗炎道：

> 日之向夕，惟游子之情为最迫，计程而行，将暮而止，彷徨四顾，惜时恋日，宛然见于卦画之间……愚生长患难，栖迟道途，二十年于兹矣！每当西日衔山，踯躅投止，辄思此象，叹圣人之得人情物理，原不可以言传者，若较悬空臆度，差可据尔！（《周易象辞》卷十六）

宗炎见日薄西山之象，而思人情，悟事理，有如《系辞》之言"近取诸身，远取诸物"，则易理之所出，无不是其人生体验及其痛彻思考的结果。宗炎亦尝言人生须日有所晋，"如日之出地，曈昽以往，普遍周圆，配天无息，始不负壮盛之年华与日月之照临"(《周易象辞》卷十一),及至光照天下,方不辜负此世此身。

三、黄氏兄弟治《易》特色与研究进路

黄氏兄弟作为明末清初浙东学派的核心人物,其易著呈现了该学派经史学术的风格,而这也是该学派易学研究最为突出的部分。《四库全书》所收明清易著和四库馆臣的评价,表明黄氏易学在明清易学著述系统中具有独特地位,不仅带有转折性,同时兼具风气肇始的开启之功。二人易学同中有异、相互补充、各具特色,因而在研究中应综合兼顾。

(一)黄氏兄弟易学与浙东学派

"浙东学派"之名,最早由黄宗羲在《移史馆论不宜立理学传书》一文中提出,批驳明史馆臣所谓"浙东学派最多流弊"之说。吴光先生指出:

> 黄宗羲所谓"浙东学派",指的是明初以来今绍兴、宁波地区学术发展的主要脉络,即浙东学统,或曰浙东学脉,而非现代意义的学派。

真正现代意义的"浙东学派"由黄宗羲及其弟子后学组成:

> 这个学派有领袖,有骨干,有渊源,有传承,有宗旨,有特色。其学术领袖是黄宗羲,学术骨干是黄宗炎、黄百家、万斯大、万斯同、万言、李邺嗣、郑梁、陈夔献、董允瑶、陈訏、邵廷采等。其渊源远绍南宋"浙学",近承阳明、蕺山。其传承弟子众多,载于《南雷诗文集》者约有30多人,而下及后裔、后学如黄璋、黄炳星、郑性、全祖望、邵晋涵、章学诚、王梓材等皆可视为梨洲学术传人。其学术宗旨即黄宗羲所提倡的"经世应务",其学风特色即明经通史,会众合一,重视"力行"。[1]

---

[1] 吴光:《黄宗羲与清代浙东学派》,中国人民大学出版社,2009年,第11页。

梁启超先生盛赞"浙东学派"的史学成就,认为"梨洲为清代浙东学派之开创者"[1],但吴先生认为"清代浙东史学派"之命名有失偏颇,他强调:

> 以黄宗羲为首的清代浙东学派是一个崛起于清初、延续至清末,涵括经学、史学、文学、科学等多个领域而以经史之学为主体的学术流派。该学派的活动区域以浙东的宁波、绍兴为中心而扩展至浙西,影响于全国;其主要代表人物,以经学为主兼治史学的有黄宗炎、万斯大,以史学为主兼治经学的有万斯同、邵廷采、全祖望、章学诚,经史兼治而偏重文学的有李邺嗣、郑梁、郑性,偏重于自然科学的有黄百家、陈䚮、黄炳垕,偏重考据的有邵晋涵、王梓材。这个学派的正式名称应当称之为"清代浙东经史学派",而非"清代浙东史学派"。[2]

由此,浙东学派获得更为清晰的定位,这无论是从历史角度,还是从地方文化思想史的角度,有助于进一步廓清黄氏兄弟易学之研究及其价值,同时也有助于进一步认识浙东文化的内容、特点、传播与成就。

经过对吴光先生所列之清代浙东学派的学人资料调查,发现其中在易学研究方面有专门著作,并且形成较大影响者仅有黄宗羲、黄宗炎二人。黄宗羲是浙东学派的核心人物,其弟黄宗炎亦为浙东易学之代表。二人易学各具特色又相互补充,其中黄宗羲易学究极象数,撰著《易学象数论》,而黄宗炎则专研义理、辩驳图书,所著《周易象辞》《周易寻门余论》《图学辨惑》三书皆收入《四库全书》,二人易学则堪为浙东易学的双子星。黄氏兄弟对易学象数与图书学的讨论,在清初已产生广泛影响,此后朱彝尊、胡渭等有所称述、阐发;乾隆年间,四库选编时,浙江荐选提要、四库馆臣提要也代表了当时学界的评价,具有重要参考价值;皮锡瑞、梁启超等晚清民国学者,对黄氏兄弟的易学贡献多有赞辞。

可见,明末清初浙东学派在中国经史学术史上具有重要贡献和突出地位,而

---

[1] 梁启超:《中国近三百年学术史》,《梁启超全集》第五册,北京出版社,1999年,第4449页。
[2] 吴光:《黄宗羲与清代浙东学派》,第13页。

在易学研究上,则仍是以黄宗羲和黄宗炎最为突出。黄宗炎的易学在很大程度上受到宗羲易学的影响,同时受到当时思想风气和历史潮流的推动,在注疏和论述上又对宗羲易学有着明显的超越,与宗羲易著构成了浙东派易学研究的主干部分。我们在看到黄宗羲影响较大的同时,不能忽略对于黄宗炎易学的研究,后者表现出的对经学的关注、对经世致用的重视、道德事功合二为一的主张、对宋明理学及佛道二教的批评等许多方面也都具有浙东学派的共同思想特征,浙东思想文化氛围也深深影响了黄宗炎的思想方法和学术取向。总之,宗羲、宗炎易学是浙东学派易学研究的开创者和主干,对其后的清代易学、图书学产生了极大的影响。

(二)从四库收入明清易著看黄氏易学

《四库全书》著录明代易著二十八种,清初易著约二十余种,而《四库存目丛书》著录明代易著达一百种,清初易著二十余种,则明代易著总计一百二十八种,清初易著四十余种。在这些著作中,明代的义理学易著有八十余种,对《周易》经、传注疏的有三十余种,但数目最多的是以朱子易学为基础的论著,只有极少部分易著的思想有气本论或心学倾向;象数易学著作和部分涉及象数易学的著作达六十余种,并以论易象与易图的著作为多,讨论易图之学的论著在明代中期及以前多为支持和阐述图书之学,而中后期论图书则以反驳、否定为主。从统计的数字和内容分类可以看出明代易学研究之概貌,结合前文对黄宗羲、黄宗炎易学渊源的考察,可以看出,二人易学与此基本符合:

首先,黄氏兄弟的易学思想以气本论和《周易》经传理论为基础,批评程朱理学和佛道二教。这一主张虽然在易著上不符合明代义理易学的主流,却代表了明代中晚期的文化批判倾向,是当时反思运动的组成部分。从象数易学来看,明代象数学发展的主体是易象学派和图书学派,黄氏兄弟认同并发展了易象派的理论。当然,这种认同并不能从著述的表面分类加以说明,根本的原因可能还是他们推崇《周易》,尤其确信《易传》是孔子所作,故更倾向于发源较早的先秦易象学说,不过对图书之学的否定和批判则是受到了宋明学者,如陈应润、归有光、郝敬等由来已久的对图书之学反思和批评的影响。

其次,明代以程朱理学为官学,初期易学研究也主要以对《周易本义》《易学启蒙》的注疏和阐释为主，思想上缺乏创见，虽然著述数量比较多，却没有较大的发展；明中期心学盛行，思想以谈论心性为主，学术上逐渐空疏不实，因而引起焦竑、杨慎等人批评，开始大力提倡以考据、文字、辨伪等为方法的学术研究路向，黄宗羲对此曾给予较高评价。黄宗炎的易学研究，无论是其注疏经传，还是论辩图书，最显著的方法即是以六书论字义来注释经传和以史事证据、学派差异辨图书学之伪，提出有关易学和图书之学的见解。这是对明代晚期官学之拘泥、心学之空谈的反思和对考据、文字之学的认同和践行；从另一方面看，黄宗炎的学术方法也受到宗羲的影响，与浙东学派的史学方法和注重考证的风气也有着密切的关系。黄氏易学是对明朝思想学术发展的自觉继承，顺应了社会历史发展的要求，所提出的理论见解更富于批判性与总结性。

在《四库全书》中，明遗民的著述一般被列入清代的范围，因此清初易学著作相当部分是明代遗民的作品。列入《四库》及《存目》之清初易著，四十余种。从对经传的注疏来看，这一时期被收入的数量极少，而且大部分都是出现在黄宗羲、黄宗炎以后的清廷官方易学作品，虽然在形式和内容上都吸收了一些新的因素，但根本上与明代官方易学没有太大的差别，都是以朱子理学为基础，以《周易本义》为依归，以官方的政治权威来统一学术界思想，因而与黄氏兄弟反思和批判的旨意相背。从图书之学的研究来看，明末清初较早研究图书并形成较大影响者，应为黄宗羲《易学象数论》、黄宗炎《图学辩惑》、毛奇龄《河图洛书原舛编》《仲氏易》和《太极图说遗议》等，而胡渭《易图明辨》相对较晚。

四库馆臣对黄氏兄弟易著皆有提要，代表了清中期对于之前易学的总结意见。其就《易学象数论》指出，黄宗羲之书，旨要宏大，"《易》广大无所不备，自九流百家借之以行其说，而《易》之本义反晦。世儒过视象数以为绝学，故为所欺。今一一疏通之，知其于《易》本了无干涉，而后反求程《传》，亦廓清之一端"。对于黄宗羲所论，馆臣总结道：

> 又称王辅嗣《注》简当而无浮义，而病朱子添入康节先天之学为添一障。盖《易》至京房、焦延寿而流为方术，至陈抟而歧入道家，学者失其

初旨，弥推衍而觿轕弥增。

《提要》指出：

> 宗羲病其末派之支离，先纠其本原之依托。前三卷论河图、洛书、先天、方位、纳甲、纳音、月建、卦气、卦变、互卦、筮法、占法，而附以所著之《原象》，为内篇，皆象也。后三卷论《太元》《乾凿度》《元苞》《潜虚》《洞极》《洪范》数、《皇极》数以及六壬、太乙、遁甲，为外篇，皆数也。大旨谓圣人以象示人，有八卦之象、六爻之象、象形之象、爻位之象、反对之象、方位之象、互体之象，七者备而象穷矣。后儒之为伪象者，纳甲也，动爻也，卦变也，先天也，四者杂而七者晦矣。故是编崇七象而斥四象，而七者之中又必求其合于古，以辨象学之讹。又《遁甲》《太乙》《六壬》三书，世谓之"三式"，皆主九宫，以参详人事。是编以郑康成之太乙行九宫法证《太乙》，以《吴越春秋》之占法、《国语》伶州鸠之对证《六壬》，而云后世皆失其传，以订数学之失。(《四库全书总目提要·易学象数论》)

馆臣对黄宗羲易学有几点重要评议：其一，认为黄宗羲"其持论皆有依据"，甚为赞赏，"盖宗羲究心象数，故一一能洞晓其始末，因而尽得其瑕疵。非但据理空谈，不能中其要害者比也"。可见黄氏历史考据的工夫在易学上的运用很长时期都被接受。其二，指出黄宗羲之不足：

> 惟本宋薛季宣之说，以《河图》为即后世图经，《洛书》为即后世地志，《顾命》之《河图》即今之黄册，则未免主持太过，至于矫枉过正，转使传陈抟之学者得据经典而反唇，是其一失。

馆臣的意见比较客观，也反映了清中期的朱子学及其易学仍被时人广泛尊奉，黄宗羲、黄宗炎的批评未能根本撼动图书学。不过馆臣仍高度评价了黄宗羲此书,"然其宏纲巨目,辨论精详,与胡渭《易图明辨》均可谓有功《易》道者矣"(《四库全书总目提要·易学象数论》)。

四库馆臣认为宗炎《图书辨惑》谓陈抟之图书乃道家养生之术,与元陈应润之说合,认为周敦颐《太极图说》,图杂以仙真,说冒以《易》道,亦与朱彝尊、毛奇龄所考略同。四库馆臣论《易图明辨》时曰:

> 国朝毛奇龄作《图书原舛编》、黄宗羲作《易学象数论》、黄宗炎作《图书辨惑》争之尤力,然皆各据所见,抵其罅隙,尚未能穷溯本末,一一抉所自来。

又说:

> 使学者知《图》《书》之说虽言之有故,执之成理,乃修炼、术数二家旁分易学之支流,而非作《易》之根柢。[1]

馆臣之语,说明清初图学的三种重要论著各有所据,但未能穷本溯源,知其本末,而后一句在内容上是对《易图明辨》的评价,联系前文对宗炎易学的讨论,可以看到宗炎也当之无愧。由此亦可见黄氏易学早于胡渭易学,二者内容具有一致性和继承性,对胡渭产生了比较大的影响。

(三)黄宗羲、黄宗炎易学特点与研究进路

黄宗羲是学界研究的"常青树";而黄宗炎论著散佚较多,虽存易著,仍鲜被关注。黄宗羲、黄宗炎易学是浙东学派经学的代表,二人易学具有承继性和互补性,应予以综合研究。

其一,从学派构成、学问渊源、著作内容与特点而论,黄氏兄弟易学各有所长、联系紧密、相互补充,在深入探讨黄宗羲易学的同时推动关于黄宗炎之论著

---

[1](清)胡渭:《易图明辨·提要》,中华书局,2008年,第267页。

辑佚、整理与研究，不仅能够弥缺补憾，亦能全面揭示黄宗羲之易学影响、黄氏家族之学乃至浙东经学互动之脉络。其二，黄氏兄弟生逢明季乱世，经历整个明末清初社会变迁的特殊历史时期，将之纳入明末清初学术背景和思想变迁脉络中进行专题考察，能够凸显黄氏兄弟学问与思想之特质，乃至二人治学、方法与行止之差别。其三，研究黄宗羲、黄宗炎及其易学思想，不仅可以揭示他们的思想架构与丰富内容，还有助于认识明清之际易学发展与社会思想的演变，因而具有非常重要的学术意义。

不过，除了黄氏兄弟易学本身，还有其他与之紧密相关的问题，故达成以上研究目标尚存诸多挑战。他们的图书易学思想、观点、驳议影响日久，批评与反批评愈加层累繁乱，如何全面揭示二人易学思想，以及评判、定位和理解图书易学始终是一道难题。因而在全面研究黄氏兄弟易学同时，还需重点关注其对易学图书学的检讨，突出其中与易学、儒学有重要关联的议题，阐述其中有关经典认知、思想阐创、价值追求、文化批评等多方面内容，以及涉及的解经学、图书学史和诠释学的普遍疑难问题。

基于此，从黄氏兄弟易学观点、哲学思想和学术批评等方面，获取文本解读、史料分析和思想创新的经验，应注意以下几个方面。

第一，黄宗羲、黄宗炎易学在内容、思想、观点等多个方面具有贯通性联系，但又致力于不同方面的工作，宜对二者综合研究，见其异同。

黄宗羲《易学象数论》的特点在于简明、省要，观点颇为新奇、深刻，但是涉及面广，讨论得比较简单，论述、考证等方面还比较单薄，而宗炎有注有论，在《周易》经传注疏方面的代表作是《周易象辞》，这是宗羲所没有的。黄宗炎的《周易寻门余论》很大程度上是其易学研究的纲要和凡例，《图学辨惑》则对易学图书之学源流、内容、方法等进行了详细的考证和全面的批判，并且显示其对于理学反思的深刻性和对道佛二教的文化批判性，其讨论颇有深度，因而在此意义上，吴光认为："其学术门径近于乃兄，而经学造诣或有过之。"黄氏兄弟易学是浙东学派易学研究的主干，对其后的清代易学、图书学发展产生极为复杂的影响。黄宗炎的易学在很大程度上是受到黄宗羲影响，同时受到当时思想风气和历史潮流的推动，在注疏和论述上又比黄宗羲有着明显的超越，二人易著构成了浙东派易学的主干部分。我们在看到黄宗羲影响较大的同时，不能忽略对于黄宗炎易学的研究，后者表现出对经学的关注、对经世致用的重视、道德事功合二为一的主张、对宋明理学及佛道二教的批评等许多方面也都是浙东学派的共同思想特征。

第二，黄氏兄弟的图书易学批评及其再研究，已成为涉及图书易学、哲学、历史、考据、辨伪等诸多方面的重要研究议题。

黄氏兄弟对图书易学展开较为全面、集中的检讨，无论是论证方法、驳辩逻辑，还是理论建构方面，都在前人的基础上取得了较大批评效果。他们的批评是明末清初反思风潮的重要组成部分，并经由同时期顾炎武、王夫之、毛奇龄的助推，及此后的朱彝尊、胡渭、张惠言等人的宣说和完善，图书易学虽然仍被清代部分儒者尊奉，但指摘、批评之声不绝，在后世发展过程中其与象数、算学、哲学的交涉部分也被殃及和忽视。比较而言，朱熹的河洛之说多服务于建立系统理学和以此为基础的整体文化学说的要求，黄氏兄弟则因艰难生活和痛苦精神的多重压迫，围绕河洛问题大肆批评汉宋儒学，要求回到孔子和六经之学，以截断众流的方式总结历史和现实来开辟新的儒家思想形态，激进有余而综合不足，难以形成具有统摄性的理论体系。黄氏兄弟的"激进"表现也有所不同，黄宗羲体现出史家的明睿沉着，而黄宗炎体现了自身性格的冲动、激烈，以及明遗民的坚贞、愤懑、抑郁不平；相比而言，胡渭等人的图书批评则较多表现为单纯的学术总结，淡化了理论创造的激情，缺乏思想的批评和理论建设的冲动。双方就取证经书、历史考证和思想诠释等方面的攻辩，表明"过度"对"本义"立场而言是偏颇的，但"过度"又可能是一种建构意义的"误读"，或者说，根据并克服"本义"做出"过度解释"往往是思想家为变化的历史和当下难题寻找出路的必然选择。黄氏兄弟的"过度批评"是构建儒家政治思想批判的重要途径，他们痛加批评的朱熹等人同样以其"过度融合"实现了河洛学说综合而系统的理论创新。

第三，在现代学术思想体系下，梳理黄氏兄弟易学及其研究史，有助于揭橥其在现代文明语境下的学术价值与问题意识，不断深入探讨传统文化、文明遗产的继承与创新的历史经验和创新机制。

黄氏兄弟之于河洛的批评，一方面是二人基于王朝社会转折时的学术思想的自觉，另一方面，他们的批评征实有序，有强烈的思想反思和经世致用特点，又很大程度上被现代学者采纳或无意识地接受，将河洛学说推向绝地的境遇。河洛之于现代，不必然成为中国文化重建的重要课题、处理对象，但仍需在重建过程给予类似于河洛的历史文化遗存、精神遗产以适当位置。类似于河洛这种在历史与当前都存在争议的问题，更加考验我们如何理解中国历史思想进程、文化积累、观念演变，如何定义和对待"传统"乃至"中国"这一更为宏阔与本质的问题。

　　最后，做好相关文献的搜集、整理和解读，无疑是从事研究工作的关键与保证。首先，《黄宗羲全集》整理已较完善，可在此基础上，将《易学象数论》之外的易学散论及相关内容加以抽绎、汇编，进而拓展对其易学内容的认识，并以易学为线索洞察其编理学案、论究学术中的细微之见。其次，黄宗炎诗文散落已久，着手从清代诗文集、家谱、方志等辑佚其诗、赋、序、文及相关资料，无疑是深研掘微的重要工作。再次，黄宗炎易学著作三种——《周易象辞》《周易寻门余论》《图学辨惑》，篇幅较大，内容复杂，大陆和台湾学者虽在整理出版方面皆有推进，然而多有缺憾，有待提供更加准确、完备的整理本，这既是深入推动黄氏研究的重要体现，也将方便同仁研究和使用。

数字人文专题

以何"半部"《论语》治天下?
——基于文档向量相似性的《论语》篇章结构分析

杨浩、杨明仪、刘千慧、王军[*]

> 《论语》为中国古代最有代表性的语录体著作,其由各条语录组成二十个篇章,这些篇章到底是随意的排列,还是有一定的规律,历代学者提出了众说纷纭的说法。有著名的"半部《论语》"的典故,那么这里的"半部"应该是前半部,还是后半部,还是什么半部?本文尝试用数字人文的方法对这一问题进行推测性的解答。本文通过计算每篇的文档向量相似性的方法,从概念出发,对篇章层面进行了相似度的计算与配对,最终发现《论语》前半部与后半部确实有较大的差别,在篇章分布上也呈现出量化之后的一些新结果。

《论语》是中国的传统典籍,千百年来深刻地影响着一代又一代中国人的思想。其作为儒家核心经典,形塑了古代中国人的思维方式与处事原则。《论语》作为文体,也成为中国语录体著作的滥觞。《论语》独特的篇章结构与《论语》义理之间是否存在一定的关联?只有少数人会主张《论语》只不过是弟子"记忆师说,有头无尾,得前遗后"[1]的杂乱无章的汇集。绝大多数学者都会承认,《论语》各篇、各章之间存在着一定的有意安排,了解这样的安排对于深入理解《论语》是不无助益的。

据传宋人赵普有"半部《论语》治天下"一说,为人们所熟知。这一说法对

---

[*] 杨浩,北京大学哲学系助理教授;杨明仪,北京大学信息管理系研究生;刘千慧,北京大学信息管理系研究生;王军,北京大学信息管理系教授。

[1] (明)李贽:《童心说》,《焚书》卷三《杂述》,中华书局,2009年,第99页。

于研究《论语》篇章结构可以说是一个有益的突破口。此处"半部"的说法，到底是前半部分、后半部分的"半部"？还是概指《论语》中的一部分呢？如果用传统的研究方法进行分析，虽然会见仁见智，但不会有较为公认的答案。

近年来，数字技术的发展为人文研究带来了一些方法，虽然还不能代替学者对文本细致的分析，但是也可以从宏观角度量化地理解《论语》篇章之间的联系，至少从方法论角度提供了一种更为客观的分析结果。

一、"半部《论语》治天下"与《论语》的篇章结构

鉴于本文讨论的主题，此处有必要对此一典故的核心要点做一简单梳理。"半部论语"的故事的主角赵普是北宋开国的重臣，据《宋史·赵普传》记载：

> 普少习吏事，寡学术，及为相，太祖常劝以读书。晚年手不释卷，每归私第，阖户启箧取书，读之竟日。及次日临政，处决如流。既薨，家人发箧视之，则《论语》二十篇也。[1]

这个记载有几个要点：一，赵普年轻的时候读书很少；二，当了宰相之后，宋太祖赵匡胤经常劝他读书；三，晚年经常读书，死了之后，家人发现所读为《论语》。据学者们分析，"半部论语"的故事可能与真实的赵普没有什么关系，但无疑赵普确实与《论语》有关系。也许后人正是依据赵普少不读书，老常读《论语》的原型演绎成后来"半部论语"的故事。

现存最早对赵普"半部论语"故事的记载有：林駧（具体生卒年未详）所撰《古今源流至论》前集卷八《儒吏》所记：

> 赵普，一代勋臣也，东征西讨，无不如意，求其所学，自《论语》之外无余业。

---

[1]（元）脱脱：《宋史·卷二百五十六·列传第十五·赵普》，中华书局，1985年，第8940页。

其下有小注,曰:

> 赵普曰:《论语》二十篇,吾以一半佐太祖定天下。[1]

此处意在说明《论语》的一半就足以定天下。约与林駉同时的罗大经(约1196—1252)在其所撰《鹤林玉露》中记载:

> 杜少陵诗云:"小儿学问止《论语》,大儿结束随商贾。"盖以《论语》为儿童之书也。赵普再相,人言普山东人,所读者止《论语》,盖亦少陵之说也。太宗尝以此语问普,普略不隐,对曰:"臣平生所知,诚不出此。昔以其半辅太祖定天下,今欲以其半辅陛下致太平。"[2]

罗大经的记录比林駉所言,并没有夸大半部的重要性,而是说明依靠《论语》不仅可以打天下,还可以治天下。

对赵普"半部论语治天下"说法有推动作用的可能是元代著名戏曲作家高文秀(具体生卒年未详)。在其所著《好酒赵元遇上皇》的杂剧曲文中的第三折,有这样一句话:

> 每决大事,启文观书,乃《论语》也,此时称小官以半部《论语》治天下。[3]

虽然《好酒赵元遇上皇》写的并非赵普的事迹,但是"半部《论语》治天下"这句话,被人们与赵普联系在一起,并广泛流传开来。

---

[1] (南宋)林駉:《古今源流至论》前集卷八,台湾商务印书馆影印文渊阁《四库全书》本,第942册,第113页。
[2] (南宋)罗大经:《鹤林玉露·卷之一·乙编·论语》,中华书局,1983年,第128页。
[3] 陈公水、徐文明等编著:《齐鲁古典戏曲全集·元杂剧卷·高文秀·好酒赵元遇上皇·第三折》,中华书局,2011年,第168页。

这则故事产生之后，后人对此故事所持态度不一，关注重点也不一。有信用的，有贬斥的，也有质疑的。陆敏珍《故事与发明故事："半部论语治天下"考》一文对历史上对此典故的各种态度做了很好的梳理，追溯了"半部论语治天下"的故事形成的过程，肯定最迟在宋末元初，"论语半部"已经成为典故词藻。[1]

"半部《论语》治天下"一语，可以说包含很多要点：有侧重读书以"治天下"为宗旨的。如黄震（1213—1281）用赵普"半部论语治天下"的故事，说明"必若是，斯可言大臣之读书矣"[2]。有强调读书不贵多贵精的，如李濂（1488—1566）的《藏书阁记》：

> 书贵于多乎哉？曰：不贵多也。有一言而终身可行者矣，有半部论语而足以治天下者矣，奚以多为？书不贵于多乎哉？曰：多书所以博闻也。[3]

至于其中强调《论语》的经典地位更是所有学者都注意到的。后世学者更有进一步对"半部"质疑的，强调"治天下"不必"半部"。如吕柟（1479—1542）对学生讲：

> 《论语》意无穷，尽心细绎始得。昔赵韩王说"半部论语佐太平"，若果有得，"道千乘之国"一条足矣，何必半部！[4]

崔述（1739—1816）在评价《论语·子路》"仲弓问政"条时讲：

---

[1] 陆敏珍：《故事与发明故事："半部论语治天下"考》，《学术月刊》2016年第4期。
[2] （南宋）黄震：《黄氏日钞》卷五〇《王荆公》，台湾商务印书馆影印文渊阁《四库全书》本，第708册，第339页。
[3] （明）李濂：《藏书阁记》，载黄宗羲《明文海》卷三三五，中华书局，1987年，第3439页。
[4] （明）吕柟：《四书因问》卷三，台湾商务印书馆影印文渊阁《四库全书》本，第206册，第797页。

> 昔人以半部《论语》治天下，果能熟读此章而力行之，即为宰相亦绰乎有余裕，岂待半部也哉！[1]

"半部《论语》治天下"的典故流行天下，应当说与宋代儒学的复兴有很大关系。程朱理学对后世儒家思想的传播影响甚大。南宋朱熹的《四书章句集注》，建构了《大学》格物致知、修齐治平的内圣外王体系，《中庸》成为"孔门传授心法之书"，孔子的圣人形象更是深入人心，而《论语》作为孔子思想的主要代表，逐渐成为后代知识分子的圣典。

应当看到，从语义上来说，典故中"半部"的说法，并非虚指。那么，"半部"到底是前半部？还是后半部？还是某些章节组成的半部？甚或是从《论语》中选取一半数量的条目作为半部？[2]

朱熹在《朱子语类》中就表达出《论语》后半部内容与编排上不如前半部的意思。朱熹说："大抵《论语》后数篇间不类以前诸篇"[3]，"大抵后十篇不似前十篇"[4]。甚至《易经》经文与《系辞》也有后半部分不如前半部分的情况。[5] 这个问题应当说与《论语》的总体的篇章结构有紧密的关系。

现存《论语》的篇章结构是汉代章句之学的一个成果。据何晏《论语集解·叙》，汉代《论语》有《鲁论语》《齐论语》《古文论语》三种不同的传本。

---

[1]（清）崔述：《考信录·论语余说》，《续修四库全书》第455册，上海古籍出版社，2002年，第981页。

[2] 有意思的是，民国时期曾出版《半部论语与政治》一书（新中国建设学会初刊于1936年，重庆艺新图书社再版于1943年），其序例中也对"半部"的含义做了各种猜测。此书编者为赵正平，全书分上、下编，上编为基本修养，下编为政治理论，共汇集《论语》语录166条进行逐条解读。此书从《论语》中选取约一半条目，也就是说本书实际上是《论语》的一个选本，只是借"半部论语"做宣传。

[3]《朱子语类·卷第四十七·论语二十九·阳货篇·子曰由也章》，中华书局，1986年，第1185页。

[4]《朱子语类·卷第四十四·论语二十六·宪问篇·子贡曰管仲非仁章》，第1129页。

[5]"六十四卦，只是《上经》说得齐整，《下经》便乱董董地。《系辞》也如此，只是《上系》好看，《下系》便没理会。《论语》后十篇亦然。《孟子》末后却划地好。"参见《朱子语类·卷第六十七·易三·纲领下·上下经上下系》，中华书局，1986年，第1672页。

《齐论语》有二十二篇，较《鲁论语》《古文论语》，多出《问王》《知道》两篇，并且具体篇中，章句也比《鲁论语》多一些。《古文论语》得之孔壁，有两《子张》篇，共二十一篇。篇次与《鲁论语》《齐论语》大不相同。张禹是形成今本《论语》贡献颇大的人物：

> 安昌侯张禹本受《鲁论》，兼讲《齐》说，善者从之，号曰《张侯论》，为世所贵。苞氏、周氏章句出焉。[1]

张禹本于《鲁论语》，兼取《齐论语》，合为一部，从而形成后世《论语》的原本。苞咸、周氏成为最早采用张禹《论语》进行注释的学者。后又有马融、郑玄、陈群、王肃、周生烈等注释，也都是对张禹《论语》的注释，后由何晏总其注释之大成，编订《论语集解》一书。

根据这些历史记载，张禹编订《论语》是依据其前的《鲁论语》与《齐论语》，但依靠今本显然无法分析《鲁论语》原初篇章结构。我们今天对《论语》篇章结构的分析，实际上是针对张禹编订《论语》，因此我们的分析就不是对原初编次的探析，而是对今本《论语》篇章结构的一种分析。

关于《论语》的篇章结构，古今学者的观点有这样一些要点：

第一，《论语》各篇内部具有一定的主题。绝大多数《论语》注释者都认为，《论语》的篇章组合不是任意的。张栻《癸巳论语解》分章对《论语》进行串讲，如认为《学而》篇"欲学者略文华、趋本实，敦笃躬行，循序而进，乃圣人教人之大方"[2]。朱熹《论语集注》谓《学而》篇"所记多本之意"[3]。

第二，《论语》整体篇次安排具有一定逻辑。皇侃《论语义疏》力图将《论语》篇次、篇名、篇义关联起来，构筑一个完整的理解体系。显然，在皇侃看来，《论语》的篇章结构不是任意的，而是有着缜密的内在逻辑在其中。邢昺

---

[1]（南朝梁）皇侃：《论语义疏·论语序》，中华书局，2013年，第12页。据皇侃，苞氏指苞咸，周氏则不详。

[2]（南宋）张栻：《南轩先生论语解·卷第一·学而篇》，中华书局，2015年，第103页。

[3]（南宋）朱熹：《四书章句集注·论语集注卷一·学而第一》，中华书局，1983年，第47页。

《论语注疏》经常以篇为整体结构进行篇章大意解析,实际上是将《论语》的每一章作为一个有体系的整体。

第三,《论语》总体篇章分布并不均匀,比如前半部与后半部有一定的差异。不少学者将《论语》看成由上下两编构成。伊藤仁斋《论语古义》认为:"《论语》二十篇,相传分上下,犹后世所谓正续集之类乎?"日本太宰春台《论语古训外传》认为《论语》"上论文章简洁而下论文章详密"。日本市村瓒次郎《中国史研究》认为《论语》"上论十篇辑成最早,可视作《论语》的正编"。钱穆《论语新解》认为自《乡党》"以前十篇为上论,终之以《乡党》篇,为第一次之结集,下论十篇为续编"。[1]这些观点虽不免猜测,但是也确实反映了《论语》前后半部确实有一定的不同。

二、研究思路

斯坦福大学教授Franco Moretti曾提出"远距离阅读"(Distant Reading)这一对文本进行分析的方法,他强调除了通过人阅读和理解文本以外,通过计算机对文本使用处理、统计、可视化等方法,可以获得通常仔细阅读难以发现的结果。例如,他曾把《哈姆雷特》的情节用网络关系表达出来,分析人物之间的关系。[2]"远距离阅读"常用于分析大量文本,但是从宏观上研究少量文本,也可以有一定的效果。本文要处理的《论语》的篇章结构,恰好可以借助远距离阅读的方法,通过计算机的分析处理能力,从统计的视角分析《论语》中的概念与人物。

为了探索"半部《论语》"的问题,我们采用向量空间模型对《论语》的整部、前后半部、每一篇章都构建文档向量,分析彼此之间的相似度。相似度之间的比较和配对主要从如下四个方面展开:

---

[1] 本段引文内容转引自汤洪《〈论语〉篇章结构研究述评》,《延边大学学报(社会科学版)》2018年第1期。

[2] Franco Moretti. *Distant reading*. London: Verso Books, 2013. pp.213.

第一，前半部、后半部与整部的相似度比较。这个比较旨在探索前后半部是否存在较大的差异。如果相似度差异较大，则说明前后半部从文本内容上来说确实有一定的不同。

第二，每一篇与其他篇之间相似度的比较。这个比较旨在探索与每一篇最相似的其他一篇，可以分析这些篇章在前后半部所占的比重。

第三，前半部与后半部篇章之间的相似度比较。这个比较是上一比较的补充，旨在探索前后半部之间是否存在前半部能够代表后半部，或者后半部能够代表前半部的情况。

第四，每一篇与整部的相似度比较。这个比较旨在探索《论语》中哪些篇章更能够代表《论语》整体。

文档向量的构建是基于概念集的，为了更好地从多个角度进行比较，排除单一类型概念集对篇章相似度比较结果的影响，我们设计了两种数据集：第一种根据研究人为选定的 60 个核心概念；第二种采用 ngarm 切词后，人工筛去显然不是概念的字词所得的 170 个概念。

三、实现原理、步骤与方法

（一）向量空间模型的原理

Salton 等人于 1975 年提出的向量空间模型（Vector Space Model）[1]将文本表征为一组特征项的集合，每一个特征项都有权值信息，表征该特征项对于文本的重要程度。这种模型将非结构化文本信息表示为数学向量，其结构化的表示方法使得后续对文档的各种数学处理成为可能。在向量空间模型中，对于整个系统文档集合 D 中的任一文档 $d_j \in D$，可以把它表示为以下 t 维向量的形式：

$$d_j = (W_{1j}, W_{2j} \cdots \cdots W_{tj})$$

---

[1] Salton G, Wang A, Yang C S. A Vector Space Model for Automatic Indexing. *Communications of the Association for Computing Machinery*, 1975, 18(11): 613–620.

其中，向量分量 W_{ij} 表示第 i 个概念 k_i 在文档 d_j 中所具有的权值，t 为概念集中概念的个数，W_i 的取值范围是：$W_{ij} \geq 0$.

概念权值 W_{ij} 的大小主要依赖于对概念的频数统计，并通常考虑两个方面的因素：局部权值和全局权值。局部权值 f_{ij} 是指第 i 个概念在第 j 篇文档中的权值。假设 $freq_{ij}$ 为概念 k_i 在文档 d_j 中的出现次数，$maxtf_j$ 表示文档 d_j 中所有概念出现频次的最大值，则

$$f_{ij} = freq_{ij} / maxtf_j$$

全局权值 idf_i 是指第 i 个概念在整个系统文档集合 D 中的权值。假设 N 为系统文档总数，n_i 为系统中含有概念 k_i 的文档数，则

$$idf_i = log(N/n_i)$$

基于局部权值和全局权值，概念权值

$$W_{ij} = f_{ij} * idf_i$$

局部权值体现的是概念在文档中出现的相对频率，局部权值越大，相对频率越高。全局权值体现的是概念对文档内容的代表性程度，n_i 越小，说明这一概念主要在这一文档中出现，全局权值越大。W_{ij} 则综合了概念的局部权值和全局权值。这种权值计算公式，被称为"TF-IDF"（Term Frequency - Inverse Document Frequency，词频—逆文档频率）加权模式。[1]

在文档向量化表示的基础上，文档之间的相似度就可以通过各自向量在 t 维空间的相对位置来计算。通常采用的计算方式是两个向量夹角的余弦函数，即对于文档 $d_j = (W_{1j}, W_{2j} \cdots\cdots W_{tj})$ 和文档 $d_p = (W_{1p}, W_{2p} \cdots\cdots W_{tp})$，两个文档的相似度

$$sim(d_j, d_p) = (d_j \cdot d_p) / (|d_j| * |d_p|)$$

$0 \leq sim(d_j, d_p) \leq 1$，值越大，说明两篇文档越相似。

之所以采用基于 TF-IDF 的文档比较算法，是因为这样的算法基于核心概念、词频，是一种颇为客观的算法，具有较强的解释性。

---

[1] Robertson S. Understanding Inverse Document Frequency: *on Theoretical Arguments for IDF*. Journal of Documentation, 2004, 60(5): 503-520.

（二）数据准备与数据清理

对《论语》的远距离阅读，首先需要获取一个可靠的文本并进行章节划分。由于《论语》历代版本的差异并不是非常大，因此选取影响最大的朱熹《四书章句集注》中的《论语》文本，根据其章、节进行二级标号。如《论语》第一章《学而》的第一节"子曰：'学而时习之，不亦说乎？有朋自远方来，不亦乐乎？人不知而不愠，不亦君子乎'"编号为1.1，依此类推。

其次，获取《论语》中的人物表。历代对《论语》中的人物梳理成果很多，本次采用当代学者李零先生《丧家狗：我读〈论语〉·附录》[1]整理出的人物表。这一人物表共包含157位人物，主要可以分为孔子弟子，如子路、仲由等；以及其他人物，如尧、舜、禹等。以此为基础，梳理出《论语》中出现的所有人物及其在《论语》中的各种称谓。然后在《论语》文本中配对人物在各章节中出现的情况。计算机统计完成后，再人工校对配对结果，纠正其中可能出现的错误。

最后，确定向量空间模型构建所使用的概念集。

第一种概念集是在研究人员通读《论语》的情况下，按照主旨和核心内容人为选定的60个核心概念：仁、义、礼、知、信、孝、弟、忠、勇、君子、小人、天、命、天命、利、性、友、道、德、敬、爱、文、学、言、行、思、政、恭、俭、让、诗、乐、己、人、艺、君、臣、父、宽、敏、惠、恕、生、死、鬼、神、亲、贫、富、直、民、邦、家、国、圣、贤、正、达、耻、节。

第二种是在排除人名之后，首先采用ngram切词方法，获得文本中长度（n）为1—5的所有字符串。然后研究人员判断并保留其中包含有效语义的字符串，排除虚词、动词以及无意义的词语。在实际判断中发现，长度大于、等于3的字符串一方面过少，并且基本不具有语义含义，因此我们仅保留长度为1和2的字符串进行判定。对于长度为1的字符串，即单字概念，ngram切词共得到340个概念，经研究人员筛选后得到164个概念；对于长度为2的字符串，即双字概念，ngram切词共得到217个概念，经研究人员筛选后得到6个概念。最终得到

---

[1] 李零：《丧家狗：我读〈论语〉·附录》，山西人民出版社，2007年。

的 170 个概念，如下表所示：

ngram	概念
n=1	人、君、言、知、仁、道、行、礼、学、天、民、邦、乐、欲、善、食、政、德、死、信、文、过、居、父、己、友、色、中、贤、臣、命、正、义、思、丧、直、难、敬、用、生、怨、弟、孝、达、忠、士、失、身、患、富、耻、志、安、服、勇、忧、朝、乱、衣、祭、诗、世、美、进、众、恭、力、退、易、古、观、亡、修、家、利、归、兄、异、乡、近、孙、惑、畏、辟、益、党、劳、宰、相、佞、国、室、贫、谋、亲、杀、愚、爱、宗、敏、蔽、隐、兴、教、怀、同、反、加、泰、和、听、容、仕、圣、位、质、惠、内、骄、名、老、视、废、止、病、庙、长、贵、让、变、神、哀、惧、才、笃、危、伐、荡、狂、慎、博、简、罪、识、免、器、游、明、心、施、辞、谷、辱、治、节、气、俭、损、性、鬼、恕、艺、宽、得
n=2	君子、小人、天下、礼乐、兄弟、天命

获取 2 种概念集之后，编写 python 程序，统计概念在《论语》20 章中的出现频次，实现向量空间模型，计算并获得前后半部与整部，每章与整部，每章与其他章的相似度。

（三）相似度比较方法

对《论语》中的每一章配对与其最相似的章节。针对《论语》的每一章，在其他 19 章中找出与其最相似的章节，获得配对结果。由于某一章有可能既是 A 章的最相似章节，也是 B 章的最相似章节，因此，在这样的配对中章节存在重复情况。

为了检验《论语》中前后半部的对应关系，基于每章之间的相似度计算结果，针对《论语》前半部的每一章，在后半部的 10 个章节中找出与其最相似的章节，记为后半部中与前 10 章最佳配对结果。针对后半部的每一章，在前半部的 10 个章节中找出与其最相似的章节，记为前半部中与后 10 章最佳配对结果。

四、结果对比与分析

根据第三节的计算方法,在两种概念集进行对比,所得结果分析如下:

第一,从前半部、后半部与整部的相似度比较的结果不难看出:与整部相比,后半部比前半部更具相似性。

表1 前半部、后半部与整部的相似度比较表

	60个概念	170个概念
前半部与整部相似度	96.5%	95.6%
后半部与整部相似度	98.2%	97.7%

后半部与整部的相似度超过前半部与整部的相似度约2个百分点,所以说后半部与整部的相似度更大。这与学者们直觉认为前半部更能代表《论语》的印象并不相同。

第二,每一篇与其他篇之间相似度的配对。60个概念、170个概念相关配对的结果如下:

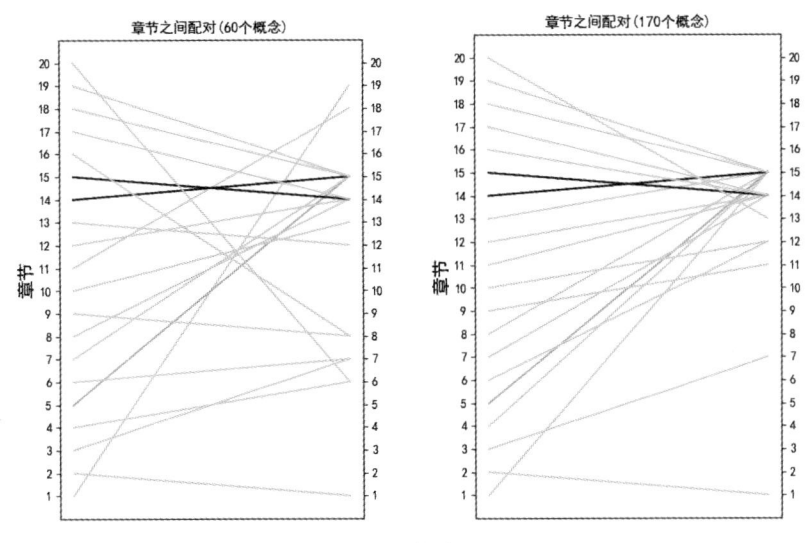

图1 主要概念的章节之间配对结果

由图1可以看出，第15章、第14章对于《论语》篇章有统摄作用；从整体来看，也明显表现出《论语》的重心坐落在后半部。

具体到《论语》的内容，我们也不难发现为什么这两章具有较强的统摄性。《论语》第十四章，内容丰富，有44节，内容较杂，论德，论政，论学，兼而有之。而《论语》第十五章，内容也比较丰富，有42节，主要论道德修养、为人处世，还论及政治、教育、学术等。[1]

第三，前半部与后半部篇章之间的相似度配对。我们选用170个概念组展现一下相关配对的结果。

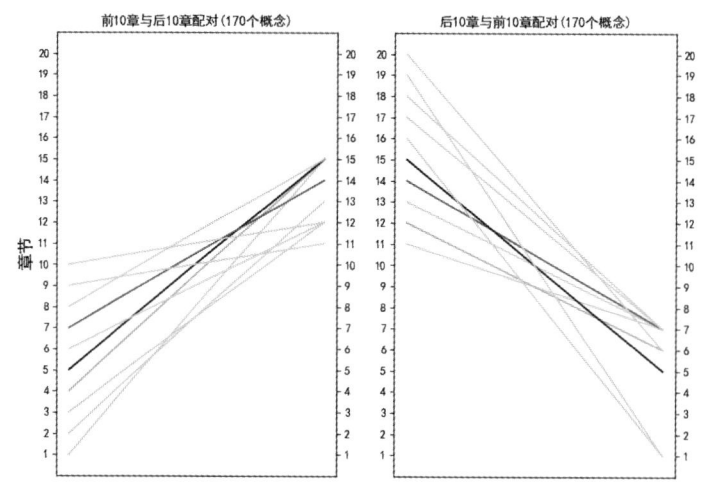

图2　170个主要概念的前后半部配对结果

如图2所示，从配对章节的分布来看，两种配对呈现集中的趋势，但均说明《论语》的重点在后半部。图2左图中，前半部大多数章节指向了第15章、第12章，这说明后半部具有更强的涵盖力。图2右图中，后10章的半数篇章聚集到第7章，呈现出高聚集性。虽然说明第7章具有较高的涵盖力，但也说明《论语》后半部的主题更为集中。《论语》第7章，内容丰富，有38节，广泛涉及为学、修养、教育等方面。

---

[1] 孙钦善：《论语本解》，生活·读书·新知三联书店，2009年，第171页、第193页。

从前半部、后半部与整部的相似度比较的结果看，与整部相比，后半部比前半部更与整部具有相似性。换句话说，就是后半部对整部《论语》主旨的决定性更大一些。从相似度的数值上看，前半部、后半部与整部《论语》的相似度，只差两个百分点。这个差异不算显著。但考虑到《论语》文字的极度简洁性，相似度的高低差异仍是有参考价值的。

从前后半部的匹配分布上看（图1 & 图2），后半部的主题聚集性明显，是整部《论语》主旨的重心所在。综合上述的相似度差异比较，可以基本上判定《论语》的后半部比较重要。

因而，我们的结论就是：根据本文设计的算法，如果要指明"半部"《论语》的"半部"话是哪半部的话，那无疑就是后半部。

第四，如果非要说"半部"不是前半部，或后半部，那么可以采用从《论语》中挑选十篇的方法。每一篇与整部的相似度比较高低排序如下表：

表2 各章节与整部的相似度比较表（仅前十）

	60个概念	170个概念
各章节与整部相似度比较排序（前十）	15	15
	14	14
	7	7
	12	12
	8	5
	1	1
	5	13
	19	19
	13	11
	11	16

这些与整部《论语》的相似度较高的篇章中，以第15章、第14章领衔，还有前半部分的第7章、第5章，但总体上说，从后半部选出的会较多一些。这里面，有着"颜渊问仁"的《论语》第12章，《论语》开篇的第1章也在其中，而比较独特的第10章"乡党"自然没在其中。这与我们直觉的判断具有一定的一

致性。

　　当然，也可以换一种思路，那就是从与整部相似度的比较来说，"半部"也可能是重点篇章组成的占半部篇幅的章节。那么以第 4 章、第 6 章、第 14 章、第 15 章等为代表篇章可以领衔。如何从《论语》三百条中选取一半来代表《论语》，就需要换一种方法来求证了，可作为我们下一阶段的研究目标。

　　在本文的研究过程中，我们曾经尝试更换不同的核心概念，比如完全采用 ngram 词频作为核心概念，在排除人名基础之上，选取了频次大于 3 次、5 次、10 次的所有单字，前半部、后半部与整部的相似度差距较小，可能是 ngram 分词中包含大量的非关键词造成，但其他相似度的比较也大致看出后半部的优势。另外，除了 60 个核心概念、170 个概念以外，我们还尝试选取 80 个概念、120 个概念等，所得虽然有小的变化，但从总体上具有较强的稳定性。

　　（本文相关代码的实现开源发布在 Github 上：https：//github.com/olivia-ymy/dh_analect/。）

现代文学研究的数据库和网络资源[*]
——基于目录学的考察

王贺[**]

> 在中国现代文学研究中，究竟有哪些数据库、网络资源可以为学者所用，长期以来未见专门、全面、深入的考察。本文即从目录学这一视角出发，对此问题予以探究，不仅扼要论述了重要的网络资源及其在学术研究中所扮演的角色，更依其主题、类型、定位之不同，将数据库分作报纸数据库、期刊数据库、图书数据库、综合数据库、专题数据库、内部数据库和区域性资源共享平台等六大类，对每一类型的常见、重要数据库逐一予以检视，试图为研究者把握这些资源的全景、且能根据不同的研究对象和问题意识善加利用，提供一"知识地图"。此外，本文也讨论了图像数据库这一较为特殊的专业数据库的重要性。

如所周知，对于中国现代文学研究而言，主要的研究资料无外乎两类。一是原始文献，包括图书、报刊、档案、手稿、非正式出版物以及部分图像资料、非纸质资料等一手资料；二是已有的研究成果，即二手资料。但后者，尤其当代学者的研究、评论，相对而言，距离我们较近，容易查找（当然也有例外，即

---

[*] 本文系上海师范大学本科教学改革项目"'数字人文'与《中国现代文学》教学模式创新"、上海市人才发展资金资助计划、上海市重点创新团队"文化转型与现代中国"项目阶段性成果。

[**] 王贺，文学博士，上海师范大学人文学院副教授、数字人文研究中心副主任，研究兴趣集中于中国近现代文学与文献、数字人文等领域。现已在中外学术期刊发表论文百余篇，主持国家级、省部级项目共八项。著有《中国现代文学编年史：以文学广告为中心（1937—1949）》（合著）、《数字时代的目录之学》《数字人文与中国现代文学》，编有《中国现代文学文献学的自觉》等。

如 1950 年—1980 年之间的不少文学作品与文献史料，尚未被充分电子化、数字化），[1]而前者由于已有一定历史，复以战争、政治运动频仍，近现代纸质文献本身的酸化等缘故，致使其保存、递藏、流传不易，殊为难得，因此如何搜集、利用，也就成为了困扰研究者的一个重要的、普遍性的问题。

与实地访问、利用图书馆、档案馆、博物馆等机构和个人所收藏的纸质文献资料相比，互联网的出现，数字技术、方法（尤其数据库技术）的革新，为我们调查、掌握研究资料，提供了新的利用方式和手段，此即网站、论坛、搜索引擎、社交媒体及数据库的出现。然而，究竟有哪些资料我们可以透过互联网、数据库获得，或者说，在现代文学研究中，究竟有哪些数据库、网络资源可以被我们利用，关于这一问题，迄未见有较为专门、全面、深入的研究。故此，本文以下的探讨，即围绕着在搜集现代文学的研究资料（尤其原始文献及其复制件）的过程中，有哪些比较重要的网络资源（也常常被称作"数字资源"）可以利用这一核心问题展开，其重心乃为对数据库和网络资源的目录学之考察。不过，在具体讨论中，本文先讨论的是一般性的网络资源（同时也是一种极为扼要的讨论），其次则是数据库，因数据库较重要，且类型多种多样，数量尤为庞杂，须作重点考察。

一、网络资源

（一）网站

对一般性的网站、论坛（如"国学数典"论坛中的"民国期刊"，"爱如生论坛"中的"近代报刊"）、搜索引擎（如谷歌、百度及其"学术搜索"子站）、电子邮件及在线讨论社群的使用，已构成我们的日常网络应用实践，其重要性自不待言，而大学、学术机构、专业协会及现代作家故居、纪念馆建置的专业网

---

[1] 对这一例外情况的简要讨论，参见王贺著、王静编《数字时代的目录之学》，香港大学饶宗颐学术馆，2021 年，第 27 页—29 页。

站,同样也是其中不可忽视的一个方面。如香港中文大学中国语言及文学系与大学图书馆系统联合主持,复旦大学图书馆、华东师范大学图书馆等先后参与建成的"中国现代文学研究网"[1],是全球首个现代文学研究专业网站,提供大多数现代作家的生平简介、著述目录及研究资料索引。而中国现代文学馆官方网站、北京鲁迅博物馆网站、上海鲁迅纪念馆网站、中国郭沫若研究会—郭沫若纪念馆网站、巴金文学馆网站、中国作家协会主办"中国文学网"等专业网站,也聚合了"诸多作家的文字、图片、影像方面的史料,一方面为部分文学爱好者提供相关领域的基本信息,另一方面也是研究者查找收集资料的部分来源"[2]。

除了这些专业或一般性的网站之外,一些大型的图书销售网站尤其二手书售卖网、书刊拍卖网、书评类网站,也是值得定期追踪的网络资源。例如,在"卓越亚马逊"网站上,部分图书的封面会有"在线试读"的提示,点击"在线试读",就可以阅览全书目录、部分正文,并通过上网浏览器自带的搜索框搜索全书,其"搜索结果不仅包括匹配的书名或作者,还包括书中匹配的每个字"[3]。而其搜索目标、形式也可以多种多样,包括了搜索首句、搜索关键词、搜索引用、搜索文本数据等。又如,"孔夫子旧书网""豆瓣"网及不少古籍文献拍卖网站(也包括在线的拍卖图册、目录),亦可为我们查找近现代原始文献、掌握相关研究动态提供很多帮助。事实上,不少学者正是借助于其间所搜集的文献史料,撰写、发表了专题研究论文。

(二)博客、微博、微信公众号及其他

与互联网本身的发展相比,博客(Blog)是一个新生事物。其虽然早在20世纪90年代兴起,但发展成为互联网文化的重要组成部分,则是进入21世纪以

---

[1] 参见马辉洪、陈智德、龙向洋:《中国现代文学研究网站之构思、建设与展望》,《大学图书馆学报》2008年第6期。
[2] 杨柳:《网络数字图书馆的产生与发展——以中国现代文学史料的数字化建设为例》,《商丘职业技术学院学报》2013年第1期。
[3] 《亚马逊帮助:亚马逊"在线试读"》,网址见:https://www.amazon.cn/gp/help/customer/display.html?nodeId=201929710,2020年3月17日检索。

后。[1]中文博客发展较晚,但也同样包括了以文字为主的博客(Blog)、声音博客(Podcasting,也称"播客")、视频博客(Vlog)等不同类型。博客的问世,为人们在网上发表自己的文章、建立个人网站提供了良好的契机。有学者甚至认为,博客写作为当代文学贡献了一种崭新的文体。[2]而对现代文学研究而言,一些高校、学术机构和学者个人的中文博客如"上海交通大学学科信息服务博客——人文学科""温儒敏的博客"、刘再复的"再复的博客"等,亦是可资参考的学术资源。

在博客基础上发展出的微博(Microblog)就更晚了。迟至2007年,中国才出现微博网站。2009年8月28日,新浪微博开始内测,后正式上线,因"名人效应"和不断更新的技术、服务,不久便成为国内最具代表性和影响力的微博网站。一些机构、团体和学者个人的微博账户如"上图历史文献中心""上海陈子善"等,时常发表诸多现代文学文献史料及新近学术会议、讲座、论著、刊物等信息。尤须指出的是,作为博客之后、微信之前学术资源发布和传播的网络平台,微博的发展势头虽已日见颓势,且其学术氛围远不能与同类型产品如Facebook、Twitter等相提并论,但仍不可忽视。

一项革命性的进展来自微信(WeChat)。2011年1月21日,腾讯公司推出一款为智能终端(包括手机、平板电脑等)提供即时通讯服务的免费应用程序——微信,极大地促进了中国内地乃至世界范围内的信息传播和人际交流,亦使在线论学这一更加及时、密切的学术交流、协作模式成为常态。[3]其所推出的微信公众号这一应用,更为学术资源、信息更快速、即时的传播,及读者第

---

[1]〔美〕休·休伊特:《博客:信息革命最前沿的定位》,杨竹山、潘浩译,中国铁道出版社,2006年,第5页。

[2]孔庆东:《博客,当代文学的新文体》,《文艺争鸣》2007年第4期。

[3]如施议对与江合友利用微信线上论词,称"未敢因信之微而微之"(因该软件名为"微信",故有网友提倡用微微信之、半信半疑的态度对待其间传播的大量信息,但施教授与此种见解并不同调),与现代文学学者亦常借微信论学、却对其表示出不置可否或羞于承认的作态迥异。参施议对《序》,江合友《白石簃词稿》,河北教育出版社,2016年,第1页—4页。

一时间作出回应提供了技术支持，[1]不待言，其间亦有许多值得注意的研究资源。[2]这些资源的建设者来自高校、学术机构、报刊社、企业、学者个人等。与制度性的力量所建公众号尚存有某些束缚、限制不同，学者个人或不同学者联合建立的公众号似乎更为灵活、开放，如"民国故纸堆"（微信号：mgguzhidui）提供了大量自报刊整理出的现代通俗文学作品、史料，"近代人文"（微信号：jindairenwen）、"论文衡史"（微信号：lunwenhengshi）等专业类公众号也定期发表转载一些重要的近现代文学文献及研究论著全文。

当然，其他可资利用的互联网资源，还包括大量与现代文学研究有关的音频、视频及流媒体文件等。但就总体而言，无论是专业还是一般的互联网资源，在我们搜寻现代文学的原始文献过程中，其重要程度远不及专业数据库，这也就决定了本文观察和论述的重心，势必落在数据库这一方面。

二、专业数据库

詹姆斯·S. 布朗（James S. Brown）和斯科特·D. 雅布洛（Scott D. Yarbrough）在论及数字时代的文学研究之道时，曾正确地指出，"展开研究最有效的方式"乃是了解有哪些数据库可供我们搜寻、利用。[3]根据收录的文献类型的不同，可

---

[1] 关于微信公众号与当代学术生产的关系，请参考王贺《微信时代的学术》，《书屋》2019 年第 4 期。

[2] 这些资源本身也存在着一定问题，由此衍生而出的学术规范更新等议题，笔者另有专文论述，此不赘述。

[3] 〔美〕詹姆斯·S. 布朗、斯科特·D. 雅布洛：《实用文学研究导论》，罗长青译、毕光明校，中国社会科学出版社，2011 年，第 175 页。

将这些数量繁多、不同主题的近现代文献数据库[1]，大致分作报纸数据库、期刊数据库、图书数据库、综合性数据库、专题数据库等七种类型。为了尽大程度地方便读者利用这些数据库、改进自己的实际研究实践，以下笔者仅述及其中最常用或最具代表性的全文数据库，一般性的目录、索引型数据库则不作过多介绍。基于同样的理由，本文在概述并批判性地分析各类数据库资源的应用价值、范围时，也以先免费、开放获得（OA）资源，后收费使用数据库为优先考量之标准，兼及其主题、资料范围、功能等标准。

（一）报纸数据库

1.国家图书馆"民国报纸"[http：//mylib.nlc.cn/web/guest/minguobaozhi]

目前已推出《华北日报》(北平)、《益世报》(北平)、《大刚报》(郑州)、《新华日报》(汉口)等4种报纸的全文影像，读者免费注册后，可逐日在线阅读。

2.中国近代报纸资源全库（1850—1951）[http：//www.cnbksy.com]

系"全国报刊索引"子库。与其他由上海图书馆（下简作"上图"）、上海科学技术情报研究所下属上海图情信息有限公司开发的数字产品一样，依托上图丰富的纸质资源馆藏建成，既面向机构用户，也向个人用户开放使用，但以其高昂售价使不少个人用户望而却步（每篇文献在人民币20元左右）。全库共收录1850年至1951年间的700余份中英文报纸的全文。截至2020年1月，已上线包括《新闻报》(1893—1949)、《时报》(1904—1939)、《民国日报》(1916—1947)、《中央日报》(1928—1949)、《大公报》(1902—1949)、《益世报》(1915—1949)等大报十余种，据云2021年前还将上线《申报》《时事新报》《神州日报》

---

[1] 截至2018年9月，在中国内地，由企业开发的民国文献数据库约10个，公立图书馆所开发者约35个，高校图书馆开发者近40个，参见蔡迎春：《民国时期文献的整理开发与研究》，发表于"2018年全国师范院校图书馆联盟特藏资源工作研讨会"，北京师范大学，2018年9月14日。这一统计还不包括许多晚清文献数据库。另外，如"全国报刊索引"总库及各子库，对外宣称由上海图书馆建设，实由其下属企业具体负责实施、运作，旨在向市场销售其数字产品、以获得更多利润，并不提供免费、开放、无差别的公共服务者，其开发主体究竟应被归属于何者，或仍有待商榷。

《盛京日报》等产品。[1]其中，《小报》数据库（1897—1949）和字林洋行等出版商在中国出版的中英文报纸数据库，尤其值得注意。

3.《小报》数据库（1897—1949）

收集了近千种上海等地出版的小报如清末《游戏报》《笑林报》和《世界繁华报》，20世纪二三十年代《晶报》《金钢钻》《福尔摩斯》和《罗宾汉》，1937年—1949年间的《社会日报》和《立报》等。[2]这一数字化项目现已推进至第4辑。其中每辑收有百余种小报，据云2021年前将完成第5辑—6辑。整个数据库较此前台北"中央研究院"近代史研究所（下简作"中研院"近史所）开发的"近代城市小报资料库"所收资料更多，功能也更为强大。

4.字林洋行中英文报纸全文数据库（1850—1951）

收录了字林洋行出版的所有报纸，包括《北华捷报》《字林西报》《上海新报》《沪报》《汉报》等共约55万版。此外，该公司还开发了《大陆报》（1911—1949）、《泰晤士报》（1925—1942）、《大美晚报》（1929—1949）、《上海晚邮》（1869—1884）等单个的英文报纸数据库。

5.中国近代英文报纸全文数据库

集成有《大陆报》《上海泰晤士报》《大美晚报》《上海晚邮》等1949年前在上海出版、发行的英文报纸。

6.中国历史文献总库·近代报纸数据库［http://bz.nlcpress.com］

由国家图书馆出版社建置，系"中国历史文献总库"子库。收录了近代全国各地（除西藏外）的主要地方报纸如《河南民声日报》《甘肃民国日报》《汉口市民日报》及大报地方版如《中央日报》（昆明版）等，这是其他各种报纸数据库所不具备的。[3]只限机构用户访问。

---

[1] 此处及以下关于"全国报刊索引"各子库的介绍和评论，也参考了上海图情信息有限公司祁飞先生提供的相关资料，谨此致谢。

[2] 韩春磊：《文献揭示与知识服务——〈全国报刊索引〉近代报纸数字资源建设》，发表于"2018民国时期文献整理与研究国际研讨会"，上海师范大学，2018年6月8日。

[3] 李强：《"中国历史文献总库·民国图书数据库"建设的经验与体会》，发表于"2018民国时期文献整理与研究国际研讨会"，上海师范大学，2018年6月8日。

7.《申报》数据库

"《申报》数据库"有多种[1]，此处仅以北京爱如生数字化技术研究中心开发的"爱如生典海数字平台"中的《申报》数据库［http://dh.ersjk.com］为例，略示其大端。该数据库既可被视作一个独立的数据库，也是"爱如生中国近代报刊库·大报"的子库。收录《申报》上海版共26847号、《申报》汉口版共198号、《申报》香港版共489号，总计3种27534号，首尾连贯，完整无缺。尤其令人称许的是，该数据库还纳入了《申报》增刊、特刊、广告等各种此前较易被忽视之内容。全库既有原报影像，还将这些影像作了文本化处理，以便我们全文检索。但目前只限机构用户访问。

8.《解放日报》数据库

《解放日报》数据库亦有多种，对此笔者曾有专门研究，此不赘叙。[2]

9.《大公报：1902—1949》数据库［http://tk.dhcdb.com.tw/tknewsc/tknewskm］

由中国教育图书进出口有限公司、台湾得泓资讯有限公司开发。该库完整收录1902年至1949年间《大公报》天津、上海、重庆、汉口、桂林、香港各地方版及《大公晚报》的全文资料200万篇以上，高清版面图像20万幅。只限机构用户访问。

10. 早期华文电影史料数据［https://digital.lib.hkbu.edu.hk/chinesefilms/about.php］

由香港浸会大学、美国伊利诺伊大学、华东师范大学等校学者联合建成，系"跨出上海的电影工业：1900—1950"项目的研究成果之一。全库收集上海以外的四个城市（香港、广州、杭州、天津）在1900年至20世纪40年代出版的和电影有关的新闻报导、评论文章、广告资料（以报纸所刊为主），可供任何用户通过"关键词"（必须是繁体字）免费检索，但一般条件下仅提供资料索引，不

---

[1] 对四种常见的《申报》数据库的比较，请参考杜慧平、干雅戈《申报》数据库比较——兼论民国文献数据库建设》，《图书馆杂志》2016年第11期。

[2] 王贺：《"数字人文"与"传统学术"——以〈解放日报〉目录、索引及数据库为中心》，《文艺争鸣》2020年第10期。

开放全文（虽然这个数据库本身是全文数据库）。[1]

11. 民国三十八年前重要剪报［http：//cdm.lib.nccu.edu.tw/cdm/landingpage/collection/38clip］

由台湾"国立政治大学图书馆暨社会科学资料中心"建置，是"政大数位典藏"的子库。收录中正图书馆特藏室收藏 1930 年—1949 年以前重要的新闻报道的全文影像，共计 139558 则标题 165804 页，其中大多为时政、军事、社会类报道，少部分则与现代文学研究直接相关。研究者可申请访问账号，免费访问全部资源。此外，据笔者统计，在台湾岛内，关于台湾报刊、文学的数据库已有数十种之多。台湾大学、"中研院"、政治大学、"国家图书馆""国立台湾文学馆"等机构和汉珍数位图书股份有限公司、大铎资讯股份有限公司、得泓资讯有限公司等企业，早就有过将纸质书刊数字化并建置相应的检索系统和数据库（多称之为"数位典藏""数位化典藏"，即 digitial archive、digital collections 等术语的不同中译）之举。惟以得泓公司与中国教育图书进出口公司长期合作、投资成立北京得泓科技有限公司，且在中国大陆高校图书馆系统行销得力、市场占比较高之关系，其所开发的"中国近代报刊数据库"（详见下文）我们可能更为熟悉，使用程度也较高。而在该库中，就收有《中央日报》（包括迁台之后的全部版面）《台湾日日新报》《台湾民报》和《台湾时报》等报纸，但也仅限购买了其访问权限的机构用户使用。

（二）期刊数据库

1. 国家图书馆"民国期刊"［http：//mylib.nlc.cn/web/guest/minguoqikan］

现提供 4349 种民国期刊电子影像的全文浏览，读者免费注册后，可逐期在线阅读。

2. 晚清期刊全文数据库（1833—1911）［http：//www.cnbksy.com］

系"全国报刊索引"子库，共收录 1833 年至 1911 年间出版的 500 余种期

---

[1] 关于该库开发情况，笔者也参考了其开发团队核心成员伊利诺伊大学厄巴纳－香槟分校历史系傅葆石教授、华东师范大学历史学系冯筱才教授提供的有关资料，谨此致谢。

刊、总计50万余篇文章，几乎囊括了晚清时期出版的所有期刊。其优点和弊病一如上文所述"中国近代报纸资源全库（1850—1951）"。

3. 民国时期期刊全文数据库（1911—1949）［http：//www.cnbksy.com］

系"全国报刊索引"子库，收录民国时期出版的25000多种期刊、近1000万篇文献。与"晚清期刊全文数据库"一样，目前在全世界同类型数据库中处于领先地位。值得一提的是，这两种数据库有时也被合称为"晚清民国期刊全文数据库"，是学术界最为熟悉的研究资源，在此不作过多论述。

4. 近代妇女期刊数据库［http://mhdb.mh.sinica.edu.tw/magazine］

由"中研院"近史所建成，是该所开发"近代史数位资料库"的子库。提供包括《妇女杂志》在内的213种期刊的全文影像（此前该所还与东京大学学者联合建成《妇女杂志》目录资料库），可供研究者申请使用，免费检索、浏览全文。

5.《东方杂志》全文数据库［http://cpem.cp.com.cn］

由商务印书馆建成，提供全部《东方杂志》（计44卷817期）的全文及标题、作者、图片、广告等字段的检索。但该库主要面向机构用户，个人用户如有使用需求，须向厂商申请。[1]

（三）图书数据库

1. 国家图书馆"民国图书"［http：//mylib.nlc.cn/web/guest/minguotushu］

目前收录民国时期出版的各类图书总计84114册的全文影像，读者免费注册后，可按原书"目录"在线阅读。

2. 大成民国图书全文数据库［http：//tushu.dachengdata.com］

是由北京尚品大成数据技术有限公司开发的"大成故纸堆全文数据库"的子库。其具体收书数量不详。提供的检索字段也只限于书名、作者、年代、出版社四项。此外，其总库还包括大成近现代报纸数据库、大成老旧刊全文数据库等七种，但其中的报纸、期刊均无法与上图"全国报刊索引"相应的子库相比，因此本文亦不多作介绍。

---

［1］ 此处参考了商务印书馆数字出版中心冯建民先生提供的资料，谨此致谢。

3.典海民国图书资源平台［http：//dh.ersjk.com］

是北京爱如生旗下"爱如生典海数字平台"的子库。目前收录民国时期出版的各类图书 10 万余种的全文影像。其中的图书内容，皆按《中文普通图书统一著录条例》著录，并按《中图分类法》分类编排，撰有内容提要。在其依图书所属学科聚类形成的 20 个学科专辑之中，"中国文学""世界文学"专辑与我们的研究密切相关。

4.瀚文民国书库——中国近现代（1900—1949）时期全文图书数据库［http：//www.hwshu.com］

由北京瀚文典藏文化有限公司开发，收录 1900 年前后至 1949 年之前出版的各类图书 8 万余种（12 万余册）。其所收录的图书参考了《中图分类法》，但对其作出了一定程度的改良。目前，无论机构用户，还是个人用户，无须注册登录，即可使用其全文检索功能。[1]

5.中国历史文献总库·民国图书数据库［http：//mg.nlcpress.com］

亦由国家图书馆出版社建置，系"中国历史文献"子库，反映了"民国时期文献保护计划"的普查成果。计划收录民国图书约 30 万种，其中不乏稀见文献。前四期已完成 18 万种图书的数字化。只限机构用户访问。[2]

（四）综合数据库

1.抗日战争与近代中日关系文献数据平台［http：//www.modernhistory.org.cn］

由中国社会科学院、国家图书馆、国家档案局牵头，中国社会科学院近代史研究所和百度云承办。其创建于 2016 年底，是国家社科基金项目"抗日战争研究专项工程"的阶段性成果。至 2020 年 3 月已收录 1949 年以前的各类文献达 2000 万页以上，这些文献囊括了档案、图书、期刊、报纸、图片、音频、视频

---

［1］《关于我们》，网址见：http://www.hwshu.com/front/home/aboutus.do，2020 年 3 月 26 日检索。
［2］李强：《"中国历史文献总库·民国图书数据库"建设的经验与体会》，发表于"2018 民国时期文献整理与研究国际研讨会"，上海师范大学，2018 年 6 月 8 日。

等各种形式。平台承诺永久免费开放，任何人皆可使用。[1]

2. 读秀学术搜索［http：//www.duxiu.com］

由北京世纪超星信息技术发展有限责任公司开发，是目前全世界最大的中文学术图书（此外还有过刊论文及其他类型资料）全文数据库，虽然其自我定位为一学术搜索引擎。[2]现汇聚近300万种中文图书数据，且声称将以10万种/年的速度增加新的资源。全库集成有文献搜索、试读、传递等多种功能，其中的文献搜索功能，不同于一般的、限制在几个特定字段的检索，可为用户提供深入到图书每一页面内容的全文检索。机构用户可访问其全库，个人用户可使用其"体验版"，但无法使用其知识"发现"功能。

3. 大学数字图书馆国际合作计划［http：//cadal.zju.edu.cn/index/home］

前身为高等学校中英文图书数字化国际合作计划（China- Academic Digital Associative Library，简称CADAL），[3]由国家计委、教育部、财政部投资，浙江大学联合国内外700余家高校、科研机构共建共享。现收录古籍、民国书刊、当代图书、中文报纸各类数字资源266万册（件）。只限共建共享单位用户访问。

4. 爱如生中国近代报刊库［http：//www.er07.com］

由爱如生开发，包含"中国近代报刊库大报编"和"中国近代报刊库要刊编"等多个子库，现已收录1833年—1949年间出版发行的20种大型报纸和3000种重要期刊。其中的全部图片、影像和文本文件可以对照、点选，"可进行毫秒级全文检索和一站式整理研究作业"[4]。但爱如生开发的大多数数据库均不提供"个人版"。

5. 民国文献大全（—1949）［https：//cadal.hytung.cn］

由北京时代瀚堂科技有限公司开发。收录民国时期图书逾180000册、期刊

---

［1］《关于我们》，网址见：http：//www.modernhistory.org.cn/aboutUs.htm，2020年3月15日检索。本文所引述的最新数据，来自该平台盛差倪先生提供的资料，谨此致谢。

［2］关于该数据库的研究现况，参见丁一《我国读秀学术搜索研究综述》，《山东图书馆学刊》2016年第4期。

［3］潘晶：《大学数字图书馆国际合作计划的回顾与展望》，《大学图书馆学报》2014年第1期。

［4］《中国近代报刊库（大报）产品简介》，网址见：http：//er07.com/home/pro_88.html，2020年4月14日检索。

逾 20000 种、报纸条目 2000 万余条，全库文字资料近 20 亿字。涵盖上海《申报》《民国日报》、天津《大公报》《益世报》、北京《顺天时报》、长沙《大公报》、重庆《新华日报》等。该库亦提供毫秒级关键词检索，启动简繁体和异体字自动转换。但仅对 CADAL 成员馆用户开放，且报纸和部分期刊内容需机构用户购买使用。[1]

6. 瀚堂近代报刊数据库［https：//www.neohytung.com］

亦由瀚堂公司开发。至 2019 年底已收录清末民初报刊 200 余种（如上海《申报》《点石斋画报》《新青年》、北京《中西闻见录》、香港《遐迩贯珍》）和其他时期的报刊资料 5000 余种（如天津《益世报》《大公报》、上海《民国日报》、重庆《新华日报》、长沙《大公报》《湘报》、北京《顺天时报》《东方杂志》等）。据该公司向笔者提供的资料，其中的天津《益世报》由美国国会图书馆馆藏资源进行缺页补配，《顺天时报》则采用日本国家图书馆所藏原件加工而成。全库以图文对照形式整理，可实现全文检索的目的，也可逐月逐日逐期检索浏览。[2]但只限机构用户使用。

7. 华文报刊文献数据库［http：//www.huawenku.cn/index.html］

由湖南省青苹果数据中心有限公司开发。该库创建之初，规划从清嘉庆年间至今的 4000 种报刊中挑选十分之一的内容（400 种）予以数字化，并建立相应的全文数据库，现已如期完成。其中收集《申报》等近代报刊 200 种、《人民日报》《光明日报》等当代报刊 142 种、港澳台地区及其他国家中文报刊 56 种。[3]提供包括版面检索（即原报扫描图像检索），文章导读、版面导读、全文检索（即扫描图像的文本文件），文章复制与打印等多种功能。[4]但只限机构用户使用。

---

[1] 此处及以下关于"瀚堂近代报刊数据库"的评述，也参考了北京时代瀚堂科技有限公司李秀军先生提供的资料，谨此致谢。
[2] 《瀚堂近代报刊数据库》首页，网址见：https：//www.neohytung.com，2020 年 3 月 15 日检索。
[3] 《项目背景及介绍》，网址见：http：//www.huawenku.cn/html/huawenkuguihua/xiangmu-beijingjijieshao，2020 年 3 月 15 日检索。
[4] 《数据库功能》，网址见：http：//www.huawenku.cn/html/ruxuanbaokan/shujukugongnen，2020 年 3 月 15 日检索。

8. 中国近代报刊数据库〔http：//www.dhcdb.com.tw/SP〕

由台湾得泓资讯有限公司开发。该库除纳入《申报》《大公报》《中央日报》《益世报》《民国日报》等在中国大陆曾发行的五大报纸之外，更将台湾日据时期发行的《台湾日日新报》《台湾民报》《台湾时报》一并收入，可供台湾文学研究者参考、利用。

（五）专题数据库

专题数据库是另一重要的数据库资源，因其超越了一般意义上的文集、全集及研究资料集的分野而能将此数者集于一体，尤为引人注目。[1] 如"北京鲁迅博物馆（北京新文化运动纪念馆）资料查询在线检索系统"〔http：//www.luxunmuseum.com.cn/cx〕早期为一检索系统，现已发展成全文数据库，提供绝大多数鲁迅作品的全文检索结果和初步的文本分析。其余较重要者如下：

1. 胡适档案检索系统

由"中研院"近史所胡适纪念馆建成。全库由"档案检索资料库"和"藏书检索资料库"组成，亦属"近代史数位资料库"之一部分。其数据资源以该馆所藏1949年后胡适在美国及1958年回台以后所携回或产生的文稿信函为主，兼收中国社会科学院近代史研究所捐赠该馆的一批1949年之前的胡适文件、档案、影像数据（"北京档"），提供"目录检索系统"及"影像检索系统"两个入口，目录检索开放在线查询，阅览影像则需提出申请。但其中"北京档"影像，只限该所所内检索、阅览。[2]

2. 香港文学资料数据库〔http：//hklitpub.lib.cuhk.edu.hk/index.jsp〕

由香港中文大学图书馆建置，涵盖了自20世纪30年代至今的绝大多数香港报章的文艺副刊及其他报章文章，并提供这些文章的全文影像或索引数据，亦收有香港中文大学图书馆馆藏香港文学书刊、学位论文及在港出版的学报、专业期

---

[1] 王贺：《从"研究资料集"到"专题数据库"》，《苏州教育学院学报》2019年第3期。
[2] 《〈胡适档案检索系统〉编辑说明》，网址见：http：//www.mh.sinica.edu.tw/koteki/metadata1_2.aspx，2020年4月11日检索。对该数据库利用的案例，见潘光哲《"胡适档案检索系统"中的周氏兄弟》，《现代中文学刊》2011年第6期。

刊论文。[1]全世界任何读者皆可免费访问、浏览和下载。

3. 中国思想与文化名家数据库（近现代版）[http://cnthinkers.com/thinker-web/index]

由中国人民大学出版社开发，以汇聚近现代重要学者、作家（400位）著述和研究资料为特色，收集了相应的图书、档案、研究文献。除已订购该产品的机构用户可访问之外，个人用户可提交试用申请。

此外，由香港中文大学、政治大学学者所建"中国近现代思想史全文检索数据库（1830—1930）"、"中研院"近史所建的"近代史数位资料库"等亦颇重要，但前者只提供校内使用，后者集合了诸多小的专题性的数据库，在某种程度上已呈现出"平台化"的发展趋势。[2]

（六）内部数据库和区域性资源共享平台

许多高校、公立图书馆为服务本校师生教学科研、当地学术发展，也建有一些内部数据库。如北京大学图书馆自建"晚清民国旧报刊特色库"[http://mgqk.lib.pku.edu.cn][3]、"燕京大学毕业论文数据库"[https://thesis.lib.pku.edu.cn:808]、"陈翰笙档案资料库"[http://donation.lib.pku.edu.cn/chenhansheng]，广东省立中山图书馆建有"特藏文献数据库"[http://opac.zslib.com.cn:8991/F/?func=file&file_name=find-b-tcwx]等，通过对用户IP地址的控制，将其使用范围限制在本校师生或当地市民。

一些地方的高校还联合建立了区域性资源共享平台。如通过用户身份认证，登录"慧源上海教育科研数据共享平台"[http://www.kxzy.sh.edu.cn]，即可访问"复旦大学民国书刊数据库""上海师范大学民国教育期刊数据库"等上海各大高校自建特色库。以后者为例，其由上海师范大学图书馆馆藏144种民国教育类专

---

[1]《香港文学资料库·涵盖范围》，网址见：http://hklitpub.lib.cuhk.edu.hk/coverage.jsp，2020年4月14日检索。

[2] 对该库的介绍，参见兰照《亿万文献字的近现代思想史数据库》，《求索》2013年第3期；利用此数据库展开的研究，参见金观涛、刘青峰《观念史研究：中国现代重要政治术语的形成》，香港中文大学当代中国文化研究中心，2009年。

[3] 张丽静、周义刚：《馆藏珍本旧报刊特色库建设实践——以北京图书馆"民国旧报刊"库为例》，《四川图书馆学报》2013年第2期。

业期刊及近千种民国非教育类期刊中的有关论文为主要数据源建成，也与现代文学研究相关。研究者如能利用好这些内部数据库和区域性资源共享平台搜集所需研究资料，可收事半功倍之效。

（七）图像资料数据库

图像资料也是重要的现代文学研究资料类型，但与文字资料相比，长期以来缺乏应有的关注。由于此类数据库在近年来的迅猛发展，为我们搜集、利用这类资料提供了极大的帮助。[1] 如"图述百年——中国近代文献图库（1833—1949）"［http：//www.cnbksy.net/search/pic］，也是由"全国报刊索引"团队开发的近现代图像资料全文数据库，可看作"全国报刊索引"总库的一个子库。其所收集的资料包括照片、绘画、书法、木刻、手稿、漫画、地图、雕塑、歌谱、曲谱、石刻、题词、图表、拓片、篆刻等不同类型，现已收录各类资料图像逾 100 万幅，并承诺将以每年 20 万幅的数量递增、更新。此外，中国社会科学出版社所建"中国近代影像资料库"［http：//www.lzp360.com］和大成公司开发的"大成老照片数据库"［http：//www.dachengdata.com］等图像资料数据库，也可供机构用户查找近现代文学图像资料提供帮助。

另需强调的是，在两岸三地以外，尚有一些由学者、大学图书馆和数据库厂商开发的以中国近现代文献（含文学文献、历史文献等）为主体的专业数据库，[2] 颇有助于现代文学研究，唯以篇幅有限，在此不能多作介绍和分析，但这并不意味着它们不重要，相反，我们仍须广为搜寻、参考、利用，以推进数字时代现代文学研究的守正创新。

---

[1] 关于图像数据库的检索、利用等问题的具体分析与实操过程中的若干注意之点，请参见王贺《数字人文内外：近现代文史研究中的图像资料的检索、利用及研究》，《印刷文化（中英文）》2021 年第 3 期。

[2] 部分资源可参考张三夕、毛建军主编《汉语古籍电子文献知见录》，世界图书出版广东有限公司，2015 年；王国强《中国（汉学）研究的开放获取学术资源集》，《国际汉学》2017 年第 2 期。

古代文献研究数字人文课程的实践与思考

李林芳[*]

> 在古代学科领域内,数字人文逐渐受到重视,因此有必要设计相关课程以引导学生学习和实践。本课程在内容方面,主要包括"正则表达式深入""标记语言介绍及相关应用""Python 相关知识与运用""经典与新见数字人文项目""常用数据库、工具软件简介"等部分。这一设计既与我们对"数字人文"的认识有关,也与授课对象的具体情况有关。课程采用循序渐进的讲授方式,充分重视基础知识,重视实践。经过一学期的讲授,从同学们的反馈中可见其学习情况与之前的设想大致相合,同时本课程在内容结构、讲授方式方面还能加以改进,应进一步增强同学们的实践能力,引导和训练其思维方式。

在近些年的研究中,"数字人文"已成为一个越来越热门的话题。相关数字方法和计算机技术与人文学科的结合愈加紧密,重要的研究成果也不断涌现。在古代学科领域内,数字人文也受到了许多研究者的关注和重视。其展现出的搜集、分析、处理、呈现(可视化)的强大能力,以及应运而生的数据库、工具、研究平台等成果,对于相关问题的学习和研究都有很强的推进作用。有鉴于此,我们设计了"古代文献研究中的数字人文方法"课程,主要讲授数字人文中与古代文献研究有关的重要基础知识和实践方式。希望借此课程,一方面使学习者知晓已有的重要数字人文项目,为其深入相关领域提供契机;另一方面使学习者掌握基本的数字人文方法和工具,并在一定程度上自主加以运用,从而在研究中提升效率、拓展思路,同时增强创新能力和运用多种方法解决问题的能力。

---

[*] 李林芳,北京大学中国古典文献学博士,北京大学中国古文献研究中心、中国语言文学系助理教授,主要研究方向为先秦两汉文学与文献、诗经学、小学,兼及数字人文。

一、主要内容

本课程主要着眼于数字人文方法与古代文献研究中的结合点，着重讲授相关基础知识（正则表达式、标记语言、编程语言），同时介绍重要的数字人文项目，兼及常用数据库、常用工具软件等，以达到"授人以渔"的效果。目前的授课对象为全校本科生。希望听课者是对数字人文感兴趣，又从事古代学科学习和研究的学生；同时也欢迎其他感兴趣的同学参与学习。主要内容包括以下几个方面：

（一）正则表达式深入

课程将在回顾正则表达式基本使用方法的基础上，进一步讲授其进阶的使用方式，及适用于古代文献研究的检索、替换等多方面的功能。此外，还将通过具体案例，展示其在搜集、整理、分析材料时的多方面运用。

（二）标记语言介绍及相关应用

课程将介绍常见的标记语言，如 Markdown、HTML、XML 等，并重点讲授 Word、Excel、PowerPoint 的使用方式和内部结构，同时辅以具体案例，说明其在研究中的可资利用之处。

（三）Python 相关知识与运用

课程将在回顾 Python 基本功能的基础上，重点讲授其中与字符串、文件读写有关的编程技术，及其应用于古代文献研究的具体方式，包括在搜集材料、处理材料、分析材料、呈现数据时的常见思路与方法。此外，还将讲解具体的实践案例。

（四）经典与新见数字人文项目

课程将简要介绍数字人文的发展史，并重点讲授经典与新见的数字人文项目。在此基础上，说明当前的重要发展方向和存在争议之处，提出值得进一步思考和深入的问题。

（五）常用数据库、工具软件简介

课程将介绍常用古籍资源库、研究平台、其他网络资源，以及常用文本工具、工具链、常用文本编辑软件、其他常用软件等。

二、课程考量与特点

（一）课程考量

上述课程设计与常见相关课程略有不同。之所以作此考量，首先与我们对"数字人文"的认识有关。目前相关领域的具体实践非常丰富，理论探讨也正在蓬勃开展，关于什么是数字人文也有不同的看法。不过就其术语本身来看——把数字资源、手段与人文学科相结合，进行问题研究和其他相关活动——应是能够具有共识的方面。从这一角度来说，正所谓卑之无甚高论，其实技术手段的变革对人文学科的影响在历史上也是一直存在着的，如造纸术、印刷术的发明与革新等。而数字手段的出现，更是将人文学科的研究推进了一大步。在过去的研究中，我们使用纸、笔来积累材料，使用卡片等来协助整理、分析资料，使用文件袋来对成果进行整理、归档。而现在电子信息技术手段能提供相当多的便利。例如，可将所需资料电子化，可使用程序语言灵活地处理、分析相关材料，可使用 git 等工具来协助论文的归档、备份、版本控制等。总之，有了新的技术工具，自然能够利用其所关联的新方法，从这一角度来看，数字人文和传统人文研究之间的鸿沟其实并没有那么大。而这"道不远人"、渗透于日常应用的学习研究的方式，相关领域的同学易于理解和入手，能快速运用于惯常的学习研究活动之中；与此同时，他们能通过这种新方法提升自己解决问题的能力和创新能力，感受到这一新技术手段的力量。

其次，这一课程设计也与授课对象的具体情况有关。我们面对的主要是学习和研究古代人文学科的学生，因此要在授课内容、形式和方法上专门考虑设计，以适应学科特点。整体而言，我们是以材料检索、材料搜集、材料分析、研究成果呈现为内在逻辑安排课程内容的。在古代文献的学习和研究中，除了平常阅读之外，检索也是相当重要的手段，故而首先从"正则表达式"开始——讲授更进阶的检索方式。在这之后，就是材料搜集，于是会涉及标记语言的相关知识，以存储内容、记录思考成果。接下来便是材料分析及成果呈现，这时会用到 Python 来辅助处理分析，并将所得的结果以需要的方式展现出来。

（二）课程特点

基于上述设计，可以看出，本课程还具有以下几个特点：

1. 讲授方式循序渐进

选课同学多为人文学科的学生，需得考虑到同学们的知识背景有所欠缺，相关基础略显薄弱。相当大一部分的学生只学过最基本的编程知识，还有同学可能在这一方面从未涉猎，因此一上来不宜从较深、较难的部分讲起，而应该从较为简单、切近实用的部分开始介绍，以使同学们能够由浅入深地接受相关内容。

我们认为，从正则表达式开始有以下几方面的优点：第一，正则表达式是在检索中常会用到的工具，很多同学都曾经接触过，即便未曾用过，也因其与常见的检索方法差别不大而较易理解和上手。第二，在学习和研究中，检索是经常需要用到的方式，无论是检索材料、资料、笔记还是论著，正则表达式都能很好地胜任。且由于其自身特性，能够满足多样的检索和替换需求，故而有很强的实用性。第三，正则表达式本身的符号不多，语法简单。作为较先接触的某类形式语言，能够相对快速地被学习接受，并能够为之后学习其他形式语言奠定基础。

至于标记语言，许多类似课程较少涉及，而我们把它作为重点关注的对象，主要也是基于类似的考虑，即它具有颇多适用于学习研究之处，并且同学们在平常的学习研究中常会用到——从某种意义上说，日常所用的 docx、xlsx、pptx 等文件，其内部也是使用 OOXML 格式进行存储，同学们早已习焉不察了；而相较于程序语言，标记语言又相对简单易学、方便入门，故而也先行安排讲授。在同学们有了以上基础后，再进行编程语言的讲授，他们就更加容易理解和接受了。特别是初学者某些常见的错误和难点，如中英混杂、格式问题、保留字问题、不理解运行逻辑等，同学们经过以上知识的学习和实践，明白了内部原理，都能很快地规避、掌握。

2. 充分重视基础知识，兼及应用方面的内容

与类似课程有所不同，本课程更重视基础知识，比如会留出更多的课时用于教授语言本身，而针对特定数据库、平台、工具的介绍则用时较少。之所以如此设计，主要有以下三方面的考量：第一，计算机语言是与计算机沟通的媒介，人们通过它直接向计算机传达指令。掌握相关知识更方便同学们理解计算机运行的内在逻辑，从而为之后进一步利用相关技术辅助学习和研究奠定基础。第二，由于前一点的原因，具备基础知识后，同学们对于相关数据库、平台、工具的运行原理也能较好地掌握，更快地上手；同时也能根据自己的需要，编写开发相关数据库、平台、工具，以服务于自己的需求，真正实现技术手段为己所用。第三，由于科学研究的特性，学习者和研究者往往有更个人化的需求；而一般的数据库和平台所提供的功能通常是为普遍需求服务的，未必能满足具体的学习和研究的需要。而如第二点所述，同学们在掌握最为基本的知识后，就能自己找到方法、设计工具，从而更轻松地解决个性化的问题，根据自己的方向和意图灵活地开展研究。当然，如何在学习研究中熟练地运用已学会的知识，也是需要加以引导的。我们会将自己在学习研究中的实际做法和经验分享出来，做成课堂案例，以供各位同学参考；同时也鼓励各位同学交流分享，以相互切磋，增进理解。

3. 重视实践

作为与方法有关的课程，除了教授具体的理论知识外，还需要实际上手，进行实践，才能真正达到学以致用的目的。展开实践的方式主要有以下三种：

首先，在课程的每一部分，我们都会讲解大量的案例。这些案例皆与古代文献研究有关，基本都是从我自己的研究实践中选取出来的。比如在正则表达式部分，为了说明每一符号的意义与用法，我们都会大量举例，而这些例子都源于对古代文本的实际的检索、替换的需求。我们希望在这一部分里，能够尽量全面地纳入古代文本的检索、替换的场景。这样，学生在学完相关内容后，在独自面对古代文本时，于大部分场景下都能知道自己所希望的检索可以怎样进行，如何书写相对应的正则表达式。而在遭遇少数较为独特的情况时，也能举一反三，知晓如何在已学过知识的基础上加以创新。又如在 Python 部分，我们也举了自己在

研究中的实际案例，说明相关方法不仅仅体现在大家所习知的方面，而且实际上渗透于研究的每一环节之中，几乎于获取、处理、分析材料的各步骤上都能见其身影。这些案例能够起到转变思考和解决问题的方式、启发创造性思维的效果。

其次，由于课程特性，我们还特别重视当堂实践。即在讲解相应内容时，鼓励同学们使用自己的设备立刻进行尝试，有问题即时回答，有不清楚的地方随时解释，有不够满意之处当即讨论优化。如此使学生能够立时得到反馈，从而增强教学效果，并能避免一处不懂而后续皆不懂的情况发生。

最后，我们也会布置一些实践性的题目，供同学们亲自上手尝试。其尝试结果和相关思考，我们也鼓励同学们发在课程群里，一同交流讨论，以相互切磋，不断增进。

三、反馈与思考

（一）课程反馈

依据上述设计，我们成功开设了本课程，并进行了一学期的讲授。学期结束后，我们向选课和旁听的同学发放了问卷，希望能了解同学们的意见。其中，我们特别询问了同学们在各部分内容上的收获、对各部分难度的看法、希望增加的内容。

在课程收获方面，绝大部分同学都将正则表达式排到了第一位，可见正则表达式作为实施检索任务的趁手工具——而检索又是面对文本开展研究时的基本手段——最能给同学们带来切实的效用。同时，不少同学也都认为在学习"标记语言"和"Python处理文本的基本方法"时收获很大，说它们确实能给自己的学习和研究带来便利。

在难度方面，大部分同学都将"Python处理文本的基本方法"排到较难的位置上，而将"标记语言"排到较易的次第上，"正则表达式"处于中间位置，这也与课程规划时的推测大致相符。毕竟标记语言的语法较为简单，与平常书写文档时的体验差别不大，同时一般不涉及复杂的逻辑思考，能表达的意义也很有限,故而较易学习。正则表达式就稍显困难一些,Python则要复杂不少,同时还关涉语法是否正确、能否准确达意的问题。许多之前较少接触或完全没有接触过计算机语言的同学,可能还要面对新知识的接受、思维方式的转换等困难,这些确实会构成不小的挑战。

在希望增加的内容方面,绝大部分同学都希望能再多补充一些与Office使用自动化有关的内容,还有不少同学希望能多讲授一些文件备份与同步的方法,多介绍一些常用电子资源等。

(二)改进计划

根据同学们的反馈,我们计划对课程进行以下改进:

1. 补充课程内容、优化课程结构

从反馈中可以看到,许多同学都希望能涉及更多方面的内容——其实这些内容与日常的学习和研究都是非常切近的,应当增入。

对其具体加以分析,可以看出有的内容能够为目前设计的框架所容纳,如"与Office使用自动化有关的内容",在讲解Python相关包和实际案例时,可以在原先知识的基础上加以扩充。又如"多介绍一些常用电子资源",在具体介绍相关网站、工具、平台时,也可进行补充。

而有的则需要增加单独的板块,如文件备份与同步方法——毕竟随着学习研究的深入,积累的各项数据与资源越来越多,如何对其备份以防丢失,如何能够在多设备间同步以方便随时查阅、修订,也是很重要的一项问题,值得专门介绍。

总之,目前的框架还需进一步调整优化,或者在原有内容的基础上不断拓展深入,或者新增章节,以把同学们实际需要的更多内容纳入。

2. 改进讲授方式

在授课过程中,我们已经注意到,许多内容的讲授时间其实略嫌不足——前面正则表达式和标记语言还能讲解得比较充分,而之后Python部分的时间就略显紧张,至于"经典与新见数字人文项目"和"常用数据库、工具软件简介"更是只能一带而过了。这一问题或许在其他课程中也会存在,需要考虑解决——毕竟一门学问包含的内容是非常丰富的,一学期的课程往往只能揭示其冰山一角,但该问题在此类课程中表现得尤为明显:首先,所谓"数字人文"尚处于开创和飞速发展之时,还未充分"经典化",故而并没有明确的教材可供同学们自学或参考;其次,同学们的相关知识水平差异较大,有些同学对于计算机语言几乎没有接触过,有些同学已经非常熟悉了;此外,虽然主要讲的都是针对古代文献的处理方法,但由于同学们实际上拥有不同的学科背景、面对不同的研究课题,具体的需求也会有所不同。有鉴于此,我们认为可以把部分内容作为自学或选学项目移到课下,如某些基本语法、某些案例与分析等。同时借助新技术的便利,相关内容可以以多种方式、渠道向同学们呈现,以供自学,并提供自我评测的工具。如此一来,较为简单的知识点可以让同学们在课下先进行基本了解,上课时就能对重点、难点进行针对性讲解,以提高学习效率;而较显特殊或较高难度的补充内容就可以让学有余力的同学自行选择学习,以满足更多元化的需求。

3. 进一步增强学生实践的能力

作为一门讲授方法的课程,实践是最为重要的。在之前介绍课程安排时,我们已经强调了实践的重要性。而在之后的改进中,我们将更进一步把实践作为重中之重,在各方面都体现出来。比如,有同学在建议中提到可以增强课下实践的部分。结合前一点改进,我们将布置多项具体的实践作业,供同学们根据自己情况尝试探索,并在课上课下交流各自的问题、心得、体会等。此外,我们还考虑设计一些共同完成的任务。比如,在课程之初,根据同学们的兴趣和需要,安排一两项共同完成的创新实践任务——其涉及的知识点也与课程的主要内容有关;而在具体讲授相关知识时,也会围绕该任务展开。这样,在授课结束时,同学们能亲手做出适合己用的数据库、研究工具、分析程序等。如此,既学习了相关知识,又锻炼了思考和实践能力,还能享受到成功的喜悦。

4. 进一步引导和训练创新思维方式

我们认为,在课程实践中,最为重要也最为困难的,其实是将"数字"与"人文"富有创造性地真正结合起来,而非只是表面上的粘连——一些做法甚至在各自学科内缺乏相应的学理基础;或是将各自限定在某些特定的问题上,以固有的方式沟通彼此。换言之,如何分解自己所面对的问题,从中拆分出适合解决的部分,并使用已会的技术、已有的工具予以解决,其实是相当关键的点——既是重点,也是难点。然而,由于具体的问题林林总总,且随着研究的进展还总会出现新情况、新现象,所以上述问题点其实很难有统一的解答方式。

不过我们认为,至少可以通过某些手段对同学们加以引导和训练。其一,可以通过讲解案例,使同学们知道某些常见问题可以使用哪些常见手段来解决,或者又有哪些巧妙的方式可以解决某些看似不易解决的难题,以起到"抛砖引玉"的作用。其二,可以多设计一些情景,询问同学们面对相关问题时计划怎么解决,并即时评议反馈、组识讨论,以使同学们在面对实际问题时也能知晓可以从哪些方面入手、如何评估工具方法的适用情况,从而能真正灵活、富有创造性地进行实践并解决问题。

总之,从目前的选课和反馈情况来看,同学们对于这门课还是很欢迎的——希望能更多地学习相关知识、方法和技术,应用于自己的学习和研究之中。从学习效果来看,也基本上能达到这一目的。在之后的课程规划中,我们也将不断改进,使之基础与应用兼具、理论与实践齐备,最终达到"授人以渔"的目的。

诗学专题

《槐聚诗存》与"'忧世伤生'的锺书"
——读钱锺书自订1946年前所作诗

夏寅*

《槐聚诗存》是钱锺书的旧体诗集,由他和夫人杨绛晚年编订而成。关于此集不同寻常的选诗标准、编外弃馀、字句修改、系年更动、诗中本事等情形,学界已积累了不少具体研究成果。本文在此基础上,集中以1946年前所作诗为主要阅读对象,试图对萦绕于诗集内外的文体观念和历史焦虑有所探照。或者可以说,诗集中反映的"忧世伤生"的诗人形象固然是历史的真实,也是"自订"行为加意营构而成的。

一

钱锺书自订诗集《槐聚诗存》,据"一九九四年一月"钱氏自序,前身是他多年来所作诗经过筛选后的一本"自录"。为避"劫火",又经夫人杨绛"手写三册,分别藏匿"。1993年钱锺书大病后,夫妇二人感到有"自定诗集,俾免俗本传讹"的必要,遂"选定推敲",由杨绛"力疾手写",裒辑成书。[1] 1994年5月出版手迹影印本,次年3月打印本面世。研究者指出,后者校读草率,讹误颇多,历次重版时,又有多处改订。[2]

《槐聚诗存》既按时序编次,那么照一般的理解,系于某年之诗,即为是年

---

* 夏寅,北京大学中文系在读博士生,研究方向为中国现代文学与文化。

[1] 钱锺书:《〈槐聚诗存〉序》,《槐聚诗存》,生活·读书·新知三联书店,2002年,第1页。

[2] 赵玉山(范旭仑):《〈槐聚诗存〉勘误》,《钱锺书评论(卷一)》,范旭仑、李洪岩编,社会科学文献出版社,1996年,第208页—210页。

所作。如此，读者方能遵照"知人论世"的古训，将诗人的个体生命汇入更广阔的历史时空，从具体的生活场景和历史情境中揣摩文本结撰、定型的过程，衡度其效果和价值——这一做法，钱锺书在谈诗论艺时也躬自践履。不过另一方面，他又极其反感将此法施用于自身，以致在自序末尾写道：

> 余笑谓：他年必有搜拾弃馀，矜诩创获，且凿空索隐，发为弘文，则拙集于若辈冷淡生活，亦不无小补云尔。[1]

料到自己精心编就的定本必有好事者不买账，竟不惜预先讥讽，聊以快意。悻悻之情，形于辞色。然而"搜拾弃馀"隐指刊落之多，"凿空索隐"暗示秩序井然的作品背后，尚有隐微本事可供追寻——自序中有些过度的表态，反倒违背作者意图，引发读者"不恰当"的好奇，起了"阳挤而阴助"的反效果。

对研究者来说，"搜拾弃馀"，补成完帙，乃至汇聚众本，勘校异同，都是求其真、觅其详、究其理的必然操作，自古而然，不必大惊小怪。而钱锺书为作者张目，拒绝他人越俎代庖，也有自己的逻辑。1997年，杨绛曾代他言道："他不愿意出《全集》，认为自己的作品不值得全部收集"，[2]看似谦退，实指两人根本就认为对著作的全面搜集、刊印有损无益，作者最好有绝对的权力来决定文字的去取存废，以自己希望的形象流传后世。[3]20世纪80年代文禁初开时，他的好友吴忠匡、周振甫等欲为老师钱基博"辑存遗著"，钱锺书就私下表明了态度：

> 而默存则谓先出文学史，其它著作以从缓为宜，以谓"天下惟愚夫及身出全集，亦惟笨伯、寄生虫为人编全集。陈寅恪之《柳如是别传》若不出版，岂不免于为通人齿冷哉"云云，只得听从也（伊有"托忠实弟子必

---

[1] 钱锺书：《〈槐聚诗存〉序》，《槐聚诗存》，第1页。"搜拾弃馀"，2001年版原作"搜集弃馀"，不知据何本所改。
[2] 杨绛：《钱锺书对〈钱锺书集〉的态度》，《槐聚诗存》，第1页。
[3] 参见刘永翔《仰槐琐记》，《中国文化》2022年秋季号。

害其师"一节文字,见香港出版之《也是集》中)。[1]

此事他也跟出版家钟叔河抱怨过,颇不以乃父"尊师而无识力"的弟子们为然。[2]说《柳如是别传》不应出版,自是他对此书评价不高,认为必贻讥于人,有损陈氏声名之故。[3]《谈艺录》八七条载,蒋士铨集中不收致袁枚函二通,方子严见而怪之,"以为失漏",钱锺书的解释是:

> 盖不知当面输心,覆手为雨,逢迎窾腴,语不由衷,"米汤大全"中物,作者本不欲存也。[4]

显然钱氏认为此举并无不妥,只是编集时的传统做法,可以理解的人情之常罢了。

从这个角度上讲,钱杨夫妇之所以对诗集"自订"一事如此看重,希望完全依据自己心意,以经过审查的文本面貌构建其作为诗人、知识分子或其他身份角色的人格形象,不得不说是一大原因。《槐聚诗存》自序中有早年之诗"如鹦鹉猩猩之学人语""不离鸟兽",交游之作"牵率酬应","俳谐嘲戏之篇""几于谑虐"和"代人捉刀"的诗一并"概从削弃"之说,[5]从传统诗学上,貌似都有正当的理由。早年诗艺未精,未堪面世。酬应之作敷衍交情,不能显示性情之真。至于"俳谐嘲戏之篇",原可以寻索僻典,穿插巧语,大过炫学逞才的瘾。如四十年代所作谢女弟子何灵琰"馈枇杷"诗,句句以典射物,微逗正题,读来有

---

[1] 1985年6月15日吴忠匡致苏渊雷函,《苏渊雷往来信札》,苏月笑编,国家图书馆出版社,2015年,第5页。
[2] 钟叔河、黄克:《编委笔谈(二)》,《钱锺书研究》(第二辑),文化艺术出版社,1990年,第1页。
[3] 钱锺书对陈寅恪少所许可,众所周知。汪荣祖回忆:"钱先生惋惜陈先生晚年双目失明,竟穷如此精力为柳如是立传,刻意求全,觉得不值。"汪荣祖:《槐聚心史·弁言》,中华书局,2020年,第11页。
[4] 钱锺书:《谈艺录(补订本)》,中华书局,1984年,第267页。
[5] 钱锺书:《〈槐聚诗存〉序》,《槐聚诗存》,第1页。

如猜谜。[1]编排这类"精致典雅的淘气话",[2]实是钱氏爱好所在、性灵所钟。对此"概从削弃",适足以显露作者萦绕于文学内外的种种观念。

在晚年覆吴忠匡信中,钱锺书自述学诗历程,常为人征引:

> 余十九岁始学为韵语,好义山、仲则风华绮丽之体,为才子诗,全恃才华为之……其后游欧洲,涉少陵、遗山之庭,眷怀家国,所作亦往往似之。归国以来,一变旧格,炼意炼格,尤所经意,字字有出处而不尚运典……少所作诗,惹人爱怜,今则用思渐细入,运笔稍老到;或者病吾诗一"紧"字,是亦知言。[3]

论者咸谓三十年代初,钱锺书随父晋谒诗坛前辈陈衍,得其提点,知"汤卿谋不可为,黄仲则尤不可为",[4]是使他转变诗风的"极关键之点拨"。但以钱之博览群籍,娴于集部,发现"诗文皆贵风骨","缘情绮靡"之作"于诗中不能为高格"的规则,[5]自然不是什么难事。1933年,还是青年的钱锺书在其气魄极大的《中国文学小史序论》中,就对传统文学作了不少关键的原则总结:

> 吾国文学,体制繁多,界律精严,分茅设蕝,各自为政。《书》云:"词尚体要"。得体与失体之辨,甚深微妙,间不容发,有待默悟。

---

[1] 范旭仑:《钱默存收女弟子》,《掌故》(第二集),中华书局,2017年,第154页。又如《不寐从此戒除瘵词矣》(《社会日报》1939年6月10日)、《余蓄须而若渠书来云剃发作僧相戏作寄之》(《国师季刊》1940年2月28日第6期)等诗皆是。对于此类"似博士书券,通篇不见'驴'字"的诗,钱锺书曾有所讨论,见《谈艺录(补订本)》,第57页。
[2] 杨绛:《记钱锺书与〈围城〉》,载钱锺书《围城》,生活·读书·新知三联书店,2002年,第402页。
[3] 吴忠匡:《记钱锺书先生》,《不一样的记忆——与钱锺书在一起》,沉冰编,当代世界出版社,1999年,第143页—144页。
[4] 陈衍:《石遗室诗话》,续编卷一,人民文学出版社,2004年,第549页。
[5] 刘志荣:《门外读钱诗——笔记五则》,《国学》2013年第6期。

在他看来，横向而言，成功的创作必须严守各文体内部的审美规范（"体制"），彼此"不能相杂"；纵向上，在同一文体内部，作品的题材（"品类"）又有"尊卑"之别：

> 究其品类之尊卑，均系于题目之大小（"all depends on the subject"），而所谓大小者，乃自世眼观之，初不关乎文学；由世俗之见，则国家之事为大，而男女爱悦之私，无关政本国计……自古以来，吾国作者本此意以下笔，论者本此意以衡文，风气相沿，读者心知其意可耳，毋庸辨正其说之是非也。
>
> 由斯观之，体之得失，视乎格调（style），属形式者也；品之尊卑，系于题材（subject），属内容者也。[1]

自来事关"政本国计"、万家忧乐者，品类较尊；而溺于一己身世情爱，"羌无寄托"之作，则往往视为意趣狭隘，定品较为卑下。值得注意的是，关于这一事实，钱锺书虽认为不过是"世俗之见"，"初不关乎文学"，但既然"作者本此意以下笔，论者本此意以衡文"，"风气相沿"之下，已成为客观实在，非任何个体所能动摇，那就不必多此一举——"毋庸辨正其说之是非也"。他没有挑战陈规、颠覆秩序的兴趣，更愿意承认既有的文学事实和欣赏习惯，以期跻身其中，博得自己的位置。这样的认知，迥异于胡适等新文学家"重新估定一切价值"，以某种全新立场"重写文学史"的讲法，[2] 显然在他删定诗集的过程中，发挥着主导作用。在他的自我叙述中，从"风华绮丽"、轻捷流美，到"眷怀家国""炼意炼

---

[1] 钱锺书：《中国文学小史序论》，《写在人生边上·人生边上的边上·石语》，生活·读书·新知三联书店，2009年，第94页—96页。

[2] 实际上，胡适在《五十年来中国之文学》中，以寥寥数语交代掉文坛上举足轻重的王闿运，却连篇累牍地褒扬边缘诗人金和，令青年钱锺书颇不心服——"或征其文心之卓，终未见史实之通"。在他看来，作为记录文学事实之轻重、影响的文学史，是一种事实性存在，"作史者亦不得激于表微阐幽之一念，而轻重颠倒"。参见《中国文学小史序论》，《写在人生边上·人生边上的边上·石语》，第93页—94页。正如论者所言，这篇《序论》"好多地方暗暗针对胡适"。李洪岩、范旭仑：《钱锺书·吴宓·胡适》，《为钱锺书声辩》，百花文艺出版社，1999年，第106页—107页。

格","格调"的嬗蜕同步于"品类"的迁进。《槐聚诗存》所收诗,始自钱、杨出国的前一年(1934),终于1989年。跨度虽长,十之七八却是系于抗战胜利之前的所谓"涉少陵、遗山之庭"之作,这当然是他有意为之。而把"游欧"和"归国"标为诗风的转捩点,也是为了将个人创作与宏大历史相牵系,在主题和风格上都取得正当性和优越性。

经过几重删改,《槐聚诗存》所呈现的诗人形象,基本达到了钱、杨的预期。杨绛在《记钱锺书与〈围城〉》中提纲挈领地写道:

> 我认为《管锥编》、《谈艺录》的作者是个好学深思的锺书,《槐聚诗存》的作者是个"忧世伤生"的锺书,《围城》的作者呢,就是个"痴气"旺盛的锺书。[1]

这话可以视作对丈夫"文各有体""品别尊卑"观念的精确发挥:学术著作,自宜体现作者的"好学深思";将小说家对滑稽世相享乐式的尖刻描摹,说成"痴气"外露所致,相反相成,也颇为巧妙。[2] 至于旧体诗集,则正如善于体察钱氏诗文命意的刘永翔所说,在此"很少找得到钱公在小说和散文中的幽默语、调侃语和嘲讽语","作者之意明是要读者领略他对人生和世界思考沉重的一面……集中发挥了'诗可以怨'、'好音以悲哀为主'的功能"[3]。

钱锺书夫妇对《槐聚诗存》的处理显示,"忧世伤生"的诗人形象,固然以真实为基础,却并非自明的存在,而是有力地遵循着作者/编者设计意图的结

---

[1] 杨绛:《记钱锺书与〈围城〉》,载钱锺书《围城》,生活·读书·新知三联书店,2008年,第402页。"忧世伤生",语出《围城》初版序,是钱锺书对写书那"两年"里个人状态的描述。

[2] 一些读者对钱锺书小说流露的作者性情其实不无诟病。扬之水 1991 年 12 月 26 日日记载,赵萝蕤"说起近来对某某的宣传大令人反感,'我只读了他的两本书,我就可以下结论说,他从骨子里渗透的都是英国十八世纪文学的冷嘲热讽……'"(扬之水:《〈读书〉十年》(二),中华书局,2012 年,第 121 页)显指钱锺书。杨绛以他为人为学的"痴气"作解,大概冀望起到调剂中和的作用。

[3] 刘永翔:《读〈槐聚诗存〉》,《蓬山舟影——刘永翔文史杂说》,汉语大词典出版社,2004年,第43页—44页。

果。就这册被认为"打扮过于精致"[1]的诗集而言,因原始的文本样态已多不可得,故有"钱诗非信史"之确评。[2]他的诗不少曾在南京、上海、蓝田等地的报刊上发表过,也偶见于笔记和信札。研究者们纷纷发现,除了大半弃去不收之外,获准入集的那些,不同版本之间几乎都有多少不等的修改,方式包括但不限于"系年的确定、篇目的取舍、标题的修改、字句的润饰替换"。[3]有时一首诗的系年,定本与实情竟偏差十数年之多,令人感到"此中堂奥,难以窥之"。[4]即便在古人中,如此幅度的处理恐怕也不多见。"删夷枝叶"是为了托出"花果",一般意义上的"存真"则非所愿也。

二

钱锺书1910年生于无锡士绅之家,清华毕业后考取庚款,1935年赴欧留学,前半生堪称安稳平顺。1938年夏乘船归国时,摆在面前的已是国破家存的全新境况。个人如何在动荡时局中决定自己的进退出处,是传统文人常常面对的首要问题,也是伏在《槐聚诗存》中的一道并不隐晦的线索。

系于1936年的第一首诗,还在留学时所作的《新岁感怀适闻故都寇氛》[5],就首先将故国变乱引入集中。此诗原题"岁暮",表意含浑,不露圭角,载1936年5月出版的《国风》半月刊,[6]新题则赋予了这首诗鲜明的即时性和历史感。张文胜笺云:"故都寇氛,当指1935年日寇策动'华北五省自治运动',并于当年12月在北平成立'冀察政务委员会'等事。"[7]其说甚确。两版对比,尾联完

---

[1] 1995年7月30日程千帆致舒芜函,《闲堂书简(增订本)》,陶芸编,上海古籍出版社,2013年,第600页。
[2] 赵玉山(范旭仑):《〈槐聚诗存〉勘误》,《钱锺书评论(卷一)》,第214页。
[3] 李成晴:《作为诗人的"钱文改公"——论钱锺书〈槐聚诗存〉对旧作的修改》,《现代中文学刊》2016年第6期。
[4] 王鹏程:《钱锺书〈且住楼诗十首〉考释》,《名作欣赏》2010年第13期。
[5] 钱锺书:《槐聚诗存》,第10页。为免冗繁,以下所引钱诗出自《槐聚诗存》者均不出注。
[6] 钱锺书:《中书君诗》,《国风》1936年5月第8卷第5期。
[7] 张文胜:《〈槐聚诗存〉笺注及研究》,南京师范大学博士论文,2013年。

全重写：改本作"萦青积翠西山道，与汝何时得共携"，以故都风物暗扣时事，也凝住自己怅望怀想的姿态，殊得温柔敦厚之旨；《国风》本却作"飞腾岁暮终增感，羁旅漫夸远近齐"，"故都""寇氛"全无踪影。此外，在原题"岁暮"下，颔联"直须今昨分生死，自有悲欢异笑啼"，当解作旧年新岁之交的警策对比；如结合新题，则分明指政局变迁使北平发生了判若生死的变化。这番"夺胎换骨"的手段，可说全为配合后设的略有几分戏剧化的主题情境而作，处理得极为巧妙。诗人于时过境迁之后，重新"揣摩口吻，设身处地"，[1]将常见的旅中换岁之愁，易为萦系家国的游子之心，使之构成了集中海外所作诗的背景情绪。

系于1938年归国前所作的，有七律四首。头篇《哀望》系为1937年底发生的"南京大屠杀"而作，主题和集中位置略同《新岁感怀适闻故都寇氛》。以"哀望江南赋不成"收束，除了指涉眼前的战情外，也将家乡无锡包括在内，隐露思归之意。[2]《将归》其一仍承前诗之馀绪，感叹"赤县染血""桑田变化"之馀，也不无"蟪蚁朝廷槐国全"的忻喜。末句"向人青时只旧天"，用典而意思仍极显豁，直率地表白了自己仍奉"国民政府为正朔"的立场。[3]对于一个即将面对国内变幻的风云的年轻人来说，当然是非常要紧的表态。

《将归》其二和《巴黎归国》的结构极为相似，一个"结束箱书叠箧衣"，一个"明发沧波望渺然"，点明归国主题；颔联用典都和动物有关，一诉身负家累而田园荒芜之苦。因当时钱锺书的家人为避祸全节，已抛弃家园，迁至上海，挤居在一所小宅子里。[4]颈联将"春晖难酬""平吴难俟"的忧虑和盘托出，最后结束在"田园劫后将何去"的迷惘中。

启程后，在经红海归国的船上，钱锺书结识了刚结束五年驻苏外交官任期回

---

[1] 钱锺书：《谈艺录（补定本）》，第32页。

[2] 他在1938年3月12日写信给英国友人，信中说："我们将于九月回家，而我们已无家可归。我们各自的家虽然没有遭到轰炸，都已被抢劫一空。"转引自吴学昭《听杨绛谈往事》，生活·读书·新知三联书店，2008年，第137页。

[3] 张文胜：《〈槐聚诗存〉笺注及研究》。张文胜指出，钱锺书自称作诗"字字有出处而不尚运典"，"意为词汇句法皆有来历，喜用前代诗文及典籍中字句，而隶事较少，不同于西昆体之胪列故实。换言之，即用语典多而事典少也。"

[4] 吴学昭：《听杨绛谈往事》，生活·读书·新知三联书店，2008年，第140页。

国的冒效鲁。冒效鲁，原名景璠，又名孝鲁，别字叔子，江苏如皋人，长钱锺书一岁，是晚清名士冒广生（鹤亭）之子。他在诗坛成名甚早，交游广阔，和不少前辈老宿多有来往。钱、冒二人一见如故，遂相订交。他们对面倾谈，相与笑乐的情形，具载冒氏自订诗集《叔子诗稿》。"顾妻抱女渠自乐，丛丛乱发攒鸦窠"，语近白描，生动如画。[1]冒效鲁的风度才华大概也给钱锺书留下了深刻印象，1940年，后者在《得孝鲁却寄》一诗中对两人的相识有相应的记述：

> 前年携妇归，得子为同航。翩然肯来顾，英气挹有芒。谓曾识名姓，睹我作旁行。对坐甲板上，各吐胸所藏。子囊浩无底，我亦勉倾筐。相与为大言，海若惊汪洋。

后文还有对冒氏诗才的种种推挹，如"独秀无诗敌，同声引我伦"，"推排老辈尽，子亦万夫望"等，最后极度谦逊地表示："云龙虚有愿，何日随颉顽"。[2]

此诗不见于《槐聚诗存》，具体缘由难以确知。钱、冒年少相识，纵横睥睨、狂言无忌是他们的共同爱好；几次"乱离复合"后，[3]到老仍互通音讯、各报平安，建立起一种亲情般的友谊。这首诗对冒氏的推举，或许不宜遽定为"逢迎竿牍，语不由衷"的"'米汤大全'中物"。不过另一方面，晚年钱锺书的私下意见显示，他对冒效鲁的诗才颇有保留意见。[4]1988年冒氏逝世后，他在给吴忠匡的私函中写道：

> 叔子三十以后所作，诗兴过于诗才。诗则摇笔即来，人则来者不拒。燕、晴二老常深不与之，兄亦尝讥切之，而渠不能改也。

---

[1] 冒效鲁：《暑中怀客岁渡红海时情景追纪以诗并怀同舟诸子》，《叔子诗稿（修订版）》，安徽文艺出版社，1997年，第29页。

[2] 默存：《得孝鲁诗却寄》，《国师季刊》1940年2月28日第6期。

[3] 钱锺书：《序冒叔子孝鲁〈邛都集〉》，《写在人生边上·人生边上的边上·石语》，第217页。

[4] 卞孝萱：《钱锺书冒效鲁诗案——兼论〈围城〉人物董斜川及其他》，《冬青老人口述》，卞孝萱口述，赵益整理，凤凰出版社，2019年，第142页—159页。

这话被漏给了冒效鲁的另一位挚友苏渊雷，遂得流传。[1]冒氏生于1909年，按周岁计，认识钱锺书的1938年已二十九岁。照钱锺书的说法，留给他作好诗的时间已经不多了。此外，"人则来者不拒"谓其交游太滥，当有确指，后文略述及之。

无论钱锺书对他的真实看法如何，冒效鲁仍是《槐聚诗存》中诗人的第一唱和对象，从1938年绵延至1973年。这些酬答诗的确也不是"牵率酬应"之作，而往往另有用意——至少在1946年以前是这样。

《巴黎归国》后紧跟着《亚历山大港花园见落叶冒叔子（景璠）有诗即和》七绝二首，是集中最早出现的和诗，1939年在蓝田师院的《国师季刊》上发表过，题作"孝鲁《无题》云：谁识幽人此夜心，渺如一叶落墙阴。因忆余《牛津秋风》所谓：此心浪说沾泥似，更逐风前败叶飞。真同声也，因赋"，注"地中海归舟作"。[2]冒效鲁诗见《叔子诗稿》，题为"偶成"，是两首七绝，此为其一，三四句是"万缘空后忘悲喜，袅袅炉香伴独吟"。系于1944年泰州作，显然有误。[3]而且两首都像绮怀之作，背后或有隐曲本事，不大像是为"亚历山大港"的"落叶"写的。钱锺书的新题抹去了复杂背景，令读者直面诗句本身。前后两版只有些措辞上的修改，意思显豁。诗中自问"江湖摇落欲安归"，是新归故国的钱、冒二人即将面临的共同问题。"江南黄叶已无村"反用苏轼"家在江南黄叶村"句，示意两人故乡今俱沦入敌手。双方境况相似，"诗人"是他们共有的身份认同，故谓"诗人身世秋来叶"。"祝取风前一处飞"，则有相互砥砺之意，寄愿在身不由主的局势中能够共同进退。

此后的《答叔子》诗，原题"孝鲁以出处垂询，率陈鄙见，荆公所谓无知猿鹤也"，注"香港作"。[4]"荆公"云云，指王安石《松间（被召将行作）》诗：

---

[1] 1988年6月21日吴忠匡致苏渊雷函，《苏渊雷往来信札》，第189页。亦载刘永翔《钱通》，《蓬山舟影——刘永翔文史杂说》，汉语大词典出版社，2004年，第31页—32页。
[2] 《国师季刊》1939年12月20日第5期。
[3] 《叔子诗稿（修订版）》，第55页。
[4] 《国师季刊》1939年12月20日第5期。

> 偶向松间觅旧题，野人休诵北山移。丈夫出处非无意，猿鹤从来不自知。

《谈艺录》曾论及此诗，[1]可知是钱锺书素所经意的。王安石翻《北山移文》之案，谓重入宦海的"丈夫"胸中自有丘壑，是"不自知"的"野人"无法理解的。钱锺书又把它翻了回去，干脆自认"无知猿鹤"，以示宁隐勿仕、甘守清贫之志。姿态似低，骨子里却是倨傲。《再示叔子》原题"更呈孝鲁"，亦注"香港作"，在集中紧随其后，意象、主旨，也无不与前诗相仿："诗托呻吟病固宜"略同"三命何尝诗解穷"；"书供枕萚痴何害"不异"争如歌啸乱书中"；"不敢苟同""飞腾速"，亦即断定"官职恐虚期"。总之，在"浮沉群僚"与"诗书固穷"的抉择中，诗人总站在后一方面。

自来作诗，"心思句法"须力避重复，陆游、许浑便为此受到钱锺书的嘲笑。[2]这里明知故犯，就"仕隐""出处"声明再三，用意再明显不过。如前所言，钱、冒在家世、脾性、才能和境况上，都有不少相似处，时人偶以"二妙""二俊"合称之。[3]而对于文坛常见的"齐名"现象，钱氏亦曾论及：

> 盖文人苦独唱之岑寂，乐同声之应和，以资标榜而得陪衬，故中材下驷，亦许其齐名忝窃。白傅重微之，适所以自增重耳。[4]

说钱锺书以"中材下驷"视冒效鲁，似乎语意过重。如谓他有意借两人唱和"以资标榜而得陪衬"，却是恰如其分的。这两首诗所谓"篇什周旋角两雄"（报刊版作"爽气殊伦故自雄"）、"今日朱颜两年少"，刻意将自己和冒效鲁骈列比并，

---

[1] 钱锺书：《谈艺录（补订本）》，第82页。
[2] 钱锺书：《谈艺录（补订本）》，第125页—130页。
[3] 李宣龚、夏承焘的诗作、日记中都有这样的说法，见卞孝萱《钱锺书冒效鲁诗案——兼论〈围城〉人物董斜川及其他》，《冬青老人口述》，第142页—143页。但另一方面，将联袂来访的二人合称"二妙"（尤其是作诗的时候），也是通常的做法。
[4] 钱锺书：《谈艺录（补订本）》，第171页。

当是有意利用两人一时的相似,呼应"祝取风前一处飞"的前文,弱化其他相处细节,突出自己在"出处"选择上的纯洁无玷。之前提出的"田园劫后将何去""江湖摇落欲安归"的问题,至此有了明确的答案。几首诗题旨连贯,切换得紧凑迅捷,足见编排的精心。

和对政治避之若浼的钱锺书相比,少年得志,曾在莫斯科折冲樽俎的冒效鲁确有更炽热的用世之心。他"远游宁诩志四方",怀着"觇国析利害"的自负归国,却因忤逆上官,夙志难伸,只得"敛版低心困僚属",在诗中自拟"国岂患才难?端贵养士气"的条陈。[1]如此一来,大概难逃钱锺书"矜诞无当""危事而易言之"之讥,[2]但也很好地呈现了两人在自我期待方面的差异。诸如此类的具体困境和心理落差,对于冒效鲁在1943年前后决定出任汪伪国民政府行政院参事和江苏省督察专员,[3]大概产生了一定影响。

考虑到他后来的仕伪,钱锺书早在1938年就发出了"试问浮沉群僚底,争如歌啸乱书中"的规谏,便显得颇有"先见之明",甚至带有几分讽刺意味。《答叔子》的改题,或许正是因为原题直言"孝鲁以出处垂询",太过直露,失之刻的缘故。

1945年之前,《槐聚诗存》中保留的最后一首"答冒诗"系于冒仕伪前的1942年,辞气柔和委婉,语意却相当严厉直白,劝其放弃"回狂澜于既倒"的臆想,复归"耐家贫"的书生本分,端正自持,以待时局平靖。尾联"白头青鬓私交在,宛转通词意不伸",虽示苦口婆心的好意,实含割席分坐的潜情。同年所作的另一首《叔子来晤却寄》,则对冒效鲁"志在全躯保妻子"的无奈表示一定谅解,以"是非莫问心终谅"加以安慰,[4]显得颇有人情味。[5]两诗的表态,一首清贞明确,一首留有馀地,入集的自然是前者,而且多半也是经过了修

---

[1] 冒效鲁:《呈观堇年丈》《再用前韵答映庵年丈》,《叔子诗稿(修订版)》,第23页、33页。
[2] 钱锺书:《谈艺录(补订本)》,第132页。
[3] 刘衍文:《〈石语〉题外》,《寄庐茶座》,汉语大词典出版社,2009年,第298页—299页;刘铮:《钱锺书冒孝鲁交谊探隐》,《始有集》,浙江大学出版社,2012年,第28页—30页。
[4] 《国力月刊》1942年12月20日第2卷第12期。
[5] 范旭仑:《容安馆品藻录·冒景璠》,《万象》2007年第9卷第5期。

改的。

此后直到1948年，集中才再次出现了《叔子索书扇即赠》这样的"酬冒诗"。对此有所不解的读者，经过一番考索，都不难找到答案。[1]和此前的"答""示""再示"一样，诗题依然呈现为应答性的被动状态，而非向故友主动抛出的橄榄枝。其中寄寓的尊卑之别，不待烦言。诗集通过展示以上一系列"必要的唱和"，两人一个"出处吾心了不疑"，将"一官未必能疗贫"的书生之见坚持到了最终，一个不免失身"泥途"，[2]清白有玷，他们在立身处世的关键点上的差异，已极为分明地表露出来。

三

作为深谙国故的旧体诗词作者而仕伪"落水"，冒效鲁并非孤例。曾和汪兆铭关系密切的词人龙榆生、同样做过伪行政院参事的诗人钱仲联等皆是如此，而且彼此之间殆有引带推介的联系。钱锺书和这个学人圈的交往离合，以及他们具体政治观念的异同，是个很有意思的话题。钱锺书对他们的态度，以及在诗集中的呈现方式，也颇有相似之处。

《槐聚诗存》系于1942年所作的《得龙忍寒金陵书》，钱锺书于20世纪80年代中期曾录示上海古籍出版社编辑、对龙榆生执弟子礼的富寿荪，标题作"得榆生先生金陵书并赠诗即答"，注1943年作。改题后更形简练，省去了对两人酬答互动的提示；由"榆生先生"到"龙忍寒"，微妙地调整了叙事者的角度，由安慰的回复变成了中立的评断。诗的首句，寄富寿荪的版本作"缄泪书开未忍看"，定本为"一纸书伸渍泪酸"——原是信未展而泪已下，改后则是来信本身饱渍辛酸之泪，受信者的情绪波动无形隐去。全诗颈联最为精警，改动也最有趣：录示富寿荪的版本作"负气身名随劫灭"，[3]《槐聚诗存》中，末三字改

---

[1] 刘铮：《钱锺书冒孝鲁交谊探隐》，《始有集》，第26页—33页。

[2] 冒效鲁《茗座赠默存》(1947)："平生吴季子，能识顾华峰。交道高君里，泥途悯我穷。"《叔子诗稿（修订版）》，第63页。

[3] 陈梦熊：《富寿荪所存钱札四通》，《钱锺书评论（卷一）》，第2页—3页。

作"甘败裂"。"劫"之形成与展开，个人微力无所用于其间，因此可以获得某种"豁免"；"甘败裂"则纯系咎由自取，必须承担由此而来的伦理责任。据解志熙的发掘，这首诗还有一个1943年发表于蓝田师院《国力月刊》的版本，题作"得龙丈书却寄"，颈联是"浩然声名随世没，危邦歌哭尽情难"，[1] 对龙氏的遭遇和难处显得颇为同情，也不失推崇、揄扬之意，是一种更适合让收信人直接读到的版本，和当日实际寄出的文字，应该是最为接近的。

比较这首诗的三个版本，从1943年，到1984年，再到1994年，最易得到的结论，是文本所反映的道德评判的日益严格。五十余年间，这首诗表面上的目标读者似乎是同一个人，实际上却由作者的前辈词人（"龙丈"，以及蓝田师院对钱、龙关系所知不多的师生），转为和晚年龙榆生关系密切的弟子（其时龙氏久已逝世，"榆生先生"四字当然是给富寿荪看的），最终几乎与龙氏本人脱离，成了希望借助这册诗集来了解钱锺书在那个国土沦亡的年代，他的所思所想、所言所行的读者们。诗题中"金陵"二字的从无到有，正如张文胜所说，端在以地点指示龙榆生当时的政治状态，是典型的"春秋笔法"。[2]

语言和辞气的调整，本质上是诗的功能发生了变化。原生态的酬答主要发挥主客间的交往功能，而时空距离拉开之后，曾经为具体微妙的人情世态所牵绊的道德判断变得明晰起来，[3] 在更广大的阅读场域中，诗歌的酬答对象，也就由和诗人发生直接关联的具体个人，变成了已有某种"定评"的"历史人物"。这种"定评"作为一种"公意"，必然为主客双方所分享，即使有所不满，也没有多大

---

[1] 转引自解志熙《"默存"仍自有风骨——钱锺书在上海沦陷时期的旧体诗考释》，《文学评论》2014年第4期。原刊《国力月刊》1943年1月20日第3卷第1期，署名"钱默存"。
[2] 张文胜：《〈槐聚诗存〉笺注及研究》。
[3] 胡文辉指出，当时的人"身处沦陷区，事实上不可能割断与伪政权中人的所有联系"，"公共政治的对立，本不应全然消灭私人领域的友情"。胡文辉：《钱锺书诗〈沉吟〉索隐》，《万象》2005年第7卷第1期。

申辩反抗的馀地。[1] 此时呈现在读者眼前的唱和/酬答诗，除了能体现作者诗艺的精粗外，很大程度上也是了解在染上了某种色彩的特定时空下，诗人与该"历史人物"关系的凭据，进而反照出诗人自己的历史形象。对此，钱锺书的态度大概也是："吾国作者本此意以下笔，论者本此意以衡文，风气相沿，读者心知其意可耳，毋庸辩正其说之是非也。"

钱锺书录（改）"答龙诗"寄富寿荪，对弟子重提其师不甚光彩的往事，近乎"过缢门而言索"，不像"常辩说自己最通晓世上的人情和世故"[2]的人之所为。更有甚者，他干脆在信中自注："语带讽谏，足窥当时世事人事，亦见'文章有神交有道'耳。"其中"交有道"三字特加着重号。[3] 这和晚年钱锺书多以"'米汤大全'中物"投来人所好的作风大不相同，足见他对个人历史形象的看重，已突破了往往刻意做作、抑己扬人的处世轨范。了解到这点，则可知"忧世伤生"不单是品鉴诗文时一种较为高标的审美类型，还蕴有非常明确的道德意涵。

1943年起，作为诗人镜像对照的冒效鲁的名字，从诗集中暂时隐没。他所负担的两种功能——危邦之内各持风节的诗友、出处问题上迷途难返的对照——便转由其他角色来承担。就前者而言，钱锺书和陈病树、李墨巢等诗坛耆宿的唱和，部分起到了这种作用。[4] 对前辈"危时出处故超超"的高洁情操的善颂善祷，也反照出诗人的自我期许。只因双方一老一少、一尊一卑，模式过于固定，不免

---

[1] 冒效鲁在编订诗集时，明显也感受到了这种历史压力。尽管《叔子诗稿》在"存真"方面，价值当过于《槐聚诗存》，但也不免有所讳饰，如将直写仕伪经历的"稍喜官闲容我懒"，悄悄改作"太息此身缘废懒"等。参见刘铮《钱锺书冒孝鲁交谊探隐》，《始有集》，第29页—30页。关于《叔子诗稿》背后的隐曲本事，还见宋希於《〈叔子诗稿〉二三事》，https://www.douban.com/note/361694755/（2022年9月19日访问）；刘聪《叔子诗探微》，《东方早报·上海书评》2014年7月27日。

[2] 吴忠匡：《记钱锺书先生》，《不一样的记忆——与钱锺书在一起》，第139页。

[3] 陈梦熊：《富寿荪所存钱札四通》，《钱锺书评论（卷一）》，第2页—3页。此举颇引人注意，刘铮《钱锺书冒孝鲁交谊探隐》一文已率先留意。

[4] 解志熙指出："钱钟书与李拔可、陈病树、孙颂陀这样的旧式文人交往，并不完全是因为共同的传统诗学趣味，更包含了对这些老辈文人在敌伪控制之地能够坚守民族气节、绝不随波逐流之风骨的敬佩。"见《"默存"仍自有风骨——钱钟书在上海沦陷时期的旧体诗考释》。

限制了发挥，读来多少有些单调，不似和冒景璠、徐燕谋等同辈唱和那样变化多端。同时，集中在珍珠港事变后，诗人困居上海，"偷生坏户"那几年的诗中，自然节物更替（酷暑、立秋、春风、元旦、骤雨、元旦、清明）和日常生活片段（访友、病起、纳凉、生日、度岁）得到了反复的精描细刻，所用意象也以清幽峭寒为主调。因此尽管"故事时间"仅有两三年，给人留下印象的却是抒情主体的敏感柔韧，和"叙事时间"的缓慢绵长。

作为蛰伏待旦的诗人的对立面，"落水者"们在诗存中仍有一席之地，虽然大多隐去了姓名。系于1942年的《题某氏集》，显为汪精卫《双照楼诗词稿》而作，一望而知，不劳索隐。次年又有《题新刊〈聆风簃诗集〉》，所题的是向日方泄露情报而遭处决的黄濬的诗集。他是陈衍的得意弟子，以诗文名于时。前一首称赞汪氏"钜公难得此才清"（原作"此神清"，入集时评级下调一档），又以"诗谶"之说，暗示汪氏诗风如此寒伧愁苦，或许会与其命运发生某种相关性——汪精卫果然于两年后死于非命。这或许只是巧合，但考虑到原诗影印手迹未署日期，而钱诗又有系年不确的特点，此处似宜姑妄听之。[1] 后一首称黄"性毒文章不掩工"，严遣中微露惜才之意。两诗命意相似，处理的都是文和人的关系问题。对此，《谈艺录》有专节讨论，大意谓内容尽可作伪，格调却难以讳饰——"狷急人之作风，不能尽变为澄澹，豪迈人之笔性，不能尽变为谨严"。或许正因钱锺书自信从汪氏《扫叶集》中读出些许乐尽悲来的复杂心曲，才以略带同情的态度替代了肤廓的谴责。而关于言和行的关系，他认为情形复杂得多，未可简单定论：

> 常有言出于至诚，而行牵于流俗。蓬随风转，沙与泥黑；执笔尚有夜气，临事遂失初心。不由衷者，岂惟言哉，行亦有之。

"言固不足以定人，行亦未可以尽人"，美好的文辞固然未必见诸行事，行为的丑

---

[1] 这首钱锺书的"亲笔题诗"，"现尚存上海图书馆汪氏原书扉页"，影印手迹见刘衍文《〈石语〉题外》，《寄庐茶座》，第271页。

恶也不一定就倒推出言论的诈伪。既然两者的关系如此微妙多变，钱锺书干脆主张将其暂时悬置，避免过于深求：

> 亦姑且就事论事，断其行之利害善恶，不必关合言行，追索意向，于是非之外，别求真伪，反多诛心、原心等种葛藤也。[1]

现象如此复杂精微，得出的行动指南却异常简洁。既然汪、黄的行径已有定评，那么公允地对他们的文学才华示以赞许和惋惜，也就不必背负多馀的道德风险。在这两首表面看来颇为大胆的诗作背后，诗人的位置其实超然而稳定，声调也是理性和冷冽的。

《沉吟》绝句二首处理的仍是如何对待"落水者"的伦理命题，只是对象换成了和他有来往的冒效鲁式的人物。[2]由于掺入了具体琐屑的私人交往，诗中呈现的伦理境况显得暧昧了起来。不过在很大程度上，这种"暧昧"是诗人着意布置而成的。《沉吟》其二将三组彼此分处敌对阵营却有私交的古人拽入语境，借以指涉自身所处的相似伦理困境。在诗人的描述中，"王周通问"和"苏李酬诗"的美谈都值得歆羡——两国交兵非但没有中断双方的友情，反而使其显得更为珍贵。只是他们所处的时代早已进入遥远的历史，今人不妨"忘怀得失，独存赏鉴"，无所褒贬于其间。然而阳斐拒见叛降来归的羊侃，其勇毅决绝令诗人"惭愧"，可见对谁是谁非的伦理难题，他心中早有答案——犹如在管宁、华歆之间，主动割席的管宁理所当然是人格较高的那方一样。与其说作者希望读者分享他难以决断的痛苦，不如说他想通过一连串的场景构拟，呈现出哀矜勿喜的"沉吟"姿态。比起"失足真成千古恨，低头应愧九原逢"那样既无馀地也无馀味的审判

---

[1] 钱锺书：《谈艺录（补定本）》，第163页—164页。
[2] 关于"钱锺书为谁'沉吟'"的问题，胡文辉、念厂、卞孝萱等有过种种考索和推测，结论仍不甚明确。卞氏认为，"从他选用《七贤传》之古典，可见其所讽刺者为群体，不止一人。"似较平允。见胡文辉《钱锺书诗〈沉吟〉索隐》；念厂《四朝闻见心成史——钱锺书为谁沉吟》，《万象》2005年第7卷第11期；卞孝萱《怎样解读钱锺书〈沉吟〉》，《冬青老人口述》，第160页—169页。

句式,"挥刀割席更沉吟",尽管仍是先在地将自己放在一个居高临下的位置上,但在黑白判然的坚定中,杂入几分人情味的迟疑,显然更具审美性,更可供人吟味。只是从本质上说,和"伪立客主,假相酬答"(《史通·杂说》)的歌行体长诗《剥啄行》一样,其背后隐含的那种主尊客卑、主逸客劳、主恬客恼的稳定结构,同样是牢不可破的。程千帆所谓"中书君亦或者具悲悯之怀,然而如上帝之照临下土,少平等观"的感受,或可由此理解。[1]

也许可以说,此类诗作在钱集中的频频出现,正是翻云覆雨的20世纪历史在一个诗人心田的沉重投影。体裁无论新旧,看来都难以逃脱。此不仅以本文讨论的1946年前所作诗为然,又如著名的写于1957年的《赴鄂道中》七绝五首,乃至接近全集收束的七律《阅世》,都不难觉察到投影的痕迹。

四

"伤生""忧世"同属"愁苦之词",又处于"忧天将压,避地无之"的战争阴影下,[2] 很多时候根本是一回事。只是"伤生"带有更多内倾性、在体性的面向,轻愁淡恨,兴感无端,未必全与外部世变相干。钱锺书诗思细敏,体物入微,精于炼字造境,能捕捉极幽眇的情绪状态,集子里这类诗的数量实在不少。《还乡杂诗》七首已开其端,至若系于1940年前后秉父命抵蓝田国立师范学院任教后所作的《夜坐》《新岁见萤火》《山斋晚坐》《山斋凉夜》《晚步》等诗,诗境相似,意象重出,描摹感官的方式也如出一辙,显然是在同一生命阶段次第而作,当视作"伤生"诗的代表。

它们表面的共同点,在于对外物的刻画工细,纤芥不遗。钱锺书尤爱用精致的形容词、副词来控制表达的分寸,如"犹隐约""忽喧呶""细诉""冥传",都是为了将感受的层级不断细分,好掂斤播两地精确称量。《山斋晚坐》中,从"一月掐天"到"百虫浴露",彻上彻下,森罗万象都袒露于诗人的视野之中。与

---

[1] 1996年元旦程千帆致舒芜函,《闲堂书简(增订本)》,第606页。
[2] 《谈艺录(补定本)》序,第1页。

其说是客观实写，不如说是在独处状态下，思维极其灵敏，以想象作为感官的延伸。按钱锺书所说，"言之词气"比"所言之物"更能反映作者真实的心声，那么这种表面张目探耳，暗里收视返听的运思方式，就呈现了一个空寂善感，对"物色之动"深具会心的多情的主体形象。

"偏教囚我万山深""镊白多方老渐侵"，此时困扰着诗人的，大概是在僻远的群山环抱之中，物换星移而无事可为，只得任由生命暗暗消去的怅惘之感。《笔砚》"宾筵落落冰投炭，讲肆悠悠饭煮沙"一联，对于他在此地百无聊赖的心境，人际关系上的格格不入，对所为之事意义的怀疑，都表现得刻露传神，足可"徵见"他"那一时期的生活情态"。[1] 那么《围城》中方鸿渐在三闾大学最后阶段喧嚣渐息，落落寡合的生活状态，很大程度上是钱锺书真实体验之所寄。而吴忠匡等人的回忆、钱氏与同事徐燕谋等人的唱和则告诉我们，在蓝田师院，钱锺书其实不乏堪与剧谈的投契好友。三五知己"或眺林峦美，或临清以驶"，"钉坐无杂宾，谈艺皆名理"，[2] 发生了不少欢乐风趣的往事。两种状态"无所谓此真彼伪"，而是"如明珠舍利，随转异色"，都是诗人"真我"的反映。只是那个外向性的"随众俯仰之我"不妨见诸言谈行事，"与我周旋之我"则不足为外人道，仅凝为文字，保存在诗作中罢了。[3]

对比《夜坐》《己卯除夕》《小诗五首》等诗的不同版本，[4] 可知在入集前，"钱文改公"对"伤生"之作也没有放过。改动多以字词更易和句法变换为主，目的在于诗格的提升，使之更加自然邃密——这倒更接近传统意义上"吟安一个字，捻断数茎须"式的改诗，而非前述酬答冒效鲁、龙榆生等作那样，出于某种历史形象的焦虑或具体隐微的人际考量而作出的修改。

因为不必分心去关注、求索可能潜藏在文本背后的预设发言对象和复杂叙事结构，读者反而能以较为松弛、沉浸的状态，欣赏诗人撤去戒备、自由展露的富于深度的主体内面。看来，作为一项"制造和维修""自己的公开形象"的工程

---

[1] 吴忠匡：《记钱锺书先生》，《不一样的记忆——与钱锺书在一起》，第142页。
[2] 吴忠匡：《寄怀中书君》，《苏渊雷往来信札》，第200页。
[3] 钱锺书：《谈艺录（补订本）》，第164页。
[4] 见《国师季刊》1940年2月28日第6期，《新语》1945年11月17日第4期。

的《槐聚诗存》,[1] 其所呈现的"'忧世伤生'的锺书"这个似乎统一的人格形象内部,也存在着"随众俯仰"和"与我周旋"两重面向的微妙竞合。

---

[1] 钱锺书晚年曾对来访的青年邓伟表示:"(人)作为社会动物","必然塑造自己的公开形象,表现自己为某种角色。谁也逃避不了这个终身致力的制造和维修工作。但是,尽心极力的塑造不一定保证作品的成功和效果。用谈话和举动为自己制造出来的公开形象,往往是一位成功作家的最失败的创作,当然也许是一位坏作家的最好的创作。"(陈祖芬:《我就是财富——一个青年摄影师和一百个文化名人》,《报告文学》1985年第12期)可谓"既言之,又躬自蹈之"。

普泛的诗学与行进的文学史*
——蒋祖怡先生《诗歌文学纂要》述略

孙羽津**

> 蒋祖怡先生的《诗歌文学纂要》，在概念表述、撰著结构、论说视角、价值判断诸方面，既充分表征时代精神，亦颇具个人创见，在20世纪上半期文学史论著中当据一席之地。该著首次提出"诗歌文学"的概念，涵盖"歌唱文学"与"表演文学"两大统系，着意凸显音乐性与民间性，本质上反映了崇俗抑雅之价值倾向和建构"民族的大众的文艺"之时代吁求，形成了独特的普泛诗学与行进的文学史样貌。这对于当下的中国文学史书写与研究，不乏启示意义。

近代以来，中国文学史的撰著，作为承先启后、转旧立新的书写模式和话语载体，经历了百余年的积淀和发展，逐渐形成了宏大的知识谱系和深厚的学术传统，并通过国民教育、学术普及、大众传播等多种途径，潜移默化地影响着国人的文学观念和审美趣味。时至今日，文学史书写日渐体系化、学科化、对象化，这是学术研究向纵深发展的必然趋势，其间饱含着几代学者的心力与学思。当然，从另一个角度讲，风雅比兴、情深文明的中国文学，或许永远难以被某一套体系化、学科化、对象化的书写所穷尽，文学惠予我们多少可能，我们就应还酹文学史多少可能。回望百余年文学史的发展历程，20世纪上半期是中国文学史的初创期和生长期。这一时期的论著，有时就像一个学步的幼童，抑或奔跑的少

---

*　本文为国家社会科学基金青年项目"唐至北宋礼制与文学研究"（项目编号：19CZW033）、中共中央党校（国家行政学院）校级科研项目"历代边疆文学书写与国家认同研究"（项目编号：2021QN040）的阶段性成果。
**　孙羽津，文学博士，中共中央党校（国家行政学院）文史教研部副教授。

年，虽然步履尚未稳健，思想或未成熟，但是对于崭新的领域始终充满好奇，对于广阔的未来始终充满希望，故其形诸笔端者，固不如今日缜密完备，但对旧文学的体悟与兴会，对新文学的憧憬与赤忱，在当下日渐体系化、学科化、对象化的文学史书写中，却往往隐遁消泯了。在这个意义上讲，回望早期文学史论著，不仅是追溯文学史发展历程之需，或许也能觅见文学史再度生长的几许机缘。

一

蒋祖怡先生《诗歌文学纂要》一书，问世于1946年，在20世纪上半期文学史论著中，虽未夺人以先声，亦非名噪于后世，而详参氏著，从概念表述到撰著结构，从论说视角到价值判断，皆不乏奇思创见。若要深入了解那一时期文学史著的时代特性与多元样貌，此著是不应被忽视的。

作者蒋祖怡（1913—1992），浙江富阳人，幼承家学，其父是著名学者蒋伯潜（1892—1956）。蒋祖怡于1937年无锡国学专修学校毕业后，先后供职于上海世界书局、正中书局、上海市立新陆师专、国立浙江大学、浙江师范学院、杭州大学等，曾任杭州大学中文系副主任、教授，中国作家协会浙江分会副主席等职。蒋祖怡有子女五人，其中蒋绍愚（1940—）继承家学，考入北京大学中文系并留校任教，后任该系教授、博士生导师，是当代著名语言学家。

抗战期间，蒋祖怡一家南下受阻，只得避难乡关，著书俟命。期间，蒋伯潜、蒋祖怡父子发愤完成了《国学汇纂丛书》十种，《诗歌文学纂要》即其中之一，由年方而立的蒋祖怡独立完成。该书最大的特色在于首次提出"诗歌文学"这个概念。作者在书中坦言，这个概念是自己的杜撰，意在打破与词曲相并列的文体学意义上的狭义之"诗"，进而提出包括"歌唱文学"与"表演文学"在内的"诗歌文学"——这一广义之"诗"的概念。

之所以把"诗"的概念泛化为"诗歌文学"，主要因为作者打通雅俗的价值追求。蒋氏在全书开篇就明确表达了将诗歌局限于庙堂文学的不满：

> 普通一般人注意于中国韵文，不是单举一向被士大夫阶级所吟弄的三

大形式——诗、词、曲,便是单研究它们文字方面的美恶。其实,除了庙堂式的为文人雅士吟咏的三大主流之外,尚有许多散落民间开着奇葩的韵文形式。同时一切韵文均是与音乐有关系的,我们更不该弃掉灵魂而单求形骸。所以这里所论列的,不分雅俗,以它们底功能分做"歌唱文学"与"表演文学"两大项目来说,而给予它们一个总名称——"诗歌文学"。[1]

对民间文学的重视,是新文化运动以来的重要趋向,而"不分雅俗"的文学观,也是当时中国文学界的强烈呼声。可以说,蒋祖怡对"诗歌文学"的倡导,是20世纪上半期时代思潮的鲜明表征,然而,时代思潮只能介入文学,而无权界说文学。有关"诗歌文学"的界说,需要寻求客观的依据才得以成立。这里,蒋氏拈出的是"诗歌文学"的音乐性。首先,有关诗歌的音乐性论述,溯其源头,文献足征且深入人心,所谓"诗言志,歌永言,声依永,律和声"(《尚书·舜典》),所谓"诵诗三百,弦诗三百,歌诗三百,舞诗三百"(《墨子·公孟》),所谓"诗,弦歌讽谕之声也"(郑玄《六艺论》)[2],皆是也。更重要的是,从发展流变的角度,音乐性特征不仅属于《诗经》、楚辞与古近诸体,而且后来的"词、曲、大鼓、弹词",乃至"大曲""诸宫调""北曲""南曲""京戏",皆可为音乐性所统摄,[3]且越至晚近,其音乐性特征越显豁可感。职是之故,凡是具有音乐性的文学形式,均被作者纳入"诗歌文学"的范畴之中。

二

蒋氏之所以强调"诗歌文学"的音乐性,其背后仍贯穿着重视民间文学的价值倾向。他在《绪论》第三章《诗歌文学之流变》中说:

---

[1] 蒋祖怡:《诗歌文学纂要》,正中书局,1946年,第1页—2页。
[2] 蒋祖怡:《诗歌文学纂要》,第9页。
[3] 蒋祖怡:《诗歌文学纂要》,第9页、16页。

诗歌文学与音乐有关系，它底演变，也和音乐有关系。大凡一种诗歌文学的起来，最初一定盛行于民间的，后来播之于音乐，便成为它底全盛时代，于是一般文人群起仿效；可是文人并不完全都了解音乐，于是文字与音乐渐渐地脱离了关系，而这诗歌文学亦渐趋于没落衰老的一条路。这时候另一种诗歌文学正在民间滋长起来，代替了才没落的那一种。这可以说是中国诗歌文学演变的一个大原则。[1]

在这个大原则之下，蒋氏将"诗歌文学"分为"歌唱文学"和"表演文学"。其中，"歌唱文学是诗歌文学之原始的形式"，而"歌唱文学的先驱，即是民歌"[2]。我们可以清晰地看到，第二编《歌唱文学》开篇的导语部分，实是三千年民歌之举要：从先秦时期的"虽有智慧，不如乘势；虽有镃基，不如待时"（《孟子·公孙丑》），"取我衣冠而褚之，取我田畴而伍之。孰杀子产，吾其与之"，"我有子弟，子产诲之；我有田畴，子产殖之。子产而死，谁其嗣之"（《左传·襄公三十年》）；到两汉时期的"邪径败良田，谗口乱善人。桂树华不实，黄雀巢其颠。昔为人所羡，今为人所怜"（《汉书·五行志》），"城中好高髻，四方高一尺。城中好广眉，四方且半额。城中好大袖，四方全匹帛"（《后汉书·马援列传》）；再到魏晋以降、迄至晚清的历代民歌及文人拟作，颇见民歌"自古有之"而"迄今愈盛"的生命力。[3] 在推崇民间文学及音乐属性的总基调中，作者将"歌唱文学"析为八大系统，即《诗经》系统、楚辞系统、乐府系统、古诗系统、律绝系统、俗曲系统、词曲系统、新诗系统，并依次论述。在作者看来，作为诗歌文学的两大源头——《诗经》和楚辞都是由民歌而兴的，《诗经》可歌，楚辞至少有一部分也是合乐的；此后兴起的乐府亦合乐，而古诗是独立的诗歌；近体诗在唐初作为乐府的替代品，是合乐的，但随着词的兴起而与音乐分道扬镳；词曲的发展趋势亦颇相似，它们"起来由于音乐，没落时也因为脱离了音

---

[1] 蒋祖怡：《诗歌文学纂要》，第 14 页。
[2] 蒋祖怡：《诗歌文学纂要》，第 23 页。
[3] 蒋祖怡：《诗歌文学纂要》，第 23 页—25 页。

乐,其趋势也是相同";与诗词曲之雅化相对的,是唐宋以降的俗曲系统,因被之音乐,深入民间,虽经递嬗,却能"一脉相传,迄今未灭"。[1]综观第二编《歌唱文学》的基本逻辑,凡一诗体之兴,大率起于民间而被之音乐,经由文人之手改造,渐与音乐相疏,成为庙堂文学、士大夫文学,传播范围逐渐萎缩,生命力亦渐衰微,以至僵化没落。要言之,作者评判"歌唱文学"之价值,表面上是以可歌与否,即是否具有音乐性为准绳,实则以是否脱离民间、高居廊庙为依据。可以说,这已超越了作者在《绪论》中所说的"不分雅俗"的标准,而鲜明地表现为"崇俗抑雅"的倾向。

第三编专论"表演文学",主要探讨的是古代戏曲。一般意义上的文学史,戏曲往往是与诗歌分别讨论的,正如作者所承认的那样,"本来'表演文学'与'歌唱文学'是漠不相关的两件事"。但作者又指出"歌唱文学到了宋代与表演文学合流","如宋代大曲一变而为北曲,一变而为南戏,不但是合乐的诗歌,简直又是可以表演的戏剧了",作者甚至从训诂学的角度说明"倡""唱"相通,"歌唱与表演原来也是同出一源的"。[2]这里,作者极力论证"表演文学"与"歌唱文学"的关系,将之一并纳入"诗歌文学"的范畴加以论述,究其缘由,作为"表演文学"的杂剧与传奇作品,其通俗化程度总体上高于"歌唱文学",如果不把"表演文学"纳入"诗歌文学"范畴之中,那么"诗歌文学"的通俗化趋向就难以在体量上彰显,"诗歌文学"一面在文人手中没落、一面在民间滋长的论断亦难以服人。当然,如果深入"表演文学"内部,在民间成长起来的戏曲,自经文人士大夫之手,也表现出雅化的倾向。为此,蒋氏援引了王国维(1877—1927)在《录曲余谈》中的一段话:

> 杂剧大家如关、马、王、郑等,皆名位不著,在士人与倡优之间,故其文字诚有独绝千古者,然学问弇陋与胸襟之卑鄙亦独绝千古。……至明而士大夫亦多染指戏曲,前之东嘉,后之临川,皆博雅君子也。至国朝孔

---

[1] 蒋祖怡:《诗歌文学纂要》,第14页—16页、127页、121页。

[2] 蒋祖怡:《诗歌文学纂要》,第156页、16页、157页。

季重、洪昉思出,始一扫数百年之芜秽,然生气亦略尽矣。

在蒋氏看来,"王氏之意,以为曲的没落,由于入文人之手,一变而为典雅之词,于是生气索然,这正可以作一般诗歌文学所以没落的总原因的"。[1] 蒋氏发挥王氏之论,不仅消泯了"表演文学"内部的雅俗纠葛,而且上升至"一般诗歌文学所以没落的总原因",由此益见"表演文学"对于评骘"诗歌文学"雅俗之高下、盛衰之消长的重要意义了。然而,平心而论,王氏之本义,似与蒋氏之索解尚隔一间,王国维既肯定了世俗间"独绝千古"的"生气",也指出了其间夹杂的"弇陋"与"芜秽"。此外,王氏原文中还有一句话被省略了,即在"然学问之弇陋与胸襟之卑鄙亦独绝千古"后有云:"戏曲之所以不得与于文学之末者,未始不由于此。"[2] 览此,则王氏本义豁然矣,而蒋氏专主"生气"一端立说,推崇"表演文学",乃至推崇"诗歌文学"通俗化之用心,亦可无疑矣。

三

可以说,《诗歌文学纂要》一书,从立意到结构,都鲜明地表现为一种"普泛的诗学",造成这一普泛诗学的内生动力,即在于作者崇俗抑雅的倾向——一种与时代思潮密切相关的文学好尚。更引人注目的是,作者并不满足于当时文学史著惯用的"借古讽今"的论述策略,而是旗帜鲜明地采用"亘古亘今"的言说方式,把第二编《歌唱文学》与第三编《表演文学》的高亢的尾声,分别留给了尚处于进行时态的新诗和话剧。在这里,时代风貌被纳入历史书写——新诗与话剧作为行进中的文学史,映入读者视野,让我们不得不瞻前而顾后,看它们究竟应向何处延展。

其中,新诗的历史性溯源,被推及清末散文化、语体化的诗歌创作上来,如金和(1818—1885)、黄遵宪(1848—1905)等人的创变与开拓。这里,蒋氏特

---

[1] 蒋祖怡:《诗歌文学纂要》,第 17 页。
[2] 王国维:《录曲余谈》,《王国维全集》第 2 卷,浙江教育出版社,2009 年,第 286 页。

别强调了黄遵宪对民歌的采录和重视，这或许可以看成作者站在历史的新旧交汇点上，再次奏响了崇俗抑雅的主旋律，与第二编《歌唱文学》开篇所谓"民歌是歌唱文学的胚胎"[1]形成了曼妙的互文。此后，作者从新诗的历史迅速转入对其未来命运的探讨，把崇俗抑雅的主旋律推向了无以复加的高潮：

  民歌正是一种很好的参考品。观察，也是当代诗人们所应做的工作。照诗歌文学进化的过程看来，民间文学是性灵的文学，是初发芽而活泼的文学。一到文人仿作，便有求雅的倾向，这倾向便是他日灭亡的种子。如果新诗依然是"典雅化"的作品，则其功用和庙堂的文学一样，而不久便会灭亡的。[2]

读至此处，我们真切地感到蒋氏的这番论述，与此后数十年间的诗歌观念及价值系统深相契合。蒋氏之作《诗歌文学纂要》，实在是竭其大半心思用以观照当下、探问将来。究其动因，正如蒋氏自道："最近文艺大众化的呼声又沸腾起来，而大家都知道民族的大众的文艺之最佳形式是诗歌。"[3]众所周知，毛泽东在1940年初发表的《新民主主义论》的最后一章，着重阐发了构建"民族的科学的大众的文化"[4]之论断，及至1942年《在延安文艺座谈会上的讲话》，则对文艺的"大众化"[5]问题做了更为深入的探讨，蒋著的文艺观当即源出于此。再联系到五年之后，即新中国成立之初，作者又有《中国人民文学史》（北新书局，1951年版）一书问世，则可视为从"大众化"到"人民性"的延展。

  相比新诗之论的水到渠成，作者以话剧作为第三编《表演文学》的结尾，则不无可议。作者在第三编开篇曾有交代："话剧虽受欧洲近代剧之影响，与诗歌

---

[1] 蒋祖怡：《诗歌文学纂要》，第25页。
[2] 蒋祖怡：《诗歌文学纂要》，第153页。
[3] 蒋祖怡：《诗歌文学纂要》，第152页。
[4] 《毛泽东选集》第2卷，人民出版社，1991年，第706页。
[5] 《毛泽东选集》第3卷，第851页。

文学无关，但其论剧之说，足以校正我国平剧之缺点。"[1]然而，平剧（京剧）作为新兴的民族的大众的合乐的"表演文学"，似吻合作者所期待的一切要件，其缺点在何，又为何用话剧来校正呢？在蒋氏看来，在"各人物个性之刻画，结构之发展，环境之安排"等诸多方面，平剧均逊于话剧，总起来表现为平剧"有不现实的毛病"。[2]这一意见，实际上代表了新文化运动以来批判平剧的基本观点。平心而论，在人物、结构、环境诸方面，平剧一面继承了传统戏曲之衣钵，一面又吸收了民间艺术之养分，渐能自成一体，且平剧与话剧本非壁垒森严、非此即彼的存在，平剧中亦不乏"以主观的意见，变为客观具体的事实，表现人生意志上之争斗"[3]的元素。而且，就当时的实际情形而言，平剧的受众规模之于话剧，往往有过之而无不及，且在平剧发展的道路上，也不乏《逼上梁山》这类现实主义探索。作者既然提倡"民族的""大众的"文艺观，便不必以西来话剧之标准臧否平剧。这也启示我们，当一种文艺观降诸某一项具体的文艺批评和文艺实践中，往往需要付诸更为缜密的思考和艰辛的探索。

总体而言，蒋著所呈现的诗学的普泛化与述史的行进性，作为一种文学史书写范式，在一定程度上构成对当下体系化、学科化、对象化文学史书写的疏离。当然，历史地看，范式的转换与变革，本身即是不断叩问历经百余年"或有时而可商"的知识系谱之需，这是体系化、学科化、对象化书写之擅场及合理性所在。与此同时，如何持续唤起读者对文学的赤忱、对现实的关切，或许永远是我们应予关注和思考的问题，在这个意义上，先贤的尝试与努力，使我们不由得三致敬意焉。

---

[1] 蒋祖怡：《诗歌文学纂要》，第156页。
[2] 蒋祖怡：《诗歌文学纂要》，第179页。
[3] 这曾被蒋氏视为话剧的优长所在，见蒋祖怡《诗歌文学纂要》，第179页。实际上，京剧里亦不乏"人生意志之争斗"，参见拙文《义士形象及其道德精神——从文化传统看赵氏孤儿故事在京剧中的呈现》，《解放军艺术学院学报》2016年第4期。

乌鸦家族新神话
——特德·休斯《乌鸦》导读

赵四 *

> 英国诗人特德·休斯创作生涯中的第四本诗集《乌鸦》，是他成为大诗人的标志。在该诗集中，休斯以源自不列颠神话传说中的王者乌鸦为主人公，以自己在遭解构的宗教生活和现代世界中的经历重铸其具世界性意义的作为古老文化英雄的自我，体现其作为生命能量的永恒冲动的普世价值，同时以此再铸神话的创造性内在生命能量活动拯救诗人自我的危机，进而期冀实现对现代社会生活中人之心灵创伤的疗救。

他的翅膀是他的唯一之书硬挺的书脊，
他自己是唯一书页——固体墨水铸就。
　　——《乌鸦自我》

---

* 赵四，诗人、译者、诗学学者、编辑。文学博士（中国社会科学院）、博士后。在海内外出版有十余种著、译作，包括诗集《白乌鸦》《消失，记忆》，英语诗集《在一道闪电中》，斯洛伐克语诗集《出离与返归》等；译著包括萨拉蒙大型诗选《蓝光枕之塔》《太阳沸腾的众口》，《门槛·沙：雅贝斯诗全集》，《利尔本诗选》，霍朗《与哈姆雷特之夜》，特德·休斯《乌鸦》《季节之歌》等；另有诗学文章《试论西方现代诗歌本质要素之革命性演变》《译可译，非常译》《俄耳甫斯主义诗人》等。曾获首届"阿买妮诗歌奖"（2023年）、波兰杰里·苏利马－卡明斯基文学奖章（2020年）、阿尔弗雷德·科瓦尔可夫斯基文学翻译奖章（2023年）。目前在《诗刊》供职。任"欧洲诗歌暨文艺荷马奖章"副主席，主编"荷马奖章桂冠诗人译丛"。

开场白

阅读这本诗集,对于每一个心怀"天下乌鸦一般黑"执念的现代人,也就是基本只记得乌鸦负面文化内涵的读者,首先会应激反射出一个问题:我们的大诗人特德·休斯缘何会在他创作生涯中最重要的第四本诗集里(凭此他成为了一位大诗人[1])选择乌鸦作为主角?

作为中国读者,即便我们多少有些残留的"三足乌"太阳神记忆,也早已随着后羿射下的九个太阳,在多少个世代"不语怪力乱神"的精神系统哺育下,只在心灵之耳中烙印下了"乌鸦嘴"里发出的不祥鸣啼……

但是对不列颠岛或北美大陆的读者而言,情况可能会大不相同。

至少丘吉尔如果再多活个五六年,寿延至 1970 年,读到新出版的休斯《乌鸦》,他可能会会心一笑。据说"二战"期间,伦敦塔山被轰炸,伦敦塔里的乌鸦找不到了。对古代传说了如指掌的温斯顿·丘吉尔立即下令更换乌鸦,于是新一批乌鸦吉祥物从凯尔特人的土地——威尔士丘陵和苏格兰高地出发,被带到了塔山上的新家来安身立命。

我们隐隐感觉到,休斯在这本诗集的题材选择方面,对于一个不列颠人来说,可能不但不是逆天而行,反而带点准备登顶不列颠的诗歌王者钦点乌鸦的理直气壮,至少我们嗅得出,休斯的诗歌意识中饱含着某种文化寻根气息。

所以,为中国读者阅读理解计,我们首先来溯源一下塔山乌鸦。

凯尔特大神布兰(Bran),就是凯尔特语的"乌鸦"之意,全称"终有一死的巨人布兰"(Bendigeifran,英译 The mortal giant Bran)或"蒙福的布兰"(Blessed Crow),原为海神,是一个体型巨大的神,能够徒步涉过不列颠和爱尔兰之间的

---

[1] 休斯最重要的研究者英国曼彻斯特大学的凯斯·萨格尔(Keith Sagar)教授曾在其著作《特德·休斯的艺术》(*The Art of Ted Hughes*)中这样定位《乌鸦》对于诗人休斯的意义:"在诗集《乌鸦》(*Crow*)问世后,我开始把休斯看作英国第一流的诗人,称得上是半个世纪以来伟大的英国诗人中的成功者,与叶芝、劳伦斯、艾略特等齐名了。"此后休斯声誉日隆,到 20 世纪 80 年代以后,对这位此前被冠以"20 世纪 60 年代以后最重要的英国诗人之一"称谓的诗人,"之一"被取消了,休斯成为英伦评论界公认的"20 世纪 60 年代以后最重要的英国诗人"。

海峡，后来被描述为不列颠岛的加冕国王（如在威尔士神话传说故事集《马比诺吉昂》中）。由于他身材过大，他和他的廷臣们不得不住在帐篷里，因为没有任何足够大的房子能够容纳他。凯尔特人崇拜人头，认为它是灵魂所在之地，人死后它可以独立存活。布兰在受了有毒长矛攻击带来的致命伤后，要求他的同伴们砍下他的头随身携带，这样他就会给他们带来美妙的娱乐和陪伴，只要他们不打开某道禁忌之门，一切就可以保持原状。而如果那扇门被打开，他们会发现自己回到了现实世界，并会记住他们所有的悲伤。最后，布兰请同伴将自己的头颅埋葬在伦敦的白山（即现在的塔山）。一切果然如布兰所预言的那样发生了，布兰的"高贵头颅"（Urdawl Ben，英译 noble head）在哈莱克（Harlect）陪他的同伴们度过了 87 年欢乐时光，最终被带到伦敦，葬在了白山，面朝法兰西。布兰的头颅作为守护神阻止着异族入侵，直到被挖出。传说是亚瑟王挖出了它，因为亚瑟王希望不列颠由他的战士们的勇气而非辟邪法宝来守护。高贵头颅此后则统领着异世界的乐土瓜利斯岛（island of Gwales）。

既然故事中闪过了亚瑟王的身影，若是文学饱学之士可能就会忆起拉曼却地区的守护者堂吉诃德骑士那关于游侠骑士是何意思的著名回答：

> 诸位没有读过英国的编年史和历史吗？……里面谈到了亚瑟王，我们罗马语系西班牙语称之为亚图斯国王的著名业绩。人们广泛传说，英国那个国王并没有死，而是被魔法变成了一只乌鸦。随着时间的推移，他还会恢复他的王国和王位，重新统治他的王国。从那时起到现在，没有一个英国人打死过一只乌鸦，这难道还不能证明这一点吗？

看来在英格兰，在康沃尔流传的亚瑟王以乌鸦的形式继续存在，而射杀乌鸦会带来厄运的传言与禁忌，早已漂洋过海，越过赫拉克勒斯之柱，在海外伊比利亚半岛上游荡了多个世纪。

从中也可见，乌鸦，在不列颠民间文化传统中结出的重要的想象性果实，竟是王者。不禁让人感慨，唯死亡是最后胜者！总在死亡第一现场率先出现的乌鸦，凭此捷足先登秘境而为神使、而为王者。只有休斯的诗句，使这王者的信心尖厉地震响于一个个听者的耳鼓：

> 但是谁比死神还强大？
> 显然是我。
> ——《子宫口的考试》

死亡是胜者，但唯有生命，是王者。在休斯《乌鸦》中的主角，是生命不管不顾地去尝试一切的不可磨灭的冲动，是无从被粉碎，可以无尽腐化、无尽转化的生命"能量"之本尊，因而他比死亡更强大。

如果从人类学角度来考察乌鸦——这一在地球上最为聪明、分布最广、最为杂食、最大和最少音乐性的鸣禽——考察其文化积淀的风息在历史记忆中吹遍七大洲五大洋的洋洋大观，那可真是一个乌鸦学大课题，够写出一书架著作来。

所以，我们就此打住，来看看休斯是如何创造出文学的新乌鸦史诗的。

乌鸦的歌：源起

休斯的出生地麦特莫伊德村（Mytholmroyd）位于西约克郡上考尔德地区，在诗集《艾默特废墟》（Remains of Elmet）的序言中，休斯谈到这里曾是盎格鲁入侵之前的最后一个古凯尔特王国的一部分。我们可以想象，从英国语言文学专业转学到考古和人类学专业的休斯，在转学后无须专门学习，自小听闻和阅读的故事便使他对当地流传的诸多古老凯尔特神话传说耳熟能详，这些古老记忆是积淀在他血液和本能里的精神基因。

对于这些神话传说中的乌鸦形象，休斯认识明确，在写给评论家阿兰·鲍德（Alan Bold）的信中他曾言之凿凿：

> 乌鸦是布兰之鸟，是不列颠最古老、最高级的动物图腾。……英格兰却自以为是狮子——但那只是后来冒牌的舶来品，英格兰本土的图腾应该是乌鸦。无论你怎么绞尽脑汁来描画一个英格兰人的色彩，你多少总会想

到乌鸦。

据《剑桥文学指南：特德·休斯卷》介绍，当休斯在剑桥大学从英语专业转学人类学专业时，他经历了他认为的"萨满召唤"，"最戏剧性的表现出现在他醒着的梦中。超自然力量介入了……"[1]此后毅然扎根于人类学的专业学习和长期兴趣所在的有意识的阅读积累，这使休斯在诸精神学科方面都具有较为全面系统和专业的认识水平。他对人类学、神话学、精神分析学、神秘主义等思想广泛接受，对萨满教、赫耳墨斯神秘新柏拉图主义、苏菲主义、炼金术、西藏佛教、犹太教喀巴拉等都有专业的判断、分析能力，对物理学、民族志、生态学、动物行为学和超心理学等也保持了终身的兴趣。可以说，顺应着时代风潮，那是一个世界的"他者"形象急剧涌现以应对时代精神危机，从而使人类有史以来第一次拥有"所有人类文化可供我们研究"（加里·斯奈德语）的人文环境。当此际，源于自身精神危机亟需心理出口等内在原因，休斯充分利用世界博物馆，建构起了自己作为一个当代神话诗人的外延广阔的知识结构。求学经历上遇到的萨满"召唤"，也预示了日后休斯将成长为一位萨满巫灵式的诗人，终身信奉诗歌的解放和同等于宗教疗愈之力的诗学理想。他真正实现了叶芝对诗人的寄望，诗人必须研究哲学：学习一切，然后在写作时忘记它。只是休斯用包含了"神哲学"在内的、同等广博的，视角更为原始、非西方的"人类学"替换了"哲学"一词。到休斯写作《乌鸦》时，他已具有了广泛融合的内化了的原始主义世界观，"萨满和神话追求将成为诗人作为治疗者和解放者的主要范式和神圣脚本"（兰德·布兰德斯）。

虽有传言，但爱伦·坡的《乌鸦》(*The Raven*)灵感是否真的来自狄更斯的

---

[1] 本文中引自该书的引文均出自第五部分，〔英〕兰德·布兰德斯撰写的《人类学家的神话应用》，载于〔英〕泰瑞·吉福德编《剑桥文学指南：特德·休斯卷》，剑桥大学出版社，2011年，第69页。

乌鸦"格雷普",[1]我们并不能确定。休斯的《乌鸦》(Crow)灵感首先来自伦纳德·巴斯金（Leonard Baskin）的乌鸦艺术作品，则是毫无疑义的。在《海滩上的乌鸦》一文最后，休斯自述道：

> 《乌鸦》的诞生源于伦纳德·巴斯金的邀请；当时，我受邀与他一同创作一本单纯以乌鸦为主题的书。成群的乌鸦已然以各种各样的形态聚集在他的雕塑、绘画与版画作品之中，但他希望能在此基础之上创造更多的乌鸦。或许，在任何一位作者手中，作为一本书的主角，乌鸦都将成为一种象征，而一只具有象征意义的乌鸦始终活在传奇世界之中。这便是《乌鸦》之翔的开端。[2]

作为纽约一位正统教派拉比之子的巴斯金曾在第二次世界大战的欧洲战场上作战，他的艺术作品充满了表现人类普遍存在的非人性的暴行和黑暗预感而带来的冲击力。和他灵魂相通的休斯接受邀请，在1966年至1969年间进行了大规模的乌鸦主题写作，这个时期也正处在休斯生命中的两次最大悲剧期间。不得不说，休斯的"乌鸦"新神话，是带着应对危机、旧我死去、寻求复活新生的诗人"以追求成为一个更好的人的乌鸦（但却失败了）"为灵魂重生框架横空出世于休斯的命运中的。诗人首先疗愈自我，而当他并不以"自白"为诗歌方式，而是诉诸神话、神秘主义和魔力来探索宇宙、社会、自我，借此实现疗愈时，他也就因这介质的普世性而具备了疗愈读者和社会的可能，前提是如果后者放弃防御、准备接受治疗的话。

1963年2月11日，休斯的前妻美国女诗人西尔维娅·普拉斯（Sylvia Plath）自杀谢世。六年之后，1969年3月23日，当休斯婚内出轨后，与之共同生活

---

[1] 仿佛为坐实不列颠人的乌鸦情结，爱养动物的英国大作家狄更斯一生养过三只乌鸦，名为格雷普（英文Grip，"紧握"之意）一世、二世、三世。1842年，某世格雷普更是陪同作家作了美国之行，行至费城，狄更斯遇到了爱伦·坡，这位美国作家被这只健谈的乌鸦深深吸引。有一种传言，这只格雷普就是爱伦·坡名诗《乌鸦》的灵感来源。
[2] 〔英〕特德·休斯：《冬日花粉》，广西人民出版社，2021年，第330页。

的情人阿西娅·魏维尔（Assia Wevill）携她与休斯的女儿，年仅四岁的舒拉（Shura），[1]以同于普拉斯的煤气自杀的方式惨烈弃世。任何两个人之间的相处都只有当事双方自己知道是什么感受，外人难以置喙，能够对双方相互关系的各种模式有所了解，同时又富于同情理解的，事实上也许只有星象学家，这一点作为心理学家而又对星象学造诣精深的荣格有资格启示世人。面对文本，我们所能知道的只是，起于普拉斯自杀的心理危机的《乌鸦》创作，终结于阿西娅危机，化作了《乌鸦》献词里的一行沉重字迹：纪念阿西娅和舒拉。

因而，我们认同："危机是休斯大部分作品的催化剂，而《乌鸦》则是对个人和公共危机的回应。'我的整个写作生涯有时对我来说并不是在寻找一种特定的风格，而是针对这种或那种危机的风格。'"（兰德·布兰德斯）休斯显然对自己的"灾难创造"诗歌的心理机制比任何评论家都认识得更为清晰、深刻。他亦曾自道关于《乌鸦》的风格考虑：

> 《乌鸦》的第一个想法实际上是一种风格的想法。在民间传说中，王子继续他的冒险征程，他来到马厩，里面满是漂亮的马匹，他需要一匹马步入下一阶段，国王的女儿建议他不要接受提供给他的任何漂亮马匹，而要选那匹肮脏结痂的小马驹。你看，我扔掉了老鹰选择了乌鸦。这个想法最初只是为了写他的歌，一只乌鸦会唱的歌。换句话说，是没有任何音乐的歌，用一种超级简单和超级丑陋的语言，在某种程度上摆脱了除了他想说的话以外的一切，没有任何其他考虑，这就是整个事情的风格基础。我在几首诗中接近了它。从那里我真正开始得到我想要的东西。[2]

这些用"超级简单和超级丑陋的语言"写就的乌鸦的歌，具有"原始的奥义咒语

---

[1] 休斯从未公开承认过舒拉是他的孩子，但是休斯的姐姐相信舒拉是休斯和阿西娅的孩子。阿西娅和舒拉弃世之后，休斯的母亲因深受儿子仿佛遭诅咒的与女性悲惨关系的刺激，也很快就去世了。"乌鸦诗"的写作便终结于休斯的这些个人生活危机之中。

[2]〔英〕埃克伯特·法斯访谈《特德·休斯和乌鸦》（1970年），载于《特德·休斯：无人适居的世界》（圣塔芭芭拉：黑雀出版社，1980年）"附录二"，第208页。

制造者"（primitive, gnomic spellmaker）[1]写就的"小寓言""视像轶事"的原型诗歌风格。以"乌鸦诗"写就的乌鸦新神话，在类似于世代以来承载着强大能量和情感的神话、仪式框架内，以原初人乌鸦的眼光和其孩子气的情绪化的古怪态度，体验、经历着生与死的戏剧性及其激荡，触及神性和魔性的强大力量，在古老的人类行为模式中展开以普遍的元素法则和生物法则为源点的宇宙视野。

休斯在数个场合均谈到过这只乌鸦的"噩梦创生"起源，是一个他曾有宏大构想但终究没有写出的伪经故事，这个故事和《乌鸦》的关系是"组装起诗歌的机器"，本身和《乌鸦》诗歌并不相关，《乌鸦》诗歌是对乌鸦起源故事之外的乌鸦生活的创造：

> 已完成了创世的上帝，反复做着一个噩梦。一只巨大的手自深空伸来，扼住他的脖子，几乎要勒死他，拖着他穿越太空，和他一起犁地，然后将一身冷汗的他扔回天堂。与此同时，人坐在天堂的门口等着上帝的召见，他是来请求上帝收回他的生命的。上帝愤怒已极，撵走了他。噩梦似乎独立于创造，上帝无法理解。噩梦充满了对造物的嘲讽，尤其是对人。上帝挑战噩梦是否能做得更好？这正是噩梦一直在等待的。它坠入物质中创造出了乌鸦。上帝通过让乌鸦经历一系列的考验和磨难来试炼他，这有时会导致乌鸦被肢解、变形或是被消灭，但乌鸦幸存下来，几乎没有变化。与此同时，乌鸦也干涉上帝的活动，有时试图学习或有所帮助，有时恶作剧，有时公开反叛。也许，他的抱负是想成为一个人，但他从未完全实现。

由费伯出版社于1970年出版的第一版《乌鸦》，全名《乌鸦：来自乌鸦的生活与歌》，55首诗作。我们据以进行中文《乌鸦》翻译的版本，是费伯出版社2020年出版的第三版——《乌鸦》50周年纪念版，共收录67首诗歌。第三版中多出的12首，包括了出现于1970年费伯社之外发表的两辑乌鸦诗"4首乌鸦

---

[1] 休斯评价塞尔维亚诗人瓦斯科·波帕（Vasko Popa）语。

诗"和除《狂欢节》之外的"几首乌鸦诗"中的6首，而在1971年小出版社出版的《乌鸦醒来》11首诗中，只有《角逐者》一首被包括进了第三版。

按照保罗·基根（Paul Keegen）在休斯身后编辑出版的包括了他所有杂志、小出版社出版作品和未刊诗在内的《休斯：诗全集》（2003年，费伯出版社）的时间线索，我们可以大抵清楚地看到休斯的"乌鸦诗"构成，尚不止于这67首。也许费伯出版社将来出第四版《乌鸦》时会对所收篇目再度调整。[1]

《乌鸦》中的伪圣经寓言和倒置的希腊神话

基督教，对休斯来说，"只是关于人类与创造者和精神世界之间关系的另一个临时性的神话"（法斯访谈）。因此，它是不完备的，它的不足之处引发了《乌鸦》中的大部分喜剧。也因为乌鸦"创生自上帝试图改善人类的噩梦"，某些诗篇也很自然地会带上噩梦创造者写就的伪圣经的色彩，《乌鸦》里很多地方都显示出休斯对《圣经》老练和异端的操作能力。

在讲述了乌鸦的"黑"历史之后，于诗集第二首《世系》开篇，我们首先就看见了一句戏仿，"In the beginning was Scream"，这里无疑化用了圣经《约翰福音》中的首句 "In the beginning was the Word"。在貌似异端实则本真的想象中，太初可能既无道（言），亦无上帝，也无光，宇宙大爆炸之前的宇宙也许就是一片黑暗和混沌，而恐惧是人类进化的源动力，如果那时有某种意识存在，伴随着宇宙大爆炸的同时，可能其中会有一声不可闻见的"太初有尖叫"。

汉译通常将《约翰福音》首句译作"太初有道"（"太初有言"），这样的译法流传极广、深入人心，但要套用，把《世系》首句译作"太初有尖叫"，对这首

---

[1] 这里以注释的形式对其余可查的"乌鸦诗"篇目作一备存。在1967年—1970年的未刊诗当中，有《鸦羽笔》《乌鸦的盛宴》《一首乌鸦颂》《悲哀之歌》《关于存在的歌》《幸运的愚行》《这个象棋游戏》。《乌鸦醒来》11首当中，《角逐者》之外的10首是《乌鸦醒来》《骨头》《护身符》《在狮子的土地上》《我看见一只熊》《睡前轶事》《反对雪鸦的歌》《船》《摇篮曲》《雪歌》。1971年出版的三诗人合集《茹丝·范恩莱、特德·休斯、艾伦·西利托》，当中亦有5首"乌鸦诗"《恶的起源》《乌鸦的英格兰之歌》《乌鸦求偶》《乌鸦的上帝之歌》《正义者乌鸦》。还有一些原先为《乌鸦》准备的，但最终收进了《穴鸟》（1978年）的作品。

基调并非戏谑嘲讽的诗来说，会显得不伦不类，所以汉译此处译作"最初的父是尖叫"，因为全诗不断复现的主要动词是"begat"，"由父神生出"的意思，这个大有意味的词，因宗教思想的差异，恰巧在汉语中没有对等词，所以译者选择在此处添加上"父"的内容。

伊甸园中的蛇，原本是罪与死亡的始作俑者，在《孩子气的恶作剧》[1]中它被高明的诗人打回了某种似是而非的原形，置换回归成生命的菲勒斯（阴茎）象征"上帝唯一的儿子——蠕虫"，重新解释了性的起源。乌鸦的介入解决了把上帝拖入沉眠的大问题，那就是如何赋予他创造的没有灵魂的亚当、夏娃以何种目标或刺激他们去从事某些活动，乌鸦让他们去从事性行为，这样，人类种族可以千秋万代地延续下去了。

在《苹果悲剧》中，诗人强调的仍是苹果的力量。但当"苹果"被"苹果酒"置换，伊甸园变成了狄奥尼索斯的颠覆世界，先来个彻底换位，引诱者现在是上帝，真正创世的蛇被他引诱，喝成了个问号。人类的堕落是在一场醉酒中放荡堕落的，所以，结果仍一样，堕落的万物都要下地狱。休斯在这里将苹果和原罪之间的联系解释为苹果酒，它由上帝发明，被亚当、夏娃和蛇喝下，原罪仍为基督教诞生之后的所有后来人的罪过负责。在《乌鸦的第一课》中，这一次，上帝终于是正典中的那个上帝了，至少如《约翰一书》中所言"上帝就是爱"。上帝希望所有的创造都建立在爱之上。然而，乌鸦，秉持曾为前基督教大神的记忆，是凯尔特的布兰或死亡女神莫瑞甘（Morrigan），是奥丁的"思想"和"记忆"，是古希腊太阳、医疗之神的象征，是北美洲的虚空、太空黑洞……它可以是万事万物，是自然之道，尤其是"充满了事物的所有自然残酷性"的道，这是乌鸦的生存之道。但是，乌鸦的世界里唯独没有爱，乌鸦表达不出它没有的东西。

《乌鸦谈心》中，消解救赎之意传达得非常隐晦，是被乌鸦"半知半解"意

---

[1] 本文中对具体诗篇的分析，多参考、综合自以下三书：《特德·休斯的艺术》《特德·休斯：无人适居的世界》《特德·休斯诗歌中的埃娃·帕内下：萨满要素》（剑桥学者出版社，2018年）及本文作者的一定发挥，特此说明。

识到的。当上帝的身体只是这个世界——"一具硕大的死尸",那么在宗教仪式中信徒通过在圣餐仪式上象征性地吃他的肉、喝他的血而成为上帝就变得不再可能,吃他不能获得任何救赎,因而这具尸体也是救赎之爱的尸体。乌鸦通过在这具尸体"撕下一大口,吞下"的这一餐而变得强大,因为通过这个仪式他隐约意识到了救赎不存在这个秘密,故而他自称为神圣仪式和秘义的阐释者"the hierophant",虽然他被自己意识到的秘密震惊得目瞪口呆。

最终,作为探索者的乌鸦意识到,在传统的上帝——那个"以多种形式陪伴乌鸦走遍世界,错误教导、哄骗、诱惑、反对,并在每一个方面都试图阻止或摧毁他"的"人所创造的、崩塌的、一个摇摇欲坠的宗教的腐朽暴君"——之外,一定有另一个上帝。

> 乌鸦意识到有两个上帝——
> 其中一个比另一个大得多
> 爱他的敌人
> 并且拥有全部武器。
> ——《乌鸦的神学》

这个上帝才是乌鸦的创造者,他是那个传统上被叫做上帝的神的囚徒——一个神秘、强大、无形的创造者,"乌鸦的全部求索都旨在找到并释放自己的创造者,上帝的无名的隐藏囚徒,他反复遇到他,但他总是以某种无可辨认的形式出现"。[1] 可是作为一个自我被囚禁在罪中的"每一根羽毛都是一起谋杀的化石"(《乌鸦的勇气衰退》)的乌鸦,视像被相关的文化镜像所扭曲(《乌鸦的梳妆台》),它虽然能感知到这另一个上帝,但更多感知到的还是其毁灭性的方面,即便有时这个创造者也内在于他自己身上。如《乌鸦落败》中他对之进行可笑豪迈战斗的那个"太白了"的让乌鸦落得个焦黑下场的太阳;或是当乌鸦把天堂和大

---

[1] 这里及以上涉及的传统上帝和隐藏上帝之辨引语均见《乌鸦》唱片封套说明文字(都柏林:克拉达唱片,1973 年),这种上帝观是一种典型的诺斯替或喀巴拉思想体现。

地钉在了一起，接合处却运转失灵，变得比以往更坏，他（只得）扬言"'这是我的创造'，// 飘扬起他自己这面黑色的旗帜"（《乌鸦比以往更黑》）。

《蛇的赞美诗》是《乌鸦》里的最后一个伪圣经寓言。还原为血的"滑行与推动力"的蛇比"骗子"乌鸦（下节详谈）的过度矫正远为冷静、真实地完成了对上帝创世的消解。它精准地拆除了基督教关于堕落、被钉十字架的受难和上帝无限之爱等的教义，直到只剩下一些关于性、出生、生命和死亡的基本事实：

> 再无他事发生。
> 不会死去的爱
> 摆脱无数张脸
> 蜕下痛苦的皮囊
> 悬挂起，一具空壳。
> 仍没有受难
> 令花园阴暗
> 使蛇之歌黯淡。

相较于"希腊—罗马"神话语汇，休斯更亲近、认之为根的无疑是"盎格鲁—撒克逊—挪威—凯尔特"式的神话语言习惯，他曾坦言："究竟何者是我辈的祖先——毋庸置疑。这两种语言的'结合'的确是一笔'财富'，但在神话领域，在我们的日常思想与最深层的精神生活之间，我们无从实现类似的'结合'。"[1] 在某种程度上，《乌鸦》也是这两种神话话语进行异端智性结合的实验产物。毕竟，古希腊神话文学的诗教是历代西方文人的启蒙读物，从休斯所撰《神话与教育》一文中，我们就可以窥见柏拉图以希腊神话教育儿童的思想在西方人身心中扎根得有多深。在《乌鸦》中，除一个伪圣经寓言创作线索之外，我们还可以追寻出一个以"倒置"方法处理的古希腊神话线索。

在《乌鸦》的两首俄狄浦斯诗中，《俄狄浦斯乌鸦》里的主角选择了异于同

---

[1]〔英〕休斯：《痴迷者的阿斯加德》，载于《冬日花粉》，第 62 页。

名英雄的行动策略，他逃离而不是寻找自己的命运，他也不是被自己亲手伤害，而是被环境所残害。"单腿，缺少内脏，无脑，他自己的破布——"不幸的主角仍然没有被救赎。他被死亡绊倒，又被死亡用一个笑声支撑起生命，"乌鸦悬吊在他的单爪上"，这只因为一些未知的罪行而"被纠正的乌鸦"，是对其他那些有罪之人——存在便是他们世袭的罪——的警告，一个卡夫卡式的警告。乌鸦的痛苦并没有在恐怖的悲惨行为中达到高潮，而是遵循萨满教反复肢解的模式，尽管是以滑稽模仿、神奇扭曲的方式，失去一条腿的乌鸦"振奋于他的脚步声和它的回音"，这显然是更适合羊人萨堤尔的戏剧，而非古典希腊悲剧精纯化了的情绪。

另一首《献给菲勒斯的歌》，是同一神话的逆转，和《俄狄浦斯乌鸦》一样野蛮的黑色幽默。这首诗最初是休斯为改编塞内卡《俄狄浦斯》而作的戏剧的一部分。休斯的俄狄浦斯，其行动方案不是回答斯芬克斯的谜语来拯救陷入瘟疫的底比斯，而是从头到脚劈开怪物，但这样只释放了更多的鬼魂。谜语的最终答案以休斯反复出现的象征性噩梦之一获得呈现：人类有意或无意识地摧毁女性，暴露出人对自然（母亲神）充满罪恶感的相互关系。在《复仇寓言》中，男人"用数字、方程式、定理／这些他发明并称之为真理的东西"攻击他的母亲，并且最后杀死了自然母亲这棵大树，结果"他的头坠地，像一片树叶"。同样，俄狄浦斯用斧头劈开先前从斯芬克斯血淋淋的肠子里出来的他的妈妈，却发现：

　　……自己蜷缩在里面
　　仿佛他从未被生出

俄狄浦斯对母亲的这一具体情境中的象征性暴行，和全诗每节末尾反复出现的婴幼儿声的"妈妈，妈妈"的呼唤，暗示他的愤怒是对被压抑的乱伦渴望的转移。

休斯对普洛透斯的神话，亦是作了同样的倒置处理，将其变成了另一个关于人类对知识进行破坏性探索的寓言（《真相杀死所有人》）。普洛透斯是古老海神——海中老人，是全知者，能预言一切，但不愿透露他知道的秘密。他还能随意变形，只有当提问者能在他所有的变化中控制住他，他才会恢复自然状态，回答提问者的问题。在《乌鸦自我》中，乌鸦对古希腊英雄尤利西斯和赫拉克勒斯的追索将他们同化进了主角面无表情、沉着冷静的"乌鸦自我"中。奥维德《变形记》里的变形原则，被运用作了这些诗的结构模式，用来表明命运既难以捉摸又无可避免。一直追索尤利西斯，乌鸦只成功捉到了一条蠕虫；与赫拉克勒斯的两条鼓腹毒蛇搏斗，他错误地扼死了（赫拉克勒斯的妻子）德贾妮拉；乌鸦试图抓住普洛透斯，却发现他抓住了阿喀琉斯，阿喀琉斯依次变化为鲨鱼的食道、团成圈的曼巴蛇、2000伏的高压线、尖叫的女人、迸飞的方向盘、珠宝箱、升天的炽天使、基督炽热跳动的心。最终，乌鸦的坚持不懈得到了终结一切真相的真相——宇宙解体，一并把乌鸦也"炸得无影无踪"。

"盎格鲁—撒克逊—挪威—凯尔特"式的神话语言习惯在《乌鸦的战斗狂怒》一诗中得到了充满感情的回响，休斯对之未曾进行任何歪曲、戏仿、倒置，而是几乎照搬，可谓对自家传统的高度认同。诗中第五节中的六句，几乎是原样采用了凯尔特神话《库里牛争夺战记》中阿尔斯特英雄库丘林（Cuchulainn）的形象。库丘林体内燃烧着宇宙的能量，当他的战斗狂热爆发时，他燃烧，他变形，变成迄今为止人所未知的生物，摧毁他自己和周围的一切，此时：

> 他的一只眼睛陷进颅骨，小得像一枚钢钉，
> 另一只瞪着，一个瞠圆的盘子盛着瞳孔，
> 太阳穴青筋毕露，每根都像个满月婴儿脉搏跳动的头，
> 他的双踵折向前方，
> 他的嘴唇从颧骨飞起，他的心脏和肝在喉咙里飞舞，
> 血呈一根圆柱从他的天顶盖爆破而出——

休斯的乌鸦并不是和库丘林一样自负的战斗英雄，这个感知到死亡太像扎破个气球一样轻易的绝望者用他的笑声来应对痛苦，笑声可谓是乌鸦讽刺的终极形式。这里，他不仅笑极而泣，极致的笑还把他逼疯了，爆发出库丘林的愤怒，这愤怒的形式通向通过自我粉碎和重建而发生康复的心理发展，乌鸦最终从须发之间的愤怒的另一个世界死而复生，重新存身于世，学习行走，挺出一步，又一步……

乌鸦性格发展史和乌鸦的自我：骗子

"也许是想成为一个人"的乌鸦史诗，有完整的乌鸦之性格发展线索，整部《乌鸦》也有相应逐步推进的结构安排。在交代了"黑"历史传说和世系之后，乌鸦通过了子宫口的考试，毅然踏进了欲望与表象的虚幻世界，也即进入了物质视像的黑暗、无明之中。紧随《子宫口的考试》之后的《杀戮》虽然不太成功，没能体现出那些其所源自的古代宗教仪式上的身体残害所具有的积极心理意义，但还是暗示出了"死即是生"，最后被送进了掘墓人的手里，乌鸦或无论谁出生了。出生后的乌鸦"从日出飞到日落"，找到了实体世界的巨墙上唯一的门洞飞了进来，并从此以此门洞为家（《门》）。而后，上帝、亚当、夏娃、蛇出场了，虽然蛇的出场是一条阴茎化的蠕虫（《孩子气的恶作剧》），被乌鸦用来创造成了性的起源；上帝决定以爱教导乌鸦，这个原力、能量化身的乌鸦身心中有整个自然，但唯独没有爱（《乌鸦的第一课》）。爱的教育失败之后，"乌鸦飞落"，从深空而来的乌鸦自"无"开始，自行学习如何按照创造的规律生活。他直面从创世的群山、大海、星群到大地上的人造物什诸种证据，以其鸟眼观察世界，没有回避或诡辩，得出自己明显的结论："乌鸦眨了眨眼。他眨了眨眼。没有任何东西消失。// 他盯着眼前的证物。// 没有任何东西逃离他。（无物可逃。）"（《乌鸦飞落》）既然基督教的上帝教育无效，自己眼见的世界工程又实在浩大到令人备感无助，乌鸦便通过种种古老占卜方式，等待真正的启示。命运果然来敲门了，他听到了内心的声音，决心要过一种真正的生活——世界属于那些生活在其内并在自己的内心中感知到世界、有能力衡量世界进而拥有世界的人：

  我将要衡量它的一切并且拥有它的一切
  而我将在它里面
  像在我自己的笑声中
  而不是从一个充满血腥、黑暗的被埋葬的囚室里
  透过我眼睛的冰冷隔离室的墙

> 从外部盯视它——
> ——《乌鸦听到命运敲门》

接下来，在《乌鸦暴龙》中乌鸦终于开始出现了有良知的迹象："乌鸦想道：'哎呀/哎呀，我是不是/该别再吃了/而去试试看变成光？'"黑得彻底"无从吸收光"（《两个传说》）的乌鸦真的要变性了吗？但戳刺蛴螬的才是乌鸦，所以，最终他进化出了一只圆眼睛，可以更好地看到幼虫，一只聋耳朵，对普遍的哭泣充耳不闻，尽管他也会为他的受害者哭泣。

在《黑色畜牲》中，众多研究者都看到了在休斯的乌鸦身上最典型地体现出一种古老人类行为模式的化身——骗子（trickster）形象。早在《孩子气的恶作剧》中，发明了性欲的乌鸦，就显露出了他骗子造物主（a Trickster demiurg）的文化英雄魅影。休斯的乌鸦是奇怪的角色组合——受苦受难的普通人、文化英雄、小丑恶魔。他具有许多与人类相同的性格特征，比如厚脸皮、爱管闲事、不道德、具有破坏性有时也具有建设性等，这些性格特征往往出现在古代原始文学中的"骗子故事"主人公身上。事实上，美洲西北海岸的印第安神话中骗子就是乌鸦，白令海峡的爱斯基摩人神话中也有乌鸦的骗子——英雄形象。对于可能并不熟悉骗子神话的读者来说，有必要首先了解一下北美印第安人骗子神话研究权威保罗·拉丁（Paul Radin）界定和指明的该形象的心理含义：

> （他）同时是创造者和破坏者，给予者和否定者，他欺骗别人，也总是欺骗自己。他有意识地不对任何东西立愿。在任何时候，他都被自己无法控制的冲动所左右，被迫做出自己的行为。他不知善恶，却要对两者负责。他没有道德的或社会的价值观，任凭他的激情和欲望摆布，但通过他的行动，所有的价值都产生了……笑声、幽默和讽刺渗透在骗子所做的一切事情中……他主要是一个尚未确定正确比例的早期生命，预示着人的朦胧之形的一个人物。……它是一个"窥视镜"，描绘了人类与自身和世界的斗争，人被推进那个世界并非出自他的自愿选择也未经他同意……（骗

子形象）是一个人类试图解决他的内外问题的尝试。[1]

休斯《海滩上的乌鸦》一文属意并不在于解析同名诗作，而是为我们揭开他创造的"骗子乌鸦"的精神内核，是理解休斯骗子乌鸦的原则和方向。作为"精子之魂"的骗子，是乐观精神的化身，那是一种"在一亿五千万年之后依然热切不减、奋力抗争的精子的乐观"，这种生理性乐观，说到底，"是一种全力以赴、欲救生命于逆境之中的决心"。这象征着阳根之力的恶魔"骗子"始终以悲剧性的欢乐维持着他的生命与意志。[2]

当"黑色畜牲"由黑色乌鸦来找寻，"骗子乌鸦"几乎成了先于一切骗子们存在的强力骗子、原型骗子。"黑色畜牲在哪儿？"当乌鸦高喊着到处找寻它，从敌人颅骨的松果体、狗鲨的大脑到寂寂太空，从追着星星也要找到它的疯狂执着中，从乌鸦"扯着抹黑黑色畜牲的弥天大谎"的口诛（笔伐）中，我们上了关于"心理投射"的一堂最生动的心理学课程，人从来不会承认自己的"内心阴影""内心野兽"，对于文明化了的人，野兽只存在于敌人或兄弟（该隐眼中的亚伯）身上。小至一己，我们将其投射到邻人，大至一国，人们妖魔化一个个流氓国家……《乌鸦落败》中，认定太阳实在是太白了的乌鸦，周身勃发着英雄主义的大无畏气概，他大笑着要去攻击它的过分，打败它的炫耀，在乌鸦战斗的呐喊声中，本来苍老的树木"遽然变老"，本来伏地的树影"被击倒俯伏"，但是太阳更亮了，并烧得乌鸦浑身焦黑，然而骗子乌鸦最不缺少的就是阿Q精神：

"在那上面"，他应付道，

"白就是黑，黑就是白，我赢了。"

但是逐渐发展的性格使得乌鸦对"内心野兽"有日益清醒的认识：在《海

---

[1]〔美〕保罗·拉丁：《骗子：美洲印第安神话研究》，尚肯出版公司，1988年，前言第9页—10页。

[2]〔英〕休斯：《海滩上的乌鸦》，《冬日花粉》，第327页—328页。

滩上的乌鸦》一诗中,他认识到"他知道他是个多余的错误听众 / 对理解和有助而言——";在《乌鸦的勇气衰退》中,他终于认识到"罪责"在己,它们写在他的一根根黑色羽毛上("每一根羽毛都是一起谋杀的化石"),从而使他整个人"变得一目了然的黑"。或许这也是休斯自况因普拉斯自杀而在他身上发生的公共危机?神话的语言是危机的语言,如果没有这种沉痛切己的自发性,休斯的乌鸦新神话不会如此强大有力。但这种认知的代价是"勇气的衰退",使乌鸦患了抑郁症般的"沉重地飞着"。爆棚的自信使人一往无前,哪怕在别人的眼中幼稚可笑,面对认罪的乌鸦,我们宁肯看到他继续展露其"精子之魂"的生猛混世之姿。我们更愿意看到他坚不可摧的自我——"他的翅膀是他的唯一之书硬挺的书脊,/他自己是唯一书页——固体墨水铸就"(《乌鸦自我》)。哪怕实情是在如今这个无神的世界里,人创造的诸神俱已走失,留下"他是他自己的剩饭菜,被吐出的骨头渣"(《乌鸦的玩伴》)。亦有人将《患病的乌鸦》中,乌鸦找寻的"这位有我作为他一部分的高高在上的某某在哪里"认作是包含了黑色畜牲于其内的存在,当乌鸦最终遇到了"恐惧",攻击它,乌鸦自己也感受到了打击。从此他知道自己就是这畜牲。[1]当这黑色畜牲为了不让局面分崩离析,"把天堂和大地钉在了一起",不管出发点是什么,结果是运转失灵的接合处"坏疽腐烂,散发恶臭",借势"飘扬起他自己这面黑色的旗帜"的乌鸦,不管是嘴硬"这是我的创造"还是本有恶念在前,他已不是捣蛋鬼骗子,而是一个恶魔骗子(《乌鸦比以往更黑》)。

然而,无论性格怎么发展,乌鸦就是乌鸦,无论经受什么样的考验、磨难、被肢解、变形、消灭,乌鸦还是那只乌鸦,几乎没有变化。于是,我们看到,在戏仿惠特曼标题 Song of Myself(《我自己的歌》)的 Crow's Song of Himself(《乌鸦的自己之歌》)中,乌鸦被上帝锤击、被炙烤、被碾碎、被撕成碎片、被吹爆、被挂上树、被埋入土,作为自然物质质料的乌鸦,通过造物主的这些操作,被用来造出了黄金、钻石、酒、货币、白天、水果、男人、女人,然而,乌鸦仍然

---

[1]〔美〕加罗尔德·拉姆西在其文章《乌鸦或变形的骗子》中的观点,载《特德·休斯的成就》,〔英〕凯斯·萨格尔编,曼彻斯特大学出版社,1983年,第179页。

是乌鸦,所以上帝说,"你赢了,乌鸦",而这意念,使上帝造出了救主基督。但是,乌鸦就是那只乌鸦,有自己的意志、自己的标准、自己的行为方式,因而"当上帝绝望地离去/乌鸦在皮带上磨利他的喙,开始用在那两个贼身上"。这是可歌可泣的拒不交出自己的"乌鸦自己"啊!和他恰成反照,交出自己的,是圣乔治。

在一个无神的世界中,圣乔治是《乌鸦》里的技术文明代表。在《乌鸦对圣乔治的记述》里,这位英格兰的守护圣人变身为一位数学家、核物理学家、生物化学家,甚或某位爱因斯坦,于各种探究、操作之后,他"发现那心脏的核心是一个数字巢穴"。但是:

> 重力的核心并不隐藏在宇宙深处的某个"假定"的范畴之内,也并不随着数学钻杆的深入而逐渐暴露,而是存在于一个人对自身的感受之中,存在于他的身体和他最本质的"人之主观"当中……(他)拒绝将他的个性交给任何一种客观抽象。[1]

当一个人确实交出了他的个性,他会将他的心变成一个怪兽巢穴,然后将那些模糊的形象投射到离他最近的人身上。相信自己是纯粹的英雄,技术专家圣乔治杀死了他自己创造的这些恶龙,实际上杀死了他身边人,包括妻子和孩子。凯斯·萨格尔在这里沉重论及,"休斯在这里不仅带来了圣乔治的最新版故事,而且带来了'激进精神的整个不断重复的历史……及其背后的疯狂——它不被承认,因为它包含了所有被拒绝和忽视的东西'"。[2]

同样,《乌鸦的战争记事》里,"定理将人拗断为两半":

> 现实在授课,
> 教授圣典和物理学的大杂烩,

---

[1]〔英〕休斯:《瓦斯科·波帕》,《冬日花粉》,第302页。最后一句翻译有改动。
[2]〔英〕萨格尔:《特德·休斯的艺术》,第122页。

> 例如，这里，抓在手中的脑浆，
> 那里，挂在树梢的大腿。

定理、圣典和物理学将我们与神圣的创造、我们自然的精神需求相分离，使自我远离使我们健康和完整的本能。过度的束缚和孤立会产生一个麻木的、支离破碎的自我和社会，从而导致难以想象的暴行发生。这不啻为人类最大的危机。

数字制造炸弹和怪物。词，也能杀人。它们有着与现实世界完全不同的存在，像"文明""科学""进步"和"生产力"取代了不可言说的现实。这样的一个词可以吃掉人，排干自然，直到"慢慢化作泥浆 / 像一朵塌陷的蘑菇"（《一场灾难》）。

在乌鸦通往体验的史诗般的旅程中，乌鸦了解了上帝（和隐藏的创造者），了解了人和他自己，了解了人之科学发明、战争暴行，反思了词与物的关系。他还默观自然界——大海、荒野、石头、树叶，他意识到，大自然才是乌鸦和人类的母亲，是他们的女神，他们永远无法与她分开。西方基督教世界强调的beget，试图用"由父神生出"万物而杀死白色女神，对自然母亲的伤害事实上给自己带来了毁灭。休斯的乌鸦蔑视对科学的无情追求和消费主义的狂欢及其碎屑。文明和文化若要被他接受，需与自然和人们热情的生活相接触。

在乌鸦的意识推进中，在他双重形象中创造潜力的发展，促使他通过客体世界象征来发现自己的"更高"价值。因而，在《乌鸦的言外之意》中，他歌唱一个未指明的、形象模糊的"她"，她可能是本质的女性，永恒的夏娃，她通过爱保证生命的连续性，也保证了痛苦和死亡的连续性，以及只要有生命就存在的希望。唯有"她"的存在，能够在人类生活和丰富的自然世界之间建立起活生生的关系：

> 她无声到来，因为她不能使用词语
> 她带来花蜜中的花瓣，覆披绒毛的果实
> 她带来羽毛的斗篷，动物的彩虹
> 她带来她钟爱的毛皮，而这些便是她的话语

> 她多情前来，这就是她到来的全部目的
> 要是没有希望的话，她就不会来此
> 那么在城市里也就不会有哭声
> ——《也就不会有城市》

这也是为什么思之再三，这首诗的标题笔者没有译作"乌鸦的伴唱附歌"，而是直接译作了"undersong"的比喻义"言外之意"，因为这个"言外之意"明确指向了整部诗集中暗藏的另一线索，即在既有文明批判之外如何以体现更高意识的女性原则来寻求建设可能，建设一个富于真正创造性的、协调统一的女性原则世界。这个乌鸦所经历的混乱世界虽如摩尼教所否定般的是"悲惨的巨轮""悲惨的葬礼"，但毕竟，其中还有白色女神隐约的身影带来希望。

拉姆西（Jarold Ramsey）在其文章《乌鸦或变形的骗子》中对诗集的结构线索作了一个四阶段梳理。他提出，《乌鸦》最初的七首诗围绕着乌鸦进入尘世生命的出生主题展开；后来乌鸦扮演了骗子的角色，对上帝和人类都开玩笑；下一阶段是一系列的预言或末世诗，预言应验；最终，乌鸦逐渐进入人类状态。这最后的阶段是从《腐尸之王》到《小血》的四首总结诗，乌鸦在这里一路向北，将接受爱斯基摩萨满关于复活和新生的指导。在《逃离永恒》中，教导者教给他苦难的救赎价值：

> 他找到一块尖利的岩石，他在他的脸上凿出坑洞
> 透过血和疼痛他看向大地。
> ……
> 而后，躺在大地坟场的骨头中间，
> 他看见一个女人从腹中倾吐歌声。
> 他给了她一双眼、一张嘴，用来交换那支歌。
> 她泣出血，她号出痛。
> 痛和血乃是生命。但是男人大笑——
> 那支歌值它。

女人感觉受骗了。

"男人以个体，甚或是形式的机制'眼睛'和'嘴巴'交换、拥有了女人的这支正确地唱遍一切的歌"[1]；而女人以灵魂换来了痛和血所表征的生命，进入生命便是逃离永恒，新生的教导可以从两个方面进行，这是一笔算不清得失的账，因而"女人感觉受骗了"。

对诗集的最后一首诗《小血》，谢默斯·希尼曾做过精深解读：

> 仿佛在最后时刻，神恩进入了乌鸦诅咒的宇宙，而一个迄今一直是强迫症和自我鞭笞的声音，如同古舟子的声音，突然发现它可以祈祷。[2]

祈祷与和解的声音仍不免于凶兆实现之痛，"长得如此聪明如此可怕／吮吸着死亡发霉的乳头"的小血，会与书前献词中阿西娅的女儿舒拉小小的幽灵之影重合吗？诗人的恳求，"坐在我的手指上，哼唱在我耳中，哦小血"，能否纠正乌鸦和人类生活中失去的平衡？答案无人知晓。

在这个北地的荒凉世界中，乌鸦"不再是人性化的，人类冲动的调解人，而是人类现在在他们中拥有的创造于地球上的荒凉的绝对君主：确实，一个没有人愿意去的地方，那里也没有乌鸦飞翔"（拉姆西）。[3] 在那里，只有爱斯基摩人的美丽神话世代流传：在世界之初，乌鸦是唯一的生灵，世界像乌鸦一样是黑色的，然后又有了猫头鹰[4]，世界就有了像它一样的白，那就是下不完的雪……

---

[1]〔英〕尼可拉斯·毕肖普：《重造的诗歌：特德·休斯和一种新批判心理学》，收割者和复束出版社，1991年，第138页。
[2]〔爱尔兰〕谢默斯·希尼：《希尼三十年文选》（修订版），浙江文艺出版社，2021年，第541页。
[3]〔英〕萨格尔编：《特德·休斯的成就》，第182页。
[4] 在动物界，乌鸦的天敌是大角鸮和红尾鹰。

人文新论

作为思想载体的传注[*]
——论陈澧《东塾读书记》中的实学思想

董铁柱[**]

> 清代的思想家好用札记来表达自己的思想,陈澧的《东塾读书记》为其中代表。从体例来看,"读书记"可以被视为传注的一种。通过对朱子所言的摘录,陈澧强调传注是传统得以延续的重要载体。在撰写和阅读传注的过程中,学者得以置身于传统之中,而不重视传注则会割裂传统。由此,陈澧消解了汉宋之争的意义,因为汉学、宋学都是传统的一部分。陈澧对朱熹和郑玄的肯定并非在于调合汉宋,而是为了凸显"实学"的传统从未间断,其真正的思想在于诠释"学"的意义,亦即从传统中找到一条解决清末现实问题的道路。

梁启超在《清代学术概论》中对有清一代二百多年的思想特点概括为"以复古为解放":

> 第一步,复宋之古,对于王学而得解放。第二步,复汉唐之古,对于程朱而得解放。第三步,复西汉之古,对于许郑而得解放。第四步,复先秦之古,对于一切传注而得解放。[1]

---

[*] 本文为广东省社科项目"康、梁之前的清代岭南思想"(项目编号:GD20LN01)的阶段性成果。

[**] 董铁柱,1976年出生于杭州,北京师范大学–香港浸会大学联合国际学院中国语言文化中心副教授。毕业于美国加州大学伯克利分校东亚语言文化系,哲学博士,主要研究方向为中国古代思想和文化。

[1] 梁启超:《清代学术概论》,上海古籍出版社,1998年,第7页。

此论辩证地指出了复古与解放——或者说传统与创新——之间的关系，自民国起便被视为精妙之论断。然而，其中梁启超对"传注"二字的强调，却没有受到足够的重视。事实上，在他所说的这四个步骤中，传注涵盖了包括王学、程朱和许郑在内的所有思想，是复古最后阶段所需挑战的对象。抑或，我们可以说在梁启超看来，自孔子以降，传注就是中国思想的主要载体，中国思想的发展就是从传注出发的。

尽管梁启超此论表明清代思想的发展是为了摆脱"传注"的束缚，但这反过来也说明了他对传注客观地位的肯定，而他对传注重要性的理解，与19世纪岭南思想家陈澧可谓一脉相承。众所周知，梁启超早年求学于学海堂，而陈澧（1810—1882）自1840年执教学海堂后，在学海堂育人近三十年，对学海堂的学风影响深远，其中自然包括了梁启超。早有学者指出，梁启超对陈澧的治学方法推崇备至，[1]其中特别指出了陈澧《东塾读书记》中方法论：

> 大抵凡一个大学者平日用功，总是有无数小册子或单纸片，读书看见一段资料觉其有用者即刻抄下……资料渐渐积累得丰富，再用眼光来整理分析它，便成为一篇名著。[2]

梁启超认为《东塾读书记》正是这一类方法的代表，可以与顾炎武的《日知录》、赵翼的《二十二史札记》比肩。

遗憾的是，梁启超对陈澧《东塾读书记》的赞扬停留于此。这样的肯定更多地出于历史学家治学方法的视角，并没有从诠释学的角度对陈澧的方法论进行探讨，更没有针对陈澧对传注的态度作哲学性的评判。事实上，梁启超认为《日知录》不过是"笔记备忘之类耳"，[3]那么与之相类似的《东塾读书记》也不过是体现了推崇归纳的科学精神。但是，对于陈澧来说，传注不仅是思想家表达思想的

---

[1] 徐燕琳：《梁启超的广东研究及其学术意义》，《广东社会科学》2015年第2期。
[2] 梁启超：《梁启超全集》，张品兴主编，北京出版社，1999年，第3729页。
[3] 梁启超：《清代学术概论》，第11页。

一种形式，也是后代学者得以学习并继承前人思想的途径。通过传注，我们可以与过去和未来进行交流；可以说，传注体现了孔子"述而不作"的态度，是中国思想传统得以延续的重要载体。从某种角度来说，陈澧的《东塾读书记》也是一种"传注"。它通过选择性地对古代经典和思想家进行评述，展现了陈澧自身的思想。

本文将尝试分析陈澧《东塾读书记》中对朱熹思想的评论，进而探讨陈澧对传注的看法以及其看法背后所蕴含的历史观。在此基础上，本文将试图从诠释学的视角出发，讨论《东塾读书记》是如何以近乎传注的方式来阐述思想，又究竟阐发了什么样的思想。

一、传注：连接中国思想发展的纽带

《东塾读书记》被视为陈澧的代表之作。顾名思义，"读书记"自然是就自己所读之书所记录的体会，但事实上，所读的书目、所关注的话题与其所选录的段落都反映了陈澧的思想。"朱子"是《东塾读书记》中的最后一个部分，也是除郑玄以外唯一一位被单独分类的思想家。这显而易见地表明了陈澧的态度：朱熹与郑玄是先秦以降最重要的思想家。

当然，陈澧眼中的思想家，也许和20世纪以来的中国学者所理解的思想家有所不同：在绝大部分的《中国哲学史》或是"思想史"中，郑玄的地位并不高，有的甚至并未提及——这在相当程度上是由于现代的中国哲学史体系的构建以西方哲学为参照。而陈澧通过《东塾读书记》的整体架构，清晰地勾勒出他所理解的中国思想发展脉络：中国思想肇始于《孝经》《论语》《孟子》以及其他儒家经典，而汉以后的思想发展基本是对先秦经典的诠释。郑玄和朱熹作为对先秦经典诠释的两位最重要人物，也就自然成为了两汉以降思想界的代表。需要指出的是，这样的诠释是层累的，后人不断地通过阅读与解读前人对经典的诠释，从而作出新的诠释。也就是说，朱熹的思想从本质上讲包含了他对郑玄思想的解读，在一定程度上他是在为郑玄思想做传注，而郑玄思想本身就是通过对儒家经典所作的传注而得以阐明的。因此，传注正是连接陈澧心中中国思想发展脉络的纽带。

在这样的逻辑下，陈澧在"朱子"部分的第一则札记就强调了注疏的重要性：

> 朱子《论语训蒙口义》序云：本之注疏以通其训诂，参之释文以正其音读，然后会之于诸老先生之说，以发其精微……[1]

这一段话可以从两个层面来理解：第一层是朱子的主张，他认为注疏是为学之本；第二层则是陈澧的主张，他赞同朱子的主张，同意注疏是为学之本。这两层在逻辑上的先后是可以互换的，作为读者，我们也可以将它们理解成陈澧认为注疏是为学之本，然后用朱熹所言作为佐证。当然，从"读书记"出发，第一种理解也许更为贴切——陈澧的观点都是在读书的基础上形成的。

如果我们接受这一顺序，那么其实这一段话本身就提到了三种注疏——第一种是朱熹对《论语》的诠释，以此为基点，向前是朱熹对前人《论语》注疏的吸收，而向后则是陈澧对朱熹注疏的背书。朱熹在《论语训蒙口义》中的是显性的注疏，而朱熹对前人《论语》注疏的注疏与陈澧对朱熹注疏的背书则是隐性的。由此，不但孔子、朱熹与陈澧三人之间产生了自然的联系，而且他们也与两千年来《论语》的诠释者们产生了联系；更重要的是，阅读陈澧的我们也与从孔子到陈澧的众多古代思想家们产生了关联，成为了中国思想发展过程中的一部分。

通过注疏，我们不仅知道古人如何诵读、如何理解具体的词汇，更重要的是可以了解他们思想的精微之处。陈澧引朱熹《答张敬夫孟子说疑义书》云：

> 近看得《周礼》《仪礼》，一过注疏见成，却觉不甚费力也。[2]

这说的便是注疏的这两种功能：能让人了解古经中的文义名物，从而知晓六经所

---

[1]（清）陈澧：《东塾读书记》，朝华出版社，2017年，第469页。
[2]（清）陈澧：《东塾读书记》，第469页。

载的圣贤思想。其实这段话还暗示了注疏的第三种功能：传统的传承。当我们阅读注疏时，圣贤所创的古代经典就通过注疏获得了流传，而我们则不但可以在了解的基础上体贴圣贤之意，而且可以知晓前人是如何吸收他们的前人的观点的，从而会对那些作注疏的前辈报以敬意。

相反，如果没有注疏，传统就会被割裂，不但我们与孔子之间会产生鸿沟，而且我们和前辈注家之间也就没有了交集。陈澧引朱子《答余正父书》云：

> 今所编书内有古经阙略处，须以注疏补之，不可专任古经而直废传注……[1]

如果废弃传注而用自己的理解来解读古经本身，那么就可能造成几个后果：第一，无法真正理解古经；第二，失去了理解从古经到自己之间的前人思想的可能性；第三，如果后人持相同的态度，那么也就会失去被后人理解的可能性。简言之，各个时代的思想者之间的交流就会出现断层，从而导致传统的消亡；与此同时，人们对于前人也就自然失去了应有的尊敬。要言之，不依靠前人注解会有两种严重的后果：对自己的治学来说会走弯路，而对整体而言则否定了传统。陈澧引《朱子语类》云：

> 祖宗以来，学者但守注疏，其后便论道，如二苏直是要论道，但注疏如何弃得![2]

"祖宗以来"四字，看起来似乎过于迂腐，但事实上强调的是传统的源起，也就是说，从文明的开始之时，学者就要在注疏的基础上论道——个人思想发展的前提是对前人思想的准确把握。朱熹对苏轼兄弟的批评，正在于他们以为可以在脱离前人影响的情况下直接阐述自己的思想，其中苏轼在解释《尚书》时，不屑考

---

[1]（清）陈澧：《东塾读书记》，第469页。
[2]（清）陈澧：《东塾读书记》，第500页。

证,直接以自己的想法解经,这固然确保了创新,但却造成了严重的后果。有学者指出:"苏轼疑注,进而疑经。"[1]如前所述,废弃传注的最终后果是对传统的质疑,而对传统的质疑则可能动摇中华文明最根本的认同感。南宋时面临着严峻的外族挑战,朱熹所担心的也正在于此。同样,对于在19世纪亲身见证鸦片战争的陈澧来说,注疏也是捍卫"祖宗以来"文化传承的有力工具。因此陈澧在记录朱熹所言之时,有着强烈的代入感:"(朱子)又云:今世博学之士,不读正当底书,不看正当注疏。"对此陈澧解释说:

> 朱子自读注疏,教人读注疏而深讥不读注疏者,如此昔时讲学者多不读注疏,近时读注疏者乃反訾朱子,皆未知朱子之学也。[2]

陈澧明确将"昔时"与"近时"并举,表明朱熹所面临的问题在清末依然存在,而这一问题的根本在于割裂传统。

值得注意的是,陈澧所说的是近时"读注疏者",而昔时的是"不读注疏"者。也许有人要问,既然重视注疏,那么为何读注疏也会造成和不读注疏一样的流弊呢?这就不得不说是清代"汉宋之争"的恶果了。众所周知,清代思想界长期以来存在着汉学、宋学之争。一般认为汉学偏重于考证,而宋学偏重于义理。因此,作为程朱理学代表人物的朱熹被清代汉学的拥趸们批评也就是在所难免的了。在陈澧看来,狭隘捍卫汉学之人错误地理解了朱熹,以为重视义理的朱子会相应地忽略注疏。陈澧所言暗示我们那些批评朱熹的清代汉学学者恰恰是由于没有做到朱熹所要求的"看正当注疏"而产生了误解。这些人正是陈澧眼中的"假汉学"者。

陈澧说:"有真汉学有假汉学,亦犹有真道学假道学也。要识真汉学须读郑君书,要识假汉学,读近人书,如惠氏之类。"[3]由此可见,所谓"近时读注疏"

---

[1] 郭玉:《苏轼〈书传〉的解经与解经的文学性》,《内蒙古财经大学学报》2014年第1期。
[2] (清)陈澧:《东塾读书记》,第469页。
[3] (清)陈澧:《本朝诸儒一》,《东塾遗稿》,中山大学图书馆藏稿本。

而"反訾朱子"者,以惠栋为代表。在陈澧看来,惠栋等人的问题在于没有真正读懂朱子的注疏,而是在跳过宋人注疏的情况下试图直接与汉儒相联,这样的复古其实也是一种对传统的割裂。陈澧引朱熹所言云:

> 圣贤之言,则有渊奥尔雅而不可以臆断者,其制度名物行事本末又非今日之见闻所能及也。故治经者必因先儒已成之说而推之,借曰未必尽是,亦当究其所以得失之故,而后可以反求诸心而正其谬,此汉之诸儒所以专门名家各守师说而不敢轻有变焉者也。[1]

这段话强调无论是否同意前人的观点,研读经典一定要站在前人的肩膀之上。如果前人的诠释有误,那么应当找出他们之所以错误的原因,然后可以作相应的修正。朱熹在相当程度上肯定了汉儒的学风,陈澧也就以此进一步地驳斥了"假汉学"对朱熹的批评——其实朱熹并没有摒弃汉学,而只是在他们的基础上做了改进而已。

陈澧用朱子之言反复强调注疏的重要性,就本质而言是在表达他对于传统和个人关系的理解。不少学者认为陈澧力主调合汉宋,从治学的主张而言的确如此,但从本质来说,陈澧的观点与孔子"述而不作"的思想一脉相承,表述的不仅是方法论,更是一种历史观。

二、从传注出发所理解的传统

陈澧通过引用朱子对注疏的强调,表达了一种与伽达默尔相近的历史观。要言之,这种历史观认为人们的一切判断都离不开传统。对于陈澧来说,汉学或宋学都是对传统的割裂。推崇汉学的清代学者,无视了汉代以来历代学者的对先秦经典以及汉学传注的诠释与吸收;而推崇宋学的学者,也无视了从汉到宋的思想传承过程。相比较而言,汉学的推崇者也许更加不容易察觉自己的问题所在。因

---

[1](清)陈澧:《东塾读书记》,第470页—471页。

为相对来说，宋学讲究义理而汉学重视考据，所以汉学会以追求"客观"为己任，以为自己所探寻的是古代经典的"正义"。但事实上，所谓的"客观"并不能摆脱"主观"的影响。

这种自以为的"客观"正是伽达默尔所批评的对象。伽达默尔认为，启蒙运动以来，西方思想界存在着一种观念，把"成见"（prejudice）视为一种不经过思考就得出的判断，具有浓厚的负面色彩。[1]也就是说，在启蒙思想者看来，正确的思想应该是脱离了成见后的产物。而对伽达默尔来说，每个人都不可避免地具有成见，但成见并非是认识世界的一种阻碍，恰恰相反，它可以帮助我们认识世界，这是因为成见来自于我们生活的传统。在伽达默尔看来，诠释者和经典之间的时间距离并不是问题，恰恰相反，这种距离对于诠释来说非常重要，因为它给了"成见得以发挥功效的机会"，[2]这也就否定了惠栋等人的逻辑：他们由于汉代在时间上距离经典近而推崇汉学。

伽达默尔反对所谓的"客观主义"（objectivism）。当一个人试图进行对文本或事物进行解读时，他必然具有了传统所赋予他的前见。吊诡的是，根据这一理论，即使是对传统进行批评的人，也是由于受到了传统的影响。因此，绝对的客观是不存在的。理论上一个能做绝对客观判断的人必须完全脱离传统的任何影响，而在伽达默尔看来这样的人是不可能存在的。在我们对过去的解读中，我们从来无法与过去截然分开。正如帕尔默（Palmer）所说：传统"并不是我们的阻力，我们身在其中，通过它而得以存在；它几乎是一个透明的载体，以致于我们对它视而不见——就好像鱼儿不会注意到水一样"。[3]当然，更值得我们注意的是，伽达默尔对传统的诠释是基于西方经院哲学的解经传统而展开的，在一定程度上中国的经学也的确有类似之处。

我们可以发现，以惠栋为代表的汉学大师们在固守汉代经学传统，训诂必以汉儒为标准之时，在相当程度上体现了对客观主义的推崇。但是，汉学大师的训

---

[1] See Michael Pickering, *History as Horizon: Gadamer, tradition and critique*, Rethinking History, 3: 2 (1999), pp. 177-195.

[2] H. Gadamer, *Truth and Method*, London: Sheed & Ward, 1996, p306.

[3] R. Palmer, *Hermeneutics*, Evanston, IL: Northwestern University Press, 1969, p177.

诂果然能做到客观吗？在《东塾读书记》中，陈澧引朱子所言，表明朱子完全肯定了郑玄的成就："解经得如此简而明方好。"[1]这表明朱熹是站在传统之中的前提下阐发自己的诠释并构建自己的思想体系的，对此陈澧清楚地作了评判："朱子深明汉儒之学。"[2]而那些批评朱熹的汉学大师们，却以为自己才是传统的继承者，以为自己所作的训解是客观而正确的。尽管陈澧对他们没有作明确的批评，但是朱熹所言已经含蓄地表达了陈澧自己的观点：一个像朱熹这样优秀的思想家一定是传注传统中的一环。而当汉学大师们无视以朱熹为代表的宋学和传统的关系时，事实上已经作出了相当主观的选择。

正如伽达默尔所言："当一个人进入了对话……并且被对话带着向前时，能够控制对话或阐述对话本身意义的就不再是个人的意志，这是确然的。"[3]这很好地表明了主观和客观在诠释中的统一，也可以帮助我们理解朱熹和惠栋们。一方面，朱熹是在传统的推动下与古人对话的过程中建构自己的思想的，因此无论宋学多么强调义理，都不是全然的创新，而是具有传统所赋予的客观性；而另一方面，清代的汉学大师们即使尽量保持客观的训解，却依然身处特定的传统之中而具有不可避免的主观性。如果清朝的汉学大师们认为朱熹对经典的解读过于主观，那么正是他们自己不懂得任何解读都是传统和个体对话的结果，客观与主观平衡后的共同产物。

陈澧反复引用朱熹对传注重要性的论述，无疑是在告诉读者他与朱熹都认为对经典的解读是基于一代代传统积累的基础之上的，而但这并不意味着他不重视创新。伽达默尔说："有一个巨大的误解，以为对传统中基本因素的强调会意味着对传统毫无保留的接受和……保守主义。"[4]事实上，批判和创新也是传注之所以重要的关键原因之一。朱熹曾遇到一个现实的政治难题，就是宋宁宗是否当为宋孝宗承重，也就是他在祖父的丧礼上即位并主持丧礼是否合礼。朱熹依靠

---

[1]（清）陈澧:《东塾读书记》，第476页。

[2]（清）陈澧:《东塾读书记》，第474页。

[3] H. Gadamer, *Philosophical Hermeneutics*, Berkeley: University of California Press, 1977, p66.

[4] H. Gadamer, The problem of historical consciousness, in P. Rabinow and M. Sullivan (eds), *Interpretive Social Science*, Berkeley, University of California Press, 1979, p110.

《仪礼·丧服》疏中所引郑玄之说,才得以找到理论根据。陈澧引朱熹所言云:"向使无郑康成,则此事终未有决断……汉儒之学有补于世教者不小。"陈澧作评论说:"朱子生平于此事最折服郑君。"[1]陈澧的评论表明折服于郑玄的不只是朱熹,还有陈澧自己;而陈澧所折服的不只是郑玄,也包括了折服于郑玄的朱熹。而郑玄之所以能够令朱熹折服,是因为他的传注能够帮助近千年后的朱熹找到解决现实问题的方法。从某种意义来说,这就是朱熹对郑玄传注的创新性继承。

但是,基于传统和传注的创新者持一种包容的态度,而并非对过去作激烈的批判,因为他知道每个人都有着历史的局限性。陈澧指出,当发现郑玄注解的错误时,"朱子但云他也是解书多后更不暇仔细,而不为诋斥之语"。[2]值得注意的是,朱熹的包容并不限于郑玄。即使是对郑玄有不少攻击的王肃,朱熹也认为"亦有考据得好处",[3]对此陈澧评论说:"此愈可见朱子非偏于尊郑者,若王肃有好处,朱子固不没之也。"[4]一般认为陈澧对汉宋之争持调和态度,如果从包容性来看,他通过对朱子所言的引用与评论,的确是表达了对偏执于一方而诋毁另一方的反对;但从他对传统的观念来看,他其实是在试图消解汉宋之争。顾名思义,"调和"是在承认汉学和宋学区别的基础上进行折中,而陈澧则从根本上否认汉学和宋学存在区别。从他所选取的朱子之言中可以看到,朱熹反复在强调自己与郑玄之间的传承,而陈澧则通过朱子在暗示从汉到宋再从宋到清是一个连续发展的过程,是后人与前人通过传注不断对话的过程。正如晚清学者所言:"学之区汉宋者,俗说也。明季国初,诸大儒皆主通经致用……曷尝有汉宋之限哉?"[5]

三、《东塾读书记》:传注与实学思想

当然,宋代的思想家并非都像朱熹这样自觉地从传统的视角解读经典。陈澧

---

[1] (清)陈澧:《东塾读书记》,第475页。
[2] (清)陈澧:《东塾读书记》,第477页。
[3] (清)陈澧:《东塾读书记》,第477页。
[4] (清)陈澧:《东塾读书记》,第478页。
[5] 见(清)桂文灿《经学博采录》(郭则沄序),广西师范大学出版社,2011年,第1页。

引朱子之言指出"今人解书,且图要作文,又加辩说,百般生疑,故其文虽可读而经意殊远",甚至连"程子易传亦成作文,说了又说,故今人观者更不看本经,只读传",这样造成的后果是"亦非所以使人思也"。[1]在陈澧眼中,作文是与传注相对的。根据朱熹所说,作文是魏晋以降的产物,王弼、郭象等人"舍经而自作文",而传注则"惟古注,不作文,却好看"。[2]要言之,作文是根据自己的发挥创造来解释经文,而传注则是选取古人的训诂注解,摘录于经文之下。听起来作文似乎具有更大的空间,但是在朱熹(和陈澧)看来,看似亦步亦趋的传注却更加"好看"。正如陈澧引朱子所言云:"某集注《论语》只是发明其辞,使人玩味经文,理皆在经文内。"[3]朱熹对自己的《论语集注》颇为自负,而陈澧的《东塾读书记》则从体例来说也可以被视为一种传注。

陈澧在自己的《读书记》中绝大部分只是引用了前人的言语。就"朱子"部分而言,他几乎只是在截取朱子对各种问题的看法。换言之,如果把朱熹的看法视作朱熹对经典的各种注解,那么陈澧的《东塾读书记》就是在像朱熹的《论语集注》一样,搜集了"古注"。那么,这样的传注为什么会"好看"呢?答案就在朱熹的自我评价之中——使人玩味经文,关键在于"使人"二字。一方面,好看的传注能够给读者以空间和自由,让他们"自己"去体贴经文的妙处;另一方面,也通过对古注的选取,含蓄地引领读者解读经典的路径。正是在这个意义上,传注可以被视为一种有效的哲学表述体例,也就是说,好的传注就是一部优秀的哲学著作。

陈澧引朱子之言讲述了作传注的要点:

> 记解经云:凡解释文字,不可令注脚成文,成文则注与经各为一事,人唯看注疏而忘经,不然即须各作一番理会,须只似汉儒毛孔之流,略释训诂名物,及文义理致尤难明者,而其易明处更不须贴句相续,乃为得

---

[1](清)陈澧:《东塾读书记》,第473页。
[2](清)陈澧:《东塾读书记》,第473页。
[3](清)陈澧:《东塾读书记》,第473页。

体。盖如此，则读者看注，即知其非经外之文，却须将注再就经上体会，自然思虑归一，功力不分，而其玩索之味亦益深长矣。[1]

好的传注关键在于和经典合而为一。就传承性而言，它可以让作者与读者都自觉地感受到自己在传统之中；就创造性而言，它可以让作者与读者都有思考的空间与权利。在伽达默尔看来，传统所赋予我们并使得我们能与传统发生联系的最重要媒介之一就是语言。对这一点，陈澧似乎也非常赞同。上引朱熹之言强调在适当训诂的基础上展开自己的思考，而适当的训诂正是为了理解在传统中变化着的语言之含义。相反，王弼、郭象之流的"作文"则过于凸显创造性而忽视了传承。尽管他们依然采用《老子注》或《庄子注》的形式，但其末流则会彻底抛弃经典，从而完全地割裂传统。

那么，以摘录古注为主的传注是否会流于琐碎呢？雅罗斯拉夫·佩利坎（Jaroslav Pelikan）在《为传统辩护》（*The Vindication of Tradition*）中对此作了精彩的阐述。佩利坎的讨论是从一种拜占庭的文学体裁展开的。这种体裁的英文为 florilegium 或 bouquet，一般可以理解为"选集"。顾名思义，这种文体的几乎所有内容都是从别人的文章中摘选而成的，其特点就在于"明确拒绝'原创性'，因此必须在它的旧调重弹中——而不是旧调之外——寻找其原创性和创新性"。佩利坎指出了解读这种文体的关键：

> 一部选集是一块马赛克，它所有的瓷砖都来自其他地方；如果近距离地审视这些瓷砖或是瓷砖之间的空隙，那么就会错失了全局的要点——那就是瓷砖互相之间的关系，以及一块马赛克与其他马赛克之间的关系。[2]

要言之，当我们在阅读传注时，重要的是发现各种古注之间的关联。

陈澧显然深谙此道。他读朱子所留下的记录清晰地向读者展现了一条一以

---

[1]（清）陈澧：《东塾读书记》，第 472 页。
[2] Jaroslav Pelikan, *The Vindication of Tradition*, New Haven：Yale University Press, 1986, p77.

贯之的线，赋予看似琐碎的朱子之言以有机的关联。美国学者麦哲维认为陈澧想要把朱熹"重塑为礼仪主义者和考证学者"，[1]从而起到调和汉宋的目的，这多少有些从汉宋调和论来看陈澧思想的痕迹。事实上，陈澧很明确地以"学"为主线，其对于朱子话语的记载，紧扣从何学、为何学、如何学三点，充分展示了他对于学的理解——而"学"正是从《论语》到《荀子》的儒家思想核心之一。也就是说，陈澧所记录的既是他心目中朱熹的治学之道，也是他自己所理解的治学之道。

从何学？这个问题，前文已经给出了答案：从传注。但是陈澧的答案并不限于此。从传注中学哪些内容呢？陈澧引朱熹之言指出：具体学习的内容除义理外，包括音律、礼学、乐律、通典、算学、历法和地理等多项。这样的学习内容让人联想到学海堂的教学体系。有学者指出陈澧的教学理念是"以文学总会四科"——德行、言语、文学和政事，[2]但在鸦片战争前后的广东，学海堂的教学内容却已然包括了天文、历法、算术等带有近代科学色彩的学科。作为学海堂的老师，陈澧显然在传统中找到了如此设置课程的依据。陈澧引朱熹《答杨元范书》云："字画音韵，是经中浅事，故先儒得其大者多不留意。然不知此等处不理会，却枉费了无限辞说牵补，而卒不得其本意。"[3]这是强调小学的重要性——朱熹的小学自然无需多言。与此同时，陈澧非常细致地指出朱熹对其他方面的重视和造诣，《答谢成之书》云："天文、地理、礼乐、制度、军旅、刑法皆是著实有用之事业，无非自己本分内事。"[4]因此，与其说是把朱熹描绘成一个礼仪主义者，不如说是一个"实学"的倡导者。一般认为，出于对阳明心学的反动，明末清初出现了实学思潮，以顾炎武、黄宗羲和颜元等人为代表的实学思想家们在反对空谈的前提下，主张实学实用，立足经济事功。[5]学海堂的创立者阮元也是实

---

[1]〔美〕麦哲维：《学海堂与晚清岭南学术文化》，沈正邦译，广东人民出版社，2018年，第288页。
[2] 於梅舫：《学海堂与汉宋学之浙粤递嬗》，社会科学文献出版社，2016年，第183页。
[3]（清）陈澧：《东塾读书记》，第480页。
[4]（清）陈澧：《东塾读书记》，第485页。
[5] 吴光：《从阳明心学到"力行"实学——论黄宗羲对王阳明、刘宗周哲学思想的批判继承与理论创新》，《中国哲学史》2007年第3期。

学思想的倡导者。[1]通过"传注",陈澧不但强调了实学的重要性,而且把实学思想的传统上溯至朱熹,更是通过朱熹的传注把实学思想的源头继续上溯至先秦的经典。

以算术为例,陈澧说"(朱子)《文集》有《壶说》一篇,算《礼记》投壶之壶周径甚详,可见朱子知算学。《语类》云:算法甚有用。"[2]"甚有用"不仅是朱熹的判断,同时也是陈澧自己的判断。看似简短的一则札记,既有陈澧自己的叙述口吻,又有朱熹的观点,还指明了朱熹的观点与《礼记》有关。这是陈澧的记录"好读"的原因所在。他并没有把自己的观点直接抛给读者,读者如同和他一起在探索朱熹的思想,思考朱熹为何对算法如此重视,从而自己找到从先秦经典到朱熹,再到陈澧和自己的传承。

同样,陈澧摘录了朱子对于地理的论述:"大凡两山夹行,中间必有水,两水夹行,中间必有山……"陈澧写下了自己的读书体会:"朱子之讲求地理又如此……尤地理之要言也。"[3]陈澧的评论绝不是为了凸显朱子思想的多样性,其更深层次的目的藏于对朱子历法造诣的札记中。陈澧引朱子之言云:"《答曾无疑书》云:历象之学,自是一家,若欲穷理,亦不可以不讲。"也许朱熹在此处所说的穷理是"理学"之"理",但陈澧在记录这一则时,他心中的"理"则可能有别的含义。他接着又引朱子说:"《语类》又云:今坐于此,但知地之不动耳,安知天运于外而地不随之以转耶。"然后他评论到:"此则今人西洋人地动之说,朱子亦见及矣。"[4]可见陈澧心中的理,包含了现代科学之理。这进一步证明陈澧绝不满足于调和汉宋,也不满足于调和四科。面对西洋文明的冲击,他并不排斥,而是希望通过学习传注,从古代传统中找到现代实学的渊源,从而为教育的转型提供理论的基础。

这其实回答了第二个问题:为何学。《东塾读书记》以札记为主,几乎没有明确地表达对现实问题的关注,但这并不意味着陈澧没有给读者暗示。他多次强

---

[1] 彭林:《阮元实学思想丛论》,《清史研究》1999年第3期。
[2] (清)陈澧:《东塾读书记》,第491页。
[3] (清)陈澧:《东塾读书记》,第484页—485页。
[4] (清)陈澧:《东塾读书记》,第484页。

调了"反躬践实"[1]，也就是说读书的目的在于实践。陈澧引朱子之言云：

> 《语类》云：如说仁义礼智，曾认得自家如何是仁、自家如何是义、如何是礼、如何是智，须是著身己体认得。如读学而时习之，自家曾如何学、自己曾如何习……若只逐段解过去，解得了便休，也不济事。[2]

这段话的关键在于"自家"二字。所谓"反躬"，就是要亲身去实践。学习经典和传注中的道理是为了每个个体可以在生活中实践和体验，如果只是懂得了道理，那么是"不济事"的，必须要落实到个人自己。从个体来说，每个人都是不同的；从群体来说，每个时代又是不同的。学，就是要解决当前的问题。在陈澧所处的时代，个人所遇到的是前所未有的冲击，因此学之目的就是来更好地面对现实。在陈澧看来，南宋时朱子也遇到了类似大家好高谈阔论却疏于践履的问题："南宋时风气之弊，朱子救正之。"所谓的风气之弊，陈澧引朱子之言说："今日学者乃舍近求远，处下窥高，一向悬空说了，扛得两脚都不着地……"[3]朱子眼中的今日学者，也正是陈澧眼中的今日学者；陈澧认为朱子救时弊，那么他自己也同样可以"正风气"。而所谓的正风气，则就是让学者通过读书而能够真正地实践。陈澧在学海堂的弟子桂文灿说："粤东自国初以来，诗坛最盛。讲学者……躬行实践。"[4]很显然，陈澧对实践的重视通过学海堂的教育得到了广泛传播。

那么，应该如何学呢？陈澧引朱子之言，主张要循序渐进。再一次，这首先是朱熹的观点，但是依然暗含了陈澧的主张。陈澧摘录的《朱子语类》表示，读书要从《论语》《孟子》入手，因为它们"平易"，对此陈澧说："既知必在乎读书，又当知读书有次第如此。"[5]只有按照合理的顺序，学者才可以一方面懂得义

---

[1]（清）陈澧：《东塾读书记》，第 492 页。

[2]（清）陈澧：《东塾读书记》，第 492 页。

[3]（清）陈澧：《东塾读书记》，第 505 页。

[4]（清）桂文灿：《经学博采录》，广西师范大学出版社，2011 年，第 3 页。

[5]（清）陈澧：《东塾读书记》，第 496 页。

理,另一方面又可以在生活中实践。陈澧引朱子之言云:"《答滕德粹书》云:取其书,自首至尾,日之所玩,不过一二章,心念躬行。"一天只需要一二章,不能操之过急——这固然是读书的方法,不过未尝不是对清末中国急于迎头赶上的心态的劝诫。其中的"玩"字尤其值得注意。根据《说文解字》,玩,弄也,也就是对玉的摩弄。朱熹用玩字,表明读书也是对自身的打造,突出了学习过程中"躬行"的实践意义。当然,躬行必须是建立在读书的基础之上的,陈澧引朱熹之言强调:"《语类》又云:若曰何必读书,自有个捷径法,便是误人的深坑。"[1]

为了强调"学"本身的纯粹性,陈澧又引朱熹之言批评了科举之弊:

> 南宋时科举之弊,朱子论之者甚多。其言亦极痛切……《衡州石鼓书院记》云:今日学校科举之教,其害有不可胜言者……《贡举私议》云:名为治经而实为经学之贼……《语类》云:时文之弊已极,日趋于弱,日趋于巧小,将士人这些志气都消削得尽……[2]

显然,这也是陈澧对清末时科举的批评,而改变这种风气正是阮元创立学海堂与陈澧执教学海堂的初衷。

综上所述,陈澧在《东塾读书记》中用传注的形式表达了他的思想,而在"朱子"这一部分中集中体现的则是他对"学"的阐述。众所周知,"学"是《论语》中孔子思想阐述的起点。陈澧通过对朱熹言语的摘录,引导读者与朱熹的观点进行对话,从而自然地体会到他自己想表达的思想:在清末这个动荡的时代,要循序渐进地学习经典与传注,通过实践解决现实的问题。

四、总结

陈澧《东塾读书记》看似的琐碎,也许正是其表达思想的特殊方式。这种方

---

[1]（清）陈澧:《东塾读书记》,第504页。
[2]（清）陈澧:《东塾读书记》,第510页—511页。

式并非他的创造,而是源自中国思想史的传统。梅约翰(John Makeham)在《述者与作者》一书(*Transmitters and Creators*)中高度赞扬了传注这种表述思想的体例,认为从何晏《论语集解》、皇侃《论语义疏》、朱熹《论语集注》到刘宝楠《论语正义》不仅体现了对《论语》解读的传统,而且展现了各个时期不同注家自身的思想。[1]在一定程度上,陈澧也正是这一传统中的一员。

通过阅读和学习传注,陈澧将自己与以朱熹为代表的前代学者相连,继承了传统;通过撰写传注,陈澧阐述了自己的思想,给了后人与包括他自己在内的前人对话的机会。其关于朱子文献的记录,展现了对实学思想的关注,既强调了传统的影响,又具有鲜明的时代特色。因此,尽管陈澧没有像梁廷枏等其他学海堂人一样向外寻找答案以解决清朝所面临的种种问题,但是通过传注他向传统寻找答案,赋予实学以正统性,从而鼓励当时的学者去解决实际的问题,并跳出了汉学宋学两分的窠臼。这也正体现了梁启超所说的通过传注而"以复古求解放",从而将传统与现代联系在了一起。

---

[1] John Makeham, *Transmitters and Creators*: *Chinese Commentators and Commentaries on the Analects*, Cambridge: Harvard University Asia Center, 2004.

内丹道与宋元文化生活

宋学立[*]

> 内丹道与程朱理学、养生学的互动，是内丹道对宋元文化生活多方位影响的典型代表。接续道教内修术传统，以内丹学注解《参同契》，以丹道参证天道，以易道会通丹道是朱熹丹道思想的三大思想特征。吴澄丹说的主要特点是以丹道会通医道。苏轼的龙虎铅汞养生思想主张顺则成人、逆则成丹；内丹合炼的药物——气和水出自心肾，藏于肝肺；五脏之性，心正肾邪，心为主为官。心性之学是儒道会通的理论基石。内丹道与宋元文化生活的互动，是唐宋以来三教融合的重要表征。

宋元时期，内丹道派叠出、丹道修证理论与实践在创新中发展。在三教融合时代语境下，内丹道走出道门，对宋元思想文化、社会生活产生了深远影响。宋元理学家或沿着内丹道理路注解道教经书，或直接言丹释丹修丹。心性学成为宋代以来三教的核心话语之一。道教内丹学对程朱理学的本体论、心性论产生了不容否认的影响，呈现以心性会通儒道的特征。同时，丹道养生受到宋元社会各个阶层的广泛关注，内丹养生学成为宋元社会特别是精英阶层的一种"公共知识"。

一、内丹道与程朱理学

宋继先秦以后，迎来儒学发展的第二个高峰期。程朱理学，融摄释老，成为

---

[*] 宋学立，中国社会科学院古代史研究所、中国国学研究与交流中心副研究员，中国社会科学院大学历史系硕士研究生导师，研究方向宋元道教史、文化史。

儒学思想发展的新形态。理学家虽以儒门正宗正统言传身教，但言语之间，或隐或显地流露出对丹道长生之学的涉猎，乃至实践。

（一）理学家研修内丹

和佛教相比，二程虽有"道教之说，其害终小"的认识，但从其文集、语录中，不难发现对道家道教之学的借重吸收。程颐曾说：

> 庄生形容道体之语尽有好处。老氏"谷神不死"一章最佳。[1]

有人问及对神仙之说的认识时，程颐未统而论之，而是一分为二，认为白日飞升不可能，但居山修行、保形炼气以延年益寿者，则不容否认。被问及圣人能否师仙时，程颐回答：

> 此是天地间一贼，若非窃造化之机，安能延年？[2]

言外之意，如果能窃得造化之机，就能修仙延年。专就养生长生，程颐也有的论：

> 世间有三件事至难，可以夺造化之力：为国而至于祈天永命，养形而至于长生，学而至于圣人。此三事，功夫一般分明，人力可以胜造化，自是人不为耳。[3]

三事不但"功夫一般"，而且"理道皆一"。[4] 会通儒道、身国同治的思想，跃然可见。

---

[1]（北宋）程颢、程颐：《程氏遗书》，华东师范大学出版社，2010年，第90页。
[2]（北宋）程颢、程颐：《二程集》，中华书局，2004年，第195页。
[3]（北宋）程颢、程颐：《二程集》，第291页。
[4]（北宋）程颢、程颐：《二程集》，第375页。

1. 朱熹的丹道思想

朱熹集理学之大成。和众多理学家一样，其对道教修养之学的认识，离不开平日与道门之士的广泛接触。他曾与虚谷子刘烈谈《易》，论还丹之旨。《朱文公熹赠刘虚谷诗》云：

> 细读还丹一百篇，先生信笔亦多言。
> 元机漫向经书觅，至理端于目睫存。
> 二马果能为我驭，五芽应自长家元。
> 明朝酒醒下山去，此话更从谁与论。[1]

当有人请教有无神仙之说时，朱子回答"谁人说无？诚有此理。只是他那工夫大段难做，除非百事弃下，办得那般工夫，方做得"[2]，与程颐异口同声。他喜读《参同契》。托名"崆峒（空同）道士邹䜣"注《周易参同契》《黄帝阴符经》，阐释丹道思想。

（1）接续内修术传统，契合唐宋内丹道大传统，以内丹学注《参同契》。[3]
《参同契》卷上：

> 内以养己，安静虚无。元本隐明，内照形躯。闭塞其兑，筑固灵珠。三光陆沉，温养子珠。视之不见，近而易求。黄中渐通理，润泽达肌肤。初正则终修，干立末可持。一者以掩蔽，世人莫知之。

以往多有以此言为据，立论《参同契》为言内丹者。实则是汉唐外丹话语掌握主

---

[1] （清）毛德琦：《庐山志》卷一〇，清康熙五十九年顺德堂刻本。
[2] （南宋）黎靖德编：《朱子语类》卷四，中华书局，1986年，第80页。同见（南宋）彭耜纂集：《道德真经集注杂说》卷下，《道藏》第13册，文物出版社、上海书店、天津古籍出版社，1988年，第272页下栏。
[3] 《周易参同契》为外丹著作，但其中亦有内修内炼方面的论断。唐宋以来，始从内丹思路解之。参见戈国龙《〈周易参同契〉与内丹学的形成》，《宗教学研究》2004年第2期。

导权历史语境下内修之法的体现。朱子注云：

> 此乃以内事言之，于经中最为要切。而"三光陆沉，温养子珠"之一言，又要切之要切者。

以此句为《参同契》之关键，显然是有意将《参同契》的解经思路引向内丹学。注"巨胜尚延年，还丹入口……改形免世厄，号之曰真人"一句，直言"此言内丹，而言入口"。[1]

（2）以丹道参天道，造化在我。注《阴符经》"观天之道，执天之行，尽矣"一句，称天地万物之中"人为最灵，本与天地同体。然人所受于天地，有纯杂不同，故必观天之道，执天之行，则道在我矣"。注"食其时，百骸理"，云"天地万物主于人，人能食天地之时，则百骸理"。[2] 肯定人的主体性同时，主张以天地之道观照"人道"，如此才能固握天地造化于己手，去杂返纯，与天地造化同体。以"五行"释"五贼"，体认五行在天地中的运行原理，就能够实现"造化在我"。注《参同契》"将欲养性，延命却期……"一句，称："言人之始生，亦以阴阳交合而成。今欲为丹，亦犹是也。凡言道者，皆丹之托名。"[3] 此与《阴符经注解》一脉相承，不仅论述人与天地万物皆由阴阳和合而成之理，而且直言"丹即道"。修丹即是夺造化之机，返本还源，与造化同体。

（3）以易道会通丹道。朱熹说：

> "坎、离、水、火、龙、虎、铅、汞"之属，只是互换其名，其实只是精气二者而已。精，水也，坎也，龙也，汞也。气，火也，离也，虎也，铅也。其法以神运精气，结而为丹。阳气在下，初成水，以火炼之，则凝成丹。[4]

---

[1]《道藏》第20册，第121页下栏、123页中栏。
[2]《道藏》第2册，第826页中栏、827页中栏。
[3]《道藏》第20册，第126页下栏。
[4]《朱子语类》卷一二五，第3002页。

以意念调治体内精气，水火既济、抽坎填离、龙虎交媾、调和铅汞，皆为同义语，皆指体内真阴真阳交合而成丹的过程。注"二用无爻位，周流行六虚"，云"二用云者，用九、用六，九、六亦坎、离也。六虚者，即乾、坤之初、二、三、四、五、上六爻位也。言二用虽无爻位，而常周流乎乾、坤六爻之间，犹人之精气，上下周流乎一身而无定所也"，以卦象、卦爻喻精气在人体内的流转。注"覆冒阴阳之道……数在律历纪"，云"此言人心能统阴阳，运毂轴以成丹也。衔辔谓所以使阴阳者，绳墨谓火候，轨辙指其升降之所由，中谓心，外谓气，数即下文六十卦之火候也"。[1]"人心能统阴阳"，即以丹道参天道，用"衔辔""绳墨""轨辙""中""外"描述内丹行持门径、火候、节次。最后一句"数即下文六十卦之火候"，更是熔易道与丹道于一炉。南宋鲍仲祺对朱子注颇为称善，称其"尝隐名而为之雠定，考辨正文，引证有理，颇得其真，可以依据"。[2]

2. 吴澄丹说

元代理学家吴澄（1249—1333），一生于"《易》《春秋》《礼记》，各有纂言，尽破传注穿凿，以发其蕴，条归纪叙，精明简洁，卓然成一家言"。[3]《元史》有传。与许衡并称"北许南吴"。吴澄虽以绍继理学统绪自任，然对道家道教非但不排斥，而且多与道士往来，唱和诗文广泛见诸《吴文正集》。

吴澄曾作《题内丹显秘》绝句三首，和武夷山陈虚白向弟子杨清远传授内丹显秘一事。如云"死户生门出入机，中间消息有谁知。希夷隐去泥丸显，何代无人续正支"，"鬼委白人易皋翁，瘦辞拟易作参同。广成轻把天机泄，直为膝行趋下风"。[4]陈虚白即虚白子陈冲素。《正统道藏》收其《规中指南》，全书多引《悟真篇》《周易参同契》《周易》《尚书》以及张伯端、马丹阳、李简易等丹家之语，是元代内丹学的系统之论。

除了诗文唱和，吴澄有《丹说赠陈景和》《丹说赠罗其仁》《丹说赠刘冀》《丹

---

[1]《道藏》第20册，第120页上中栏、119页中栏。

[2]《道藏》第20册，第159页中栏。

[3]（明）宋濂等：《元史》卷一七一，中华书局，1976年，第4014页。

[4]（元）吴澄：《吴文正集》卷九二，《景印文渊阁四库全书》第1197册，台湾商务印书馆，1986年，第859页下栏—860页上栏。

说赠吴生》等丹道专门之论。《丹说赠罗其仁》对丹性、丹色、丹德、内外丹及其修炼方法和功效等有比较集中的论述：

> 丹也者，至阳之气所成也。似朱非朱，似赤非赤，丹之色也。似玉非玉，似石非石，丹之德也。古之真人，阳纯阴绝。方其初也，以无象有，用铅非铅，用汞非汞，成之而温养，使精神魂魄混合不离，可以长久者，内丹也。及其究也，以有象无，用铅为铅，用汞为汞，成之而服食，使骨肉血髓消铄俱融，可以升举者，外丹也。

《丹说赠陈景和》阐释了外丹以内丹为本的思想，以及陈抟《先天图》在丹道修持理论上的价值：

> 丹出井中，玉质而日色，盖至阳之气所成。知丹之名，则知丹之实矣。希夷先生陈图南所传六十四卦图，丹之道具。是鲁山景和非图南后人乎？好外丹。夫外者，内之景象也。如好之，有图南之图在。

吴澄丹说的一大特点是以丹道会通医道，弘扬丹道的济世之功。他以"丹"为"丸"之别名。医家丹丸可以抵达人体之下丹田，"盖以其匹配阴阳，依放造化，可以愈沉痼，可以扶危急，可以救卒暴，可以起死回生，可以延年益寿，虽医之用，而有仙之功焉"。他盛赞庐陵医家罗其仁，克绍父业，精通"铅汞交媾之术、鼎炉烹炼之法"，以丹药济世，治疗未病，"其为丹也，既有仙之功；其为人也，又有仙之行矣。功行可仙，则丹非凡丹也"。吴澄将丹分为二种，即神仙延年之丹和神医愈疾之丹。刘冀精通医道，尝遇异师得授济世活人丹法，"药物有交媾，火候有进退；有烹炼，有温养"。在吴澄看来，刘冀之药妙合阴阳、巧夺造化，能治难愈之疾，能延弥长之寿，世俗凡药不能与之比肩。[1]需要明确的一点，丹道之丹和丹丸之丹是有根本区别的。不过，从上文论述不难发现，吴

---

[1]（元）吴澄：《吴文正集》卷六，《景印文渊阁四库全书》第1197册，第78页上栏—79页上栏。

澄不仅对丹道传承谱系和丹道从生死处下手以及秘传私授之法都有比较清晰的认识，而且对丹道与医道的关系、医道借用丹道修持理论炼药活人功行大加阐扬。

（二）丹道之学对程朱理学的贡献与影响

理学家对内丹理论的诠释与实践不仅使丹道之学走出道门，扩大社会影响，而且为理学的发展提供（潜在的）理论给养，推动了理学本体论和功夫论创新。

从本体论角度讲，最典型者当属陈抟图书学对程朱理学的影响。朱子在不同场合多次谈到《先天图》出自道家，以及陈抟传图及其对理学的影响。如《朱子语类》称：

> 《先天图》传自希夷，希夷又自有所传。盖方士技术用以修炼，《参同契》所言是也。（卷一〇〇）
>
> 《先天图》与纳音相应，故季通言与《参同契》合。以图观之，坤复之间为晦，震为初三，一阳生；初八日为兑，月上弦；十五日为乾，十八日为巽，一阴生；二十三日为艮，月下弦。坎离为日月，故不用。《参同契》以坎离为药，余者以为火候。此图自陈希夷传来，如穆、李，想只收得，未必能晓。康节自思量出来。（卷六五）

《宋元学案》称，麻衣道者将先天图传授陈抟。朱震《经筵表》载述了陈抟后学对《先天图》《无极图》的传承，及其对宋代理学的影响：

> 陈抟以先天图传种放，放传穆修，穆修传李之才，之才传邵雍。放以河图、洛书传李溉，溉传许坚，许坚传范谔昌，谔昌传刘牧。穆修以太极图传周敦颐，敦颐传程颢、程颐。是时张载讲学于二程、邵雍之间。故雍著《皇极经世书》，牧陈天地五十有五之数，敦颐作《通书》，程颐著《易传》，载造太和、叁两等篇。[1]

---

[1]（元）马端临：《文献通考》卷一七六，中华书局，2011年，第5251页。

《宋元学案》层垒式构建了河上公、魏伯阳、钟离权、吕洞宾、陈抟、种放、穆修、周敦颐之间《无极图》的传授谱系，称：

> 其图自下而上，以明逆则成丹之法。其重在水火。火性炎上，逆之使下，则火不燥烈，惟温养而和燠。水性润下，逆之使上，则水不卑湿，惟滋养而光泽。滋养之至，接续而不已；温养之至，坚固而不败。其最下圈名为"玄牝之门"，玄牝即谷神，牝者窍也，谷者虚也，指人身命门两肾空隙之处，气之所由以生，是为祖气。凡人五官百骸之运用知觉，皆根于此。于是提其祖气上升，为稍上一圈，名为"炼精化气，炼气化神"。炼有形之精，化为微芒之气，炼依希呼吸之气，化为出有入无之神，使贯彻于五脏六腑，而为中层之左木火、右金水、中土相联络之一圈，名为"五气朝元"。行之而得也，则水火交媾而为孕。又其上之中分黑白、两相间杂之一圈，名为"取坎填离"，乃成圣胎。又使复还于无始，而为最上之一圈，名为"炼神还虚，复归无极"，而功用至矣。盖始于得窍，次于炼己，次于和合，次于得药，终于脱胎求仙，真长生之秘诀也。周子得此图，而颠倒其序，更易其名，附于大易，以为儒者之秘传。盖方士之诀，在逆而成丹，故从下而上；周子之意，以顺而生人，故从上而下。太虚无有，有必本无，乃更最上圈"炼神还虚，复归无极"之名曰"无极而太极"。太虚之中，脉络分辨，指之为理，乃更其次圈"取坎填离"之名曰"阳动阴静"。气生于理，名为气质之性，乃更第三圈"五气朝元"之名曰"五行各一性"。理气既具而形质呈，得其全灵者为人，人有男女，乃更第四圈"炼精化气，炼气化神"之名曰"乾道成男，坤道成女"。得其偏者蠢者为万物，乃更最下圈"玄牝"之名曰"万物化生"。[1]

顺则成人，逆则成丹。周敦颐"反其道而用之"，以"无极而太极"为宇宙本原，宇宙万物皆由阴阳二气和五行相互作用构成。五行统于阴阳，阴阳统于太极。万

---

[1]（清）黄宗羲、全祖望：《宋元学案》卷一二，中华书局，1986年，第515页。

物之中"唯人也得其秀而最灵",与内丹道对人主体性的肯定和重视一脉相承。所不同者,内丹道旨在通过以人道参悟天道,性命双修,超越生死。周敦颐等理学家重在通过阐悟天道,开悟心性,为中正仁义之人道,即人伦道理寻找天道本体层面的内在依据。

理、气、性、命、道、心等是程朱理学的几组核心话语。朱子主张"心具众理":"心者人之神明,具众理而应百事者也""心包众理,万理具于一心""理不是在面前别为一物,即在吾心"。(此与陆九渊"心即理""吾心即宇宙,宇宙即吾心",可互相发明。)又以天即理,命即性,性即理。"道即性,性即道,固只是一物"。[1]朱子心具理说重在为道德实践提供内在、超越的依据。然而,人心含括宇宙万理的思想与内丹道天人同构、人体小宇宙与自然大造化同源的理论,一儒一道,共同构成了宋元思想史之"双璧",深刻揭示了时人在道德践履与个人修证上同出的理论旨趣。

内丹道的修持功夫深刻影响了程朱理学的功夫论。前面谈到,朱子主张"理在吾心",不可外求。就像修炼内丹,铅汞、龙虎皆为身内之物,即"人须是体察得此物诚实在我,方可。譬如修养家所谓铅汞、龙虎,皆是我身内之物,非在外也"。[2]又说:"心虚则理实,心实则理虚。'有主则实',此'实'字是好,盖指理而言也;'无主则实',此'实'字是不好,盖指私欲而言也。以理为主,则此心虚明,一毫私意着不得。譬如一泓清水,有少许砂土便见。"[3]全真家主张修炼内丹,要虚心静意,灭心绝念,以显道性:"心不逐物谓之安心,心不受物谓之虚心。心安而虚,便是清静,便是道也","凡日用者,心无杂念,意不外游,放而不逸,制而不拘,明心识法,去智离空,十二时中念念现前,若滞现前,亦非其理,若离现前,无有是处,会动静、知去来,般般放下,无挂无碍,便是逍遥自在底人也。但说皆非,自当消息"。[4]虚心现理、澄心见道,儒家心性论与道家心性论虽同途异果,但在功夫论上的相互融摄是显而易见的。

---

[1] (南宋)黎靖德编:《朱子语类》卷五,第82页—83页。
[2] (南宋)黎靖德编:《朱子语类》卷九,第155页。
[3] (南宋)黎靖德编:《朱子语类》卷一一三,第2745页—2746页。
[4] 《道藏》第23册,第719中栏、728页中栏。

二、内丹道与养生

内丹道对宋元社会产生了多方位的影响。宋元时期，言丹、好丹、修丹之士在在有之，"内丹思想已经是一种活生生的生活形式，而非仅是一种僵硬的思想观念"。[1]

（一）丹道养生学在宋元社会的传布

宋元时期，随着内丹道的传播，丹道养生在朝野上下掀起热潮。宋张邦基《墨庄漫录》记载，宣和间，李传任大府卿时，年事虽高，气色不衰。应徽宗诏，进内丹术。他从气、神、形关系入手，认为人因气而生，"气住则神住，神住则形住，形住则长生"。他将养生之法删繁就简，进呈《进火候》《进水候》上下二篇。李氏养生法并非纯正意义上的内丹之法，而是将呼吸吐纳之法和丹道相结合，如云：

> 一咽二咽，云蒸雨至。三咽四咽，内景充实。七咽九咽，心火下降，肾水上升。水火既济则内丹成，可以已疾，可以保生，可以延年，可以超升。[2]

无独有偶，南宋孝宗朝王道著《古文龙虎经注疏》，凡3卷33章。《直斋书录解题》《文献通考》有著录。王道自述"自志学之年，则喜闻其事，衷集丹书，研咏意味，夜以继日，至忘寝食"。终遇真师传授，始悟：

> 日魂月魄为真铅、真汞，从无质以生而有灵质，万物动静，莫不由之。若安炉立鼎，制造神室，拶日月之根，运水火之变，不失天符之旨，则大药神丹可得。

---

[1] 张广保：《唐宋内丹道教》，上海文化出版社，2001年，第341页。
[2] （宋）张邦基：《墨庄漫录》卷九，中华书局，2002年，第243页。

《龙虎经》为外丹著作，王道以《周易参同契》解之，但力辟外丹说，以内丹道理路注疏，契合宋元内丹修炼社会风尚。该书署宋保义郎差充皇弟少傅恩平郡王府指挥使臣王道注疏。《自序》又云"一介武弁、隶职王府"，《四库全书总目》推测"盖本藩邸环卫官而依附道流者也"。[1]书前有王道故友、太乙宫道士周真一奏进札子。一介武夫对丹道之学如此执着了悟，注疏之作有机会面见天颜，可以想见内丹学在南宋朝野的影响。

少数民族深受中原道教文化熏陶，同样好内丹养生之道。《辽史·圣宗本纪》记载，统和七年（989）十一月甲申，于阗张文宝向辽圣宗进内丹书。[2]此事诸家史籍未详述，但至少说明，不仅在辽朝上层而且在西域地区丹道、丹书均有广泛的市场。

元代文人精英言丹、识丹者亦不在少数。有的通过诗文唱和丹道妙理。方回（1227—1307），字万里，一字渊甫，号虚谷，别号紫阳山人，宋元两朝先后任严州知府、建德路总管等职。其《全真教随喜》诗主张清静无为养性灵，注重内在的性命修炼，一语道破内丹修行关键。[3]聂古柏，字里不详。官居吏部侍郎。《安南志略》记载，至大四年（1311），奉诏出使安南。其《题碧涧堂》诗云："龙虎丹成知九转，凤凰飞去已千年。"[4]袁桷《野月观记》分道教养生理论为南北二宗，对北宗全真境中养性、超脱生死之学了然于胸。[5]赵汸（1319—1369），字子常，号东山。传朱子、吴澄之学。明洪武初奉诏撰修《元史》。当被问及逆则成丹的原理时，他回答说：

> 人有五藏，外应五行。散精布气以养形也，阳施阴受以传代也，非逆不足以握神机而成变化。天有五气，行乎地中。流润滋生，草木荣也；絪缊上腾，发光景也。非逆不足以配灵爽而贯幽明。知金丹之为逆者，则生

---

[1]《四库全书总目》卷一四六，中华书局，1965年，第1253页。
[2]（元）脱脱等：《辽史》卷一二《圣宗本纪》，中华书局，1974年，第136页。
[3] 杨镰主编：《全元诗》，中华书局，2013年，第507页。
[4]（清）顾嗣立编：《元诗选三集》，中华书局，1987年，第153页。
[5]（元）袁桷：《袁桷集》卷一九，中华书局，2012年，第991页。

气得所乘之机矣。夫岂一物对待之名哉?[1]

除了精英阶层好言丹道养生之外,也可以通过宋元笔记小说一窥时人对内丹的认知。绍兴末,福州有一乞丐,名陈毡头。"口中常吐一物于掌,莹白正圆,玩弄不已。或为人所窥,则笑而复吞之,盖内丹也"。民众关于内丹的认识和传说,未免粗鄙浅陋,但"未尝梳发而头无虮虱,未尝澡浴而身不臭……月余不出乞食。蓦然一出,则奔走不少驻"等语,至少从一个侧面揭示了修丹与养生之间的内在联系。[2]

(二)苏轼龙虎铅汞养生思想

蜀学向被冠以"驳杂",与三苏融摄三教的思想有直接关系。苏门父子中,以苏轼对道家道教养生之学属意为多,这与他一生多次被贬谪以及体弱多病不无关系。元丰中谪居黄州任团练副使时,尝言:"近年颇留意养生,读书,延纳方士多矣,其法百数,择其简易可行者,间或为之,辄有奇验。"绍圣二年(1095)谪居惠州时作《龙虎铅汞说》:

> 然吾有大患,平生发此志愿百十回矣,皆谬悠无成,意此道非捐躯以赴之,刻心以受之,尽命以守之,不能成也。吾今年已六十,名位破败,兄弟隔绝,父子离散,身居蛮夷,北归无日,区区世味,亦可知矣。[3]

清查慎行注苏轼《辨道歌》云:"东坡晚年留心养生之术,于龙虎铅汞之说,不但能言,而且能行。"[4] 苏轼养生之作,集中体现在《大还丹诀》《阳丹阴炼》《阴丹阳炼》《龙虎铅汞说》《胎息法》《养生诀上张安道》《续养生论》等篇。总体上呈现外丹、服食、胎息、内丹等诸法兼而取之的特点。如《胎息法》云:"养

---

[1](元)赵汸:《东山存稿》卷五,《景印文渊阁四库全书》第1221册,第304页下栏。
[2](南宋)洪迈:《夷坚志·夷坚支戊卷第一》,中华书局,2006年,第1053页—1054页。
[3](北宋)苏轼:《苏轼文集》卷七三,中华书局,1986年,第2332页。
[4](北宋)苏轼:《苏轼诗集》卷四〇,中华书局,1982年,第2211页。

生之方，以胎息为本。"《养生诀上张安道》则先后阐释了打坐、叩齿、握固、闭息、内观、调息、漱咽、按摩、梳头、节食等系列养生节次。

苏轼内丹养生思想集中体现在《龙虎铅汞说》和《续养生论》二篇，可以概括为以下几点。

第一，和同时代内丹理论相呼应，主张顺则成人、逆则成丹。以五行顺行，即龙出于水，虎出于火，为"死之道"。他以"心不官而肾为政，声色外诱，邪淫内发，壬癸之英，下流为人，或为腐坏""喜怒哀乐皆出于心"释"龙出于水"，以"心动于内而气应于外"释"虎出于火"。此乃水火分离而不能交合的世间常情常态，因此为死道。

第二，内丹合炼的药物气和水出自心肾，而藏于肝肺。《续养生论》说：

> 何谓铅？凡气之谓铅，或趋或躐，或呼或吸，或执或击，凡动者皆铅也。肺实出纳之。肺为金，为白虎，故曰铅，又曰虎。何谓汞？凡水之谓汞，唾涕、脓血、精汗、便利，凡湿者皆汞也。肝实宿藏之。肝为木，为青龙。故曰汞，汞也，肝实宿藏之。肝为木，为青龙，故曰汞，又曰龙。[1]

《龙虎铅汞说》云：

> 龙者，汞也，精也，血也。出于肾，而肝藏之，坎之物也。虎者，铅也，气也，力也。出于心，而肺生之，离之物也。[2]

关于水火交媾，苏轼说：

> 水火合，则壬癸之英上流于脑，而益于玄膺，若鼻液而不咸，非肾出故也，此汞龙之自火出者也。长生之药，内丹之萌，无过此者矣。

---

[1]（北宋）苏轼：《苏轼文集》卷六四，第1983页—1984页。
[2]（北宋）苏轼：《苏轼文集》卷七三，第2331页。

又说：

> 汞龙之出于火，流于脑，溢于玄膺，必归于根心，火不炎上，必从其妃，是火常在根也。故壬癸之英得火而日坚，达于四支，浃于肌肤而日壮，究其极，则金刚之体也。此铅虎之自水生者也。龙虎生而内丹成矣。[1]

此处论水火交媾之理与传统心肾派相同，但药物之出处却与之恰相反。《道枢·会真篇》云：

> 肾者，北方壬癸之水，在五金而为铅者也；心者，南方丙丁之火，在八石而为砂者也。于银之中以取铅，如肾气之中，暗藏真一之水者乎！于砂之中以取汞，如心气之中，暗藏正阳之气者乎！二者合则为丹矣。故肾中生气，气中生水，以肾水合于心肾之上，使正阳之气凝结于黄庭，是乃真铅也。肾气合于心气，积气生液，结为玄珠，还于下丹田，此汞也。丹既就矣，真气升矣，肾之气入于顶，而真水降焉。一升一沉于十有二楼之前，斯既济之道也。既济一过，而还于下丹田，是乃真汞也。此吾所谓真铅汞者也。肾，水也，水中生气，其名曰真火焉。气之中暗藏真一之水，盖阴中有阳，阳中有阴者也。心，火也，火中生液，其名曰真水焉。液之中暗藏正阳之气，盖阳中有阴，阴中有阳者也。三花者，三阳也；肾气者，阴中之阳也；丹中真气者，真阳中之阳也；心液之气者，阳中之阳也。道之要，其在乎阴尽而纯阳乎？[2]

苏轼所论有打通心肾、肝肺之特色，但鲜论真铅汞、真水火。相比而言，明显要浅显几分。张伯端《悟真篇序》对"取铅汞为二气，指藏府为五行，分心肾为坎离，以肝肺为龙虎"之丹说提出批评，认为此说无异于"认他财为己物，呼别姓

---

[1]（北宋）苏轼：《苏轼文集》卷六四，第1984页—1985页。
[2]《道藏》第20册，第820页中下栏。

为亲儿",距离结成还丹,渐行渐远。然此传统丹说在以苏轼为代表的士大夫群体中仍有流行。南宋曾慥《道枢·众妙篇》专门节录苏轼胎息法和龙虎丹说,说明苏轼丹法在诸家丹法之中是有一定代表性的。

第三,五脏之性,心正而肾邪,心为主为官。《龙虎铅汞说》:"离为心,坎为肾,心之所然,未有不正,虽桀、跖亦然。其所以为桀、跖者,以内轻而外重,故常行其所不然者尔。肾强而溢,则有欲念,虽尧、颜亦然。其所以为尧、颜者,以内重而外轻,故常行其所然者耳。由此观之,心之性法而正,肾之性淫而邪,水、火之德,固如是也。"[1]《续养生论》说,认识到这一点,才能知晓铅汞龙虎说。此为苏轼内丹养生心性论的一大特色。《养生诀上张安道》说,忿躁、阴险、贪欲者不可学神仙至术,可与心正说互为发明。

多提一句,苏辙《养生金丹诀》,主内丹成,方可服用外丹。[2]宋人吴悮主张,修内丹,功成后须用外丹点化,方能飞升。内丹之说为求安乐之学。[3]教内外对内外丹关系的认识在争论中发展。

三、结语

唐宋以来,内丹道成为道教修证之道的核心理路。宋元时期,不仅内丹南北二宗以丹道之学开宗立派,神霄、清微等诸家以符箓道法立宗的新旧道派也广泛涉猎、研习丹法,以之作为外法的内在基础。这既是内丹道在宋元时期蓬勃发展的重要表现,也是其走出道门,对宋元文化生活产生深远影响的前提基础。

内丹道对宋元文化生活的影响是立体的、多方位的。下至普通民众,上至社会精英,好丹、言丹、释丹、习丹者,代不乏人。不同的阶层,不同的知识构成者对丹道的体认有高下之别。

丹道之学对深化程朱理学本体论、功夫论创新颇有襄助。"心包众理,万理

---

[1](北宋)苏轼:《苏轼文集》卷七三,第2331页。
[2](北宋)苏辙:《龙川略志》,中华书局,1982年,第3页。
[3]《道藏》第19册,第281页中栏。

具于一心"和内丹道人体小宇宙与自然大造化同源的理论，共同构成了宋元儒道思想史之"双璧"，深刻揭示了时人在道德践履与个人修证上同出的理论旨趣。宋元时期，汉族、少数民族以诗、文唱和阐释丹道养生思想者，并不鲜见。和教内丹道理论相比，以苏轼为代表的文人士大夫的丹道养生思想，未免略显浅陋。但其龙虎铅汞养生说被曾慥收入《道枢·众妙篇》，足见子瞻的思想和实践并非泛泛而论、纸上谈兵，而是在很大程度上引起了一些教内人士的关注乃至认可。以心性会通儒道、以心性会通丹道与养生，是内丹道与宋元文化生活有机互动的基点和桥梁。程朱理学、宋元文人精英对丹道之学的阐释研习，是唐宋以降三教融合的重要表现形态。

反叛乃传承：达摩、慧能、延寿思想一贯论*
——兼论禅宗思想嬗变及其意义

田希**

> 从达摩"藉教悟宗"到慧能"教外别传"，再从慧能"教外别传"到延寿"禅教一致"，禅宗对诸教态度展现出两次极致转折。不论是慧能对达摩之反叛，抑或是延寿对慧能之反叛，这一理论紧张背后都暗含禅宗思想嬗变之根由，并契合禅宗内在演变逻辑。这种反叛看似偏颇，其实都是对治当时禅弊之契机法门，而不同解决方法看似矛盾，实则契理，内在精神具有一贯性。实际上，慧能非反达摩，乃是反达摩后学，延寿非反慧能，乃是反慧能后学，都是为"治众生之病"而施设应机方便。达摩、慧能、延寿三者在具体禅法上看似相异，而根本思想则一以贯之，后者不仅是对前者之复归，更是对前者之发扬，禅宗正是在这种嬗变中得以不断扬弃、推陈出新。

禅宗初祖达摩（？—536）提倡"藉教悟宗""理行双入"，主张以《楞伽》印心，其禅法不离文字。然而六祖慧能（638—713）却主张"教外别传"，这似乎与达摩宗旨相对立。作为慧能后学，法眼宗三祖永明延寿（904—975）又一反慧能主张，"藉教明宗"，不仅重回达摩路线，而且更为强化经教作用，并以《宗镜录》将华严、天台、唯识等宗派义理与禅宗融合，将"藉教明宗"推向极致，

---

* 本文系2021年度教育部人文社会科学研究青年基金项目"五代华严禅思想研究"（项目编号：21YJC720010）、广东省哲学社学科学"十三五"规划2020年度学科共建项目"永明延寿禅学批判思想研究"（项目编号：GD20XZX03）、2019年西北师范大学青年教师科研能力提升计划一般项目"一心二门：《宗镜录》理论架构研究"（项目编号：NWNU-SKQN2019-34）的阶段性成果。
** 田希，哲学博士，西北师范大学哲学学院讲师，研究方向为中国佛学、中国哲学史。

延寿本人更成为隋唐佛教哲学集大成者。延寿"大立文字"路线相对于慧能"不立文字,教外别传"来说,更是忤逆祖师。那么,同在禅宗之内,从达摩到慧能,再从慧能到延寿,为何显示出如此差异与转折?这种理论紧张有何内在逻辑可寻,背后是否具有禅宗精神的一贯性?本文谨就此问题试论之。

一、从达摩到慧能:"藉教悟宗"与"教外别传"

达摩,南天竺人,南北朝禅僧,先在中国南方,后去北方传法,著作有《心经颂》《破相论》《菩提达磨大师略辨大乘入道四行观》(下称《二入四行论》)《安心法门》《悟性论》等,弟子有慧可(487—593)、道育、僧副(464—524)和昙林等。其提倡"大乘壁观"与"二入四行"等,并以《楞伽经》印心,被后世尊为中国禅宗始祖。达摩重视经教文字,其思想中蕴含着"藉教悟宗"观点,主张以经教引导禅修。

首先,达摩《二入四行论》之"理入"中就有"藉教悟宗"思想。五代宋初永明延寿所倡"藉教明宗"并非孤明先发,"藉教悟宗"思想自达摩时期就已存在,其一证据在于《二入四行论》:

> 夫入道多途,要而言之,不出二种:一是理入,二是行入。理入者,谓藉教悟宗,深信含生同一真性,但为客尘妄想所覆,不能显了。[1]

"理入"是指从佛教经教典籍入手,即是以思想理论助人觉悟。"藉教"是手段,目的是促进"宗"上工夫精进,以宗为主,以教为辅,"更不随文教",但又不刻意分别宗、教,"无有分别"。

其次,达摩"藉教悟宗"另一证据在于以《楞伽经》印心。该经结合如来藏思想与阿赖耶识思想,将唯识系统纳入如来藏系统,义理繁深,以唯识义理说如

---

[1](隋)昙林序:《菩提达磨大师略辨大乘入道四行观》,载《卍新续藏》第63册,No.1217,东京株式会社国书刊行会,1975年—1989年,第1页。

来藏，经中"五法三自性""八识二无我"思想皆是证明。达摩以《楞伽经》为宗，说明传法需要借助语言文字。

达摩传法慧可，以《楞伽经》印心，谓"观汉地唯有此经，仁者依行，自得度世"[1]，本是为对治中国佛教"执滞教相"之弊。慧可门下有人专研《楞伽经》，世称"楞伽师"，其学说又称"楞伽宗"。后学执迷于烦琐名相，迷惑宗旨。到五祖、六祖，渐渐依《金刚经》遣执，慧能更以"无相无念无住"为宗旨，以"不立文字，教外别传"为特色创建中国化禅宗，使禅宗发展进入转折点。

慧能初闻《金刚经》而悟，后赴黄梅五祖弘忍（602—675）处听法，龙朔元年（661）得法，为禅宗六祖，其思想主要见于《坛经》。他改变了此前禅宗面貌，并对后世五家七宗均具有启蒙作用，对中国禅宗乃至整个佛教具有革命性意义。

慧能及其《坛经》旨在破除禅宗对于经教文字之迷执（故主张"教外别传""不立文字"），破除对于定慧阶级次第之迷执（"定慧等学"），不拘泥于外在形式和工夫，简化修行成佛顺序、步骤，主张"无念为宗，无相为体，无住为本"，提倡发挥直觉能力，"直指人心""顿悟成佛"。

从达摩到慧能，禅宗由"藉教悟宗"较为"教外别传"，具体有如下变化：

首先，慧能"不立文字"，在形式上改变了达摩禅法。"故知本性自有般若之智，自用智慧，常观照故，不假文字。"[2]自立自足，不假文字，这与达摩宗旨大异其趣。达摩是要"藉教悟宗""《楞伽》印心"，使真心能在经教熏陶下逐渐明晰。而慧能则肯定人人有自性般若，成佛条件具足，使人自立自信，发挥主观能动性，故而不立文字，以免掉入文字陷阱之中。

其次，慧能主张"无念无相无住"，改变了达摩"专注一境"理念。

---

[1]（宋）道原：《景德传灯录》卷第三，载《大正藏》第51册，No.2076，东京大藏出版株式会社，1988年，第219页。

[2]（元）宗宝编：《六祖大师法宝坛经》，载《大正藏》第48册，No.2008，东京大藏出版株式会社，1988年，第350页。

> 先立无念为宗，无相为体，无住为本。无相者，于相而离相；无念者，于念而无念；无住者，人之本性。[1]

以"无相、无念、无住"立基，使禅宗别开生面。这与达摩禅法也很不相同，达摩讲究"专注一境"，以"一境"代万念，主要强调安心工夫。而在慧能看来，既然有"境"，其实还是有"相"。后者强调彻底空相（念、相都是相），也就是连"境"都空掉，使心能在色相而无住于色相。

再次，慧能禅修概念使工夫的形态内在化、灵活化，改变了达摩"凝住壁观"之修行形态。他说：

> 心平何劳持戒？行直何用修禅？……外于一切善恶境界，心念不起，名为坐；内见自性不动，名为禅。……外离相为禅，内不乱为定。[2]

达摩禅法主张"凝住壁观"，他本人则面壁九年，苦修习定工夫。而慧能将坐禅、禅定等行为进行内在化诠释，直接否定持戒、修禅工夫，在某种形式上，这无疑是对达摩禅之反叛。

总之，慧能的思想面貌与此前佛教禅宗极为不同，展示出革新倾向，简易直接，单刀直入，不拐弯抹角，废弃形式化操作，直指人心，提挈大本。

二、从慧能到延寿："教外别传"与"禅教一致"

由于《楞伽经》涵摄印度唯识义理，思想细密复杂，至道信（580—651）、弘忍，渐觉后学执着成病，而因传法需要，渐渐偏向般若，于是将禅宗典籍导向《金刚经》，试图解除众生之文字执迷，但并未完全废止《楞伽经》学习。学者认为，禅宗同时继承了如来藏佛性学说（以《楞伽经》为主要代表）和般若性空学

---

[1]（元）宗宝编：《六祖大师法宝坛经》，第353页。
[2]（元）宗宝编：《六祖大师法宝坛经》，第352页—353页。

说（以《金刚经》为主要代表），[1]而神秀（606—706）和慧能则各有侧重，分别继承了这两种方向。

南宗禅发展壮大，人数众多，况多底层平民，根机不一，未免良莠不齐，致令慧能后学误解六祖本意，其实"不立文字"不过是祖师方便法门，旨在破经教名相之执，后学却执权为实，从而与佛法真意相去愈远。滥竽充数者有之，以次充好者有之，未悟言悟者有之，成为禅林一大弊病。对此，宗密（780—841）有言：

> 以承禀为户牖，各自开张；以经论为干戈，互相攻击。情随函矢而迁变，法逐人我以高低。是非纷拏，莫能辨析。[2]

当时佛教派别繁多，南方佛法也最为旺盛，但各说各家法，实际能通达者，几乎没有，"然虽理在顿明，事须渐证"，"苟或未经教论，难破识情"，所以法眼宗初祖文益（885—958）对此现象有《宗门十规论》逐条批之，目的在于"用诠诸妄之言，以救一时之弊"。[3]当时禅弊问题突出，如："懒慕参求，纵成留心，不择宗匠，邪师过谬。……相继子孙，护宗党祖，不原真际，竞出多歧，矛盾相攻，缁白不辨。"[4]种种问题，显示出后慧能时代之狂禅弊病，这些弊病虽然并非直接出于慧能，但间接地却是由他引起。文益指出禅门十大乱象，并主张禅教一致，但真正在理论上融合禅教者，是其法嗣永明延寿。

永明延寿出家后受法眼宗二祖天台德韶（891—972）印可，应吴越王之请驻永明寺（净慈寺），坐禅、说法、念佛、放生、施食鬼神，于佛法勇猛精进，著成《宗镜录》《万善同归集》《观心玄枢》等作，门人弟子众多，名播海内外。加拿大华裔学者冉云华（1924—2018）评价延寿，认为他是公元10世纪中国最有

---

[1] 邢东风：《禅悟之道——南宗禅学研究》，中国人民大学出版社，1992年，第164页。
[2]（唐）宗密：《禅源诸诠集都序》，载《大正藏》第48册，No.2015，东京大藏出版株式会社，1988年，第398页。
[3]（唐）文益：《宗门十规论》，载《卍新续藏》第63册，No.1226，东京株式会社国书刊行会，1975年—1989年，第36页。
[4]（唐）文益：《宗门十规论》，第37页。

成就之佛教思想大师。[1]此言非虚。

延寿思想极为圆融,主张禅教、禅净、禅律、三教融合,他以禅宗"一心"融摄华严、天台、唯识诸教义理于《宗镜录》中,从而成为隋唐佛教集大成者。其《宗镜录》以《大乘起信论》"一心二门"为纲骨,并融合三教义理,富于圆融特色。《景德传灯录》中载,延寿自述宗旨:"欲识永明旨,门前一湖水。日照光明生,风来波浪起。"[2]从"永明旨"可见,永明延寿思想具有"一心二门"不变随缘、随缘不变之特色。以"一湖水"喻"一心"之旨,真、妄本一,性、识不二。去妄还真,向上还灭,则"日照光明生";以妄遮真,向下流转,则"风来波浪起"。"一湖水"如如自在,不将不迎,随缘而不变,不变而随缘。

延寿将慧能利根之禅转化为利钝全收之禅,从修行方式上将慧能顿悟补充、修正为顿悟圆修,从发展方式上将慧能"不立文字,教外别传"之禅转变为"以宗摄教,藉教明宗"之禅,使宗门、教下圆融不二,从而实现了对唐末五代禅风弊病之纠偏。

对于慧能后学狂禅弊病,延寿也曾提出批评。

> 深嗟末世,诳说一禅,只学虚头,全无实解,步步行有,口口谈空。[3]
> 近代相承,不看古教,唯专己见,不合圆诠。[4]
> 执影是真,以病为法。只要门风紧峻,问答尖新,发狂慧而守痴禅,迷方便而违宗旨,立格量而据道理。[5]

但延寿并非只破不立,相反,他更注重立。他主张禅尊达摩、教尊贤首,以宗摄教、藉教明宗;从而理事并重,一心万行。相较于慧能时代,延寿不仅引教入

---

[1] 冉云华:《永明延寿》,台北东大图书股份有限公司,1999年,第66页。
[2] (宋)释道原著,妙音、文雄点校:《景德传灯录》,成都古籍书店,2000年,第549页。
[3] (五代)延寿:《永明寿禅师垂诫》,载《永明延寿禅师全书》,刘泽亮点校、整理,宗教文化出版社,2008年,第1659页。
[4] (五代)延寿:《宗镜录》卷第四十三,载《永明延寿禅师全书》,第733页。
[5] (五代)延寿:《宗镜录》卷第二十五,载《永明延寿禅师全书》,第429页。

宗，实现理论之融合，而且在实践上也打破局限。延寿在《宗镜录序》中说：

> 或三祇熏炼，渐具行门；或一念圆修，顿成佛道。……剔禅宗之骨髓，标教网之纪纲。……编罗广义，撮略要文，铺舒于百卷之中，卷摄在一心之内。……此识者，十方诸佛之所证；此心者，一代时教之所诠。[1]

将一心之禅宗与诸教义理联合起来，即宗即教，万法摄于一心。

在实践方面，以圆修代偏修。《万善同归集序》云：

> 匪一事以熏陶，必多门而练习。……不可执空而离有，不可背实而从无。……匪胶善于一隅，宜励精于万行。……无修而无所不修，真修亦泯；无住而无所不住，真住皆亡。[2]

以多门代一门，以圆融代妄执。而万行与一心并不违背，万行圆修，是为落实、印证一心。多门、万行对应于事法界之多，一心对应于理法界之一，实践上一多不二即是理事不二，杜绝偏修现象，避免极端。

延寿本人对于藉教明宗极为清醒，认为教是明宗之手段，宗不离教，教不离宗，主张回复到达摩禅初衷。其云：

> 初祖西来，刱行禅道，欲传心印，须假佛经。以《楞伽》为证明，知教门之所自。遂得外人息谤，内学禀承，祖胤大兴，玄风广被。是以，初心始学之者，未自省发已前，若非圣教正宗，凭何修行进道？设不自生妄见，亦乃尽值邪师。故云：我眼本正，因师故邪。西天九十六种执见之徒，皆是斯类。故知，木匪绳而靡直，理非教而不圆。[3]

---

[1]（五代）延寿:《宗镜录序》，载《永明延寿禅师全书》，第24页—26页。
[2]（五代）延寿:《万善同归集序》，载《永明延寿禅师全书》，第1548页—1549页。
[3]（五代）延寿:《宗镜录》卷第一，载《永明延寿禅师全书》，第33页。

延寿认为禅法如果要传承，必须借助佛经，使初学者有所依傍，建立正知正见，不致于堕入邪道，妄心主宰。禅宗需要教理才能完备，后学只知一味狂禅，根基未稳，任凭妄心习气主宰，贻害不浅。因此，回复到达摩禅，"藉教悟宗"，可以明宗眼，可以辨是非，可以入正道。

可见，禅宗在延寿那里又有一大转折。这一转折，既在形式上反对了慧能，回复达摩禅，又在精神上与达摩、慧能遥相契合。达摩、慧能、延寿，在不同时代，呈现不同面貌，是由解决各自时代弊病、回答各自时代问题所致。

三、反叛乃传承：对症施药，中道一心

那么达摩、慧能、延寿禅法不同之表，是否蕴含内在相同之里呢？

（一）慧能对达摩思想之继承

达摩推扬《楞伽经》，其中有云：

> 一切言说，堕于文字，义则不堕。……如来不说堕文字法，文字有无不可得故，除不堕文字。……我等诸佛及诸菩萨，不说一字，不答一字。所以者何？法离文字故。……言说者，众生妄想故。……若不说一切法者，教法则坏。……若无者，谁说为谁？……随宜方便，广说经法。[1]

一方面，"法离文字"，佛法虽然以文字为载体，但意在言外，真意永远不能以文字本身来代替。佛法真理如月，语言文字如指，指不能代表月。但另一方面，文字言说如此重要，只因众生愚昧，佛法隐而不彰，其间信息传递又不能离开文字工具。为了传授佛法，视众生根器、情境而应机说法，便需要充分借助、利用经教语言文字这一工具，这是方便道。可见，传法既要契理，又要契机。经教文字

---

[1]（刘宋）求那跋陀罗译：《楞伽阿跋多罗宝经》卷四，载《大正藏》第16册，No.0670，东京大藏出版株式会社，1988年，第506页。

虽非佛法真理本身，但可以启发觉悟，而成为方便法门。

根本宗旨上，慧能与达摩意旨相同。禅宗始终是心性之宗，达摩"深信含生同一真性"，与慧能"自信己性"相契，在真心自性上始终一贯。达摩祖师说："见色性者常解脱，见色相者常系缚。不为烦恼系缚者，即名解脱，更无别解脱。"[1] 从解脱论角度看，"不为烦恼系缚者，即名解脱"属于内在解脱，并非外在解脱。这为慧能"凡夫即佛，烦恼即菩提"[2]一说提供了理论基础。慧能将凡夫与佛并列，烦恼与菩提等同，这实超出一般佛学见解，也是对达摩禅之发展。所以慧能虽然形式上反达摩，实际真精神与达摩不违，只是为了对治时代弊病，而手段不同。

可以说，慧能禅法对于达摩禅法，不仅不是反叛，反而是一种继承和发展。对此汤用彤（1893—1964）《隋唐佛教史稿》曾称赞《坛经》："此经影响巨大，实于达摩禅学有重大发展，为中华佛学之创造也。"[3] 确为客观之言。他又说：

> 慧能之学说要在顿悟见性，一念悟时，众生是佛，从自心中顿见真如本性。而慧能之后裔发展成于学理、禅行均非所重，而竟以顿悟相夸，语多临机。凡此诸说，虽不必为慧能所自创，然要非达摩本意也。[4]

汤用彤此语不仅指明了慧能对于达摩之发展，而且点出延寿反慧能后学、回归达摩之根由。后学偏于一边，导致问题丛生，歪曲了慧能、达摩本意。可见后学之禅宗，并非慧能之禅宗、达摩之禅宗。达摩、慧能之禅宗是为治病，但后学受限于根机、禀赋、格局、意识，又导致新问题产生。同理，延寿之"藉教明宗"，也不过是治病。这正符合佛法"契理契机"之精神。

---

[1]（梁）菩提达摩：《少室六门》，载《大正藏》第48册，No.2009，东京大藏出版株式会社，1988年，第371页。

[2]（元）宗宝编：《六祖大师法宝坛经》，载《大正藏》第48册，No.2008，东京大藏出版株式会社，1988年，第350页。

[3] 汤用彤：《隋唐佛教史稿》，江苏教育出版社，2007年，第151页。

[4] 汤用彤：《隋唐佛教史稿》，第151页。

（二）延寿对慧能思想之发展

在解脱论、修行工夫论等方面，延寿继承了慧能思想。

（1）在解脱论上，二者都倾向于内在解脱。延寿云："生老病死之中，尽能发觉；行住坐卧之内，俱可证真。"[1]此精神与《坛经》"若识本心，即本解脱"[2]、"心平何劳持戒，行直何用修禅"[3]思想若合符契。将解脱论从外在修行实践转向内在，简化成佛步骤，抛弃无用枝节，直指问题核心。此外，"顿悟"之说始于慧能，而《宗镜录》虽然认可达摩所说"藉教悟宗"，但根本宗旨是"悟宗"，仍然是"顿悟"，只是加以"圆修"辅佐。

（2）在修行工夫论方面，慧能与延寿都强调定慧等学。《坛经》云："定是慧体，慧是定用，即慧之时定在慧，即定之时慧在定。若识此义，即是定慧等学。"[4]否定之前将定慧分作两半之行，认为定与慧是一体两面，互为辅助，不可分割。这与延寿《定慧相资歌》思想符契：

> 唯一法，似双分，法性寂然体真止，寂而常照妙观存。定为父，慧为母，能孕千圣之门户，增长根力养圣胎，念念出生成佛祖。……劝等学，莫偏修，从来一体无二头，似禽两翼飞空界，如车二轮乘白牛。……权实双行阐正途，体用更资含妙旨。[5]

在定慧方面，延寿与慧能思想一脉相承。

（3）延寿"心戒"思想也来源于慧能。延寿将戒重新定义，以"佛戒者即是众生心"为宗旨，对戒律进行重新诠释：

---

[1]（五代）延寿：《宗镜录》卷第六十六，载《永明延寿禅师全书》，第1062页。
[2]（元）宗宝编：《六祖大师法宝坛经》，载《大正藏》第48册，No.2008，东京大藏出版株式会社，1988年，第351页。
[3]（元）宗宝编：《六祖大师法宝坛经》，第352页。
[4]（元）宗宝编：《六祖大师法宝坛经》，第352页。
[5]（五代）延寿：《智觉禅师定慧相资歌》，载《永明延寿禅师全书》，第12页—14页。

> 欲知佛戒者，但是众生心……菩萨戒有受法而无舍法，有犯不失。……若菩提心、四弘愿不断，即不名犯……若得戒力，心遇缘因，一念回心，自然开悟。……上根受戒习禅，中下行道念佛。众生根器不等，不可守一疑诸。……受菩萨戒而行菩萨心，发菩提愿而圆菩提果耳。[1]

延寿顺应慧能思想，将外在戒律内在化，其理解方式是自内而外、从心而发，从而打破形式化局限，并将守戒引导向发心发愿上来。这里有言外之意，一般守戒是对无明、妄心、习气进行被动式消极预防；而发心发愿是对真如、真心进行主动式积极凸显。换句话说，前者是将乌云一一拨开，扫除遮蔽阴霾，让太阳显现出来，而后者是直接将太阳拉出来，直接呈现于面前。相较而言，后者更加"直指人心""单刀直入"。可见戒法依时空变化而变化，延寿使戒律由制度化向内在化转变，这与慧能反对习定苦行也一脉相承。可见永明延寿除了回归达摩禅，实际也受到慧能思想的深刻影响。

由此可见，慧能"不立文字，教外别传"和延寿"不离文字""藉教明宗"，看似差异最大，但也内在相通。佛法第一义不可说。语言、文字的有限性诠释难以表达无限之法，即使表达，也已落入第二义，故而，佛陀自称"说法四十九年，实无一法可说"。所以，追溯到释迦牟尼，其实宗旨上也与"不立文字"相契。

虽然禅宗讲究顿悟一心，不立文字，但在传法上，其实也不离文字、渐修工夫。顿悟并非南宗特权，渐修也并非北宗独有，其实南北宗被贴上"南顿""北渐"固化标签只是为了争夺禅宗法脉正统性地位，须知，"南宗禅是顿中有渐，北宗禅是渐中有顿"[2]。顿渐二派都出自弘忍门下，根本上不相违，不仅不相违，而且相辅相成，顿悟与渐修如理事圆融，不立文字与不离文字又如何违背呢？

延寿为何"不离文字"？即使"不立文字"之心，也需要以"不离文字"方

---

[1]（五代）延寿：《受菩萨戒法》，载《永明延寿禅师全书》，第 1981 页—1990 页。
[2] 刘泽亮：《禅宗"南顿北渐"说再省察》，载《禅学研究》第十辑，江苏人民出版社，2013 年，第 20 页。

式呈现,来作为方便法门。北宋诗僧惠洪(1071—1128)在《石门文字禅》中云:"心之妙,不可以语言传,而可以语言见。盖语言者,心之缘,道之标帜也。标帜审则心契,故学者每以语言为得道浅深之候。"[1]可见"不离文字"不独不妨碍"不立文字",反而对于明心见性有促进、判定、审察作用。

"不立文字"与"不离文字"表现方式不同,而实质相同。前者意在突出禅宗根本宗旨,真心自性本来就不可言说,言说便堕入第二层。后者目的在于现实修行实践中,借用教义更好地明心。可以说,"不离文字"与"不立文字"并不矛盾。"不立文字"是就禅宗宗旨第一义而言,"不离文字"是就禅宗方便法门而言。换句话说,"不立文字"代表般若直观超越于理性思维之上,"不离文字"则表示般若智慧虽超越理性,但包容理性,仍需要借助语言逻辑才能开显。

"不立文字"与"不离文字"表明了禅宗"说""不可说"、"议""不可议"这一悖论,亦即真理与言说、直觉与理性之悖论。哲学始于问题,问题展开需要表达、言说,如何说才能契合中道?这是一个永恒问题。

从目的上看,禅不是为了理性,而是为了生活。铃木大拙(1870—1966)认为,任何经典都不过是暂时性假说,最终目的不在经典之中;禅只是最直接、最认真地把握生命;事实上,禅是一切宗教(哲学)精神所在。[2]言说还是不说,即使涉及逻辑理性,也不是禅的目的所在,只是手段。

但从方法上看,禅需要表达,即使它不可说,还是要说,不说别人如何知道不可说?故释迦牟尼"说法四十九年,实无一法可说",但最终还是说了,只是不执着于它,这与维特根斯坦所谓"对于不可说便保持沉默"之说根本迥异。

(三)延寿《宗镜录》对达摩、慧能之双重回归

其实达摩、慧能、延寿三者宗旨无异。

清雍正帝(1678—1735)对佛教素有研究,尤其对禅宗领会颇深,在《〈宗

---

[1](宋)惠洪:《石门文字禅》卷第二十五,载《嘉兴藏》第23册,No.B135,台北新文丰出版社,1987年,第700页。
[2]〔日〕铃木大拙:《禅学入门》,谢思炜译,生活·读书·新知三联书店,1988年,第34页。

镜录〉上谕》中，他不仅诠释达摩禅之由来与内涵，而且深刻理解禅教并重意义所在。其云：

> 夫达摩之时，震旦缁侣，多执滞教相，将三藏十二分，作此土经史子集一例观之，寻文索义，背觉合尘，埋没却世尊不说说、迦叶不闻闻之妙旨。……达摩为救其弊，是以直指一心，单题向上，期夫震旦学佛人，如是了达，如是顿圆，然后于不二法中，现妙神通；无心性内，成大佛事。将六度万行齐圆，而三藏十二分具举……如志公、如僧肇、如南岳思辈，皆得三藏十二分，了彻心宗，洞明此事。其以达摩为东土初祖者，乃宗门叙其源流如是耳。……此宗虽称教外别传，究而论之，无内无外，故曰宗。[1]

雍正指出，起初中国佛教界由于执迷于教理文字，将浩如烟海之佛典与经史子集视为等同，于是心性修行之学便成为文献辞章典故训诂之学，违背佛陀本怀，颠倒本末，达摩是为了救弊才倡导达摩禅，将"一心"提出来作宗眼，万法始有纲领，教典才有主脉。这便是"以宗摄教"。达摩以《楞伽经》印心，既符合当时北方佛教发展情势，又能"藉教悟宗"。在"中道不二"思想指导下，理与行齐头并进，六度万行与三藏十二分都得到重视。虽然慧能称禅宗教外别传，其实禅宗并无内外之分，至少在延寿那里，宗中有教，行中有理，理事不二，性相圆融。

达摩初心，经过慧能一大转折后，被永明延寿继承。神秀继承达摩《楞伽》路径，传统达摩禅六代乃绝，慧能则法《金刚经》，重于破相破执，由此别开生面。但到延寿，则"禅尊达摩""教尊贤首"，以圆融方式综合融摄达摩禅和慧能禅。慧能说："本来正教，无有顿渐，人性自有利钝。迷人渐修，悟人顿契，自

---

[1]（清）雍正：《〈宗镜录〉上谕》，载《永明延寿禅师全书》，第1540页。

识本心,自见本性,即无差别。所以立顿渐之假名。"[1]顿渐只是权法、假名,因此慧能与神秀都是好禅法,关键在于对症下药、因材施教。无论达摩"藉教悟宗""理行双入",慧能"不立文字""教外别传",都是针对众生根性而提出的相应权法而已。延寿针对禅宗时代弊病,对狂禅进行对治,藉教明宗,理行双入,顿悟圆修,引进教典,广施众善,利钝全收。这对于达摩禅和慧能禅,不仅是一种双重回归,而且是一种极致发扬。

慧能"不立文字,教外别传"是对达摩"藉教悟宗"形式上之反动,但实质上却是对达摩禅之继承,其反动只是为了对治达摩后学对于经教文字之执迷。

延寿"藉教明宗"是对慧能"不立文字"形式上之反动,对达摩禅之回归,但实质上也是对达摩、慧能禅法之双重继承,以"一心"为宗,以宗摄教只是开方便之门,对治南禅后学空疏之弊。

由于达摩、慧能、延寿对经教采取的策略因时而异,中国禅宗学人对于经教态度经历了肯定、否定、否定之否定三重历练,在不同历史时期,对治了该时代禅宗学人之修习弊端问题,起到了纠偏作用。而慧能对达摩、延寿对慧能只是形式上之反叛,却是实质上之继承和发扬。

如何看待禅宗后辈在思想主张上"反叛"前人这一现象?其实,"反者道之动",反叛乃是一种顺从、传承。反叛只是一种外在形式、手段,传承才是实质、目的。所谓"见与师齐,减师半德。见过于师,方堪传授"[2],若一味遵从,盲目死学,固执己见,阻碍正见,才会死在句下。后学与祖师区别在于,祖师提出某种方法,是要针对弊病,打掉执着妄想,荡相遣执,只是权法。而后学则将权法当作实法,执着成病。达摩禅、慧能禅、延寿禅只是在外在表现上不同,但他们都以百姓之心为心,以众生之病为病,但为"治病"而已。

放在整个佛教中来看,佛陀说法,契理契机,既不离般若道,又不离方便道。契理是般若智慧,宗旨不易;契机是方便智慧,应机说法,因材施教,因

---

[1]（元）宗宝编:《六祖大师法宝坛经》,载《大正藏》第48册,No.2008,东京大藏出版株式会社,1988年,第353页。

[2]（宋）赜藏:《古尊宿语录》卷第一,载《卍新续藏》第68册,No.1315,东京株式会社国书刊行会,1975年—1989年,第4页。

地制宜，因人而异，乃至"先以欲勾牵，后令入佛智"[1]。佛陀菩萨、祖师大德说法，只是为了治众生之病，而显示差异。每一时代都有各自问题，祖师们在解决各自时代问题过程中，以方便道贯彻般若道，所以有达摩、慧能、延寿之异。但大众不知，将权法看作实法，将方便道视为般若道，才产生新弊端、新问题。而祖师们则在时代变迁、问题嬗变中，以变易之方便道，贯彻不易之般若道。

四、余论：禅宗思想嬗变及其意义

从达摩到慧能，再从慧能到延寿，禅宗思想嬗变反映在这几个方面：

其一，经典上，初宗《楞伽经》，后转向《大乘起信论》，再转向《金刚经》等经典。但是并非完全代替，而是随时势而易，只是不宗一经，这恰恰反映了禅宗应机说法之灵活。经典上之变动，是外在因素（如佛教禅宗发展地区转移、民风习俗转变）与禅宗内部弊病交叉作用之反映。这反映了禅宗在经典选择中，始终围绕正法（契理），而对外界不断调适（契机）。

其二，思想上，禅宗自达摩开始，便是心性如来藏思路，达摩之"深信含生同一真性"（真如、真心），慧能之"何处惹尘埃"（自性清净心），延寿之"举一心为宗，照万法如镜"（真如一心不变随缘），核心范畴都是心性本觉。只不过围绕这一概念进行不同表述，这本身就是在实践"一心"之"不变随缘"。

其三，工夫上，从达摩"面壁观心""理行双入"，到慧能"顿悟""无住"，到延寿"藉教明宗""顿悟圆修"，是针对不同时代禅弊而所作之改变。但，形式、方法改变了，并不意味着主旨发生偏移。

这种禅宗思想嬗变富含理论意义：

首先，不论是"教外别传"还是"禅教一致"，"不立文字"还是"不离文字"，在禅宗发展过程中，面对不同矛盾、困境，祖师大德适时调整，都解决了

---

[1]（元）普瑞：《华严悬谈会玄记》，载《卍新续藏》第 8 册，No.0236，东京株式会社国书刊行会，1975 年—1989 年，第 387 页。

当时禅宗弊病。从"契理契机"角度来说,祖师们这么做,理上符合佛教真精神;机上随机应变,因时因地制宜,以灵活变通方法,来达到"中道"目的。因此,尽管其禅法各自外在形态不同,甚或背道而驰,似乎水火不容,但实际根本精神一致,只是针对大众问题而作出纠偏。

其次,慧能、延寿等禅师作为改革者,引领了新潮流、新方向,对后世禅宗乃至佛教走向产生了巨大影响。有唐以来禅宗枝繁叶茂,人才辈出,五家七宗,竞相争艳,更引领唐代思想界之风骚,使得"儒门淡泊""收拾不住",人才"尽归释氏"。[1]然而,正是由于达摩、慧能、延寿等一代代祖师根据时代需要与具体情势,对禅宗进行定位与转向,在危机当中扭转了禅宗发展方向,禅宗才充满生机活力。

再次,禅宗思想历次嬗变,从佛教思想史角度来看,无疑丰富了佛教思想资源。《二入四行论》对于禅宗学人修行具有基础性理论指导意义。达摩以《楞伽经》作为禅宗前期主要典籍依据,其如来藏思想启发了佛教中国化标志性论典《大乘起信论》及其"一心二门"架构之产生,其"一心"思想对中国佛教乃至中国哲学思想影响深远。慧能及《坛经》思想对南宗禅具有指导作用,影响巨大。后续《景德传灯录》等禅师语录,其风格、言行,无不受到慧能影响。慧能影响了中国禅宗思想之走向。而至永明延寿著《宗镜录》,将禅教一致论最大化发扬,成为隋唐佛教义理系统之集成。这些禅宗资料对于佛教思想是一种极大的丰富。

最后,从中国哲学视角来看,这种思想嬗变影响着哲学理论形态,例如延寿"禅教一致""三教融合"观,对于中国哲学从佛教到理学之转向,有间接推动作用。延寿之后,北宋流行文字禅,契嵩、宗杲倡禅教融合、三教融合,与儒家文化主流相会通,一定程度上为宋明理学奠定了理论基础。永明延寿及其《宗镜录》思想,功不唐捐。

---

[1]（宋）释志磐：《佛祖统纪》卷第四十五,载《大正藏》第49册,No.2035,东京大藏出版株式会社,1988年,第415页。

综上所述，禅宗思想在时代发展中，并非一路直行，而是曲折前进，经由肯定、否定、否定之否定式螺旋上升过程，在对治禅宗时代弊病中不断圆融、深化。延寿并非单纯回归达摩禅；而是在综合慧能曹溪禅基础上回归达摩禅，从而使禅宗更富于时代进步性。慧能"不立文字"，反达摩"藉教悟宗"，不是反达摩本人，而是反达摩后学之禅弊；同样，延寿"藉教明宗"，不是反慧能本人，而是反慧能后学之禅弊。延寿禅法是对达摩禅法、慧能禅法之双重回归。达摩、慧能、延寿三者形异而实同。面对不同时代弊病，而就众生问题作出相应改变，有时需要以背叛祖师之方式来扭转乾坤。达摩、慧能、延寿，在理上他们都是一个，只是不同时代具体操作各异。这既是契理，又是契机，充分印证着"一切法都是佛法"。

正如学者所说，"禅宗大德，主张不立文字者，也往往不能真正脱却文字；主张不离文字者，并未真正执着于文字"，禅"本离于言而终不离言"。[1] 禅宗正是在这种表诠与遮诠、无语与有语、知识与智慧之间震荡，从而得以发展。达摩、慧能、延寿作为代表，也只是对治时代弊病而各自采取不同策略而已。乐观地看，也许佛教正是在这种矛盾中不断自我调节，从而走向创新。可以说："不断矛盾，不断整合，不断分立，不断合一，也许正是佛教生命力所在。"[2] 或许，这正是佛法"契理契机"妙智慧之绝佳体现。

---

[1] 刘泽亮：《易相与禅说》，《厦门大学学报（哲学社会科学版）》2003年第6期，第50页。
[2] 方立天：《永明延寿与禅教一致思潮》，载《永明延寿大师研究》，宗教文化出版社，2005年，第109页。

学人述忆

"先生移我情矣"
——追忆恩师张祥龙先生

蔡祥元[*]

一直没法静下来去面对老师的离去，感觉还那么不真实，他的音容时常浮现出来，仿佛就在身边，好像他还在某个地方，可以随时再去拜会。从入学至今，前前后后跟随老师二十余年，蓦然回首，似乎也只是短短一瞬。

最初见老师是在北大静园三院的一间教室。那是2001年春天，研究生考试成绩刚公布，分数跟自己预期的出入比较大，教务李明珍老师说那你去找张祥龙老师吧，今年他阅卷，然后告诉我上课的时间和地点。那时三院没装修，印象中还有些破旧，从正门进去，沿着长廊绕一大圈才找到上课的教室。

教室不大，里面坐满了学生。记不得细节了，讲的是中国哲学，视角很独特，第一次就被老师讲课的方式吸引了，那时并不知道这是现象学方法。只记得当时听得很投入，课后跟老师关于答题方面的讨论并没有怎么展开，当时好像也不怎么在意。后来就在那个时间点一直去听老师讲课，课后时常会再跟老师做些请教，去得多了，结识了一些其他听课的学生，才发现很多都是旁听的。

考上研究生以后自然想让老师指导，但老师告知那年已经确定了一名保送的学生，而外哲所原则上一位老师只带一个学生。我有点失落，在邮件中再次表达了自己的希望，最后还是得到了老师许可。入学后赵炎师兄告诉我，老师跟所里

---

[*] 蔡祥元，中山大学哲学系（珠海）教授，研究领域包括现象学、解释学、解构主义、维特根斯坦哲学、中西哲学比较。

提出把他第二年的名额拿出来才招的我。

跟随老师读研以后，最难忘的是在老化学楼227室上课。教室不是很大，经常需要抢位置，有时过道里、讲台周边也有学生坐着或站着，除了选课的学生，不少都是旁听的，可能还有社会人士。大家就这么杂乱地、有点拥挤地围坐在教室各处，全神贯注地看着老师，倾听他的讲解。

老师的课有一种魔力，他并不完全把内容讲"尽"，不把知识点一条条地摆出来，而是经常结合文本，通过对字词的旁敲侧击，把问题打开，让一些看似平淡或熟视无睹的文本变得生趣盎然起来。这些新的视角不同于已有的观念化哲学知识，而是一种能触动你、能让你感受到却又不能完全抓住的东西。所以听课的学生都很专注，生怕错过要紧的东西。

老师上课的声音整体上是平和的，没有那种慷慨激昂式的激情，但不平淡，富有节奏的变化，清晰而确凿，伴有一种他自己也投入其中的、被他自己所讲解的思想所吸引的真情。随着内容的变化，随着问题的深入，这种思想的"真情"会在他身体语言中呈现出来，大家能从他姿态上、从他眼神里看到他讲的东西确实是"真"的。

不只是中国古代经典，现象学文本在老师这里也会"幻"出新的意味，甚至非哲学文本，像《红楼梦》《战争与和平》等等，一经他分析，都变得充满哲学的意趣。老师《现象学导论七讲》修订版的副标题是"从原著阐发原意"，在我看来，这里的"原意"并非作者或文本的原意，而是老师自己面对哲学文本时所激发出来的缘意，因文本之缘而生的原初之意。

这种"原意"居无定所，因缘而起，能让听者跨越文本，穿越时代，与古今中外的哲人发生共情。在那些时刻，我也时常会进入一种出神状态，被老师打开的"思想世界"所吸引，教室外是高大的白杨树，斑驳的阳光穿过窗户，照进教室，仿佛自己的整个生命也被穿透了。

除了上课，老师还经常带我们打太极拳。每周五的傍晚是师门的一个节日，大家会相约去未名湖旁边的红楼。开始打拳前后，老师通常会跟我们讲些有关太极拳的事。记得他说过，他的老师是杨氏太极拳正宗传人，还说他小时候一开始也不太乐意，后来打着打着就开始主动喜欢上了，每次打完以后，都有一种"手之舞之,足之蹈之"的莫名轻快感。

他还提到年轻时的一次太极拳之用。好像是在食堂买饭,有个年轻人插队,跟人起了冲突,他出面说了几句话,那个年轻人冲上来就要动手。老师说他也不知道怎么随手一借力,那个年轻人就一个踉跄差点摔出去,没敢再动手。老师说这个可能跟他打太极拳有关。

老师打的是杨氏太极拳,总共有八十多式。我们刚学的时候,每次只要求我们先学几式,后来不知不觉也都全学会了。老师还让我们记诵些太极拳经和口诀,我还记得一些,"虚领顶劲,含胸拔背","一举动,周身俱要轻灵,尤须贯串。气宜鼓荡,神宜内敛,无使有缺陷处,无使有凹凸处,无使有断续处。其根在脚,发于腿,主宰于腰,行于手指,由脚而腿而腰,总须完整一气,向前退后,乃能得机得势"。现在想来,老师的言行举止,还有他的思想,处处充满气韵,得机得势,中正平和,已经深得太极之妙。

老师喜好山林,师门每年春天、秋天各有一次登山活动。北京周边好多山,近的鹫峰、八大处,远的海坨,我们都去过,有的还去过不止一次。爬山的时候,老师经常会跟我们分享他年轻时在自然保护区的工作经历,会给我们介绍一些植被的常识,还有他年轻时爬山的事,还特别提到跟他孩子爬泰山的事,走的是带有探险性的野路,说得极为动情。

在北大读书期间,师门的登山活动很为其他同学羡慕。一起登山的不限于师兄弟,有时也会有其他同学,师母也跟我们一起,有男女朋友的还会带上各自的男女朋友。人多时,经常男女生各分一组,一组跟老师,一组跟师母。每次登山活动就像一次喜气洋洋的盛会。

每年中秋节和元宵节,师母都会邀请大家去他家里。老师家的客厅不大,师母每次都会准备精美的点心,大家围坐在一起,有吃有笑。老师经常谈到某个话题兴致正高时,师母就会打断他,或者唱反调,让老师干着急,但也不动气,在大家的笑声中又开始了新的话题。这样一个话题接一个话题,不知不觉都会聊得很晚,最后都是怕影响老师、师母休息,才很不情愿地起身离开。

回寝室的路上,大家依然兴致盎然,往往还会再回味一番老师、师母"互怼"的场景。老师不只是大家的思想导师,他跟师母还是大家的生活导师,他们对每个学生都关怀备至。在他们影响下,师兄弟之间有一种别样的亲切感。

老师于我教诲实多。我是理工科背景,从小就怕作文。刚入学那会儿,也不太会写论文,经老师多次修改,才逐渐领会论文写作要义。博士论文导言部分,一开始就写了一两千字,轻描淡写地暗示了下文中的主题。老师看后严正地对我说,导言就像门面,评审的老师最仔细看的就是导言,不可能从头到尾把论文看一遍,到里面去寻找论文的价值,一定要在前面把自己的主要观点说出来。

之后我又写了一版扩充后的导言,写了两三万字。老师看后又很急切地批评说,导言是引导性的,不需要把论证的细节都展示出来,这个写得太具体了。中间老师又做了一些很生动的指引,比如,要直抒胸臆,不要太绕,又不能太直,要"东露一鳞,西露一爪",要留于余地等等。当时我隐隐约约感受到了老师要表达的东西,也知道了导论和正文的区别,但当时我也知道,这是一种很高的境界,自己还不能完全驾驭。

一开始就对老师用现象学解读中国哲学的做法很有感觉。但我博士论文写的是纯西学的,有关德里达与维特根斯坦的思想比较。本来最后一部分,计划再跟老庄语言观做比较,因为时间问题这部分内容并没有展开。2010年毕业来山大工作,12年底原来所在的文史哲研究院扩充、合并为儒学高等研究院,让我有了更多做中国哲学方面的机会。

差不多同一年,老师从北大退休,被山大哲社学院聘为一级教授,让我更有机缘从事现象学与中国哲学的会通研究。之后好多年,我主要的研究精力都放在这方面,近几年围绕感通问题,断断续续完成一本书稿。这是受老师思想直接启发而来的,也把它视作交给老师的一份答卷。

2020年底完成书稿整理,联系出版前,发给老师,希望他写个序言。因为前些年老师做了一个小手术,刚恢复过来,所以我希望他简单写下就行,不要太费心思。书稿有三十多万字,老师用寒假时间不仅给写了序言,而且书稿大部分内容都看了一遍,并提供了不少修订意见,包括打印错误,让我很是愧疚。这个书稿只是我以后研究的一个引论,一直想着这方面还可以再得到老师的引导和指点,没想到成了跟老师最后的思想互动。

在老师最后时刻,我托老师公子泰苏给他发了一个留言,其中一段文字表达了我自己这几年跟老师有关的思想感受：

  经历这些事，也可能年纪大了，慢慢地回过头去，对哲学又有了些新的体会，尤其对您早期提出的终极实在、意义机制、时机化等等，近两年它们不断地在我脑子里出现，结合这些经历，对它们又有了新的理解。最近的一篇文章就把您的意义机制说法提取出来，作为现象学的基本原则，以推进经典现象学家的观点，可以赋予现象学更大的解释空间。

  终极实在，尤其是终极跟边缘的关系，也一再地触动我，不仅仅是理论上的，还有来自生活本身的。发现自己的这些体会，包括来自生活的感触，都能在您的文章里找到呼应。所以，我一直很庆幸，虽然早年考研走了很多弯路，耽误了好几年时间，但是因为遇到您，让我很快找到了思想乃至人生的方向。我这几年的思考和写作，感觉都是在消化、回应您的思考。

受老师影响的不只是我，不只是他的弟子，还有很多听过他课的学生，以及很多学界同仁乃至不少社会人士。人们常说人无完人，但跟老师接触过的人，即使不同意他的思想，但在为人方面，还没有听到对他有非议的。他离世以后，那么多人用诗文来表达对他的悼念之情，追溯对他人格和思想魅力的感受，再次见证了他思想与人格的纯粹。

老师思想的开显力与创造力，他对中国思想文化的影响，还没有完全呈现出来。在未来，回过头来，我们或许会更好发现他对中国学术的独特贡献。他不仅重溯了儒家的思想道统，在这方面接续并推进了现代新儒家的工作，更深刻地推动在现代哲学视野下对儒家哲理的重构；而且在道家、释家、兵家等方面也都给出了富有思想新意的阐释，为后学提供了方向。可以说，他用自己的思想和生命实践重新"激活"了中国哲学的智慧，也在真正意义上实现了中西哲学的会通。

北京追悼会回来以后在宾馆隔离，我给学生上网课时讲中国古代哲学的认识论问题。讲到最后，涉及象思维的讨论时，曾引用老师下面这段话作为课程的结束：

通过象，你似乎并不知道什么，但总知道得更多更深。每次触到象，你就开始知道了，就像触发了一个泉源，它让你进入一个幻象叠出的世界，让你越爱越深，越恨越烈。因为这由象生出的爱总能同时爱这个爱，不断地补上它的缺失而更新它；而恨也总能在它的象中找到不断去恨的根据，所以象是上瘾的、成癖的，因为它隐避而又让人种下病根，就像这些汉字之象影射着的。

本来准备念完就下课了，但几次中断，无法读下去。《世说新语》记载周子居语录说"吾时月不见黄叔度，则鄙吝之心已复生矣"。在老师身边的这些年让我知道，此言非虚，人间确实有黄叔度这样的人物，你在他身边，听他说话，就能受他感染，被他转化。老师乘鹤西去，世间少了一个可以让我、也让很多好学之人可以成癖上瘾的"泉源"。

今日北大哲学系为老师开追思会，因为珠海疫情未能成行，只能以此遥寄追思与感念！

2022 年 7 月 27 日

不肖弟子祥元　再拜

君子乾乾　不息于诚
——怀念胡军教授

韩立坤 *

著名的哲学研究大家，北京大学哲学系胡军教授永远地离开了我们。胡军教授的个体生命历程丰富多彩，学术研究思想深邃，服务社会贡献显著。他的辞世，让人无限悲痛；他的风采，让人时刻缅怀。我有幸在 2005 年考入北京大学哲学系，跟从胡老师学习中国现代哲学，攻读中国哲学博士学位。可以说，无论是个体存在的生命观与价值观，还是哲学研究的问题意识与主要方式，胡老师都深深地影响着我。哲人已逝，但鲜活的交往经验却永远镌刻于脑海，深沉的怀念之情也常常盘旋于心，期冀通过拙笔，展现我心目中，对胡老师的深刻记忆。

在黑龙江大学读中国哲学专业研究生期间，我就学习过胡老师的成名大作《道与真——金岳霖哲学思想研究》，当时最明显的感受是他的研究方式比较特别，即对哲学家原著的引用与解释占比很少，绝大部分都是针对某些问题的批评与讨论。并且，即便在讨论中也引用古今中外的文献，但主要的部分则是围绕一般性的哲学问题展开不同视角的分析探讨。不过，虽然北大哲学门令人向往，但当时自知跨专业考研，学养浅薄，因而从未想到能与胡老师有一段师生之缘。

硕士毕业前，经导师柴文华教授的鼓励和支持，我给胡老师写了封信，表达了报考北大博士，跟随他学习的愿望。胡老师仁心醇厚，回信同意。不过，我在当年报考胡老师的学生中，总成绩排名第二。同时，报考另一位博导的学生外语

---

* 韩立坤，哲学博士，南京林业大学马克思主义学院教授，主要研究中国近现代哲学与文化思潮。

均没过线。胡老师就与我联系，说他是系领导，不适合带两个学生，建议我转到那位博导名下。我虽表示听从系里安排，但也表达了未来仍想聚焦近现代哲学研究之愿望。结果，最终接到通知，我仍按原志愿跟胡老师读博士。等入校后，胡老师说他原意仍是把我调走，但教研室商量时，王博老师认为我的研究方向与胡老师一致，所以提议维持原志愿，另一位没招生的老师从国学院那边调剂。最终，我如愿变成了胡老师的学生。

经此一事，我对胡老师的为人有了新的认识，也特别认同他处事公平的原则。而后，我还发现胡老师具有出众的交往能力、领导能力、管理能力。作为哲学系常务副主任，无论是各类大型国际会议的筹办，指导北京地区哲学研究生的科研活动，推进与韩国大学哲学系、日本北海道大学文学研究科的交流，对接与台湾高校哲学博士生的交流活动，以及参与北京大学的各项管理工作，胡老师都表现出了卓越的工作能力。

他同时担任民进中央常委，北京市第十二届、第十三届人民代表大会常务委员会委员，北京大学学位委员会委员，北京大学人文学部委员，先后又兼任韩国金刚大学名誉教授、西南民族大学客座教授、四川思想家研究中心名誉主任、冯友兰学术研究会秘书长、北京市哲学会会长，各种政务、学术活动常常交错而至，但他也总是能从容应对。

在我记忆里，不管事务多繁忙，胡老师从未因私事叫我过去帮忙。而通过观察，我也发现，胡老师在日常工作生活中，始终与人为善、洁身自好、助人为乐。他的办公室在哲学系二楼东边里侧，但无论何时去，只要他在，办公室的门总是敞开着。面对同事、学生，他总是坦诚相对，涉及具体事情，他也总是以公平公正为标尺。对于学校和系里的工作，他兢兢业业、认真负责、清正廉洁。对于自己学生乃至其他导师的学生，他也是尽己所能，能帮就帮。仅就我们2005级博士班来说，胡老师在力所能及的范围内，就帮助过班内不少同学。现在这些同学都是优秀的学者，有的还走上领导岗位，但每每提及在北大时得到的帮助，都很感念胡老师。

我曾在师门聚会时听到胡老师回顾自己多年来的各项工作。对于很多很多的成绩和贡献，他仅一带而过，只着重提到了一件事。那就是担任北京市第十三届人大常委会常委期间，他几次制定提案，起草文件，带动一百多名北京市人大代表向北京市领导提议，将畅春园、挂甲屯和肖家河附近的一千亩地划给北大。最终，在2003年划拨完成，并在这片土地上建成北大博士生新公寓"畅春新园"。而我们就是第一批入住的博士生。应该说，所有住在干净漂亮公寓里的北大博士，都应该感谢胡老师当年的不懈努力。而胡老师也以此自豪。虽然他没有从中获得一丝名利，甚至很多人完全不知道此事，但他为北大的发展，为北大校园建设，为北大的研究生尽了一份力，作出了其他教授无法作出的重大贡献。

在多年的交往中，我也了解到，胡老师出生在上海，自幼在棚户区长大，家境贫寒，困顿不已。但是他却从母亲身上学到自立自强的奋斗精神、乐观向上的进取精神、刻苦钻研的学习精神。他一腔热血，抱负远大，为响应国家"知识青年上山下乡"的号召，不惧艰难困苦，从上海来到荒无人烟的黑龙江嫩江农场。在个体生命随时会被政治风云裹挟的不确定背景下，在生产劳动几乎消耗掉每天的体力与精力的情况下，他靠着随身拿来的一大箱书籍支撑着自己的精神生命，在昏暗的煤油灯下读书、记笔记，通过刻苦钻研而获得的深厚知识素养，也帮助胡老师挺立起不同于常人的学术品格。

当身边人在"北大荒"里精神沉落、火光黯淡的时候，胡老师参加了1977年恢复的高考，进而迸发了常人无法比拟的生命光芒。他的高考成绩优异，但限于政策只能就读哈尔滨师范大学。毕业即因表现优秀留校。1985年，以第一名的成绩考入北京大学哲学系，攻读中国哲学专业的硕士生，师从著名哲学家汤一介先生，硕士学位论文得到了高度评价。三年后继续跟随汤先生攻读博士学位。1991年毕业后信守承诺回哈师大工作，同年底就破格晋升为副教授，1993年又破格晋升为教授。1997年下半年，北京大学党委发来调令。进入北大工作不久，因为胡老师的人品、学养与工作能力，又很快担任管理职务。

到北大后，胡老师的学术研究愈发精进，且涉猎广泛。除了中国现代哲学、知识论、方法论的专业研究之外，他还是大学管理、大学文化、北大精神方面的研究专家。退休后，他受聘担任中国科学院领导下的中国发展战略委员会副理事长，并在中国创新战略委员会担任主任，对于文化创新、知识创新的研究作了前所未有的推进。综合上述研究，胡老师在《哲学研究》《北京大学学报》等期刊发表学术论文 190 余篇，在两岸三地出版学术专著，主编、参编学术著作二十余部，其中《金岳霖》一书获建国以来首届教育部人文社会科学优秀成果奖。《哲学是什么？》一书不断再版，为哲学的普及宣传工作作出了重要贡献。

完全可以说，胡老师是我遇到过的生活经验最为丰富、生命形象最为丰满、生命精神最为丰沛的学者。甚至繁杂的工作、艰苦的研究，都不能完全消耗他的生命活力。业余时间，他吹笛子、打篮球、听音乐、下象棋、唱美声、写书法，爱好广泛，且样样精通。尤其广为学界所知的，是胡老师自学成才的美声唱法。每每聚会休闲时刻，老师的歌声都为欢乐美好的时光增添了诸多典雅氛围。

回想与胡老师交往的点滴，有感激、有快乐，有幸福，也有遗憾。

感激的是，胡老师宽厚仁慈，他包容学生千差万别的个性，并在学生最需要的时候坚定地站在背后予以支持。于我而言，在校期间，尚未立志以学术为业，胡老师待我以宽容。毕业前，老师特意找我谈话，询问我的未来规划。也因有胡老师的推荐，我有幸到清华大学跟随王中江老师做博士后，真正开启了学术研究的工作。我在沈阳工作期间，因为当地中国哲学极少组织学术活动，胡老师每次办会或参会都给我发来信息，给我提供学术交流的平台，希望帮助我在学术研究上尽快成长。

快乐的是，师从胡老师的日子，是那么和谐愉悦。胡老师为人谦和且真诚，与他在一起，心情总是轻快与快乐的。他经常召集我们同门相聚，在未名湖畔，在静园，在北大东门、西门外的饭店处处留下了我们的欢声笑语。记得在北大时，胡老师曾在假期带我去成都参加中国现代哲学的年会。之后又在北京西山开会，早上一起散步，会后我们一起结伴游玩，快乐无比。记得参加胡老师主办的与台湾哲学博士生的联谊活动，听老师朗诵余光中的诗，听老师演唱他的歌，同学们一起鼓掌叫好。记得当初到老师在顺义区的新别墅，听他介绍种植的蔬菜，与邻居的交往，我们还一起打篮球，一起在环境极好的小区里散步、聊天。可以说，到胡老师的别墅去玩，成为了我及同门们当时最喜欢的聚会安排。

幸福的是，自始至终我都感受到胡老师的关爱。在北大时我准备去莫斯科大学访学，但胡老师担心当时的局势，不建议我去。为此，他特意推荐我去台湾辅仁大学交流。但由于某些我不能左右的人为原因，我也没去成。之后，胡老师又推荐我到香港中文大学新亚书院完成了学术交流。毕业后，我与胡老师或在会议遇到，或电话微信交流，都能感到他对我工作与生活的关心。2019年末，我到南京工作，与老师通话，汇报我们的情况；他还嘱咐我们在南京的同门互相多联系。2020年我的国家社科项目结项前，当时还就主要内容与老师交流请教。2021年初，结项公示，成果获得"优秀"评价。我也向胡老师汇报，并交流了一些研究内容。他还嘱咐我重新修订，尽快出版。

遗憾的是，自新冠肺炎疫情暴发，严格防控频繁以来，南京也反复出现疫情，自己在高校授课又出行不便，每每只能与老师电话、微信联系。一直盼望疫情早日过去，好去北京看望胡老师。一直想着书稿初步修订完后，带去北京请老师过目。没想到胡老师忽然辞世，师生之间竟成永诀。遗憾的是再也没有了向老师当面请教的机会。遗憾的是再也听不到老师爽朗的笑声与嘹亮的歌声。

2013年，北大哲学系主办"严复：中国与世界"国际学术会议。我也受邀参会。当时会场在北大，住宿在文津酒店。午餐后，胡老师就到我的房间休息。我们一起从严复的哲学聊到近代国家富强的终极愿景，胡老师认为国家富强是以科学为基础的。中国古代轻视器物知识，没有形成系统的科学知识积累。重视的天道心性知识，又完全因袭圣人创制的基本范式，后人只能注释而不能去质疑，自然不能培育创新意识。而近代科学之所以率先在西方出现，是因为自古希腊开始，即奠定了之后西方知识生产的核心要素，如怀疑的态度、求真的精神、归纳的方法、试验的手段、创新的思维。因而仅靠引进技术设备，乃至完全照搬西方的科学研究成果，实际没有在中国文化中深植入科学知识创造与技术发明的观念基础。

胡老师以中、日、美发射的航天器的具体材料为例，指出中国的科学技术在某些方面尚不及他国。在其他一些方面同样如此。因此，营造科学研究与创新的环境至关重要。他批评当下大学的教育方式，认为大学教育应该培养学生讨论与质疑的能力。他也批评大学的科研管理方式，认为目前短平快的成果评价机制、数字量化的考核机制、科研项目申报机制，并不符合科学研究与知识创新的基本规律。高校科研的活力与效能还有很大提升空间。进而，也谈及国内哲学学科设置和哲学研究的情况。他认为目前哲学的二级学科的划分，并不利于推动中国自己的哲学研究。在研究范式上，他认为哲学界不应把精力都放在翻译、解释古人的著作，不应该局限于哲学史的梳理与总结研究。反而，应该聚焦古今中外哲学史中仍有普遍性、一般性意义的哲学问题，应该聚焦人类社会与文化中的重大课题。其目的，是推动现代社会的思想观念进步、人格自由独立、知识科技创新。中国哲学只有在此过程中有所贡献，才能真正彰显自己的合法性与必要性。

那是我与胡老师十几年的师生交流中，单独相处时间最久，谈话内容最广泛也是最深入的一次。相比之前与之后聊天多是谈同门，聊家常，那一次我深刻地感受到胡老师期冀国家富强，发展中国自己科学技术的赤子之心，感受到他对知识之道的尊重，以真理为师的学术立场，当然也感受到他对人类社会与文化发展进步的憧憬，对中国社会与文化存在的某些问题的忧虑。而与老师在一起深入交流的场景也永远留在我的记忆中。

胡老师一生过得太精彩，正如他在七十大寿时所说，"此世无悔、此生值得"。相信他在另一个世界，会依然挥洒生命的激情，向着他无悔与值得的目标健进不息。虽然，他永远地离开了我们，但他清净雅致、品性高洁的人格魅力，天资聪颖、勤奋精进的卓越意识，德才兼备、成就斐然的光辉形象，奋斗不息、健进不已的生命精神，将永远留在我们心中。

仅以下联怀念恩师：

卓卓哲人，为学别具一格，倏隐道体难见形影邈邈。
谦谦君子，处事持守公允，蹴然证真惟余歌吟悠悠。

敬悼恩师胡军先生
——中国当代生死学发展中重要的支持者[*]

雷爱民[**]

  胡老师走了，让我感觉一个时代结束了，学生时代的结束，更是觉得有许多难以尽述的美好也被带走了。胡老师离开一个月多一点，父亲也离开了人世，就在这短短的两个月间，我接连失去了生命中两个非常重要的人，一时间竟不知从何起进行表述了。本来这篇文章是胡老师去世后的第六天写的，现在重新来修订，似乎又多了许多感伤和莫名的情感。

  胡老师走了，他走得那么仓促、那么意外，令我猝不及防！胡老师8月18日上午入院，我到医院的时候，胡老师已经昏迷，只有心跳，没有自主呼吸了，期间他一直在急诊室，第二天早上心跳停止，溘然离世……我一直以为，一向健康乐观的胡老师应该可以挺过难关，就像师兄、师姐们持有的信念一样，我们相信他一定还可以重新醒过来！可是，事与愿违，时间最终凝固在2022年8月19日上午8点55分。胡老师去了，离开了这个他非常热爱的世界……从此，世上再无那个关心我、支持我、教诲我的，可敬可亲的师长，那个神采飞扬、跟学生在一起只谈学术、"不事江湖"的人师走了，那个会向学生问好、关注学生日常和成长的长者不在了，那个只讲真话、没有私敌、与人为善的学术引路人

---

[*] 本文初稿成于2022年8月24日，修改稿成于2022年10月15日。
[**] 雷爱民，北京物资学院教师，兼任华人生死学与生死教育学会理事长、中华炎黄文化研究会伦理专业委员会副秘书长，主要研究方向为生死学、生命伦理学、生死教育等。

走了……

　　世间并无来日方长，人世转眼异途——回想起最后一次见胡老师，那是他今年生日的前几天，见面时胡老师并无异常，健谈如故。临走时，他还坚持送我到小区门口、直到我上车，一路上谈笑风生，行走自如，甚至还一度给我展示他近期锻炼的小成果：重现的肌肉。那时的我，大概认为胡老师应该会走完他的80年、90年、甚至100年以上的人生，就像他的北大哲学系的长寿同事一样。可是，世事无常，那一次竟是我跟胡老师的最后一次交谈……

　　胡老师走了，他给我留下了太多美好记忆。胡老师对我的影响无法估量，他已经成了我为人为学自觉不自觉的榜样。胡老师对学生，非常亲和平等，言传身教，让人受益无穷。记得跟胡老师读博后的第一次交流，是在北大四院——哲学系原来的办公地，不记得具体是去系里办什么事情了。我看到胡老师在，就上前去跟他打招呼。胡老师当时没有说别的，只是一改博士面试时非常严肃的表情，露出了此后多年让我印象深刻的标志性笑容。胡老师问我："你的博士论文打算做什么？"那时候我入学还不久，还沉浸在硕士阶段的唐君毅因果关系研究里，所以我脱口而出："胡老师，我想继续做唐君毅的因果关系研究，再拓展一下。"胡老师似乎也是脱口而出："这个题目，你再考虑一下。"当时我大概是有些紧张，毕竟在我第一次遇到胡老师，听他的发言起，内心就非常钦佩他，觉得胡老师很厉害：第一次听胡老师发言，是在一次学术会议上，胡老师说得不多，但是非常精炼，逻辑清楚，一两句话就把一些大问题说明白了，让当时的我有点豁然开朗，眼界大开。所以我一直觉得胡老师的学问，深不见底。因而当胡老师跟我说，我初定的博士论文题目可能做不下去时，我是相信的，只是我那时候并不理解为何做不下去。直到我全面阅读唐君毅的著作，并对因果关系问题有了更多的了解，尤其是知晓了近现代以来学界对因果关系的研究，知晓了数学上的概率问题以及统计知识与因果关系的联系，我才明白：唐君毅先生对因果关系的形而上学解释和处理，恰恰与主流学界的观点和发展完全不同，唐君毅的因果关系是从属于他的心灵境界理论的，他是试图用因果关系来说明功利主义问题，即诠释"功能序运境"的特征和问题的，他用中国传统的阴阳理论来说明因果关系，更是对因果关系的一种独特的解读。唐先生的这些努力，并不是要解决哲学史上、科学研究中的因果关系问题，毋宁说，他是要解决因果关系问题与中国传统哲学的联结问题。唐先生并没有考虑因果关系考察背后人们追求确定性、精确性的学术诉求，反而把因果关系做了更加模糊和不清晰的解读。多年后，回头来看胡老师当初的判断，我觉得他的建议是非常正确的。要不是胡老师明确指出这个论题有问题，以我比较坚持的性格，大概还会在这个论题中花费大量时间和精力，最终可能也不会有什么大的收获。随着跟胡老师越来越多的接触和交往，我才发现，胡老师虽然学术研究很精深，但是待人很亲切，平易近人，他愿意跟学生在一起讨论学术问题，也愿意讲述他的一些思考和近期的研究心得。跟胡老师在一起的日子，是我非常快乐的时光，或者可以说，我的学生生涯中，在北大跟随胡老师学习的时光，是我最开心的四年。现在，胡老师走了，他走得那么匆忙，我都来不及跟他最后说一声谢谢，感谢他的教诲和帮助，这是我最大的遗憾之一……不过，我相信：胡老师虽然走了，但是，他并没有走远，他是那么喜欢跟我们在一起，此时他应该还在某个地方看着我们、等着我们，还在牵挂着我们，还在为我们的成长和人生而驻足停留、欢喜喝彩！胡老师的一生是灿烂多姿的。他早年虽然经历过非常贫苦的生活，但是，他的精神世界从来都是富足的，就像胡老师在邮件中曾送我的一句北宋思想家张载的箴言一样："贫贱忧戚，庸玉汝于成也"，他的人生定是如此，艰难困苦并没有让他退却，而是变成了他精彩人生的养分。面对过去的贫苦生活与人生的不易，我从来没有听他抱怨过一句，他总是笑眯眯地向我们展现着积极乐观的人生态度，仿佛过往的那些事和人并不曾影响他似的。如果要用一句话来描述胡老师的一生，我或许会说，胡老师活得精彩，死得"痛快"，没有私敌，唯留真言！

世事无常，人生充满了太多变数。有些事情必须要说、要快点说，否则，随着时光的流逝，就可能被掩盖了，比如胡老师对中国当代生死学的影响和贡献——不知情的人，可能会忽略胡老师曾经做过的事情和应有的贡献，这是作为学生的我无法忍受的。北京大学外国语学院高一虹教授说："胡老师走了，中国内地尚在幼年的生死学失去了一位重要的庇护者。"胡老师作为中国哲学界的知名教授，其实与中国当代生死学的发展有着很深的渊源，他对中国当代生死学的发展从台前到幕后，都做出了令人难以估量的贡献。关于这一点，或许一些生死学研究界、教育界的朋友只知道胡老师曾经在"中国当代生死学研讨会"上出现过、发过言、致过辞，其更多的付出就不清楚了。许多事情，我有必要在此说明，敬告海内外的生死学、生死教育同仁。

我从2016年还在清华大学做博士后时，就与师兄张永超博士一道办了第一届中国当代生死学研讨会，最初的会议名字叫首届中国当代死亡问题研讨会暨"华人死亡研究所"筹建倡议会议（经第一届参会专家建议，第二届会议就正式命名为"中国当代生死学研讨会"了，并沿用至今），并呼吁国人重视死亡问题研究，建设生死问题研究机构、在全国推广和普及生死教育等工作。当时，我们可谓举目无亲，在最艰难的时候，在我几乎不认识生死学界太多前辈的时候，是胡军老师在背后全力支持我，他审定了我起草的会议策划以及筹建生死学研究机构的倡议等，并出席了第一届研讨会，全程参会，大力支持，并有发言。他没有收专家费，还应《中国医学伦理学》杂志专栏组稿邀请，撰写了文章《生死相依：未知死，焉知生》。该文流传甚广，影响很大。开会前，胡老师曾经问过我："华人生死学，这个提法是否妥当？生死学到底研究什么？"这两个问题，至今我还在思考。生死学到底研究什么，这是生死学成为一个学科，必须要考虑的基础性问题；而华人生死学是否成立，首先要考察生死学的问题。至于"华人生死学"的提出，是否意味着华人在生死问题上有什么特别的地方？这一点依然是我们生死学界需要深入探讨的话题。生死学界同仁都知道"生死学"是旅美华裔学者傅伟勋先生的发明，他提出要把源自西方的死亡学进行改造，结合中国传统的心性之学，创造出一个符合中国人实际的生死安顿系统。傅先生在他的经典著作《死亡的尊严与生命的尊严》一书中，提出了一些设想，开创了华人生死学研究的新局面。傅先生去世不久，生死学家钮则诚先生承其遗志，创办了第一所以生死学为名的研究机构，这就是现今炙手可热的台湾南华大学生死学系，在钮先生在担任该机构首任负责人时，还叫南华大学生死学研究所。生死学所创立之后，钮则诚、尉迟淦、释慧开、廖俊裕先后担任所长、系主任，台湾也涌现了大批以生死学为名的著作和研究学人。傅伟勋先生开创的生死学新局面，把中国人研究生死问题的进程真正提升到了学科的水准，也为后世研究生死学提供了基本的范式和路径。然而，尽管中国台湾的同仁已经把生死学建设得颇具规模了，可是，中国内地的生死学界至今在基本的学科、著作、学会、研究机构、研究人员等方面依然严重滞后。我想，胡老师之所以在当时提出这些疑问，大概也是看到了生死学在中国内地发展严重不足的问题，以及未来前景不明的问题。无论如何，胡老师并没有因为内地生死学发展前景不明、研究不足，就放弃支持我们，或者不再费心力；恰恰相反，在接下来的几年中，但凡是与生死学相关的事情，只要我们找到他胡老师，他都是全力支持，从来都是非常积极的。胡老师是一个非常有坚持的人，我知道的是：有些会议他是不愿意参加的，有些事情也是不愿意做的，对这些在他看来无意义的事情，他也从来不客气，一概谢绝；反观他对生死学研究和相关的各种工作，却是来者不拒，全力支持。这些活动，在我邀请胡老师，请他给予支持的时候，胡老师常说的、令我非常感动的一句话就是："只要是爱民的活动，我一定支持；只要是你们的事情，我一定支持！"当初，我组织会议，千头万绪，非常紧张。我开始只以为这是胡老师让我放心和放松办活动的一句鼓励的话、打气的话；现在回头来看，这竟是胡老师鼎力支持的真实写照。每每想到这里，内心无比温暖、感动、感激……

2017年，中国当代生死学研讨会在广州召开，由广州大学教授、生死学专家胡宜安先生召集和承办。胡军教授应邀出席，他的致辞发言引起热议，新华社广州分社的记者专门报道了本次会议。胡老师在研讨会的讨论环节，与参会专家们的精彩探讨让许多人印象深刻；至今还有同仁跟我提起，传为美谈。正是因为胡老师的参会，引来了一些主流媒体的关注和报道，使得生死学这个冷门的学科在主流媒体中率先得到了报道。由于这些工作全部经由我手，诸事历历在目。再后来，2018年第三届中国当代生死学研讨会在北京301医院召开，由中国人民解放军总医院张东教授、路桂军教授联合承办，实现了我们在医院这个生死场域探讨生死学的开端。胡军教授依然是致辞嘉宾，全程参会。我把会议的相关工作也向胡老师作了汇报，他像过往一样，给予了我们指导、给了很好的建议。2019年第四届研讨会，由张永超师兄召集和承办，胡军老师与夫人杨书澜女士共同出席研讨会。胡老师依然是全场关注的焦点，他的发言依然精彩，影响力持续在线。自2020年起，由于新冠疫情暴发，诸多不便，胡老师无法到场研讨，但是，我们与他保持了紧密联系。胡老师最后一次在生死学相关的会议上出现，是在北京大学外国语学院高一虹教授举办的"谈生论死"生命文化沙龙上。胡老师依然神采奕奕，还谈了自己对生死的看法。胡老师与国内生死学的发展，分不开的事情很多：他受聘于北京市癌症防治学会生死学与生死教育专业委员会——他是国内首个"生死学与生死教育"专业委员会的委员，也是华人生死学与生死教育学会的顾问。胡老师与中国内地、中国澳门、中国台湾的诸多生死学前辈和同仁多有交集、知交颇多。大家熟悉胡老师、喜欢胡老师，或许是因为他突出的美声唱法和睿智的即兴发言；但是，却可能不清楚胡老师在中国当代生死学研讨会的召开中、生死学发展的推进中所作出的重要贡献。由于多年来中国内地生死学研讨会的举办、生死学学术共同体的建设、生死学研究成果的出版、生死学学术期刊的建设等，我都全程参与和见证，所以完全清楚在这个过程中胡老师对我们的全力支持和无私帮助。虽然胡老师不是研究生死学的学者，但是，他却是我认识的近年来中国内地对生死学发展的支持与帮助最多的学界前辈。胡老师是中国当代生死学发展之友、生死学建设重要的支持者、培育者、庇护者。无论中国生死学未来如何发展、走向何方，从2016年起的中国当代生死学研讨会注定是个标志性事件，当时在场的学界同仁如钮则诚教授、卢风教授、靳凤林教授、朱明霞教授、杨足仪教授、胡宜安教授、何仁富教授、孙树仁教授、王云岭教授、王治军教授、张永超教授、孟宪武教授、李松堂先生等与胡军先生一同开启了后来连续七年不断的"中国当代生死学研讨会"，为中国人的生死问题研究和教育开启了一个公共的讨论空间和学术园地。

胡军老师是一位哲学家，哲学家注定暂时不被人理解，这不足为怪。同时，胡老师还是一位伟大的教师，一位培育学术新芽的大先生。在这一点上，我们可以看到他直白的用心与付出，他为中国当代生死学的发展所做的工作注定是不凡的！

胡老师走得那么仓促，最后的遗容却是那么安详舒展，临别的时候，就像睡熟了一样。我想，胡老师可能在临终时并没有遭受太多痛苦，或许这一点足以让人轻松一些：因为我曾经看到一些病人在痛苦中不断挣扎，"求生不得、求死不能",那时候我就想,有些英年早逝、溘然离世或许令人扼腕叹息,也是不幸,它给旁人留下无限遗憾与不解,可是,能够痛快地死,就像云卷云舒、暴风骤雨,那又何尝不是另一种美?留下的是令人欢喜的高光时刻,人生在最高点离去,或许也是一种幸事!每每行思至此,似乎可以聊以自慰,然而,转念一想,亲爱的胡老师不在了,立马又跌回现实,猛然回头,那个真实的自我,悲伤和不舍原来还在……

为人、为事与为学
——忆怀和张师耀南先生之缘

钱爽 *

2014年9月9日，北京大学哲学系教授、太老师汤一介先生因病逝于北京，享寿八十有八。2014年9月12日，张师耀南先生及师母陆丽云女士与同门马鸥亚师姐及我赴北大人文学苑灵堂吊唁汤公。三天后，也即2014年9月15日，张师又与马鸥亚师姐及我赴八宝山殡仪馆东礼堂参加汤公的遗体告别仪式。吊唁和告别汤公的两场活动中，张师虽隐忍悲痛，但依然难掩他对汤公的不舍真情。

后我私赋吊文一首以悼汤公：

> 翳惟汤公，一介遗风。临责受难，吾辈所宗。
> 相遇何晚？相去何急？缘虽未尽，使我心恻。
> 儒藏百卷，方资启迪。茫茫者天，悠悠者业。
> 竟公西归，余哀犹存。吾怀敬长，追踪蹑迹。
> 宿命可通，示吾消息。来世结缘，相期无极。
> 翳惟汤公，一介米翁。英英朝日，盎盎春风。

不曾想汤公逝后仅七年有余，2021年11月28日，我竟从师弟苗冬青与师姐马鸥亚发给我的远程讯息中得知张师已于当日因病在京离世之噩耗——呜呼哀哉！

---

* 钱爽，现为比利时根特大学文哲学院语言文化系博士候选人。

张师享年五十有八，这个年纪对于一位人文学术工作者来说正是其思想创作的黄金年华，如今张师却在其学术英年便戛然而止——哀哉之余又岂不惜哉！我因受新冠疫情导致的国际交通限制久居国外，已有数年未回国，亦有数年未能与张师亲面亲语；而张师自患病至离世（似乎全程对外未有丝毫透露），我竟全然不知（直至千里之外的苗、马两位同门在张师离世当天告知于我）。未能在张师临终前亲见其面容、亲闻其语音，甚至连2021年12月2日在北京市八宝山殡仪馆兰厅举行的张师遗体告别仪式也无法参加，这成为我一生之憾事——哀哉、惜哉之余又岂不痛哉！

张师的离世真可谓猝然，自其入院治疗直至被病魔夺去生命前后仅有两个月的时间（据苗冬青师弟相告），我无法相信当年的7月6日还连续主持两场圆桌论坛并做主题发言的张师（尚存当时张师发言时录制的视频片段，仍显精神矍铄）四个月后便与世长辞，而我作为其亲近的学生之一却从头到尾一无所知，最后还是在张师逝后被远程简要告知。张师离世后我也很少言及此，如今我正想利用撰写这篇文字的机会，好好追忆、缅怀我和张师的八年之缘。而在我正执笔撰写此篇文字期间，竟又遥闻张师的同门师兄、北京大学哲学系教授胡军先生因故于2022年8月19日逝于北京，享年七十有一。又想起自去年年末以来中国哲学界已有若干前辈相继陨落（尚有李泽厚先生于2021年11月2日逝于美国科罗拉多，享寿九十有一；张祥龙先生于2022年6月8日因病逝于北京，享年七十有三），又怎不令人唏嘘不已！

祝缘·惜缘（2021年）

在张师遗体告别仪式举行的前一天，也即2021年12月1日，我这边（国外）的当地时间已入凌晨，我收到了陆师母从国内发来的信息——她想让我为张师拟一幅挽联，用来挂在告别厅门口。师母告知，已有张师生前原工作单位的同事兼好友高寿仙研究员所拟之挽联，但师母仍期待我也拟一幅。我当即应允，并顺带询问师母高联内容为何。师母回复我道：

士志乎大道，绝学复兴，誓继往圣开新路；
天不佑斯文，弦歌忽断，更向何处觅知音？

然而，若以学术总结和定位一位学者作为挽联主旨的角度来看，我个人觉得此联过于笼统，似乎放之于任何哲人其萎的情形皆准，算是一幅"万能挽联"。它并不能专门地、准确地勾勒张师的学术生涯历程及学术成就贡献。于是我思索一番，拟出了如下的挽联：

命七有一，研究张氏思想，比较中西知识，以成大人之业；
款三又六，接续禅门精神，批评华夷格式，而化西士之学。

自注：

（1）"命七有一"：指张师对"命"或命运问题的思索。张师在修订自《第六种命运》（北京：团结出版社，1994年）的专书《命运论》（北京：中国青年出版社，2014年）中基于对中外命学思想的综述，提出"七命"——"定命"（彻底决定论之观念）、"宿命"（彻底非决定论之观念）、"随命"（福善祸淫之观念）、"俟命"（尽人事而听天命之观念）、"运命"（前世今生、生前死后之观念）、"符命"（骨相星象、灾异祥瑞诸观念）、"造命"（不谓命、不畏命、人定胜天诸观念）——之说，此外还推出一种他自身所持的关注"存在之命"（或称"义命""理命"）的"竟无命运观"。

（2）"研究张氏思想"：指张师对颇具争议的中国近现代思想家张东荪（1886—1973）哲学思想之研究。张师的北大博士论文在汤公一介先生的指导下完成，专研张东荪有关知识论的思想，后成书为《张东荪知识论研究》（台北：洪叶文化事业有限公司，1995年）；之后又出版名为《张东荪》（台北：东大图书股份有限公司，1998年）的张东荪思想评传一部；建基于并修订自《张东荪知识论研究》，又成专书《知识论转向——张氏构建与中华哲学新子学时代》（北京：人民出版社，2018年）一部。张师还编有张东荪思想文集两部：其一为《知识与文化——张东荪文化论著辑要》（北京：中国广播电视出版社，1995年），其二为《张东荪讲西洋哲学》（北京：东方出版社，2007年）。此外张师还发表了有关张东荪思想研究的学术论文数篇。

（3）"比较中西知识"：指张师比较研究中西哲学的着重点在于对中西知识问题的比较。他的博士论文研究张东荪知识论，而张东荪本身思想则基于"化冲突为调和"的文化观，又带有"古今中外派"的色彩，因此张师不仅关注知识问题，更是在中西比较视域下关注知识问题。这里的"知识问题"应作狭义和广义双重理解：狭义的"知识问题"即哲学上的知识论（或认识论）问题；广义的"知识问题"即文化及方法论上的知识体系及其建构问题。张师所撰论文如《张东荪与金岳霖：两条不同的知识论路向》（载《长沙水电师院社会科学学报》1996年第1期）、《从二十世纪中国哲学看张东荪之"架构论"》（载《学术界》2000年第2期）、《知识论居先与本体论居先——中国现代哲学家对本体论与知识论之关系的两种见解》（载《新视野》2003年第2期）、《论中国现代哲学史上的"知识社会学"》（载《哲学研究》2004年第7期）、《张东荪的"知识学"及其批评——以"知识论主义"开辟新子学时代》（载《哲学与文化》2011年第5期）等关注的就是中国近现代哲学史上的知识论问题；其所撰著作如《实在论在中国》（北京：首都师范大学出版社，2002年）与《中国儒学史·近代卷》（北京：北京大学出版社，2011年）等关注的核心则是中西交流史上的知识体系的传播。对知识问题的持续关注也使得张师在其学术生涯后期，对墨辩和名家中的名辩问题予以重视。

（4）"成大人之业"：指张师的中华"大人"形象追求与情怀。张师依托其专书《"大人"论——中国传统中的理想人格》（北京：北京大学出版社，2007年）对中国传统文化系统中的"君子"所具备的"大人"理想人格进行了梳理和阐释，并由"大人"的理想人格又进一步阐发出以"虑之以大"为核心的"大者优先"之中华格式系统（见《"虑之以大"：中国人可以"走出去"的"中华共识"——兼论对西洋"本体论"之超越》，载

《新视野》2014年第6期），进而衍生出一系列能够作为"中华共识"的"大~（主义）"——如"大知（主义）"（见《论"大知"之作为"中华共识"——兼论余英时"反智论"与中国哲学"大知识论"》，载《清华大学学报（哲学社会科学版）》2008年第5期）、"大利（主义）"（见《论"大利"之作为"中华共识"——兼及"西式功利主义"与中国"大利主义"之比较》，载《清华大学学报（哲学社会科学版）》2010年第4期）、"大化（主义）"（见《论"大化"之作为"中华共识"：儒家方面》，载《北京行政学院学报》2013年第2期）、"大仁（主义）"（见《论"大仁"之作为"中华共识"——从池田大作"新人道主义"之构建谈到"新中华哲学"》，载《新视野》2016年第5期）、"大义（主义）"（见《哲学上"全盘化西"的一个可能方案》一文，载《新视野》2009年第3期）等。

（5）"款三又六"：指张师在中西哲学比较研究方向上对中西知识问题的比较和对比较哲学格式或框架的批评所得之成果。该成果最初以"三款六式"的形式呈现，被张师称为普遍适用的"公共哲学框架"（正式发表的学术成果目前可追溯至《"三款六式"：一个"公共哲学框架"之构建》一文，载《新视野》2015年第5期）。张师自信地认为只有中华民族完全彻底地将"三款六式"构建成功，其他民族仅得一"偏"而已，故而运用"三款六式"这一"公共哲学框架"完全可以实现"全盘化西"，开辟"中华哲学"新时代。肇始于"三款六式"，张师后来又根据具有"全值逻辑系统"特征的"系辞格式"扩展出了"三款八式"，而"系辞格式"也从此被张师认定为"公共哲学框架"（见《再论"公共哲学框架"之构建——三款八式及其应用研究之一》，载《新视野》2019年第5期；《三论"公共哲学框架"之构建——"系辞格式"总论》，载《新视野》2020年第5期）。

（6）"批评华夷格式"：指张师比较研究中西哲学的着力点在于对比较哲学格式或框架的批评。建基于并修订自《中国哲学批评史论》（北京：商务印书馆，2009年）以及《关于创建"中国哲学批评史"的设想》（载《新视野》2003年第6期）、《关于创建"西方哲学批评史"的初步设想》（载《新视野》2004年第3期）、《哲学批评学：定义、框架与必要性》（载

《北京行政学院学报》2005年第4期）等，又成专书《华夷中西——中国哲学史上"批评格式"变迁考》（北京：人民出版社，2017年）；他呼吁建设"哲学批评学"，创建"中国哲学批评史"甚至"西方哲学批评史"，提出"中华哲学批评"已经来到了"格式转换"的"拐点"上，并且清晰地界定了"中华哲学批评史"的核心是考察"中华哲学史"上"批评格式"之变迁；最终表示在"中西哲学比较研究"作为一门学问的语境下要摆脱"西化比"与"以西化中"格式，摆脱"并置比"与"中西并置"格式，摆脱"普世哲学"或"广义哲学"格式，而彻底转换到近期目标为"以中化西"、远期目标为"全盘化西"的"援西入中"格式上来。

（7）"接续禅门精神"与"化西士之学"：指张师进入中西哲学比较研究领域后的座右铭"以禅师之精神，为化西之事业"。"化西"——"以中化西"及"全盘化西"——是张师学术生涯中后期的关键词汇、核心主题及终极理念（正式发表的学术成果目前可追溯至《我们现在需要的是"全盘化西"——论"中西哲学比较研究"之"拐点"》，载《北京行政学院学报》2009年第2期，《哲学上"全盘化西"的一个可能方案》，载《新视野》2009年第3期，《明末以降中外学者"以中化西"之努力》，载《湘潭大学学报（哲学社会科学版）》2009年第2期等），意在效仿中华古代禅师消化自印度东传至中土的佛教之行为，以反对"西化"（以西释中）、不满足于"并置"（以中释中）的"（以中／全盘）化西"为目标，（全方位地运用中学）吃掉、消化西学。

我拟的挽联最终被采纳与否或采纳多少，我因不在仪式现场而无法真切得知。但师母看了我拟的挽联后第一时间回复——"你果真最了解张老师学问"——对于作为张师学生的我而言也算是莫大的宽慰与鼓励，我为自己有幸成为张师的学生而感到自豪和骄傲。这副挽联是我对作为人文学术工作者的张师学术一生的总括，我也希望能够通过它的展现祈念并珍重我和张师的八年之缘。

助缘·启缘（2013年）

我和张师之缘，得因于我在本科毕业并获得学士学位之前考取了哲学专业的硕士研究生，一些令我尊敬的师长促成并催生了这个缘分。

2013年春，我有幸获得了本科学校和张师所在院校的两次中国哲学方向硕士研究生复试资格。最开始，我承蒙本科学校一些师长的支持，获得了本科学校中国哲学方向硕士研究生复试资格。之后的一天上午，我接到了张师所在院校哲学教研部负责招生事宜的詹宇国副教授打来的电话：在电话里詹老师对我的考研成绩尤其是"西方哲学史"这门专业课成绩表示满意，我也表现出对中西比较哲学的浓厚兴趣；詹老师立马回应我说，他们教研部有一位中国哲学专业的同事张耀南教授正好对这一方向有专门研究，紧接着便向我介绍了该院校专业基本情况，有意让我参加复试。我当时也不想错过已有的本科学校的复试机会，便向詹老师坦言了这个想法，并承诺只要两场复试的时间不冲突，我一定参加。詹老师非常善解人意，不但理解了我的想法，还最终给了我参加复试的资格。

我第一次听到张师的名字，就是在詹老师的这通电话里。

我的运气还算不错，两场复试被安排在同一周的不同时间，恰好错开，并不冲突，我果断决定两场复试都参加。第一场是本科学校的复试，第二场便是张师所在院校的复试。第一场复试，我虽然发挥不差，但也只是中规中矩，专业笔试和面试都是简单且官方的看题/抽题—答题，题目内容也多是"教科书式"的，并未给我留下多深刻的印象。

第二场复试反而给了我不一样的感受。首先是第一天的专业笔试（中国哲学方向只考近现代中国哲学方面）只有一道论述题：题目颇具开放性——大致是"中国近现代哪一位哲学家给你的印象最深？试论述并说明理由"。全卷只有一题，分值比重可想而知，我自然不敢怠慢，洋洋洒洒写了上千字。第二天的专业面试，哲学教研部教师（包括作为面试主持人的詹老师以及张师在内）几乎全员到场：在詹老师介绍完我的基本情况后，我回答教研部其他老师提出的问题。张师是最后一位向我提问的，只有一问——因为我在专业笔试答卷里曾提到"张东荪"，他想听听我对张东荪的看法。我当时对张东荪并没有全面系统的了解，面对张师的提问，反而有点支吾语塞，但也还是实事求是地说明了解不多，答题时只是把记得的相关内容写了进去，张师听完我的回答后没做任何回应。我虽心有余悸，却同时又留意到张师在专业面试时能就我专业笔试的内容提问，说明他的确亲自认真批阅了我的专业笔试答卷，而不是交予他人代阅，面试时又另问其他教科书上"死规定"了的通识甚至常识类的问题。

第二场复试的专业面试是我与张师的第一次碰面。

幸运的是，两场复试我都顺利通过，被本科学校和张师所在院校同时拟录取为哲学专业硕士研究生。这下我反而纠结了，因为必须做出最后取舍。举棋不定之时我便求教于我校人文学院的单纯教授，单纯师深耕比较哲学与宗教领域，又颇有气质与涵养，我对哲学特别是中西比较哲学的兴趣很大程度上也是受启于他。单纯师本就知道我对这方面的兴趣，又得知我两场复试都顺利通过并皆被拟录取，便当即跟我说："有位叫张耀南的教授，学问做得很好。你要是有机会的话，肯定要选择跟着他做学问！"我对单纯师非常信赖，根据他的果断回应做出了选择，最终决定就读张师工作所在院校的哲学专业硕士研究生（当然未能继续在本科学校就读研究生也成为我无奈之憾事）。

单纯师的果断回应，是我第二次从他人口中听到张师的名字。我和张师之缘，也因这个最终就读决定展开。

筑缘·结缘（2013年—2016年）

研究生入学一月有余，也即2013年10月上中旬，我通过"双向选择"的方式正式成为了张师的学生。自此我和张师有了更近距离的接触，缘分正式建立并发展起来。不过，在正式确定我师生关系之前的一个月里，我就已经开始旁听张师讲授的"中西哲学比较研究"课程，因而对张师也已有了较为初步的了解；正式确立师生关系后，我听讲时更积极主动，也能更直接、更深入地向张师请教并交换意见及想法了。

研究生刚入学的这一学期在旁听张师讲授的"中西哲学比较研究"课程时，我便听到张师反复提及"（全盘）化西"这一关键词并阐释作为张师精神理念的

"（全盘）化西"内涵——这是一种对"（全盘）西化"在表面词序和深度内涵双重维度上的"逆反"。当然那一学期的"中西哲学比较研究"课程内容主要是张师围绕"（全盘）化西"这一关键词并在其精神理念的指引下以梁启超于1904年发表的《墨子之论理学》一文为参照及批判对象对墨辩逻辑进行爬梳，他根据此文再结合西方形式逻辑有关"概念""判断""推理""论证"的基础知识对墨辩逻辑之"名""辞""说""辩"四大基本结构分别进行"三款"（直款、不款、绕款）及每款各"两式"（死式、活式）的类型划分；后来又在梁启超《墨子之论理学》一文之基础上精读并依托伍非百所撰《中国古名家言》一书继续对墨辩逻辑进行深度挖掘——这样做是要实现用中国传统逻辑去消化西方形式逻辑架这一"化西"子目标。这一逻辑学方向的比较研究是张师对其之前的问答学方向的比较研究（在我入学之前便已进行完讫，彼时我未参与；问答学方向的比较研究也是张师构建"三款六式"的"公共哲学框架"之发轫）的延续和发展，也正是因为这个契机，我对中国逻辑思想及中西比较逻辑这一具体领域逐渐产生了兴趣。

另外还有一个契机，让我对中国认知思想、中西知识论/认识论比较以及汉学研究也关注了起来。正式确立师生关系后，在一次"中西哲学比较研究"课程行将结束时（大约在2013年10月中下旬），张师给了我一张纸条，上面是他亲笔写的一本外文专著的相关信息，并对我说："这本书里面有提到我，国图（国家图书馆）有藏这本书。你去国图把这本书借出来，把这方面的相关部分翻译出来让我看看。"[1] 待课后我仔细一看，是一位名叫 Jana S. Rošker（罗亚娜）的斯洛文尼亚籍汉学者所撰写的、由 The Chinese University Press（香港中文大学出版社）于2008年出版的英文专著 *Searching for the Way: Theory of Knowledge in Pre-Modern and Modern China*（《求道：前现代与现代中国的知识论》）。我并没有去国图借阅，而是专门购买一本来仔细看看。当时这本书在内地市场并未直接销售，须通过海外渠道购得，加之我只是一名普通学生，能力有限，这使得在当

---

[1] 张师事实上亦是从他人口中得知此书。有人告知张师，台湾地区的相关大学哲学院系曾组织读书会讨论过此书，并形成相关记录，上传互联网，其中有专门记录他们讨论书中所设张东荪和张耀南相关章节的内容。张师得知后便上网查阅并下载到相关记录，同时也获得了此书的相关信息。

时购买此书颇为艰难。最终费尽九牛二虎之力历经数月终于在2013年底购到并得以见其全貌[1]：该书上溯先秦诸子（以儒、墨、道、名四家为代表），中经宋明清诸儒之学（以邵雍、朱熹、二程、陆九渊、王守仁、钱德洪与王畿、王艮与李贽、顾宪成与高攀龙、王夫之、颜元与李塨、戴震等为代表），再到近现代中国哲学家思想家（以康有为、梁启超、谭嗣同、严复、王国维、胡适、冯友兰、张岱年、李泽厚、牟宗三、熊十力、张东荪、金岳霖、冯契、贺麟、孙中山、毛泽东等为代表），直至当代中国哲学学者（以夏甄陶、胡军、张耀南三人为代表），纵向探讨了具有中国思想文化特性的中国认识论思想发展史。该书对张东荪知识论尤为侧重，篇幅也最多，以张东荪知识论的专研者张师（兼及中国认识论思想史研究者夏甄陶与金岳霖知识论研究者胡军）作为全书正文之落脚点，并在结语部分对未来中国认识论的展望中大量援引张师的张东荪研究成果来极力提倡张东荪知识论路向，对张东荪知识论思想理念评价颇高。[2]

  我是把张师交待给我的翻译任务当成他布置给我的第一份作业来认真对待的。不过，当时我并不满足于只翻译这本书中提到张师的部分，更想全面系统而深入地了解这部汉学著作。最终，我决定通译全书。[3] 翻译工作自2013年底开启，一点一点地推进：大概半年之后，初译稿完成；又花了半年时间对初译稿进行校对，至2014年底完成。我不仅翻译了这本书的所有正文部分，还做了非常细致的各种译注，包括纠正原书引文错误、对原作者的批判性商榷以及一些衍生式的诠释性说明等等，张师对这些译注总是十分珍视。经张师赞同后，在我的主

---

[1] 后来购得的这本书又在2015年10月下旬应胡军教授之需直接转寄给胡军教授，供其翻阅及讲授。

[2] 当时购得此书时，书中涉及人物尚有李泽厚、夏甄陶、胡军、张耀南四位在世。今再提及此书时，书中涉及之全部人物均已作古（李、张、胡三位分别于2021年、2021年、2022年离世，夏甄陶先生于2014年12月12日因病逝于北京，享寿八十有四）。

[3] 关于此书翻译之简要后续：此书翻译后来获得了单纯师和张西平师的积极支持，又得到了相关资助，拟由生活·读书·新知三联书店编辑出版。无奈不知出于何种缘故，自2016/2017年前后将译稿交予出版社后，却如石沉大海，至今杳无音信，编辑出版的工作进度一拖再拖，已有数年，而三联方也未给出任何解释及跟进信息。直至张师离世也未得见此书译本正式面世。张师未审其学生完成的作业，想来甚是有愧有憾！

动倡议下,由单纯师牵线联络,以我就读的院校哲学教研部之名义于 2014 年 9 月下旬成功邀请到了原书著者罗亚娜教授来访,并圆满进行了学术讲座和学术交流,顺利与张师见了面并成功促成了两人对话。

2014 年起,张师觉得时机成熟,正式开始构建一套能够普遍分析并诠释中西方哲学问题的、尤其是起到"(全盘)化西"作用及目的的"公共哲学框架",他名之曰"三款六式"(直款、不款、绕款为"三款",每款各死活两式、凡"六式")。这套"三款六式"框架是张师比较研究中西问答学及形式逻辑与中华逻辑各自的四大基本结构后从中国哲学思想资源中总结出来的,并经验地得出:中国哲学思想得"三款六式"框架之"全"而西方哲学思想只得其"偏"[1]。但这仅是经验性的结论,故而张师后来又从《易》之六爻三位/三才——天位含上两爻(五爻和六爻)、人位含中两爻(三爻和四爻)、地位含下两爻(初爻和二爻)——入手为其构建更为牢固的依据和支撑点。

硕士研究生就读的三个学年里,几乎每周(除去寒暑假数周)我和张师都会有至少一次的单独长时间对话契机:张师"中西哲学比较研究"课程总是定在每周五下午一点半左右开课、三点半左右下课(后张师又开设"佛学思想研究",继续基于"化西"理念进行形式逻辑、墨辩逻辑和因明逻辑的比较研究,上课时间也大致如此),我几乎每节课都会去旁听,课后我们会在二环和三环之间散步若干个小时,再回到张师办公室歇息一下,然后张师回家,我回宿舍,有时直到夜幕降临我们两人才意犹未尽地散去;有时张师在其他时段来办公室或外出散步或在学校食堂就餐,便会联系我是否有空出来一起聊聊,我只要时间方便都会第一时间赶过去,一聊又是数个小时。在累计三个学年的研究生时光里,我与张师积累了非常多这样的契机,我们会讨论我翻译罗亚娜专著过程中遇到的问题和产生的想法,讨论最近读到的那些富有启发和新意或者值得反思和商榷的文献资料,讨论与张师"三款六式"框架建构相关的问题,讨论彼此一些新的学术思想火花等。

---

[1] 张师对中西问答学"三款六式"框架及中西逻辑学"三款六式"框架之建构已作为学术成果发表,详见张耀南:《"三款六式":一个"公共哲学框架"之构建》,《新视野》2015 年第 5 期,第 98 页—100 页和第 100 页—102 页。

2015年起，我经常和张师一起参会，我们俩总是焦不离孟、孟不离焦——要么是我们分别独立署名，要么是我们联合署名。这些一起参会的活动又提供了我和张师更多的对话沟通的契机。如果到异地参会，我们总是一起搭乘交通工具往返，路上我们也不停地讨论；到了参会地后又总是入住同一客房，我们会经常夜聊；参会期间依旧会共进餐食，一同散步，我们还是有说不完的话题。

在我就读的三个学年里，张师每一学年都会招录一名硕士研究生，他们也就成为了我的同门师弟或师妹；同时张师开设的两门研究生专业课程"中西哲学比较研究"和"佛学思想研究"修课和旁听人数也逐年增加；此外以"化西"为关键词和主题的学术研究成果也陆续发表或宣读——对张师"化西"事业感兴趣者越来越多，规模上有了一定的阵势，理论上也有了一定的积淀。张师在此期间就认为可以形成一个热衷"化西"事业的学术小团体，他名之为"化西宗"。自2015年始至2021年止，在我的召集和组织下，利用清华大学国际关系研究院在每年夏季七八月间主办的"政治学与国际关系学术共同体年会"这一平台，连续不懈地在七年内举办了七期以"化西宗专题"为主场的圆桌论坛（张师又名之曰"无遮论坛"）[1]，以期为张师门下师生及"化西"支持者和爱好者们创造以文以言以思会友、扩大学术传播影响、吸纳结识更多同道之人的机会。[2]

我和张师之间的关系，随着我们之间的缘分正式建立并发展起来而日益融洽、默契。逐渐地，张师对我而言不仅是一位尊敬的师长，更是一位难觅的朋友。

---

[1] 这七期"化西宗专题"的圆桌论坛，每期主题不同，自2015年以来分别是："中华文明在全球转型中之价值""话语权与中西比较""中华治道及其与欧西治道之比较""宗藩体系及其与殖民体系之比较""中华天下政制与大国竞争""阴阳哲学与世界格局两极化""大变局与学术话语体系之返本开新"。

[2] 最一开始几期我在国内，负责联络协调组织方及参与者并担任主持一职，张师主讲；后来我身在国外，只负责联络协调事宜，时间便利就回国参与，但基本上全都是由张师一人兼任主持与主讲。

铸缘·续缘（2016年—2021年）

2016年，我研究生毕业并获得哲学硕士学位。第二年初，也就是2017年3月，张师离开原先已经工作了近23年的院校单位，开启新的工作历程——调职至北京航空航天大学人文与社会科学高等研究院任教。虽然我告别了学习生活三个学年的母校，张师也离开了这里并赴新的工作单位任职，但我和张师的缘分却并未就此中断，反而愈加牢固，又延续了五年余。

我毕业后就有一块"心病"：在研究生学习的三个学年里，我积存了数以百计的书籍，考虑到高昂的运输成本，一时无法悉数运回家，只得临时就近找地安置。后来，北航那边专门为新任职的张师分配了一间僻静敞亮的独立办公室。张师知道我有这批书正愁无处妥置，在分配到新办公室后立马为这批书腾出了足够的放置空间，并花了很大力气和我一起把这批书运到新办公室。最终这批书总算有了着落，我的这块"心病"也终于得到解决。

半年后，我便赴欧留学。一切出国手续都已办妥，又逢张师准备赴欧参会。张师决定调整出国时间，和我一同出国：他跟我一起把我（及与我同行的留学伙伴）携带的大件行李在欧暂住处安顿妥当，我们两人再一起出发参会，而后张师回国，我继续留欧。一路上张师任劳任怨，总是随和耐心，沿途也常常拿着手机随走随拍，从不催促我们，造成压力。我出国留学时有幸让张师一道陪送照应，让我感动，令我心安，使我踏实。此情此景已过数年，却恍如昨日，至今我依旧心怀感激感恩感念之情。

自我出国后，我与张师便聚少离多，不再像之前研究生就读阶段那样频繁地近距离相处，但我们之间的联系却始终不断，所谈虽然更多围绕的是学术，可也时有涉及生活等更多方面。我可以算是张师了解西方汉学及中国哲学前沿动态的窗口。我们利用微信聊天保持密集的联络。我还是和张师一起参会，而且更多的是在中国大陆以外参会：一路上我总是充当张师的翻译，张师在这些地方也留下了不少足迹，结交了不少学术同仁[1]；同时一路上往返与住宿、共餐与散步皆一如从前，我总还是有能和张师单独长时间对话沟通的契机。我一般每次回国后和出国前都会在北京稍作停留，张师总是会利用这短暂的几天安排与我（有时还有师母及张师家人，或者其他同门）小聚，畅谈许久才离去。在我留学期间，张师也总是不遗余力、尽其所能地给予了我无私的帮助，每每想及此，既受宠若惊也受之有愧，这些帮助都是我铭记于心久久不能忘怀而且惦念回报的。

自2020年初新冠疫情全球暴发、扩散，加之因此疫情的蔓延而导致的高成本回国管制，我至今都未能返回国内。我最后一次与张师见面说话，还是在2019年我暑假回国期间：当时我不日即将出国，师母正准备安排张师、师母及其家人和我等人晚上聚餐活动；我本准备先去张师的北航办公室与他先会合，再一同前往，不巧我到了办公室，才知张师正理首于某课题的申报事宜，根本无暇抽身；我在办公室帮张师打了会儿下手后，张师怕师母一行人等太久，让我先过去，他忙完后再赶到；我便告辞先行离去，但直到当晚聚餐活动接近尾声也未见到张师到来。我本期待下一次回国再见张师，谁能料我与张师的这次普通告别竟是永别。而我最后一次与张师联络，是2021年7月初与张师在微信上讨论几天后举行的2021年"政治学与国际关系学术共同体年会"当期"化西宗专题"圆桌论坛参与者名单事宜，此后便再无联络；后该圆桌论坛顺利举行，我在国外未能如期参与（至今想来真是懊悔不已），但有人在微信群里分享了张师发言的视频片段——视频里张师依旧精神矍铄、情绪激昂、声音洪亮——又怎能想到仅四个半月后他就与世长辞?!

---

[1] 张师和我总是能在许多学术场合与"老朋友"罗亚娜教授碰面，并多次一起组会发言。不过令我印象最深刻的一次是2016年张师与台湾地区东海大学丘为君教授的首聚：丘教授曾于1998年发表了对张师1995年出版的《张东荪知识论研究》一书之书评（题为《知识论在近代中国的成立：评张耀南〈张东荪知识论研究〉》，载《清华学报》第28卷第1期；初稿则更早于1996年在一次学术研讨会上宣读），然两位素未谋面，又因长年通信不便也未曾建立联络，恰好张师与我赴台湾东海大学参会，我便借此机会提前进行联络，促成了张、丘两位老师神交近20年后的第一次碰面。

贮缘·思缘（2021年以后）

张师虽已往生，但我愿通过总结我和张师之缘来纪念我心目中的张师，让这段缘分留藏在我心底，不断此缘，不了此缘，不尽此缘。

张师去世翌日北航便成立了治丧工作组，并于当天（2021年11月29日）发布了讣告，讣告上有几个对张师总结式评价的四字短语十分中肯。这些字眼切中我心，令我印象极为深刻："淡泊名利""甘于寂寞""潜心治学""仁者宽厚""诲人不倦""关爱学生""情感真挚""谦逊正直""执着坚韧""修身立德""为人师表"。以下我想从为人的作风、为事的行事之风、为学的学风三个方面总结我心目中的张师。

张师为人是知足的。这样的作风最鲜明地体现在他从不醉心于功名利禄的计较。张师总是说自己是"乡下的放牛娃"出身，但这并没有让后来走出田间僻壤来到大城市求学工作的他沾染功利习气。张师不贪金钱、不恋权位、不抢风头、不争名气、不迷俗念，对于这些他总是云淡风轻、泰然处之，因为这些并不构成他生命的主题。三尺讲台、一方书案、充栋册籍，便是张师的天地；反倒是没了它们，张师会很不自在。张师对于总是让很多人一生为之爱恨交织的名与利，是"知止"的。而且张师性情既温和又洒脱，从不勉强于己，亦不为难于人，与他相处很难会有心理压力及负担。

张师为事是知不足的。因为这样的行事之风，故张师做事既虚心又开明。他在师生关系上总是会留给学生充足的自由空间，充分发挥学生在钻研上的自主性，以彰学生之所长，自己却从不以居高临下的姿态去横施指点、妄加干预，反而积极鼓励后学多出属于自己的成果，或尽可能以各种可能的方式努力提携后学在学术上有所作为；在他不太擅长的事情上，他也能在谨慎之余大胆放手，让学生去亲为亲试，却并不苛求结果。

张师为学是不知足的。这样的学风或者说学术风格是我对张师总结的最重要的一个方面，也是我经常反思的方面，需要多花一些篇幅展开。大部分的时间里张师都沉浸在学海书洋里，常常看到他与学术较劲的身影：他的案头、身旁及随身文件包、书包里总是厚厚一沓资料，标注着各色浏览的记号；他的办公室总是因为堆满了各种翻阅的书籍文献而凌乱不堪，有时甚至连落脚的空间都得硬生生地腾挤出来；他谈论的中心话题也总是有关学术——一群人聊其他话题时他总是眼神迷离、心不在焉，但只要一谈起学术他就立刻精神起来、劲头十足。这些是一位"学痴"式学者的标配。对待学术，张师从不懈怠。而且张师的学术气量与襟怀也颇为宽宏，作为学生的我们可以对张师的学术想法直接地、当面地提出质疑甚至反驳，张师不一定完全认同，但一定大度尊重，从未有丝毫愠色，反而欣然欢迎这种他称为"把道理越辩越明"的学术争鸣——对于曾精研哲学批评史、后好研墨辩与名辩之学，深知批评与论辩重要性的张师来说，能在学术实践上亦重视批评与论辩的实际作用与意义（甚至有时能将学术上作为其研究对象的批评与论辩运用到实际中来），而不是一味听取甚至要求学生纯粹的溢美之词，实属难得的"知行合一"。因此，与张师一起或合作为学，既是一件幸事，也是一件乐事。

如果要为张师定位学术身份的话，在我看来，张师不能算作一位中国哲学（史）学者，而应当是一位中国哲学格式学者，乃至是一位中西比较哲学格式学者。他孜孜不倦的学术事业就是基于中西哲学史史料在方法论上进行中国哲学格式乃至中西比较哲学格式的重构（解构前人的 + 建构自己的），特别是他一生最后十余年里所热衷的"化西"事业便是典型体现（甚至有重构西方哲学格式之端倪）。我认为，如果说冯友兰把关于（中国）哲学史研究和（中国）哲学创新的工作总结为"照着讲"和"接着讲"两步 / 种基本路径或模式的话，那么张师则是打算开出"换着讲"这一新的基本路径或模式：在冯氏看来，哲学史家是"照着讲"而哲学家是"接着讲"；在张师眼中则存在着哲学批评家，他们需要"换着讲"，即发现现有范式之短板并突破之以寻得更好更优的解决方案来讲好（中国）哲学（史）。就中国哲学（史）的研究来说，现在已经到了超越照本宣科的"照着讲"和亦步亦趋的"接着讲"、从根本上有批判勇气地"换着讲"的阶段；只有有胆量进入"换着讲"的境地，才有可能实现真正的"自己讲"和"讲自己"，否则极易又沦为自说自话（"自己讲自己"）的徒劳讲——要么是自己照着以前讲或者照着以前讲自己，要么是自己接着以前讲或者接着以前讲自己——仍是原地踏步。

想希腊亚氏有"求真理甚于敬先师"之语，先秦荀氏亦有"从道义不从君父"之言。我始终认为，思想之所以能称为"思想"，就在于它具有可批判性。如果针对一位思想者的思想，我们以为它有着无比的能量光环，想的只是如何去自圆自洽它为其释证、去歌颂称赞它替其宣扬、去执着捍卫它成其拥趸、甚至去夸造讹变它以封其神格，这些恰是对该思想的亵渎；我们所追求的，应当是如何批判它以超胜它，而不应只是追在它后面、围在它旁边去瞻仰着它、吹捧着它、守护着它、迷恋着它、依恃着它，如此则"思想"的称号便是掉价的。虽然是张师的学生，但我对待张师的思想，特别是其"化西"思想，始终是持批判态度的，而不是一味地说好话：[1] 我理解张师的"化西"情怀，认同张师的"化西"路向，但批评张师的"化西"态度与方法。

张师的"化西"思想，主要是侧重哲学层面（后逐渐泛化、延伸到更广的文化层面）来谈的：这是一种带着对"中华哲学"与"中华文化"的崇敬情怀来探求并彰显中国哲学文化对外来特别是西方哲学文化的消化潜能的主张；为"文化自信""中国优秀传统文化创造性转化和创新性发展"以及"汉语哲学"等关键性、前沿性甚至基础性的热门话题提供了一种方法论上的别致路向，对于在方法论上如何对待中西比较哲学研究也提供了一种别样路向。

但令人遗憾的是，张师的"化西"思想事实上受着一种偏执的民族主义情绪驱使。这种主观情绪的主旋律就是，中国哲学文化具备最圆满的、世上其他哲学文化无可匹敌的正向情绪价值：它是一切"化西"学问的"红线"，不可突破；按张师引《孟子》语"先立乎其大者"来说，它就是一切"化西"学问的"大"者。然而，在实际执行过程中，这种主观情绪把对"中华哲学"与"中华文化"的崇敬情怀自觉或不自觉地异化为了对它们的崇拜情感，因这种崇拜情感深植于心而发展出一种积极意义上的心态——"人无我有，人有我优"甚至"我有万

---

[1] 我在张师生前就已和张师就"化西"思想有过多次互动性批判式讨论。

有，最优在我",[1]更极端的则是一种消极意义上的心态——异域外来的哲学文化特别是与中国哲学文化呈"势如水火"般"对立"关系的西方哲学文化经过"较量式"对比后总是不及、逊于、滞后于中国哲学文化。因之，张师的"化西"思想之所以能喊出声势磅礴又野心勃勃的"全盘化西"口号，全仗于这种主观情绪的激催作用，他始终认为中国哲学文化完美于、完备于、完善于西来哲学文化，它是举世无二的最优者：没有什么是在"久"且"大"的中国哲学文化资源里找不到的；西来哲学文化资源里有的，中国哲学文化资源照样有；有些中国哲学文化资源有的，西来哲学文化资源未必有或者残缺有——总之，中华文明永远高出西来文明一筹，永远甩开西来文明很远，西来文明难望中华文明之项背，难以企及中华文明；西来文明要认清这样的情况然后虚心求教于具有超强生命力的中华文明方能"续命"。最终，张师的"化西"就从基于中国本位的文化自信式的"以中化西"演变成为了基于中国中心主义的文化自负、自大式的"以优化劣"，中西比较则演变成了"华夷比拼"。

　　张师的这种主观情绪虽不可谓不真挚深切，但这种以主观情绪先行并在学术上左右"化西"事业是相当危险的，因为它将导致成见乃至偏见的产生。这些成见乃至偏见，最显著地体现在中西比较领域里对中国自身与西方他者的专断定位上：中华文明的永远都是强的、巧的、善的、雅的、高端的、早出且永恒的，西方文明的永远都是弱的、拙的、恶的、俗的、低端的、晚出且短暂的——可以发现在相关的言论和文字里充斥着对中国的自尊自豪甚至自傲自高以及对西方的鄙视蔑视甚至敌视仇视。当我们在猛烈抨击西方中心主义者们站在极端的文化普世

---

[1] 最典型的体现就是，看到人有某东西而发达，我不甘心于被视为没有，而是竭力要从我这里也找到有该东西后与之相比以求认同、甚至相较以决胜负。似乎只有"有"，我在人面前才底气足，才心安定，才理不亏，才能显我扬我；"没有"则是我之根本性损失，是原则性大事，对我是致命的。因此我只许"有"而决不许"没有"。至于我之"有"，要么是和人之"有"为同款之"有"，要么是和人之"有"为异款之"有"，总之就得"有"，"有"就对了；说我"没有"，容易伤我元气、害我前景、毁我尊严、碍我信心。更有甚者，看到人有某东西而发达，我不仅亮出我亦有该东西，还表示我之别的"有"，要么是人之"没有"的，要么是人之"有"却劣于我之"有"的。最典型的就是一定要论证得中国有语源出自西方的哲学、科学等，最终本来反对西方话语统治的"化西"还是逃脱不了西方话语的窠臼并最终陷了进去。

殖民主义视角来误读、曲解中国时，我们是否也应当警惕我们自身可能正在炮制另一种极端的"文化天朝上国主义"视角来同样对待西方呢？[1]

与此同时，带着这种主观情绪去进行学术研究，往往会花费大量篇幅详剖深析中学，却对西学用功肤浅，攻击西学一点而不及其余。以这样的学术研究水平，总是中学研究厚重而深沉，但西学研究往往轻率又浅薄。在这样的前提下，的确会得出中学优胜于西学、西学劣负于中学的相关结论。比如，在对中西问答学的比较研究中，张师从中学儒、释、道三家的若干典籍有关问答的文献资料中找到答学之大"全"，却只从西学柏拉图对话集有关问答的文献资料中找到答学之一"偏"，以这样"以多胜少"的对比而得出类似"中华哲学之优长""欧西哲学之短拙"[2]的结论。张师对待中学与西学实际采取的比较研究做法，让我不禁想起了张君劢对钱穆学术研究方法的无情批评："钱先生……独其涉及中西比较之处，每觉其未登西方之堂奥，而好作长短得失之批评"[3]。的确，张师与钱氏有相似之处，二人虽对中国爱之真诚、有深厚之中学功底，但西学知识相对肤浅，总不能摆正对西方的态度，却又好作中西文化比较以扬中抑西、褒中贬西。若他们纯粹专注于中学研究，必将创见迭出；可偏偏又总想在中学研究之外急于掺入西学研究以为比较，则恰恰适得其反。当我们在责讥西方学者看不清、摸不透、搞不懂、想不明、说不对、讲不好大体量又高水准的中学之时，我们是否已经做好了准备，有信心、有底气地表态我们对西学的认知、了解及研究已经全然通透无遗了呢？[4]

此外，张师对"公共哲学框架"的建构，也展示了哲学史上把纯理性主义发挥到极致的独断论倾向。最开始张师把"三款六式"作为普遍适用的"公共哲学框架"，便凡探讨一个问题务必迎合这个"三款六式"，甚至不惜罔顾文本原意而

---

[1] 以及，针对西方中心主义者们的这种行为，我们也（始于情绪而终于学术地、"意气用事"般地）"以彼之道，还施彼身"的行为是否妥当？

[2] 张耀南：《"三款六式"：一个"公共哲学框架"之构建》，《新视野》2015 年第 5 期，第 103 页。

[3] 张君劢：《中国专制君主政制之评议》，台北：弘文馆出版社，1986 年，第 1 页。

[4] 如若不然，那么我们是否应当反思这种"五十步笑百步"的做法呢？

强行生造、别造其所缺失的部分；[1]后来，又觉察到"三款六式"在逻辑上"并未穷尽款式之全部可能性"，遂又依"系辞格式"扩展出"三款八式"这样一套"全值逻辑"（穷尽全部可能性之逻辑）；[2]接着，又由这套"全值逻辑"衍生或推演出它的根元理论——即：任一二元关系必穷尽于八根元句、六十四基础句、三百八十四全值句；任一三元关系必穷尽于十六根元句、二百五十六基础句、两千五百十六全值句；任一四元关系必穷尽于三十二根元句、千二十四基础句、万八千四百三十二全值句；任一五元关系必穷尽于六十四根元句、四千九十六基础句、十三万九千二百六十四全值句；甚至六元关系、七元关系等多元关系均可以此类推——如此把这些关系全部揭示，才是"最完满的平衡态"。[3]这样看来，"公共哲学框架"的建构工作似乎只是一种穷举式的排列组合，最后越变越繁、越生越杂，已经完全脱离具体情境而成为了理性作祟下纯思辨的演绎逻辑游戏。

因此，一切"化西"学问，不宜"先立乎其大者"（否则既不利于我们全面认知西方之经纬，也不利于我们自觉认清中国之得失），在我看来宜"先立乎其正者"——即校正情绪、端正态度、纠正愚见地对待中华文明与西来文明再进行比较研究。

去年张师讣告出来后不久，曾有一位师长致信给我，说了"乃师不幸英年早逝，既颇感意外，也深表惋惜。我虽与耀南教授没有过直接交往，但知道他……在业内口碑人品很好"这般高度评价——我深感今生能够遇到这样一位良师，何其幸运又何其幸福！不过，张师的离世和告别我都无法到场，只能通过国内分享给我的各种照片视频来得知具体情况，这毕竟成为了我永生的遗憾。我现在所能

---

[1] 比如《墨子·经说上》关于"故"的文本只讨论了"大故"和"小故"两种，但张师为使这里的"故"符合"三款"，又造出一个文本里完全没有的"中故"（或曰"兼故"）以凑成"故"之"三款"（参见张耀南：《"三款六式"：一个"公共哲学框架"之构建》，《新视野》2015年第5期，第98页—100页和第101页—102页）。

[2] 参见张耀南：《再论"公共哲学框架"之构建——三款八式及其应用研究之一》，载《新视野》2019年第5期，第113—114页。

[3] 参见张耀南：《三论"公共哲学框架"之构建——"系辞格式"总论》，载《新视野》2020年第5期，第128页。

做的，也仅是利用这篇文字，以近乎"记流水账"的形式写下我与这位为人知足、为事知不足、为学不知足的恩师点点滴滴汇聚而成的宝贵缘分。通过记下我们的缘分奠定、确立并稳固的过程，我也珍念这段缘分并愿长存之。

其实在我看来，作为张师的学生，对张师最好的纪念方式，就是将张师的"化西"事业坚持不懈地、不遗余力地传承下去。今年上半年我参加了一场学术研讨会，在发言时就我的话题谈到了"化西"这一关键词和主旨；会下一位曾与张师和我打过交道的师长专门对我说，"还能在耀南教授走后继续听到'化西'的声音，他的精神你依然保持着"——这既让我感慨，又使我振奋并获得鼓舞。诚然，张师的"化西"事业在大方向上是富有意义的，在学术问题的思考上给予了我相当大的启发；但在"化西"事业砥砺前行的过程中务必要特别注意"化西"的态度与方法问题，这是我经常批判性反思"化西"事业何以为继的最为重要的一点。只有历经批判性反思的锤炼，才能让"化西"征途变为一条"正"途，越走越宽，越走越高，越走越远。

世无张师，而"化西"之事业犹在。别师已近一年，我怀思恩师！

写记于欧西比国根城圣安妮教堂（Sint-Annakerk）址旁

2022 年 8 月 24 日开稿

2022 年 10 月 15 日改定

2022 年 10 月 24 日再校

为恩师张耀南先生逝世一周年祭而作

远去聆听那牧歌
——给父亲的一封信

张正蒙*

亲爱的爸爸：

你躺在我前面，安详得像睡着了。我总觉得你只是休息一会儿，就像平时一样，还会再次醒来。但是抬头看看播放着你照片的屏幕，我明白，今生今世，我再也没有爸爸了。

这两天我和妈妈收到了来自各方的问候，有你的老朋友、你的学生、你的同事，还有很多与你有过一面之缘的人。从他们口中，我才更加清晰地了解到，你在社会里是一个多么受人尊敬的人，又是一个多么正直善良的人。你在学术上成就卓越，家里一摞摞写有你名字的书，还有各位学界前辈、同行对你学说著述的肯定，就是最好的印证；你对待任何事情都尽心尽责，所有与你共事过的人都说，你的认真和谦逊令他们难以忘怀；而你又有那么强的使命感，想跑好自己文化传承的一棒，再把这一棒交接出去；你的学生都视你如父亲，因为你视他们如孩子，而任何对学问感兴趣的人你也都热心提点。你知道吗？你说的话，你的学生们都悄悄记了下来，我也是通过他们的记录，才略微领略了你在课堂上的风采。

然而我还会想起一些事情，一些很遥远的事情。

小时候，到了晚上八点钟，伴随着腰间钥匙的碰撞声，你拿着一大摞报纸准

---

* 张正蒙，北京大学中文系 21 级古代文学专业硕士研究生。

时回家，雷打不动。这是我最害怕的时刻，因为又要练小提琴了。你也不是那么懂小提琴，有时我糊弄你，你也不一定能发现。但是你每次都会拿一个本，对着老师讲的要点监督我。大部分时候你是严肃的，不过每次我拉《牧歌》的时候，你都会跟着唱。我前两天才听二姑说你三岁就帮别人放牛了，我想你爱这首乐曲，一定是因为它让你回到了童年的时光吧。你出院的那段时间，我试图再次将它演奏给你听，但是你好像不太记得了。我觉得这样也好，我希望你能忘了童年生活的苦，多记住快乐的东西。

另一件令我害怕的事情便是背书。你要我把《论语》背得一字不错，而且顺序也要记得。在我的巅峰状态，甚至你说一个字我都能告诉你这个字来自哪一章哪一节。有一次，我又背得不熟练，你把《论语》扔到了我腿上。当时我不理解你的"苛刻"，直到大学读了中文系，才明白能熟练背出典籍中的每字每句是多重要的本领，也幸好小时候多背了些书，我才能有一点优势。不过，我回答正确的时候，你也会偷偷地笑。你从不直接说出你的赞美，就是嘴角会动，并且努力克制着你嘴角的动作，不让我看出你在笑。我考上北大之后，你也不说什么，只是有一天突然给我留了一个纸条，说你把录取通知书拿去复印了。这可能就是你表达的方式，虽然我很希望你能把你的心里话说出来，但你的心意，我想我一直也能听得见。

你最喜欢的事情是散步，一走就是几个小时，而且是我跟不上的速度。有一年过年，妈妈比较忙，你带着我在家，每天我们都去森林公园散步。北园有一个陡峭的小山坡，我有点害怕，你却健步如飞，告诉我要侧着身下山。你总是说这个地方适合建房子，因为"负阴而抱阳"，符合中国的哲学。你喜欢山下的胡杨木，你说这种树三千年不死，死后三千年不倒，倒后三千年不朽。如今想来，也许胡杨正是你的化身，如你一般坚韧。你还喜欢捡木棍，说要在家门口做一个篱笆，我嘲笑你说城市里头怎么做，但这种来自遥远岁月的田园牧歌式生活，正是你向往和追求的。可是你总是在忙碌，还没来得及享受田园牧歌的悠闲，就匆匆离去了。

平时你忙起来总是看不见人影，唯独过年的时候你比谁都上心。你会早早起床，穿好红色唐装，开始准备年夜饭的食材。平时你做饭不多（即使做也以乱炖为主），不过除夕这天你会一展厨艺，把各种调料混合在一起，做出味道相似的数道菜。你说年夜饭一定要菜多，每年加一道。如果我没记错的话，应该是加到十八了，只是不知道三个月以后的春节我们还有没有动力做这么多菜。做菜的空隙，你会拟一副春联，带着我们每人写几个字。这些春联，有的记录生活，有的表达向往，是我们家门口独一无二的风景。吃饭前，你要举行隆重的祭祖仪式，点上蜡烛，写好稿子，邀请各位祖先来吃饭，从没有忘记过养育过你的地方。如果祖先真的能回来吃饭，你以后也还会回来，陪我们吃饭吗？

我小时候总说你是苦瓜脸，你也的确挺严肃的，用一个词来形容，就是"不苟言笑"。但是你不严肃的时候，我通常都记得很清晰。你会带着我和表姐表妹打扑克牌，输了被我们贴纸条。带小孩打牌真的很烦，只有你乐意陪我们打。在你确诊入院的前一天，你突然叫弟弟跟你打牌。其实你很喜欢打牌，只是你不擅长找理由给你自己放假。你平时反对我吃一切含"化学物质"的食品，但有一次下小提琴课后路过麦当劳，你却主动提出给我买一个新出的彩色冰激凌，我至今也没揣度明白你当时是怎么想的。你有时候还会走着走着突然躲起来，或者敲门不说话，来检测一下我是不是能遇见坏人冷静处理。小学时候，你给一堆小朋友上《论语》课，上完课以后你就带着大家在口字楼的羽毛球场打排球，你是所有大人中打球最猛的一个。你平时只看新闻，但是过年的几天，你比谁都爱看电视。你会看小品，一边说现在的节目真是差，一边憋住笑。你也会在所有人都睡着之后，一集一集刷电视剧，因为只有过年的时候你才有了给自己放假的理由。还有很多很多，我有时想得起来，有时又忘记了，也不知道写下来，大家乐不乐意看……

我慢慢长大以后，你的工作也越来越忙，我跟你的相处就越来越少了。我记得你会在我高中的时候骑车接我下晚自习，你也会在周末开车带我们去森林公园玩。不过我的心事你可能不是很了解，你的心事我可能也不是很了解。不过我知道我们是很像的，所以我们常常针锋相对，辩论起来。你有你的道理，我有我的意见，就这样你一句我一句，谁也不让谁，然后由妈妈和稀泥。我不知道你怎么看待我怼你这件事情，在我眼里这就是有趣的学术纷争，希望你也不要往心里去。如果有时候伤害到了你，我真的想说一声对不起。

大家都说，你在学术上的成就是伟大的，而我却希望你把学术看得轻一点，多看看外面的世界。你总是坐在书桌前，埋在高高的书堆里。你的书里，夹满了黄色小纸条，处处是你写下的批注；你的房间里，到处散落着你的手稿，或者你随意写下的灵感。你太热爱你的事业了，你有太多想要表达的了，你太看重你身上的担子了，你太想把所有事情做到完美了，以至于你忘了自己的健康，也忘了自己的生活还可以多姿多彩。你把学校的事、学术的事，以至于传承文化的事，扛在肩上，一声不吭。其实你可以说出来，也可以觉得累，也可以休息，我们都可以做你的港湾，你为什么要自己扛着，直到生命的最后一刻呢？其实我很想和你交流再多一点，也想对你了解再多一点。我总是说，也许哪天你不那么忙了，我们再交流也不迟。没想到的是，我还没等到那天，竟已与你天人永隔。

　　但转念一想，这样的选择，你应该是没有遗憾的。九月份你已经病重，在家多数时间你都在躺着休息，难以支撑，可是你在入院前一周还在学校上了一整天的课。当时听到这件事情，主治医生都感慨，不知道你是以怎样的意志力坚持下来的。我不知道那天你是站着上课还是坐着上课的，但是那天以后，你就再也没有站起来过，从坐着，到躺着，到没有一点力气。你去世后，我在你电脑里看到了你的备课文件，不论是通识课还是专业课，每堂课你都准备了大量的资料，我们几个大学生都感慨，很少在学校里看到这样认真的老师。那天从肿瘤医院检查回来，医生说你只剩下一个月的生命了。妈妈问你，以后还让女儿做学术吗？你说话的声音已经虚弱不已，但你说，做学术，做学术是最好的。我问，你不觉得做学术太累吗？你摇摇头，没有再说话……

　　但我想，我今天会走上学习中国古代文学的道路，你是我的启蒙者。小学的时候信息还没有那么发达，不像现在随处可以查到资料。有一次写作文，你给我准备了一份有关岳飞《满江红》的资料。那是我第一次读到这么有力的句子，为之震撼了很久，也写下了一篇得到夸奖的作文，更在心中埋下了对于古诗文的热爱。初中的时候参加了一位物理学院士的讲座，听到了有关夸克、暗物质、宇宙的理论，觉得非常新鲜。回去的路上，你告诉我，可以去读读《易经》，读读《老子》《庄子》，那里有关于宇宙发生、运化、阴阳消长、和合的描述，也许就和最前沿的科学理论，有着神奇的相似。那一天，我既体会到了科学的美妙，又体会到了中国哲学的世界原来也有如此广阔的天地。中学的时候，我试图研究过儒家的政治理想和孝道精神，是你给我准备了很多书籍和论文，让我第一次浅尝了学术研究的感觉。前几日在手机中翻出了我初中时随意写下的一段话，我说我希望我的文字"是有文化价值的，可以继承中华民族的传统文化"，可以"弥补生命之短暂与缺失"。原来那时的我，已经有了和你相似的使命感。而没有想到的是，最后你的生命真的如此短暂，又真的因为你的文字，而得到了弥补。

任何时候提起你，我都会感到骄傲。我有一个了不起的父亲，你得到了那么多人的景仰，把自己的生命燃烧成火光，照亮了那么多人。你有为之奉献终生的事业，有热爱到骨子里的事情，有信仰般的使命和担当。你讲台上的激昂慷慨，你文章里的锦绣华彩，你为人处世的谦逊儒雅，都在我、我们以及所有人的心中，继续鲜活地存在着。

有一年春联的横批，你写的是"可久可大"，那时的我还不理解。现在终于明白，这是你对中华文化最深沉的祝愿，也是你自始至终肩负在自己身上的使命。你用你不懈的研究，构建出了你自己的哲学体系，在西化的大潮流中，为中华文化的"可久可大"指了一个方向。你提出的"全盘化西"，可以很宏大，宏大到关系一个民族、一个文化的命运；也可以很细小，细小到每个人的思想，每一处生活的细节。这是一条漫长的路，你已然用你的学术与人生，走出了属于你最精彩的篇章。而你的种子，也已经播撒到了许多人的心中。尤其是你的学生们，还有我，我们都记得你说的话，你做的事，希望继续把你的火种，传播到更远的地方。妈妈总和我说，你的爸爸是刚毅木讷的君子。我深以为然。即使你不说，你的品格也刻在了我们身上。你的才华，你的坚韧，你的宽厚，你的勤奋，你的单纯，你的正直，都已在潜移默化当中成为我们的一部分，是我们永远的精神支柱。

现在回想起来，有你的岁月，是安稳的。我可以做一个无忧无虑的小女孩，因为我知道，不论我如何跌倒，都有一双手在背后扶着我，不让我受伤。而往后的岁月，没有你在我身边，我必须更加坚强。请你放心地去吧，不要再过多担心挂念，我会照顾好妈妈和弟弟，我也会像你的遗嘱中所说，努力做一个正直、诚实的人，完成你的心愿，成为你的骄傲。

如果晚上听到开门的声音，还会觉得是你回家了……

女儿 张正蒙
2021 年 12 月 1 日
于八宝山福泽厅

著作介述

道家心学之思的生动呈现
——匡钊先生《先秦道家的心论与心术》读后

叶树勋[*]

卡西尔（Ernst Cassirer）曾经说过：

> 从人类意识最初萌发之时起，我们就发现一种对生活的内向观察伴随着并补充着那种外向观察，人类的文化越往后发展，这种内向观察就变得越加显著。[1]

在人类文化的轴心时期里，东西两地都发生了这种内向观察变得显著的内在化转向，心灵问题的突显即是这种转向的杰出成果。中国诸子时期的儒道两家是深入探思心灵问题的两个代表性学派，此两家共同造就了早期中国心之哲学的主要形态。

就当前的研究状况来看，相比于备受关注的儒家心学，道家心学整体上受到的关注并不是很多，以至于我们对道家心学的脉络及其基本内涵一直缺乏系统的把握。匡钊先生近期出版的专著《先秦道家的心论与心术》[2]，一定程度上改变了这种状况。此书从"心论"（道家关于心之构成的理论）和"心术"（道家关

---

[*] 叶树勋，哲学博士，南开大学哲学院副教授，研究方向为先秦儒道哲学、出土简帛思想。
[1]〔德〕卡西尔：《人论——人类文化哲学导引》，甘阳译，西苑出版社，2003年，第6页。
[2] 匡钊：《先秦道家的心论与心术》，中国社会科学出版社，2021年。

于心灵修养之术的主张）两个大的方面，对道家心学及其所涉的诸种理论问题，以独到的视角和方法作出了系统探讨，是当前形势下生动呈现道家心学的一部力作。

一、问题意识和视域转换

关于道家心学，以往虽缺乏比较系统的研究，但针对某位哲人或某部典籍的研究也有了比较多的积累。作为一项系统研究，如果缺乏深刻的问题意识和行之有效的研究视域，那么这种研究很容易成为以往研究成果的一种汇总，并不构成实质性的推进。因此，所谓系统研究，并不必然具有很高的学术价值，关键是看它能在何种意义上对相关领域作出推进。

针对道家心学展开研究的问题意识，和道家哲人思考心灵现象的问题意识密切相关。这是两个不同层面的问题意识，某种意义上后者是导出前者的一个前提。道家思考心灵，根本上是出于对什么问题的思考，而这种思考在现有研究中又得到了何种程度的呈现。这是研究者产生问题意识所依赖的探索过程。作者通过深入的研究发现，道家关于心灵的思考整体上可以分作"心论"和"心术"两个大的方面，而这两个方面在更深的层面上则关乎道家哲人对人是什么、人如何成为自己的独到思考。在此基础上作者又发现，"对于心的形而上意义的讨论，早为学界烂熟，而由修身工夫的角度切入问题，却还较少收到系统关注"[1]。换句话来说，以往的研究主要集中在"心论"方面，而有关"心术"的内容尚没有得到充分的呈现（需注意的是，其所论"修身"之"身"是指自身，非谓与"心"相对的"身"）。

理解了这一点，便能很清楚地把握此书的问题意识以及伴随于此的视域转换。此书之名同时标以"心论"和"心术"，但促成作者开展这项研究的问题意识首先来自后者，至于前者之所以存在，既是因为需要延续以往视角开展更深入的研讨，也是因为"心论"和"心术"本是两个密切相关而难以分割的方面。

---

[1] 匡钊:《先秦道家的心论与心术》，第13页。

值得一提的是,"心术"一词是道家固有的话语,见于《庄子》和《管子》四篇(在前一文献中表示心之功能,在后一文献中指称修心之术),匡先生在书中所称的"心术"是基于第二种意义,它的使用范围被扩展到了整个先秦道家思想,被用来概括道家哲人关于如何修养心灵的各种看法。

进一步来看,此书的问题和视域与西方哲学界目前所见的某些情况有着呼应之势。同样是针对轴心时期的哲学思想,皮埃尔·阿道特(Pierre Hadot)等人之所以倡导"作为一种生活方式的哲学",正是希望从传统的形上研讨中突破出来,在新的视角下释放古希腊哲学的丰富意义。可以说,对哲学作为一种生活之道的关注,是当前中西两处古典思想研究的一种共同趋向。这本书即是这种趋势在道家思想研究领域的一个典型表现。

二、道家心学谱系的展现

在新的视域下,此书对老学、庄学以及黄老学中的心灵之思进行了深入的探讨,为我们呈现出道家心学从诞生到演化的基本谱系。作者认为,《黄帝四经》和《管子》四篇都是稷下黄老的作品,在后者中心灵之思已有丰富的开展,而前者则具有承前启后的意义。作者也将以黄老思想为底色的《吕氏春秋》纳入考察的范围,并且对杨朱思想给出了特别的考察。以上诸书连同《老子》和《庄子》,一起构成了此书的主体部分。

"心论"与"心术"在道家思想中的演变是此书的一根主线。心灵的问题在老子学说中已有浮现,随后在黄老学以及庄子思想中得到了不同角度的开展。老子关于心灵的思考尚处于比较"朴素"的状态,但这一"朴素"之思又意义重大,它确立了道家心学的基本方向和基本的问题意识。老子一方面以"赤子之心"表达他关于心之具象和人之内在性的看法,另一方面又提出"抟气""抱一""守中"等一系列的心灵修养之术。这初步奠定了"心论"和"心术"作为道家心学两大方面的基本架构。书中还将老子关于圣人之心和百姓之心的思想作了专门考察,这既关乎"心论"的一面,也涉及"心术"的一面,它是老子之政治关切在心之思上的集中反映。

黄老学是一门以政治思想为主体的学说体系，但这不意味着它不重视心灵问题。事实上，黄老学非常关注这一问题，其重视程度不亚于庄子。作为一种政治学说，黄老学之所以关注心灵问题，是基于修身、治国相统一的理念。《管子·心术下》的"心安，是国安也；心治，是国治也"，是此等理念的集中反映。黄老学关注的心灵主要是圣王之心。圣王的地位决定了他的心灵之术不纯是个人修养的问题，也关乎天下的治理。所谓"心术"，在黄老学这里和"王术"是高度统一的。黄老学强调"心术"，根本上来说是倡导圣王通过心灵修养之术来保障政治行为的正当性。以"心术"定"王术"，是从内圣到外王之思路的一个具体表现。

"心术"和"王术"这两个方面虽然统一，但不同的典籍对二者有不同的侧重。作者敏锐地发现，《黄帝四经》侧重于治国行为的一面，而《管子》四篇则聚焦于内心修养的一面。在《黄帝四经》中，作为治国之基础的心灵之术还没有得到很多的关注，而在《管子》四篇中，这个问题则被凸显了出来。作者认为，《黄帝四经》的成书时间在《管子》四篇之前，在道家心灵之思的发展过程中，《黄帝四经》具有承前启后的作用。关于《黄帝四经》的成书时间，学界有不同的看法，笔者倾向于认为它是成书于战国后期的作品，可能要稍晚于《管子》四篇，并且其成书地域也未必在稷下。一部晚于《管子》四篇的作品，在《管子》四篇主论"心术"以后，进一步关注作为"心术"之外化形态的"王术"，也不是没有可能。

庄子对心灵的追思则源于另一种问题意识。他的关注点不在于从心灵之术中寻求政治行为的正当性，而在于通过心灵之术获得个体的解放和自由。心灵的归属者在庄学和黄老学中具有不同的身份，庄子关注的是一般个体的心灵，并没有聚焦于治国者。以"心术"求"自由"，是庄子心学的主题，用庄子的话来说，此即所谓"悬解"。"悬解"的路径在此书中被概括为正、负两种工夫。作者进而指出，庄子谈论更多的也是更为独到的是负的工夫，尤其体现在"心斋""坐忘""丧我"等观念上。书中还指出，在庄子思想中梦蝶、卮言、死亡、丑怪等话题，都具有作为精神修炼之工具的意义。这不仅展现了庄子思想中所含的独特之"心术"，同时也为理解这些话题本身提供了新的视角。

三、心学在道家思想之角色

作者在书中强调，心的问题在道家思想中是理解人是什么的关键所在，而此问题也绝非单纯的知识论问题，它主要是作为一个实践意义上的问题展现在改变自己的修身工夫中。[1]这提示着心学在道家思想之地位，同时也揭示了道家心学的基本性格。道家关于心灵的探思在根本上涉及的是人是什么以及人如何成为自己的问题。

在作为知识论的人是什么的问题以及作为实践论的人如何成为自己的问题之间，道家更关心的是后者。在人如何成为自己这一问题中，所谓自己是指真实的自我，也即庄子所言"吾丧我"之后所"剩余"的本真自我。在这个意义上来说，庄子所言的"化"也可用来概括道家"心术"的价值和旨归。从老学到庄学和黄老学，道家所倡导的"心术"具有各自的特点，而在根本上他们所倡导的"心术"最终都服务于自我的转化。作者在"庄子"一章中，颇为重视"化"的意义，其原因应在于此。而其他典籍虽然没有像《庄子》那样凸显"化"的意义，但其倡导之"心术"的意义也在于此。

如果说如何成为自己、如何实现本真的自我，是道家哲学的核心问题，那么心学即是呈现道家关于此问题之思考的一个重要论域。当然，道家心学不是也不可能是仅仅针对心灵的思考，它往往伴随着道家对其他相关问题的探索，也正是在这种多维的思考中，心之学说得到了更加深入的开展。作者在书中对此有很高的自觉，比如身心关系、心气关系、心道关系，即是作者呈现道家心学之多维性的几条重要线索。

身心关系是探思心灵过程中绕不开的问题。道家关于心灵之探索，一直伴随着对身心关系的思考。作者在书中对此给予了较多的关注，并提出了许多独到的见解。作者比较强调道家的身心二分的思想，这成为他考察道家所思身心关系的基础。在笔者浅见看来，身心有别固然是道家思索心灵问题的一个前提，但道家的这种区别能否比之于古希腊哲学的身心二元模式，也许还是一个有待再商讨的

---

[1] 匡钊：《先秦道家的心论与心术》，第217页。

问题。比如，在《管子》四篇的"心以藏心"之论中，表层之心有可能是指形神合一之心，而深层之心则是指纯粹的心识之心，后者是深层次地指导、规范表层之心的心。而在身心二分的思路中，这两层心即成为了层次不同的心识之心。

心与气的关系是作者呈现道家心学多维性的另一条线索。在先秦道家谱系中，《管子》四篇应该是最重视心气之关系的一部典籍，而在此之外，《老子》和《庄子》也在不同程度上涉及于此。至于《吕氏春秋》，之所以可以被纳入考察的范围，除了这部典籍整体上是以黄老学为底色的原因，也和其间的"心气"之论有关。此外，书中还以心气关系为视角，具体考察了老子思想和道教丹道修炼之间的联系。

心与道的关系也是此书颇为关注的论域。心气关系主要关乎"心术"如何开展的问题，而心与道的关系则指示着"心术"开展之方向。心与道的合一既是理想的心灵构造，也是修心之术的目标。道家诸子以不同的形式展现心与道的关系。老子所谓"抱一"、庄子所言"心斋"、黄老所论"心治"，都指向道在心中之落实。这一落实之结果即是所谓"德"。在道家思想中，道与德是两个相辅相成的基本概念。就心学论域来看，道指示心术之目标，而德体现着心术之结果。道在人心之落实，即为心之德。相对来说，此书对心德之关系没有给予很多的关注。也许在作者看来，德的实现是心道之关系的必然结果。德在西周以来即是一个和心密切相关的概念，它在表征行为状态的同时又关联着心的内容。道家思想较之此前虽有深刻之转化，但心与德的关系依然是其心学之思的重要内容。

通过此书之呈现可知，不论是处于朴素形态的老子心学，还是以心灵之修寻求政治正当性的黄老心学，抑或是以心灵之修寻求个体自由的庄子心学，道家心学之重点均在于"心术"的方面，而"心论"的方面在某种程度上乃是伴随"心术"的问题而来。道家探思心灵，其主要目的不在于说明心灵的构造和形态，而在于提出完善心灵、转化自我的方式和途径。比如老子讲欲望和智识，黄老谈欲望和情感，庄子讲欲望、情感和智识，这些内容都关乎心灵的构造，但道家的主要目的是由此说明"心术"的开展方式，他们是在谈论如何完善心灵的过程中流露出自己关于心灵之构成的某些看法。道家关于心灵构造的思想一直显得有点模糊不清，其主要原因或在于此。

重整船山庄学文献　破解船山思想悖论
——读邓联合《王夫之庄学思想通论——基于〈船山全书〉的研究》

于汨汨 *

王船山处在"天崩地坼"的明清易代之际，伴随政治格局的颠覆性变化，时代提供给众人的选择相比承平年代更为复杂多元。左东岭先生指出：

> 在一个承平的时代，士人的人格操守易于保持其一以贯之的特点，而身处易代之际的士人则往往会因一念之差或偶然环境的牵扯，顷刻间做出或舍生取义或降服求生的相反选择。[1]

值此世道，作为醇儒的王船山，该如何正命尽性？自春秋鲁大夫叔孙豹回答范宣子何为"死而不朽"后，"立德、立功、立言"此"三不朽"便成为儒士追求生命意义的主要途径。船山对这三者都有实践。清兵入湘后，他曾在衡山举义抗清，事败后又追随南明永历王朝，后心知复国无望，放弃"立功"，隐居衡阳。晚年之际，地方官员登门拜访，他称病不见，并用"明""清"二字作"清风有意难留我，明月无心自照人"以表心迹，践行"立德"。他自称"六经责我开生面，七尺从天乞活埋"，作为明遗民，在明朝覆灭之后，他心理上也被活埋，但

---

* 于汨汨（1992—），女，中山大学哲学系（珠海）中国哲学专业博士研究生。

[1] 左东岭：《易代之际研究的学术价值与难点所在——兼及张晖之〈帝国的流亡〉》，《中国文化研究》2014年第1期。

为传承"道统",唯有"立言"。船山立志开出学术上的新局面,他根据儒家的原典六经,笔耕不断,著述繁多,遍涉经、史、子、集,经后人整理而成《船山全书》。

清人胡文英曾说:

> 庄子最是深情。人第知三闾之哀怨,而不知漆园之哀怨有甚于三闾也。盖三闾之哀怨在一国,而漆园之哀怨在天下;三闾之哀怨在一时,而漆园之哀怨在万世。[1]

不同于传统庄子逍遥无碍的形象,胡文英认为身处战国的庄子哀怨天下、忧心万世,相比屈原更为深情。而同处乱世的船山,面对昏乱的天下、倾覆的王朝,又该如何解读庄子?学界对此的研究大体集中于《庄子通》与《庄子解》这两部庄学专著上,但船山除此之外更多的非庄专著中仍存有大量对庄子的论述。饶有趣味的是,船山在不同文本中对庄子的态度呈纠结、甚至矛盾之态,其因何在?邓联合教授的新作《王夫之庄学思想通论——基于〈船山全书〉的研究》(简称《通论》)一书给出了答案。《通论》为我们揭示了船山以儒释庄的具体路径,并剖析了船山庄学思想的矛盾表现及其缘由,通过探求矛盾背后所含涉的个体境遇之独特性,凸显了船山思想的特质。全书共10章节,概言之,主要围绕以下三点进行阐述:第一,时代背景及个人境遇之下的情理两难;第二,船山庄学思想的构建与定位;第三,船山对传统儒家的反思与超越。

一、时代背景及个人境遇之下的情理两难

庄学在明清之际的发展是继魏晋时期后出现的另一座高峰。《通论》对这一时期庄学大盛的现象进行了全面而细致的探析,分别从经济、政治、文化和个人影响四个角度来论述晚明庄学大盛的历史原因及其表现。明代中叶以后,我国出

---

[1](清)胡文英:《庄子独见》,华东师范大学出版社,2011年,第6页—7页。

现了资本主义萌芽，工商业迅速发展，如景德镇的陶瓷业、苏州的纺织业都已具备相当庞大的规模，城市社会得以不断发展。政治方面，明朝废除丞相和中书省，皇帝独揽大权，并设立锦衣卫与东西两厂来监控社会各方面，宦官权倾朝野。专制体制发展到明末，其腐败与高压导致农民起义不断，随之而来的清军入关，使得明朝彻底覆灭。为稳定局势，清朝采取了更为激进的政策，如屠城扬州（弘光元年）、大兴文字狱等。社会形势的紧张与压抑，使得知识分子群体对现实社会产生了幻灭感。正如《通论》所言："清王朝的血腥屠戮和残暴征服使他们对新政权既强烈抗拒又无能为力。"[1]《通论》敏锐地察觉到以船山为代表的士族遗民在此境遇下具有双重身份，不仅是政治遗民，更是思想文化遗民。他们陷入了既不愿接受新朝，又无望复归旧朝的两难。同时《通论》还分析指出儒家思想的发展在这一阶段陷入了困境，统治清王朝的满族属于少数民族，对士族而言，其文化远落后于华夏正统文化，而最能代表华夏人道之正统的儒家思想在当时并未起到匡时救世的作用，儒学大宗朱子之学已衰落，乘机兴起的阳明心学更被船山痛斥为"小人无忌惮之学"。面对清朝实施各种高压的思想钳制政策，士大夫内心激荡着"旧途已尽而无所依"的悲凉感。《通论》认为与艰难的现实生存境遇相反，《庄子》为世人营造了超拔广阔逍遥自适的精神天地，因此士人群体多以解庄为精神寄托。且随城市社会发展，市民阶层崛起，传统经典始从庙堂流入民间市井，以冯梦龙的小说《庄子休鼓盆成大道》和王应遴的杂剧《衍庄新调》为代表，《庄子》向世俗化发展，成为了市井情趣的一部分。另一方面，《通论》还考察到，隆庆后《庄子》文风便已进入科举，上至科举考官，下至书坊商贾，都促进了包括学者、官宦、佛僧、道士、隐者、书坊商贾等众多不同社会阶层身份的人研究庄学，从而掀起庄学热潮。[2]比立足经济、政治、文化分析时代背景的传统路径更进一步的是，《通论》阐明了庄学大盛的另一因素是王阳明的个人影响。阳明本人对道家持开放宽容乃至于无不欣然领受的态度，阳明心学的流行

---

[1] 邓联合：《王夫之庄学思想通论——基于〈船山全书〉的研究》，北京大学出版社，2020年，第6页。

[2] 邓联合：《王夫之庄学思想通论——基于〈船山全书〉的研究》，第5页。

消解了儒者对庄子固有的敌意，转而亲近，这也更加促使了衰世下庄学之大盛。

作为醇儒的船山，为承担起社会责任与历史使命，在"立功"救国无望后，隐居"立德"的同时，发奋"立言"著书。《通论》认为船山对经典诠释非常强调"顺文求之"，反对"屈文义以就己说"，"凡庄生之说，皆可因以通君子之道"，而此种"因而通之"的做法难免会受文本类型和内在语境影响。[1]《庄子解》虽属于依附原文解说的注疏体，但《通论》认为船山解庄的重点不在字词章句的训诂考辨上，而是依循文辞语脉，进而阐发船山自己儒道会通的思想。船山奉张载为正学，以其"君子之道"会通庄子思想，在《庄子通》和《庄子解》中将庄学的"逍遥""寓庸""相天""能移"等诸多概念与张载的"太虚即气"结合，得出了"浑天""随成"等船山庄学的核心概念。本着严谨治学的态度，《通论》发现船山在庄学专著中严格划分庄子与老子之间的区别，认为庄虽出于老却高于老，自立一宗，但在非庄著作中，他却不加批判地混称老庄，并以"老庄乃古今三大害之一"辟之。《通论》认为船山非庄著作的辟庄行为是基于需要展露其儒者立场、维护儒家正统的需求而展开的。但另一方面，在遣情述怀的文学作品中，船山却多次袭用《庄子》文辞意象，因此《通论》认为《庄子》文理已深深浸润并成为船山性情中的一部分。船山晚年时期尤其倾心领受庄子生命哲学，为门人讲述《庄子》，以致自问："行乎不相涉之世，浮沉其侧者五年，弗获已，所以应之者，薄似庄生之术，得无大疚愧？"概言之，《通论》认为，因理的角度，船山庄学专著会通儒道，肯定庄子别立一宗；因情的角度，船山为立儒家正统，在非庄专著中又斥庄学为异端，但同时在生活层面却又以"庄术"处世。基于船山对庄子复杂、矛盾的心态，《通论》着重强调，把握船山庄学思想应正视这种矛盾，从"情""理"两方面考究，结合其醇儒特质与遗民心理，体贴"同情的理解"，再结合"文本类型"差异下的特定"文本语境"，统观"内部性"（庄学专著）与"外部性"（散见其他著述中对庄子其书其人的评论议说）来作整体探讨。

---

[1] 邓联合：《王夫之庄学思想通论——基于〈船山全书〉的研究》，第30页。

二、船山庄学思想的构建与定位

《通论》指出，船山以儒解庄之学说体系的核心观点是"浑天"，其认为庄子之学的全部内容最终皆收摄于"以大宗为师"，而"大宗"即本体论或宇宙论意义上的"浑天"。[1]《庄子解》中"天钧""大壑""浑然太虚"等概念的含义也都与"浑天"相通，皆为"一"的指代，而"通于一"，既是庄子全部思想的根基，也是船山用以区别庄子与非庄子思想的标尺，更是船山区别庄、老的准绳。《通论》将船山庄学思想的基本框架概括为两部分：第一，"浑天"是万物所本所归；第二，"天游"和"相天"是个体的最高生命理想。这两点最重要的前提是个体生命的生而有为。

《通论》综览船山对"浑天"的论述，将"浑天"的具体含义及特征概括为以下六点：流动不息、充塞宇宙，万物皆为其所化；本为无形之虚，化而为物则为有形之实，物灭又复归虚，如此循环不已；"浑天"、物、道三者一也；就空间言，"浑天"至大无外，至小无内，万物皆在其中；就时间言，"浑天"无始无终、永恒无端，万化不出其外；"浑天"本无时间和空间上的截然界分，任何界分都是人为的，即所谓"除日无岁，无内无外"。[2]不难发现，船山的"浑天"说本质是将庄子的"气化论"与张载的"太虚即气"融合一体，实现儒道会通，因此《通论》认为，"浑天"说具有双向亲缘性。船山借庄子之口提出"浑天"说的目的，是为了解决庄子"通君子之道"却又屡诮儒者这一核心矛盾，他将此称为维护儒家正统的"诃佛骂祖"。

基于"浑天"说，船山认为"天游"与"相天"是人生最高理想。他强调："游于六合之外者，乃可游于六合之中。"（《庄子解·徐无鬼》）其理由是如若未上达"浑天"，人之生存即会陷入为物累的低层级状态，无法摆脱对耦关系。只有洞明"浑天之本"，在人伦物理中"寓庸"且随在自得，"达生之情，达命之情"，通过真诚实践，在有限的时间内，自我养成精纯人格，主动参与"浑天"

---

[1] 邓联合：《王夫之庄学思想通论——基于〈船山全书〉的研究》，第86页。
[2] 邓联合：《王夫之庄学思想通论——基于〈船山全书〉的研究》，第88页。

大化流行中，并在其中"赞天地之化育"，以此来"相天"。船山之"相天"，重点是通过自我修为，将其作为儒家士君子所承负的兼济天下苍生的个体时命从社会领域扩展、弥散到"浑天"之中。[1]其根本落脚点在个体生命的生而有为，用现实的人伦实践去克治庄子的逃世与虚无。

《通论》在阐释船山庄学思想时，分别将《庄子》与儒家划界，与老子剥离，与后学分疏，继而探求船山庄学的边界。船山在《老子衍·自序》中提到"强儒以合道，则诬儒"，因此庄儒划界的目的为了排拒名为孔门，实则被道家化的假儒，其最高宗旨依旧是维护儒家圣道之纯正。他从儒家"正道"出发，辟庄为"非知道者"，认为弃人伦而"天游"是自私其身，且其"缘督"之术所代表的苟且圆滑的处世方式只会对社会产生众多现实的流弊。《通论》指出，庄子强调个体"与天为徒"，彷徨乎尘垢之外，于无何有之乡作"天游"；而船山则认为人伦物理出自人的本性，个体应"与人为徒"，主动践履，"立人道之极"且"在人伦物理上纵横自得"。船山进一步认为庄子所求的"逍遥"必定是虚妄的，对外抛弃社会伦常，对内堕耳目、弃圣智，基于此获得的"己"是虚无的主体，所谓的自得最终只是虚幻。[2]船山基于对"道"的不同理解，与社会的现实功效两个维度为儒庄划界。与对《庄子》"因而通之"的诠释路径大不同的是，船山对《老子》的诠释路径是"入其垒，袭其辎，暴其恃，而见其瑕矣"，其目的是"揭批老子之邪诐以催破之"。《通论》总结认为，船山视庄子异于老而高于老，二者的区别主要体现在不同的思想旨趣与运思模式上。庄子思想之核心是圆通的"浑天"，其旨趣是随行无碍，安于"两行"；而老子则是险侧之"机"，物我、虚实等对耦的思维模式，使得其旨趣为偏执一方，非此即彼的二元对立。另一方面，在道与物的关系上，二者也甚不相同。老子以道为天地之根，但按照船山的诠释，庄子强调道落实在形而下的具体事物中，亦即《知北游》篇所谓"无所不在"，并非独存于天地之先、超绝于万物之外的至高本体存在，个体事物于"浑天"之运化中自然生成，浑天、道、物三位一体。《通论》指明船山划分老庄之

---

[1] 邓联合：《王夫之庄学思想通论——基于〈船山全书〉的研究》，第126页。
[2] 邓联合：《王夫之庄学思想通论——基于〈船山全书〉的研究》，第36页。

关键，在于庄子自悟而上达"浑天"，圆融的思想特点使其"自立一宗"。船山通过对《庄子》各篇进行文本辨伪和思想澄清的方式，完成了庄子与后学的分疏。其结论是系统表达庄子哲学思想的内七篇及作为"序例"的杂篇之《寓言》《天下》，此九篇为庄子本人所作。外篇纯驳相间，定非庄子之书，但其中衍内篇之旨，发明真义的有衍《人间世》的《山木》，衍《齐物论》忘言部分的《田子方》，衍《大宗师》自然之宗的《知北游》；同时船山大为赞赏《天地》《秋水》《达生》三篇。《刻意》《缮性》源于内篇，却偏离主旨。除此之外的外篇剩余篇目皆老子之旨。杂篇中与内篇迥不相合的有《让王》《盗跖》《说剑》《渔父》，其余皆庄子后学基于内篇之旨趣编入。依照"由外而内、循序深入"的运思理路，船山庄学得以定位。

三、船山对传统儒家的反思与超越

通过与传统儒家的比较，《通论》发现了船山在庄学诠释中展现出不同于传统儒家的思想特质，概括为以下两方面。第一，船山对生死给予关注；第二，在政治哲学方面，船山否定圣王之道，批判专制政治中的仁义。孔子言"未知生，焉知死"，传统儒家对死亡问题的集体漠视，使得人们在面对死亡时，只能从常言生死的宗教中获得慰藉。《通论》首先揭示船山对儒家传统生死观的批判。先儒仅重视日用伦常之生，并视死亡为生命的终结与意义的完全虚无，船山认为这势必会使人只追求当下今生的欲望利益，并将其视为生命的全部意义，从而丧失高远的道德理想，沉沦在充满物欲的世俗生活中。[1]进而指出，船山批判仙家奢望长生，佛教追求寂灭，而最赞赏庄子的生死思想。《通论》以船山在《庄子解·达生》篇中提及"唯生死为数之常然，无可奈何者"为例，逐层分析船山不同于传统儒家的生死观，详细阐明了船山的思想进路：生死问题是人无可奈何、无力改变的，只有觉解于此，才能外置生死而不受其累；而除了无可奈何，无力

---

[1] 邓联合：《王夫之庄学思想通论——基于〈船山全书〉的研究》，第128页。

改变的事实之外，人生中还有可以改变、可以着力的"可奈何者"。[1]基于船山庄学中，浑天、道、人三者是一体的，《通论》进一步分析，"天即己"，"人即天也"，天既命我生而为人，人就应积极有为，以体证生命之中的天，主动承担为人的职责，自觉自发自适地参与"浑天"的运化。否则便只是"执一嗒然交丧、顽而不灵之体"，有负于天之所命，"不死奚益"。如此一来，死亡便不再是生命意义的全然丧失，而是本体的复归。同时，《通论》还指出船山剥离了外篇中两种不合于庄子本旨的生死观：其一是《刻意》篇主张的意在长生；其二是《至乐》篇"以死为大乐"。[2]《通论》强调船山赞赏庄子"通生死于一贯"的实质是在"可奈何之处"强调伦常实践，透露着鲜明的儒家价值取向，且庄子周到圆融的生死观对晚年船山有着极其深刻的影响。

政治哲学方面，《通论》认为船山的"帝王之道，止于无伤"之论点，是吸收了道家无为而治的思想，基于民众差异不齐的本性需求、多元和谐的本然生活而提出的。相比于传统儒家渴望圣王在世，船山则认为圣王并不存在。《通论》总结了此观点的突出之处：并不像儒家传统的主流思想，悬设完美不可及的目标，而是为政者设立底线。[3]同时，在《通论》看来，船山极力批判儒家以仁义为核心理念的社会政治思想，否定专制政治中仁义所代表的虚伪性和工具性。船山认为仁义之道与专制政治结合，以一制多、"以己立宗"的强人同己，必然导致仁义异化。《通论》肯定了船山这一观点，并认为这极大地突破了传统儒家的官本位思想。

四、方法论创新

以往的船山庄学研究主要集中于《庄子解》与《庄子通》这两部专著，但除此之外，船山另有数量巨大且同样重要的非庄著作，如儒家经典诠释、史学批

---

[1] 邓联合：《王夫之庄学思想通论——基于〈船山全书〉的研究》，第124页。
[2] 邓联合：《王夫之庄学思想通论——基于〈船山全书〉的研究》，第127页。
[3] 邓联合：《王夫之庄学思想通论——基于〈船山全书〉的研究》，第152页。

注、社会政治评论、思想文化短札，乃至历史人物列传、诗赋文选等，都包含大量的对庄子的论述。综观船山著作，《通论》发现船山在庄学专著中对庄子有会通、肯定之态，但一旦脱出《庄子》文本而转到其他著述和其他语境下，船山对庄子的态度非常复杂、甚至自相矛盾。[1] 若单从两部庄学专著中探究船山庄学的思想全貌，则从某种程度上掩盖了船山思想动态构建的本质。

与庄学专著不同，非庄专著的资料往往具有高度的时空序列特征，有了叙事性的动感。这种动态性与叙事性，更有助于我们完整、细致地研究船山的整体思想面貌。只有尽可能全面、翔实地运用船山所有的文献资料，多维度比较研究，才有助于揭示船山庄学思想形成的动态本质。对于不同"文本类型"间，差异性的"文本语境"研究，更有助于探寻船山庄学思想特有的、而以往研究没有足够重视的特征。

《通论》的一大亮点即从船山其他著述中，尤其是船山晚年最重要著作之一《张子正蒙注》中分析船山庄学，通过对比《正蒙注》与《庄子解》，作者发现两者之间有多处相似。以极具庄学色彩的术语——"天游"为例，船山在著《庄子解》时，以超越对耦关系在人伦物理中"寓庸"且随在自得，来解"天游"，从而赋予其儒学特征。同时作者又发现，船山在《正蒙注》中诠释"太虚之气"有相似表述，并以此推断庄子对船山思想的"逆构"。作者认为只讲重构而忽略逆构，那么就无法解释《庄子》及其思想在后世所产生的持久而深刻的影响这一现象。而《庄子解》《庄子通》正是船山与庄子相互融通的动态性产物。诚如作者所言：

> 只有重构没有逆构的诠释极可能陷入一种特殊类型的诠释循环——诠释者的固有思想在被用以诠释对象文本时的自我循环、自我确证，甚至原样再现。在《庄子解》中，这种诠释循环之所以最终没有发生，端赖《庄子》这一永远具有鲜活生命力的经典文本之思想对船山思想的逆构作用，

---

[1] 邓联合：《王夫之庄学思想通论——基于〈船山全书〉的研究》，第29页。

以及船山对这种逆构作用的自觉接受。[1]

  此书对深入研究船山思想、庄学思想的历史演变、传统经典的诠释路径、不同思想的比较研究都具有相当大的启发性与学术参考价值。附录对于《船山全书》涉老庄文献的辑录更是为后学者提供了极大的便利。

---

[1] 邓联合：《王夫之庄学思想通论——基于〈船山全书〉的研究》，第131页。

象数学的返本开新
——《周易象数学史》述评

马士彪[*]

林忠军教授沉潜数十载撰写成的皇皇巨著《周易象数学史》终于付梓，该著乃是迄今为止海内外第一部着眼于象数学发展、流衍的通史性专著，填补了这一领域的空白，回应了海内外周易研究者的内心呼唤。该书分为先秦汉唐、宋元以及明清三卷，以历史发展为线索，立足于学科交叉的宏大视野，综合运用象数、训诂、史学等传统学术方法以及符号学、解释学等现代学术方法，以现代话语系统梳理了象数易学萌芽、形成、鼎盛、衰微、转型、复古六大发展阶段，详尽地剖析了象数易学在不同时代的思想内涵、解经方法，厘清了象数易学与自然科学的关系，并且结合出土材料与传世文献，对包括象数易学起源在内的疑难问题加以考索，试图还原象数易学在不同时代的真实面貌，在此基础上全景展现了象数易学的发展轨迹及其与义理易学的关系。

一、系统性与客观性相结合

《易》本卜筮之书，象数思想亦源于卜筮活动。汉代以降，象数易学与术数之学分流，前者成为官学，而以经学的面貌呈现；后者则流入民间，成为民俗文化的一种。由于易学本身发展的独特性，象数之学与术数之学并未因此而隔绝发展，术数之学不断吸纳象数易学的洞见，充实自身的理论和技术操作；而一些象数易学家本身亦精研筮占，并且通过重建新的筮占体系阐发其象数思想。鉴于象

---

[*] 马士彪，山东大学易学与中国古代哲学研究中心暨哲学与社会发展学院助理研究员，主要研究方向为中国哲学。

数之学与术数之学间彼此渗透的复杂关系，《周易象数学史》以广、狭两义严格区分"象数"概念，广义的象数概念与术数约略相当，而狭义的象数概念仅指阴阳卦爻符号以及与大衍筮法相关的蓍数。

传统对狭义的象数之学与术数之学的区分较为严格，如汉代的《七略》将象数易学的著作归入《六艺略》，而将术数类著作编入《术数略》，清《四库全书》亦将象数易学著作收入经部易类，而将占卜、命书、五行等著作收入子部术数类。但传统专论象数的著作往往使用泛化后与术数大致等同的象数概念。北宋沈括《梦溪笔谈》专设"象数"章讨论五运六气、六壬、候气、纳甲、揲蓍、卦变、五行等，清初黄宗羲的《易学象数论》虽然后出转精，但其所论的象数，包括河洛之图、先天图、纳甲、卦变、互体、六壬、太一、遁甲等，亦约略与术数相当。总之，传统象数学著作往往将象数概念泛化，从而混同经学意义的象数易学与术数方技之学。尤有进者，传统象数学著作大多流于资料罗列，如朱震的《汉上易学》虽以兼采汉宋象数之学著称，却缺少系统的梳理与反思；黄宗羲的《易学象数论》脱离注经的限制，对于汉宋象数之学加以整理疏通，集易学象数学之大成，但却无法立足易学史的宏大视域，对各种象数体例加以追踪、省察与评价。

相较于传统象数学著作，《周易象数学史》系统地梳理了象数易学从先秦萌芽时期，经过西汉形成时期、东汉鼎盛时期、魏晋隋唐衰微时期、宋元图书之学形成与兴盛时期到明清汉代象数易学复古时期六个发展阶段，并且基于象数易学史的整体对每一时代的易学发展脉络、特色加以厘清，对每一时代的代表性易学家的象数思想作了深入了剖析与公允的评价，从而还原了象数易学在不同时代的真实面貌，真正做到了系统性与客观性的结合。

《周易象数学史》的系统性与客观性还体现在立足于象数易学史的宏大视野，在总结传统与现代学人观点的基础上，对象数易学史上聚讼不已的学术公案加以厘清，如《易林》真伪考、《九家易》编集者以及九家为谁考、周敦颐"太极图"之渊源考等。限于篇幅，此处以《易林》真伪考为例，以见其书考证之客观谨严。学界关于今本《易林》真伪，尚有较大分歧，并形成了两派意见。在清代辨伪风气的影响下，顾炎武等率先对《易林》的真伪加以怀疑，而梁启超等则完全否定传统的说法，进而主张《易林》应为东汉以后作品，此为第一种意见；另一种意见以四库馆臣和近人尚秉和为代表，主张《易林》不伪，四库馆臣针对围绕《易林》作者的种种怀疑加以驳斥与澄清，尚秉和先生则在四库馆臣考证的基础上，又列出六点论据以证明《易林》不伪。《周易象数学史》在厘清上述论证脉络后，指出四库馆臣和尚秉和先生的考证最为精确，可以成为定论，并以扎实的考据，对四库馆臣与尚秉和先生的论证作了补证，比如四库馆臣认为《易林》"昭君"之词指的是汉王嫱昭君，尚秉和先生则着眼于卦象的象征性，主张"昭君"描述的不一定是历史事件中的人物，《周易象数学史》通过对比《易林》中《节》之《噬嗑》、《震》之《节》"乾侯野井，昭公失居"以及《鼎》之《噬嗑》"乾侯野井，昭君丧君"两段后，认为两段文意相同，从而得出"昭君"与"昭公"乃系同一人的结论，再加上《易林》中描述的"昭君"之事，基本与鲁昭公之事相合，由此判定《易林》中的"昭君"即为历史上的鲁昭公，这样一来，《易林》作者为焦延寿，不必与其书中提及"昭君"之事相冲突。

二、客观的了解与创造性的诠释相结合

《周易象数学史》在狭义上使用"象数"这一概念，其关注的中心与重心是与《周易》古经文本相关的卦爻之象以及根据卦爻象推演出的卦气、爻辰、纳甲、互体、卦变、旁通、反对等象，而对于除大衍筮法外的术数之学则基本不予介绍。在此基础上，《周易象数学史》从纵横两个维度对象数易学的发展演变加以客观的了解。

首先是横向的维度。《周易象数学史》将象数易学划分为三大派别：占验派、注经派与图书派。所谓"占验派"指的是以《周易》为主体，依托象数理论构建占验系统的派别，属于这一派别的有孟喜、京房、梁丘贺、焦延寿、卫元嵩、张行成等。由于作者严分经学意义的象数概念与术数之学意义的象数概念，凡是不以《周易》为主体的或者虽然在建构其占验系统时借鉴了一些象数思想，但却与易学存在本质区别的，都不在研究之列，前者如汉代扬雄的《太玄》，后者如术数之学中的龟卜、象占、太乙、六壬、遁甲、堪舆、相术等等。所谓"注经派"

指的是以象数解释《周易》古经文辞，或者整理、阐发汉代象数易学的派别，属于这一派别的有郑玄、荀爽、虞翻、惠栋、张惠言、焦循、姚配中等，而魏伯阳的《周易参同契》则因脱离了《周易》主体，而被排除在注经派之外。所谓"图书派"主要指的是以图书解说《周易》经传的派别，属于此派的有刘牧、邵雍、雷思齐、张理、江永、胡煦等人。

其次是纵向的历程维度。《周易象数学史》按照象数易学自身的形成、发展与演变的历史，将象数易学史厘定为六大时期，即先秦时期、西汉时期、东汉时期、魏晋隋唐时期、宋元时期、明清时期。先秦是易学象数思想的萌芽期。象数易学的产生可以追溯到数字卦与龟卜，通过出土的数字卦可以看到阴阳符号的前身是数字。清华简的出土，让这一转化过程的细节变得更为清晰。春秋时期的象数思想主要见于《左传》《国语》所载的筮例中，从中可以看到春秋时期人对《周易》卦画的认识以及春秋时的八卦取象和易象的应用。春秋时期零散的象数思想以及以象注《易》的方法在战国时期得到系统的发展，今本《易传》与帛书《易传》运用高度的抽象思维，对《周易》象数思想加以提炼，标志着象数思想的正式形成，并且成为两汉象数易学思想的重要理论源头。西汉是象数易学的形成期。此一时期的特色是象数易学吸纳当时的自然科学的成就，完成了自身理论的重构与重建，并且形成了笃守师法、家法传承的各色理论形态。东汉是象数易学的鼎盛时期。郑玄、荀爽、虞翻等易学大家，通过注经的形式，建构了更加精巧、细密的象数易学体系，同时也将易学体系推向机械、繁琐的境地。魏晋隋唐是象数易学的式微期。王弼以老解易，振起玄风，象数易学开始衰落，幸赖李鼎祚《周易集解》得以存续。宋元时期，象数易学以图书之学的新面貌呈现。通过刘牧、邵雍、周敦颐等人以融合象数理为一体的图式解《易》，河洛之学、先后天之学以及《太极图》成为易学家讨论的重要问题。明清则是汉代象数易学的复古期。在辨伪思潮的影响下，毛奇龄、黄宗羲、胡渭等易学家开始全面检讨图书之学，试图回归文本，探求文本本义；流风所被，乾嘉时期，以惠栋、张惠言等为代表的易学家试图复原汉代象数易，而焦循、姚配中等易学家则进而谋求重建汉易象数学。

在上述客观了解的基础上，《周易象数学史》进一步以现代的眼光对代表性易学家的象数思想进行考察，继而对他们的象数思想所体现的哲学思维加以创造性的诠释。如从自然哲学的角度给予汉易卦气说、纳甲说、爻辰说、升降说、之正说、旁通说、卦变说等注经体例以合理的定位与评价，指出这种融合象数思想与古代自然科学的新象数体系，为易学研究注入了理性和科学的因素；又如以符号学的观点解释《周易》古经卦爻象符号以及宋代的图书之学，以解释学的观点审视汉宋易学的经典解释活动等等。

三、传世文献与出土文献相结合

王国维在《古史新证》中提出"二重证据法"，亦即出土文献与传世文献互相证明的方法。《周易象数学史》遵循"二重证据法"，结合出土易学文献与传世文献，对包括象数易学起源、传本《归藏》真伪、《连山》《归藏》与《周易》文本形成、文王演易、汉代象数易学理论渊源等在内的疑难问题加以考证，并提出了独到见解。

象数易学的起源及其在《周易》文本形成过程中的价值和意义是象数易学史上的重大问题，《周易象数学史》结合出土的殷周前的数字卦、清华简《筮法》以及秦简《归藏》等对这一问题加以探析。《周易象数学史》通过系统梳理出土数字卦材料以及前人研究成果，得出象数起源于数字占的结论。《周易》古经文本的形成并非一蹴而就，就古经符号系统的产生与定型而言，阴阳符号系由数字抽象而来，因此数字卦可以视为卦象的最初形态。卦象的形成经历了筮、数、阴阳符号三个阶段。

先秦文献已经载有《归藏》书名，但由于《归藏》已经亡佚，我们能够见到的传本《归藏》只是后人辑本，因此《归藏》真伪问题，一直是学界聚讼的焦点。《周易象数学史》将围绕《归藏》真伪的讨论归结为以下三个问题：（1）汉晋所见的《归藏》是否为汉人作品，（2）汉以前是否有《归藏》，（3）《归藏》是否为商易。秦简《归藏》的出土，为解开上述问题提供了全新证据。《周易象数学史》通过对辑本《归藏》与出土的秦简《归藏》的详细考辨为上述三个问题作了结案，指出出土的秦简易占为《归藏》、汉初《归藏》未佚、汉晋人见到的

《归藏》亦非伪书。

在上述基础上，《周易象数学史》通过比较、考辨得出《归藏》早于《周易》以及《周易》阴阳符号源于《归藏》两个结论。通过比较通行本、帛本以及简本《周易》与辑本、简本《归藏》，《周易象数学史》提出四点论据以证明《归藏》早于《周易》。首先，各种版本的《周易》和辑本《归藏》的卦名乃是对竹简本《归藏》卦名的简化；其次，秦简《归藏》在用字和行文两个方面皆较古拙，并且带有浓厚龟卜痕迹；再次，考察殷墟出土的文物可以发现殷人有贵坤倾向，而《归藏》以坤卦为首；最后，传世文献载"太卜掌三易之法"，而其言说顺序则以《连山》为首，《归藏》居中，《周易》在后。从阴阳符号的角度对比秦简《归藏》与传本《周易》可以发现，《周易》以一和八作为阴阳符号，《归藏》以一和六作为阴阳符号，而一、八作为阴阳符号应是从一、六改造而来，这说明《周易》阴阳符号的形成与《归藏》关系十分密切。

易学史上关于重卦的问题有四种不同观点：伏羲重卦、神农重卦、夏禹重卦、文王重卦。其中文王重卦的说法影响最大，虽然经过孔颖达对重卦者的考证，否定了文王重卦的观点，但传统易家一般仍持文王重卦的说法。随着数字卦的发现，证明了早在文王之前，殷商已流行重卦占筮的方法。这样，文王重卦的说法就不攻自破了。既然重卦并非始于文王，那么文献记载中的文王"演易"内容到底何指？《周易象数学史》认为，所谓文王演易，应该指的是文王在卦名、卦序、卦辞等方面对《周易》古经的推进。

在地下易学资料尚未被发现前，受制于先秦易学资料的匮乏，学界无法就汉代象数易例如卦气、纳甲、爻辰等展开理论探源工作，从而使得汉易象数思想成为无本之木，亦无法对汉代象数之学加以公允合理的定位与评价。清华简《筮法》的出土，为解决这一长期困扰学界的难题提供了新的证据。《周易象数学史》结合清华简《筮法》重新审视汉易纳甲、爻辰、卦气说的理论源头。清华简《筮法》以八卦配天干，是目前所见最早的干支纳甲说，这说明汉易的纳甲说起源甚早；清华简《筮法》还以卦配地支，《周易象数学史》指出，从筮法的角度看，清华简《筮法》以爻纳支的做法主要取时间和方位的意义，而其实质是一种爻辰说，而汉代的爻辰说当受启于清华简《筮法》系统。此外，清华简《筮法》以四卦配四时,是目前所见最早的卦气说,为我们检讨汉代象数易学卦气说的形成提供了新的线索。

四、传统方法与现代方法相结合

《周易象数学史》在研究方法上的特色是传统方法与现代方法相结合,在总结以往研究方法的基础上,形成了训诂、象数、史学、义理四方并重的格局:以训诂方法契接《周易》古经文字系统本义;以象数方法阐发《周易》古经文字系统与符号系统的关联;以史学方法复原古经卦爻辞的本然意义;以义理方法彰显卦爻辞内蕴的哲学理境。

《周易》古经包含卦爻符号与文辞两套系统,《易传》认为古经文本系统的形成乃是作《易》者"观象系辞"的结果。"象"主要指卦爻象,所谓"观象系辞"包括观象、取象、系辞三个阶段。这样一来,由《周易》卦爻符号系统所表征的易象就成为《周易》文辞系统形成的最终根据,而"观象玩辞"亦成为《易传》所认定的重要解经方法。滥觞于《易传》的象数解经洞见,通过汉代易学家的不懈努力,开辟出系统的以象注易方法,并最终形成了与义理派二水并流的象数学派。以象解易作为传统主流的解经方式,在彰显象辞关系上有着重要意义;抛弃象数方法,单纯阐发义理,必然陷入游谈无根的困境。

传统以象注经的方法往往和训诂方法相结合,以象数方法揭示象辞关系,而以训诂方法阐发《周易》文辞本来的意义。训诂方法在汉代象数易学以及以回复汉易象数学为旨趣的清代易学中具有举足轻重的地位。20世纪以降,帛书《周易》、竹书《周易》、清华简《筮法》、汉简《周易》的不断出土。结合传世文献和出土《周易》文本,重新解读《周易》古经卦爻辞,恢复其本义,一时成为研究重点。传统的文本训诂方法在这一新的研究动向中发挥着不可替代的作用。《周易象数学史》综合运用象数与文字训诂的方法,通过对比传世《周易》文本与各种出土《周易》文本,对早期象数易学中的一系列难题加以探索,提出了很多独到观点。

运用史学方法对《周易》文本以及象数发展的研究属于历史还原式的解释,

《周易象数学史》将象数易学置于其所产生的历史视域中，综合运用与象数易学相关的传世文献与出土文献，试图对象数易学史的形成与演变做出客观的描述，恢复和再现象数易学发展的原貌。这种史学的观照还体现在作者在论述象数易学发展的同时，特别重视厘清象数易学独特的发展进程与承传关系，并且着力梳理各种解易体例的理论渊源与发展演变脉络。就象数易学思想的传承而言，如前所言，《周易象数学史》以六期总结象数易学的形成与演变过程，对每一期代表性易学家以及各期之间的传承关系都作了详尽的阐发，如先秦象数易学是象数易学的源头，汉代的象数易学的各种解经体例的理论渊源都可以追溯到先秦易学，如汉代的卦气说、纳甲说和爻辰说等，从理论来源讲，都受启于像清华简《筮法》一类的早期易学文献；而东汉象数易学又多源于西汉，如郑玄爻辰说有本于京房、《易纬》，荀爽升降说受启于《京氏易传》，虞翻的互体、纳甲、消息卦等说法则源于西汉孟京之说，等等。

以史解易固然是接近《周易》文本本义的一种方式，但却不可执实，认为《周易》完全是一部反映时代的历史典籍。《周易》卦爻辞中固然保留了一些古代历史故事，但是卦爻辞多象征语言，意在传达具有普遍意义的思想。义理派解经，即不再胶着于文本本身的表层意义，而旨在开掘其所象征的深层意义。《周易象数学史》在综合运用象数、训诂、史学的方法契接象数的本来面貌后，又从整体上审视其象数符号体系，朗现其中的哲学意蕴。如汉代易学家借助象数符号建构出一种生生不息、变化日新的自然哲学与宇宙变化符号图式。《周易象数学史》进而从符号学与解释学的观点揭示其丰富的哲学意义。

五、多元开放的襟怀与学科交叉的视野相结合

《周易象数学史》还展现出多元开放的襟怀与学科交叉的自觉，积极谋求与其他文化的交流，为了易学的自我重建与未来发展敢于面对科学与哲学的冲击所引发的种种挑战，以及易学发展所蕴含着的种种内部难题，设法寻求解决问题的方案，使得象数易学在今日多元化与国际化的文化语境中，不断通过自我革新臻至世界性的学术水平。

两汉象数易学在传承中逐渐形成了师法、家法的传承方式，各家各派之间壁垒森严，各家内部之间必须严格笃守师说，不得随意发挥，甚至连一字也不得改变。如此森严的传承方式保证了自家学统本身的纯粹性、权威性和连续性，但同时这样一种严苛的传承方式极易形成无谓的心理固结，最终固结为自我封闭的心态。严格笃守家法、师法所形成的自我封闭心态，阻碍了与其他学派及文化相观而善、取长补短、共同进步的契机，亦无法随着社会变迁与时代转移而自觉谋求自我转折与自我重建。《周易象数学史》认为，在中西文化交流会通的时代大背景下，象数易学需要打破由师法、家法所形成的心理牢结，以多元开放的胸襟彰显象数易学本身的开放性与包容性，面对内部和外部的各种问题与挑战，在不断与其他传统相互摩荡中，脱胎换骨，不断吸纳其他地域性易学的成果与思想资源，谋求自我转折与自我重建，在日益多元化的世界中继续保持生生不息的活力。

谋求象数易学传统的自我重建，不仅需要有多元开放的襟怀，还需要有学科交叉的宏大视野，打破由"学科分治"所形成的"学科壁垒"，走向"科际整合"，谋求象数易学与现代知识的深度整合，在与史学、哲学、心理学、伦理学、管理学、生态学等学科的融合中构建新的易学体系。本着上述识见，《周易象数学史》自觉借鉴作为当代显学的符号学与解释学的最新成果，在当代的文化语境中开新象数易学的研究。

《周易》古经文辞系统和卦爻符号系统互诠互显，从符号学的角度看，卦画是卦辞的符号，爻画为爻辞的符号，《周易》的卦爻符号可以视为"符号学"或"代数学"。这一符号学既具有符号学的一般特点，又有着自身的独特性。易象符号作为直观符号，既具有"物质品质"，又是超越万物之上的抽象符号，因而可以指称和再现天地万物。各种符号的组合，就成为展示世界的宇宙图式，或"宇宙代数学"。在此基础上，《周易象数学史》阐发了汉易象数思想的符号学意义，如焦延寿的《易林》体现的是事物多变性、整体性的宇宙符号图式，《京氏易传》是体现事物生长游归变化过程的宇宙符号图式，虞翻的卦变符号系统是阴阳消息变化与诸事物联系的宇宙符号图式。

从解释学的角度审视象数易学思想，《周易象数学史》认为，中国古代的易学经典解释学主要属于"独断型的诠释学"。这种类型的诠释学认为作品的意义是唯一的、不变的，因此传统的易学解释无不以掘发圣人之意为旨归，而文本作为承载圣人之意的主要依据，获得了特别的尊崇。但中国古代亦有类似"探究型诠释学"，如偏于通过解释者的内心阐发和创造的宋明心性之学，即属于"探究性诠释学"。

总之，《周易象数学史》既将象数易学置于其所产生的历史背景之下，本着客观了解的态度全面梳理象数易学的发展脉络，又能将其放在中西会通的时代文化语境中，直面象数易学自身发展的瓶颈与挑战，谋求象数易学的当代重建，无疑是一部展现出著者自觉的时代担当的返本开新之作。

论文摘要

谈象数易学

林忠军

摘　要：象数观念起源于神学十分盛行的《易》前时代，成书于战国时代的《易传》曾就象与数的概念加以规定，而将"象数"作为一个概念使用恐怕是在汉代及汉代以后。广义的象数，大致等同于"数术"，反映出易学发展独特性和对于民俗文化的影响；而狭义的"象数"，是易学文本赖以形成的阴阳卦爻符号和与大衍筮法相关的蓍数，它作为一种解《易》的方法，属于经学研究内容。《周易》象数学史与整个易学发展的进程是一致的，按照象数易学发展的进程，可以将之划分为六个时期。象数易学流派大致可分为占验派、注经派、图书派三大派，象数易学在理论形态、思维特点、历史影响等多个方面有其独特性表现。我们今天研究象数易学具有多方面意义，如树立严谨的学风，做扎扎实实的学问；完善注《易》方法，揭示其本义；坚持易学与自然科学相结合，建立新的易学体系；剖析象数易学体系，展示其哲学思维。

关键词：《周易》；象数学；易学史

刘牧对宋代"易数"解释的影响

孙逸超

摘　要：不只是一般注意到的《河图》《洛书》等问题，刘牧《易数钩隐图》对"易数"命题的解释在宋代被接受、阐发，在经典诠释方面取代了《周易正义》的地位的历史过程，尤其值得注目。在朱子易学体系确立以前，宋代学者普遍认同用《河图》上下交易、错综为十五来解释"叁伍以变"，并且衍生出了以陈高和朱震为代表的"七变法"。以一三五为九、二四为六解释"叁天两地"，以及阳九阴六和用九用六，并且用天地、阴阳、生数、变数等理论丰富了"叁天两地"之法的哲学内涵。宋儒站在刘牧易学的立场上批评《周易正义》解释阳九阴六的"阳进阴退说"。在朱子易学兴起之前，刘牧基于《河图》《洛书》的自然之数对上述"易数"的诠释方式取代《周易正义》成为主流，由此可以理解"仁宗时言数者皆宗之"的易学史意义。

关键词：《易数钩隐图》；《周易正义》；《易传》

校《易》札记
谷继明

摘　要：古籍整理出于不同的定位有不同的要求，"存真"之"真"当在理想形态和无限具体的实物之间找到平衡。在古籍的阅读和整理中，版面体例值得重视。比如《周易集解》，可以通过空格来区分"案"字引领的案语到底是李鼎祚自己的话还是前儒的注释。古籍版面体例在重刻的时候会有变化或符号系统代换，代换中有时会发生讹误，造成理解上的歧义。对于《易》学古籍整理而言，《易》辞以取象为特色，具有跳跃性，产生了不同的理解和断句，整理者最好根据所整理的那家对卦爻辞的理解进行断句。易学文献常需注意的讹误有数字之讹、阴阳二字之讹、阴阳爻画之讹、图像之讹等。

关键词：易学古籍整理；符号；讹误；断句

黄宗羲、黄宗炎治《易》渊源、历程与特点
胡士颖

摘　要：黄宗羲、黄宗炎兄弟均有易著传世，有着深远的历史影响。他们的易学具有相通性、互补性，其原因在于共同的社会背景、时代因素、家学传

承、地方学术和易学渊源，这些都是理解黄氏易学产生、同异、影响等不可忽视的因素。以此为基础，方能理解二人在明清易学、浙东学术之影响，才能全面总结二人易学的特点，找到并确立切近黄氏易学本身的研究进路。

关键词：易学；明末清初；家学；师承；地方文化

以何"半部"《论语》治天下？
——基于文档向量相似性的论语篇章结构分析
杨浩、杨明仪、刘千慧、王军

摘　要：《论语》为中国古代最有代表性的语录体著作，其由各条语录组成二十个篇章，这些篇章到底是随意的排列，还是有一定的规律，历代学者提出了众说纷纭的说法。有著名的"半部《论语》"的典故，那么"半部"应该是前半部，还是后半部，还是什么半部？本文尝试用数字人文的方法尝试对这一问题进行推测性的解答。本文通过计算每篇的文档向量相似性的方法，从概念出发，对篇章层面进行了相似度的计算与配对，最终确实得出《论语》前半部与后半部确实有较大的差别，在篇章分布上也呈现出量化之后的一些新结果。

关键词：半部《论语》；文档向量相似性；篇章结构分析

现代文学研究的数据库和网络资源
——基于目录学的考察
王　贺

摘　要：在中国现代文学研究中，究竟有哪些数据库、网络资源可以为学者所用，长期以来缺乏专门、全面、深入的考察。本文即从目录学这一视角出发，对此问题予以探究，不仅扼要论述了重要的网络资源，及其在学术研究中所扮演的角色，更依其主题、类型、定位之不同，将数据库分作报纸数据库、期刊数据库、图书数据库、综合性数据库、内部数据库和区域性资源共享平台等六大类，对每一类型的常见、重要数据库逐一予以检视、分析，试图为研究者把握这些资源的全景、且能根据不同的研究对象和问题意识善加利用，提供一定帮助。此外，本文也讨论了图像数据库这一较为特殊的专业数据库的重要性。

关键词：现代文学研究；数据库；网络资源；目录学

古代文献研究数字人文课程的实践与思考
李林芳

摘　要：在古代学科领域内，数字人文逐渐受到重视，因此有必要设计相关课程以引导学生学习和实践。本课程在内容方面，主要包括"正则表达式深入""标记语言介绍及相关应用""Python 相关知识与运用""经典与新见数字人文项目""常用数据库、工具软件简介"等部分。这一设计既与我们对"数字人文"的认识有关，也与授课对象的具体情况有关。课程采用循序渐进的讲授方式，充分重视基础知识，重视实践。经过一学期的讲授，从同学们的反馈中可见其学习情况与之前的设想大致相合，同时本课程在内容结构、讲授方式方面还能加以改进，应进一步增强同学们的实践能力，引导和训练其思维方式。

关键词：古代文献；数字人文；课程

《槐聚诗存》与"'忧世伤生'的锺书"
——读钱锺书自订1946年前所作诗
夏　寅

摘　要：《槐聚诗存》是钱锺书的旧体诗集，由他和夫人杨绛晚年编订而成。关于此集不同寻常的选诗标准、编外弃馀、字句修改、系年更动、诗中本事等情形，学界已积累了不少具体研究成果。本文在此基础上，以集中以1946年前所作诗为主要阅读对象，试图对萦绕于诗集内外的文体观念和历史焦虑有所探照。或者可以说，诗集中反映的"忧世伤生"的诗人形象固然是历史的真实，也是"自订"行为加意营构而成的。

关键词：《槐聚诗存》；钱锺书；现当代旧体诗

普泛的诗学与行进的文学史
——蒋祖怡先生《诗歌文学纂要》述略

孙羽津

摘　要：蒋祖怡先生的《诗歌文学纂要》，在概念表述、撰著结构、论说视角、价值判断诸方面，既充分表征时代精神，亦颇具个人创见，在20世纪上半期文学史论著中当据一席之地。该著首次提出"诗歌文学"的概念，涵盖"歌唱文学"与"表演文学"两大统系，着意凸显音乐性与民间性，本质上反映了崇俗抑雅之价值倾向和建构"民族的大众的文艺"之时代吁求，形成了独特的普泛诗学与行进的文学史样貌。这对于当下的中国文学史书写与研究，不乏启示意义。

关键词：文学史；文艺观；诗歌；戏曲；新文化运动

乌鸦家族新神话
——特德·休斯《乌鸦》导读

赵　四

摘　要：英国诗人特德·休斯创作生涯中的第四本诗集《乌鸦》，是其成为大诗人的标志。在该诗集中，休斯以源自不列颠神话传说中的王者乌鸦为主人公，以其在遭解构的宗教生活和现代世界中的经历重铸其具世界性意义的作为古老文化英雄的自我，体现其作为生命能量的永恒冲动的普世价值，同时以此再铸神话的创造性内在生命能量活动拯救诗人自我的危机，进而期冀实现对现代社会生活中人之心灵创伤的疗救。

关键词：乌鸦的歌；伪圣经寓言；倒置的希腊神话；乌鸦的自我：骗子

作为思想载体的传注
——论陈澧《东塾读书记》中的实学思想

董铁柱

摘　要：清代的思想家好用札记来表达自己的思想，陈澧的《东塾读书记》为其中代表。从体例来看，"读书记"可以被视为传注的一种。通过对朱子所言的摘录，陈澧强调传注是传统得以延续的重要载体。在撰写和阅读传注的过程中，学者得以置身于传统之中，而不重视传注则会割裂传统。由此，陈澧消解了汉宋之争的意义，因为汉学、宋学都是传统的一部分。陈澧对朱熹和郑玄的肯定并非在于调合汉宋，而是为了凸显"实学"的传统从未间断，其真正的思想在于诠释"学"的意义，亦即从传统中找到一条解决清末现实问题的道路。

关键词：陈澧；读书记；实学

内丹道与宋元文化生活

宋学立

摘　要：内丹道与程朱理学、养生学的互动，是内丹道对宋元文化生活多方位影响的典型代表。接续道教内修术传统，以内丹学注解《参同契》，以丹道参证天道，以易道会通丹道是朱熹丹道思想的三大思想特征。吴澄丹说的主要特点是以丹道会通医道。苏轼的龙虎铅汞养生思想主张顺则成人、逆则成丹；内丹合炼的药物气和水出自心肾，藏于肝肺；五脏之性，心正肾邪，心为主为官。心性之学是儒道会通的理论基石。内丹道与宋元文化生活的互动，是唐宋以来三教融合的重要表征。

关键词：内丹道；程朱理学；养生学；三教融合

反叛乃传承：达摩、慧能、延寿思想一贯论
——兼论禅宗思想嬗变及其意义

田 希

摘 要：从达摩"藉教悟宗"到慧能"教外别传"，从慧能"教外别传"到延寿"禅教一致"，禅宗对诸教态度展现出两种极致转折。慧能对达摩之反叛，延寿对慧能之反叛，这一理论紧张背后暗含禅宗思想嬗变之根由，并符合禅宗内在发展逻辑。这种反叛看似偏颇，其实都是对治当时禅弊之契机法门，而不同解决方法看似矛盾，实则契理，内在精神具有一贯性。实际上，慧能非反达摩，乃是反达摩后学，延寿非反慧能，乃是反慧能后学，都是为"治众生之病"而施设应机方便。达摩、慧能、延寿禅法在具体方法上看似相异，而根本思想则一以贯之，后者不仅是对前者之回归，更是对前者之发扬，禅宗正是在这种嬗变中得到不断发展。

关键词：达摩；慧能；延寿；禅宗

CONTENTS

Academic Speech

Du Zexun, *Graduate Students should Strive for Success——A Speech at the Opening Ceremony of the Graduate School in the College of Literature at Shandong University.*

Xueheng Interview

Chen Shaoming, *Philosophy is the Intellectual Process of Seeking Meaning——Mr. Chen Shaoming's Response in Xueheng Magazine*

Specialized Study on Yi-ology

Lin Zhongjun, *Discussing Symbolic Numerology of Yi-ology*

Sun Yichao, *Liu Mu's Influence on the Interpretation of "YI number"（易数）in Song Dynasty*

Gu Jiming, *The Note of proofreading YI*

Hu Shiying, *The origin, Course and Characteristics of Huang Zongxi and Huang Zongyan's Rule of Yi*

Specialized Study on Digital Humanities

Yang Hao etc., *How to "half" the Analects to rule the world?——An Analysis of the Structural Chapters of the Analects Based on Document Vector Smilarity*

Wang He, *Database and Online Resources in Modern Literary Studies——An Investigation Based on Bibliography*

Li Linfang, *Practice and Reflection on the Digital Humanities Course in Ancient Textual Studies*

Specialized Study on Poetics

Xia Yin, *Huaiju Poetry Collection*(《槐聚诗存》) *and the "Worldly Concerns and Sorrow for Life" of Qian Zhongshu——A Reading of Poems Authored by Qian Zhongshu before 1946*

Sun Yujin, *Universal Poetics and the Progress of Literary History—— A Brief Overview by Mr. Jiang Zuyi's 'Essentials of Poetry Literature'*(《诗歌文学纂要》)

Zhao Si, *A New Myth in Crow Family*

New Insight of Arts & Humanities

Dong Tiezhu, *The Transmission of Thought as a Medium——An Analysis of Chen Li's 'Record of Reading in Dong Shu'*(《东塾读书记》) *and his Practical Scholarly Ideas*

Song Xueli, *Tao of inner Dan and the culture life in Song and Yuan Dynasty*

Tian Xi, *On the Consistency of Dharma, Huineng, Yanshou's Thoughts——The Change and its Meaning of Zen Ideas*

Biography

Cai Xiangyuan, *You Stirred My Emotions——Reminiscing about Mentor Mr. Zhang Xianglong*

Han Likun, *The Noble Gentleman, Pure and Unyielding——In Remembrance of Professor Hu Jun*

Lei Aimin, *In Reverence and Mourning for Professor Hu Jun——A Significant Advocate in the Development of Contemporary Chinese Thanatology*

Qian Shuang, *For People, For Matters, and For Learning——Remembering the Connection with Mr. Zhang Yaonan*

Zhang Zhengmeng, *Listening to the Distant Pastoral Song——A Letter to My Father*

Book Review

Ye Shuxun, *The Lively Presentation of Daoist Mind Learning——Reflections on Mr. Kuang Zhao's 'The Theory and Techniques of the Mind in Pre-Qin Daoism'*(《先秦道家的心论与心术》)

Yu Tiantian, *Reorganizing the Literature of Chuan-Shan Zhuang Studies and Deciphering the Paradox of Chuan-Shan Thought—— A Reading of Deng Lianhe's 'General Introduction to Wang Fuzhi's Zhuang Studies: Based on the Study of 'The Complete Works of Chuan-Shan'*(《王夫之庄学思想通论——基于〈船山全书〉》)

Ma Shibiao, *Returning to the Roots and Opening New Horizons in Symbolic Numerology—— A Review of 'The History of Yi Jing Symbolic Numerology'*(《周易象数学史》)

编后记

每一期辑刊编辑和出版的过程中，都会在繁重琐屑时自问：做这件事是为什么？仿佛愈发了解世界的真相，愈发探知人性的丘壑，经历了人世的纷扰，当初求学求知的渴望好像变得可悲可笑。然而，从懵懂无知握起笔的那一刻，我们实即掌握了人类有史以来最无敌的武器，知识人的良知和信念因为这支笔从未远去，皇粮美梦不能驯服，鞭笞拷打无伤分毫。尽管我们时而坚定，心有所向，时而软弱，深感迷茫，但能记得孟子说的"求放心"，能如宋人之诗"放豚无迹竟西奔，着意追求孰用功。惟必操存能主敬，依然不离这腔中"，则造次如是、颠沛如是，则笔走游龙抒胸意，笔戈纸阵鬼神惧。

一代人有一代人的命运，学术亦是如此。幸与不幸，如何而知，复作何论？杜泽逊教授在山东大学文学院研究生开学典礼上的讲话，由他的高考讲起，娓娓道来，引人入胜。"十通"、《中国基本古籍库》以至《清史稿艺文志拾遗》《四库存目丛书》等都是很"庄严"的事业。故事里的人则十分"亲切"，刘俊文、胡道静、周绍良、朱南铣、王绍曾、傅璇琮、董治安、狄其骢等先生，各有各的遭际，讲述者因高考恢复，踏上求学之路，而与他们有了交集。先正典型，依稀可窥。三条嘱告之可贵在此。

中山大学的陈少明教授与杜泽逊教授是同辈人，把哲学视作追寻意义的思想过程，龙涌霖助理研究员对他的采访，使我们从中受益。现在的学术愈做愈细，愈做愈慎，学科与学科之间畛域判然，即便在义理或"经验"上，人们也不敢、不再奢求贯通性。陈少明教授不觉得这会是件容易的事，但绝不轻言放弃。在他这里，"通约"的可能性始终存在。

易学是人文之学，只是它的世界很特别。第四辑收录的易学专题文章中，林忠军《谈象数易学》关注的易学领域的一个老问题，特别提醒读者，"象数"作为一个概念使用恐怕在汉代及汉代以后，就象数易学的发展来说，可以分为六个时期。孙逸超《刘牧对宋代"易数"解释的影响》特别关注了刘牧的《易数钩隐图》，向读者剖析了它的影响及应有的历史地位。谷继明《校〈易〉札记》以《周易》为例，强调了古籍整理中"存真"之"真"应当在理想形态和无限具体的实物之间找到平衡。最后，胡士颍《黄宗羲、黄宗炎治〈易〉渊源、历程与特点》确认黄宗羲、黄宗炎兄弟的易学具有相通性、互补性，在此基础上，阐明了黄氏兄弟对明清易学、浙东学术的影响。

数字人文是当今学术的热点。近两年，随着元宇宙、数字人文与人工智能等不断引爆新的话题，学者针对科技领域的进展各抒己见、意见不一，但在具体问题上数字人文已展示了自己的潜力，并做出了不少成绩。杨浩、杨明仪、刘千慧、王军四人合撰的《以何"半部"〈论语〉治天下？》对《论语》篇章作了基于文档向量相似性的结构分析，得出《论语》前半部与后半部确实有较大差别，在篇章分布上也呈现出量化之后的一些新结果。李林芳《古代文献研究数字人文课程的实践与思考》展示了自己的研究与教学实践，"正则表达式深入""标记语言介绍及相关应用""Python 相关知识与运用""经典与新见数字人文项目""常用数据库、工具软件简介"等古代学科课程内容的效果已经显露，有助于提升学生的实践能力。与杨浩、李林芳等人的关注点不同，王贺《现代文学研究的数据库和网络资源》关注了现代文学研究的数据库、网络资源，从目录学视角出发，将数据库分作报纸数据库、期刊数据库、图书数据库、综合性数据库、内部数据库和区域性资源共享平台等六大类，并进行了检视、分析。

本辑的诗学专题共收录三篇文章。夏寅《〈槐聚诗存〉与"'忧世伤生'的锺书"》以《槐聚诗存》1946 年前所作诗为主要阅读对象，爬梳了钱锺书"自订"行为是如何加意营构其"忧世伤生"的诗人形象的。显然，钱锺书先生虽说生就一副冷眼，到底没有忘情于世俗。孙羽津《普泛的诗学与行进的文学史》重读了蒋祖怡先生的《诗歌文学纂要》，注意到该著首次提出"诗歌文学"的概念，这一概念涵盖"歌唱文学"与"表演文学"两大统系，其崇俗抑雅的价值倾向与"民族的大众的文艺"的时代需求相关。它启示我们，文学史本质上是一种"叙事"，易时易地而皆然。赵四《乌鸦家族神话》是为英国诗人特德·休斯《乌鸦》

写的导读，但略无泛语，揭示了不列颠神话传说中"王者乌鸦"在这部诗集里的多重意义：这只"乌鸦"来自北地的荒凉世界，但终究变作了"人类冲动的调解人"。

历史上的人文经典或人文学者不会轻易过时，不同时代的读者或研究者总会有新的感触。清代学者喜好用札记来表达自己的思想，董铁柱《作为思想载体的传注》重新探讨了陈澧的《东塾读书记》，该文将"读书记"视为传注的一种，探讨了其间蕴含的意义，指出陈澧对朱熹和郑玄的肯定并非在于调合汉宋，而是为了凸显"实学"的传统从未间断，其真正的思想在于诠释"学"的意义。这有助于我们重新认识过去所谓的陈澧"调和汉宋"论。宋学立《内丹道与宋元文化生活》探讨内丹道与程朱理学、养生学之间的互动，剖析了朱熹、吴澄、苏轼等人的丹道思想，向读者展示了宋元文化生活的一个面相。田希《反叛乃传承：达摩、慧能、延寿思想一贯论》认为从达摩"藉教悟宗"到慧能"教外别传"，从慧能"教外别传"到延寿"禅教一致"，禅宗对诸教态度展现出两种极致转折，由此探讨了禅宗思想的嬗变及其意义。

本辑照例开设了学人述忆、著述介述两个专栏。胡军、张祥龙、张耀南三位先生毕生为学，孜孜以教，他们的著作成为很多人学习哲学的助力，他们对学生的教导留下诸多佳话，为人间增添无尽温暖。通过学生与至亲的回忆，前辈学者的治学、为人、施教皆在眼前，令人无限怀念。林忠军《周易象数学史》、匡钊《先秦道家的心论与心术》、邓联合《王夫之庄学思考通论》三部著作，是近些年中国哲学研究的重要作品，然而普通读者读来不易，理解起来也很有难度，此次刊发三篇书评加以解读，无疑对了解、阅读这些书有重要参考价值。

最后，依然感谢以上作者的倾力支持，感谢学术界朋友们的爱护，也欢迎社会各界朋友继续关注《学衡》辑刊、学衡微信公众号和学衡数据网站并提出批评建议。

潘静如　胡士颍

2023 年 2 月 27 日

图书在版编目（CIP）数据

学衡.第四辑/乐黛云主编；胡士颖,潘静如分册
主编.—北京：北京联合出版公司，2023.4
　　ISBN 978-7-5596-6586-7

Ⅰ.①学… Ⅱ.①乐… ②胡… ③潘… Ⅲ.①学衡派
—文集 Ⅳ.① I206.6-53

中国国家版本馆 CIP 数据核字（2023）第 011485 号

学　衡（第四辑）

主　　编：乐黛云
分册主编：胡士颖　潘静如
出 品 人：赵红仕
出版监制：刘　凯
责任编辑：章　懿
特约编辑：张永奇
书籍设计：黄晓飞
出版发行：北京联合出版有限责任公司
　　　　　北京联合天畅文化传播有限公司
社　　址：北京市西城区德外大街 83 号楼 9 层
邮　　编：100088
电　　话：（010）64243832
印　　刷：固安兰星球彩色印刷有限公司
开　　本：787mm×1092mm　1/16
字　　数：338 千字
印　　张：22.5
版　　次：2023 年 4 月第 1 版
印　　次：2023 年 4 月第 1 次印刷
ISBN 978-7-5596-6586-7
定　　价：68.00 元

本作品版权由北京联合出版有限责任公司所有
未经书面许可，不得以任何方式转载、复制、翻印本书部分或全部内容
本书若有质量问题，请与本公司图书销售中心联系调换。电话：（010）64256863
文献分社出品，版权所有，侵权必究